Manfred Bomm

MORDLOCH

Manfred Bomm

MORDLOCH

Der vierte Fall für August Häberle

*Bibliografische Information
der Deutschen Bibliothek*
Die Deutsche Bibliothek verzeichnet diese
Publikation in der Deutschen Nationalbibliografie;
detaillierte bibliografische Daten sind im Internet
über http://dnb.ddb.de abrufbar.

Besuchen Sie uns im Internet:
www.gmeiner-verlag.de

© 2005 – Gmeiner-Verlag GmbH
Im Ehnried 5, 88605 Meßkirch
Telefon 0 75 75/20 95-0
info@gmeiner-verlag.de
Alle Rechte vorbehalten
3. Auflage 2008

Lektorat: Claudia Senghaas, Kirchardt
Nadja Pietraszek, Konstanz
Umschlaggestaltung: U.O.R.G. Lutz Eberle, Stuttgart
unter Verwendung eines Fotos von Manfred Bomm
Gesetzt aus der 9,3/12 Punkt GV Garamond
Druck: Fuldaer Verlagsanstalt, Fulda
Printed in Germany
ISBN 978-3-89977-646-1

Gewidmet allen,
die mit Toleranz und Umsicht
dazu beitragen,
die Natur zu erhalten –
ohne dabei das Augenmaß für das
Machbare und
Notwendige zu verlieren.
Tragen wir alle dazu bei,
dass es gelingt,
den schmalen Grat zwischen
wirtschaftlichen Zwängen und
dem dringend gebotenen Schutz
unserer Natur zu beschreiten.

Ein Großteil der Handlung und die meisten Namen sind frei erfunden. Nicht aber die Schauplätze. Wer den Spuren von Kommissar Häberle folgen will, kann dies tun.

1

»Das ist eine bodenlose Unverschämtheit.« Die Stimme des Mannes zitterte, Schweiß stand ihm auf der Stirn. In dem Sitzungsraum des kleinen Rathauses von Waldhausen war es stickig und heiß, kein Wunder bei so vielen Zuhörern. Aus allen Räumen waren Stühle herbeigeschafft worden – trotzdem mussten sich einige mit Stehplätzen begnügen. »Ich fordere unseren Ortsvorsteher auf, noch heute zurückzutreten«, wetterte ein Mann, der in der hintersten Reihe aufgestanden war. Beifall brandete auf und zustimmende Zwischenrufe.

Der Redner, ein etwa 40-jähriger Mann mit gelockten blonden Haaren, war ein Zugezogener und sprach nicht den schwäbischen Dialekt, wie er hier oben auf der kargen Hochfläche üblich war. Die ›Fremdlinge‹, die sich in dem kleinen Neubaugebiet niedergelassen hatten, wurden von den Einheimischen meist kritisch beäugt. Dieser Fall hatte sie nun alle auf eine Stufe gestellt. Der Mann hob die zur Faust geballte rechte Hand: »Wenn das Projekt realisiert wird, ist dieser Ort auf Jahre hinaus ruiniert.« Wieder klatschten die Zuhörer. »Vergessen Sie die Bemühungen um Fremdenverkehr. Vergessen Sie die idyllischen Dampfzugfahrten. Wenn es hier nur noch nach Schweinemist stinkt, locken Sie keinen einzigen Touristen mehr her.«

Die sechs Kommunalpolitiker, die dem Ortschaftsrat des gerade mal 210 Einwohner zählenden Albdorfes angehörten, schwiegen und auch der Vorsitzende Karl Wühler äußerte sich nicht. Er war, wie es die Vorschrift besagte, vom Sitzungstisch weggerückt, weil er an dem diskutierten Projekt, das seit Monaten die Gemüter erhitzte, beteiligt und deshalb befangen war. Sein Stellvertreter Max Mayer, ein Landwirt und hier oben aufgewachsen, hatte die Leitung der Sitzung übernommen. Auch seine Stirn war schweißnass. Seit Waldhausen in das nahe Geislingen an der Steige eingemeindet worden war, hatte es kein solch brisantes Thema auf der Tagesordnung gegeben. Natürlich durfte der Ortschaftsrat als kleinstes kommunales Gremium in Baden-Württemberg so gut wie nichts entscheiden und eigentlich nur gegenüber dem Gesamtgemeinderat eine Stellungnahme abgeben, wenn's um örtliche Belange ging. Aber die Debatten konnten hitziger sein als im Rathaus der Stadt, drunten im Tal. Dort, so klagten die Ortschaftsräte oftmals war, man mit den Problemen ländlicher Bereiche viel zu wenig vertraut und nahm sie nicht ernst genug. Was scherten auch einen Stadtrat, dem es um das parteipolitische Süppchen ging, die provinziellen Probleme – wie etwa, ob man hier oben zur Ferkelzucht noch eine Eberhaltung brauchte!

Heute allerdings ging es um viel mehr: Ein riesiger Schweinestall sollte errichtet werden, ein geradezu industrieller Betrieb – und dies aus ganz unterschiedlichen Gründen. Während die Landwirte befürchteten, dass damit die vom Gesetz vorgegebene maximal zulässige Viehhaltung auf der Gemarkung ausgeschöpft sein würde, sie selbst dann also keine Erweiterungsmöglichkeit mehr hätten, beklagten die anderen Kritiker eine enorme Gestanksentwicklung.

»Der Herr Wühler hat bei der Annahme seines Amtes als Ortsvorsteher versprochen, Schaden von der Gemeinde fern zu halten. Und was macht er nun?« Der Redner bekam einen hochroten Kopf und hob die Stimme. »Er setzt alles daran, dass das Gegenteil geschieht. Wir alle, wie wir hier sitzen, werden keinen Tag mehr erleben, an dem es hier oben nicht stinkt. Und Sie als Landwirte«, er blickte auf die Zuhörer, die sich zu ihm umgedreht hatten, »Sie werden Ihre Betriebe nie mehr erweitern können, weil das Landratsamt sagen wird, pro Hektar dürften nur so und so viele Großvieheinheiten vorhanden sein. Wenn also der Herr Wühler tut was er will, dann werden Ihnen allen automatisch Grenzen gesetzt. Und zwar für immer.«

Wieder zustimmende Rufe und Beifall. Der Mann setzte sich und wischte sich den Schweiß von der Stirn. Eigentlich sah die Gemeindeordnung keine Wortbeiträge von Zuhörern vor. Doch in den kleinen Teilorten nahm man das nicht so genau.

Während Wühler wie versteinert und bleich abseits des Tisches zusammen sank, ergriff Ortschaftsrat Klaus Hellbeiner das Wort: »Herr Flemming hat absolut Recht. Deshalb sollten wir das Vorhaben ablehnen, auch wenn die Stadtverwaltung behauptet es sei zulässig. Hier geht es um Waldhausen – und nicht um die Belange einiger Einzelner, die zulasten der Allgemeinheit Profit machen wollen.«

Erneut kam Beifall aus den Reihen der Zuhörer. Ein anderer Ortschaftsrat versuchte vergeblich, sein Schwäbisch zu verbergen und bekräftigte: »Wenn es so isch, dass wir des Thema nur abnicke dürfet, tret' ich noch heut' zurück.« Die Kollegin, die ihm gegenübersaß, teilte seine Einschätzung: »Ich sitz' hier, um die Interessen Waldhausens zu vertreten – und auch wenn die Bürokraten in der Stadt behaupten, rein rechtlich sei nichts gegen dieses Projekt einzuwenden, lehne ich es ab.«

Jetzt erhob sich Wühler, ein großer stattlicher Mann knapp über 50, schlank und sportlich, mit leicht welligem braunen Haar und Schnauzbart: »Nicht als Ortsvorsteher möchte ich ein paar Sätze sagen«, begann er mit leicht unsicherer Stimme und löste sogleich einige Unmutsäußerungen der Zuhörer aus, »sondern als Privatbürger. Ich kann nur noch einmal feststellen, dass der Standort 400 Meter außerhalb des Ortes wäre und alle Berechnungen beweisen, dass in den Wohnbereichen keinerlei Geruchsbelästigungen zu befürchten sind.«

»Und bei Wind?«, rief ein Mann dazwischen. »Oder bei Nebel«, fügte ein anderer genervt hinzu. Wühler ließ sich nicht beirren: »Alle Wetterlagen und alle Windrichtungen sind in die Berechnungen eingeflossen.«

»Wühler gang hoim«, schrie eine aufgebrachte Männerstimme lautstark auf Schwäbisch, was Mayer dazu veranlasste, um mehr Sachlichkeit zu bitten.

Wühler setzte mutig hinzu: »Sehen Sie es bitte so, wie es ist: Der Privatmann Wühler stellt einen Antrag auf Baugenehmigung – und hat, auch als Ortsvorsteher, dasselbe Recht wie jeder andere Bürger. Wenn die Behörden sagen, das Projekt sei zulässig, dann sind auch alle Vorschriften eingehalten.«

»Vorschriften«, höhnte jemand aus der Zuhörerschar, »Hauptsache, die Vorschriften sind eingehalten. Was anderes interessiert in diesem Staat keinen mehr. Hauptsache, die Bürokraten sind zufrieden. Was das Volk denkt, ist denen doch scheißegal.«

Noch einmal erhob sich der zugezogene Flemming und ergänzte: »Ich sag' nur eines, Herr Wühler.« Er machte eine kurze Pause und fixierte den Angesprochenen mit gefährlich zusammengekniffenen Augen: »Wenn das kommt, was Sie wollen, erleben Sie Ihr blaues Wunder.«

Der andere schluckte und presste hervor: »Wollen Sie mir drohen?« Seine Stimme verriet Angst. Es war plötzlich totenstill im Raum.

Flemming grinste und blickte in die Runde. »Hab' ich das nötig?«, fragte er selbstbewusst zurück. »Eines Tages werden Dinge ans Licht kommen, Herr Wühler«, er holte zufrieden tief Luft, »da werden Sie staunen.«

An diesen Sommerabenden, wenn sich draußen in dem engen Tal die Abkühlung bemerkbar machte, herrschte in der urigen Gaststätte ›Obere Roggenmühle‹ jene gemütliche Geselligkeit, wie sie nicht nur die Einheimischen, sondern auch die Großstädter liebten. Das Lokal, in einem uralten Mühlengebäude eingerichtet, bot schwäbische Küche und war vor allem durch seine frischen Forellen weithin bekannt. Diese züchtete Gastwirt Martin Seitz höchstpersönlich in den Teichen hinterm Haus, wie es auch bereits sein Großvater, den sie alle liebevoll den ›Hecken-Tone‹ nannten, schon getan hatte. Der Spitzname stammte aus jener Zeit, als der alte Seitz noch Bürgermeister von Günzburg war, wo er nach dem Krieg Gemüsegärten für die Bevölkerung anlegen ließ. Und weil diese nur von Hecken umgeben sein durften, hatte ihn der Volksmund zum ›Hecken-Tone‹ gemacht. Als er dann die ›Obere Roggenmühle‹ erwarb, um sich damit einen alten Traum nach Freiheit und Abenteuer zu erfüllen, blieb es bei diesem Namen.

Das Fachwerkgebäude war windschief und hatte manchen Sturm überdauert. Im Laufe der Zeit hatten die Nachkommen des Lokalgründers in der Einsamkeit des Tales, das tief in die Schwäbische Alb eingeschnitten war, zwei weitere Häuser bauen dürfen, sodass eine richtige Hofstelle entstanden war, ein Paradies für Tiere. Kinder freuten sich, wenn sie mit Ponys durch die Talaue am Bach entlangreiten konnten, der die Fischteiche speiste.

Die ›Obere Roggenmühle‹ hatte sich auch zu einer Kleinkunstbühne entwickelt. Vor dem Gebäude wurde im Sommerhalbjahr, geschützt durch eine Zeltkonstruktion, Kulturelles geboten. Wenn's kühl war, fanden die Aufführungen aber in der winkligen Wirtsstube statt, droben im ersten Obergeschoss. Zu erreichen war sie über eine ausgetretene Holztreppe, an deren Ende meist Leo lag, ein riesiger, aber gutmütiger Hund, der nur vom Erscheinungsbild her seinem Namen alle Ehre machte. Ins Lokal führte eine aus allen Fugen geratene Holztür, deren uralte Klinke kräftig gedrückt werden musste.

Von weitem klangen an diesem Samstagabend bereits fetzige Stimmungslieder aus dem Lokal. Das ›Kaos-Duo‹, zwei schwäbische Musiker, die mit eigenen Liedern die Beschwernisse des Alltags glossierten, präsentierten ein kurzweiliges Programm. Die beiden Männer, mit dem typisch blauen Gewand eines früheren Albbauern bekleidet, hatten sich mit Schlagzeug und Gitarre in eine Ecke gezwängt. Man konnte die Musiker nicht von jedem Platz aus sehen, doch war das auch gar nicht notwendig, weil allein ihre Texte schon für Heiterkeit sorgten. Das Publikum, überwiegend mittleren Alters, saß dicht gedrängt an den Tischen oder machte sich auf den Eckbänken dünn. Man stimmte voll Inbrunst in die Refrains ein und klatschte zum Takt der Musik. Renner war auch heute »I bin dr Letzte en dr Boiz« – was so viel hieß wie

»Ich bin der Letzte im Lokal«. Wobei die Übersetzung nur unvollständig wiedergibt, was im Schwäbischen gemeint war. »Boiz« ist im Schwäbischen sowohl die liebevolle Bezeichnung für ein urgemütliches Lokal, kann aber auch, abwertend ausgesprochen, genau das Gegenteil bedeuten.

Eine Zugabe nach der anderen wurde gefordert. Hans-Ulrich Pohl, Sänger, Moderator und Musiker, kam ins Schwitzen. Sein inzwischen leeres Weizenbierglas hatte er neben sich auf den Holzdielenboden gestellt. Und Kollege Marcel Schindling, ein Hesse, der es trefflich verstand über die Schwaben zu witzeln, bearbeitete sein Schlagzeug im Schweiße des Angesichts immer heftiger. Die Stimmung stieg, die Temperatur in den niederen Räumen auch. Zigarettenqualm hing beißend in der Luft.

»Also«, drang Pohls kräftige Stimme durch das Lokal, »zum Schluss noch ein Liedle, das ganz aktuell unseren Freunden droben in Waldhausen g'widmet isch.« Er wusste, dass an diesem Abend eine ganze Gruppe von Gästen aus dem Albdorf herab gekommen war. »Wir haben's alle in der Zeitung g'lesen, dass es am Dienstag ziemlich Zoff gegeben hat.«

»Richtig«, schrie einer und bekam sogleich Beifall, sodass Marcel mit einem Trommelwirbel wieder für Aufmerksamkeit sorgen musste.

»Wahrscheinlich wird mancher da oben noch das Muffensausen kriegen«, fuhr Pohl fort und winkte der schlanken Wirtin zu, sie solle ihm ein weiteres Weizenbier bringen. Wieder unterbrach ihn jemand aus dem Nebenraum, der durch zwei offen stehende Türen mit dem größeren Teil verbunden war: »Die Ferkelzucht isch die größte Schweinerei aller Zeiten.«

Der Musiker reagierte prompt: »Dass des a Sauerei isch, wird niemand bestreiten.« Beifall brandete auf. Marcel ließ erneut einen Trommelwirbel erschallen.

»Für solche Fälle«, fuhr Pohl fort und spürte, wie es ihm immer heißer wurde, »da haben wir unser spezielles Liedle. Wenn man auf den Tisch schlagen will, es aber diplomatisch tut, dann hat der Schwabe nämlich eine ganz eigenartige Formulierung parat: I sag ja nex, i moin ja bloß. Für alle Reig'schmeckte heißt das: Ich sag' ja nichts, ich mein' ja nur.«

An dem Tisch der Waldhauser wurde Gelächter laut. Ein älterer Mann schlug seinem deutlich schmächtigeren Nebensitzer kräftig auf die Schulter: »A Lied für dich, Mensch, s' wär' höchste Zeit, dass du Schwäbisch lernst.« Schon hatte das ›Kaos-Duo‹ zu singen begonnen.

Der etwa 40-jährige Mann, der als Einziger am Tisch nicht in weiblicher Begleitung war, fuhr sich durch die gelockten blonden Haaren. »Um ehrlich zu sein«, schrie er dem anderen ins Ohr, um Musik und Gesang zu übertönen, »ich bleib' lieber beim Hochdeutsch. Euch Schwaben da oben«, er machte eine Kopfbewegung in Richtung Berg, »die werd' ich sowieso nie verstehen.«

Der Angesprochene drehte nun seinen Kopf, um dem anderen ins Ohr brüllen zu können: »Du solltest nur verdammt aufpassen, dass du nicht mal an den Falschen gerätst.«

Dann nahmen sie die letzte Zeile des Refrains wahr: »... sonst gibt's no z'molz a Sauerei.« Das Stichwort hatte sie aufhorchen lassen. Und selbst der Fremde verstand, was – ins Hochdeutsche übersetzt – gemeint war: »Sonst gibt es plötzlich eine Schweinerei.«

2

An diesem Samstag, Ende Juli 2004, als noch überall vor den baden-württembergischen Sommerferien Straßen- und Waldfeste stattfanden, war das Wetter eher herbstlich. Auf der Hochfläche der Schwäbischen Alb hingen die Wolken tief, sodass die Dämmerung rasch hereinbrach. Schade um den schönen Sommerabend, dachte sich Heinrich Westerhoff beim Blick aus dem Fenster seines schmucken Einfamilienhäuschens. »Nicht mal Wind«, stellte er fest und deutete seinem Gast mit einer Handbewegung an, was er meinte: Der schneeweiße Rotor einer Windkraftanlage, die sich knapp einen halben Kilometer entfernt in den grau-dämmrigen Himmel erhob, stand still. Westerhoff, der einer von vielen war, die in den vergangenen Jahren in diese modernen »Windmühlen« investiert hatten und sich davon satte Gewinne versprachen, erläuterte dem interessierten Zuhörer die Vorzüge einer derartigen Geldanlage. »In spätestens zwölf Jahren hat sich das Ding amortisiert«, stellte er fest und lächelte. Seine Frau, dunkelhaarig und zierlich, nickte eifrig und schüttete geröstete Erdnüsse in eine Schale, die auf dem gläsernen Wohnzimmertisch stand. Ihr Mann und der Gast, ein offenbar gut betuchter Handwerksmeister aus Stuttgart, der es gewohnt war in seinem Dachdeckerbetrieb selbst kräftig zuzupacken, saßen sich gegenüber. »Der Staat fördert die Investition«, hakte der muskelstarke, fast kahlköpfige Besucher nach und verschränkte die kräftigen Oberarme, die das helle Freizeitjackett beinahe zu sprengen drohten.

Der Gastgeber nickte: »Abgesehen von der steuerlichen Abschreibung garantiert Ihnen das Gesetz für erneuerbare Energien auf Jahre hinaus einen sicheren Kilowattpreis. Und den muss Ihnen der örtliche Stromversorger bezahlen – ob er will oder nicht.« Westerhoff griff zum Rotweinglas und prostete beiden zu. Nach einem Schluck Württemberger Trollinger mit Lemberg fasste der Handwerksmeister zusammen: »Windstrom wird, wenn ich das also richtig verstehe, sozusagen subventioniert.«

»Exakt. Unser Albwerk hier, der örtliche Stromversorger, hat sich anfangs vehement dagegen gewehrt, weil doch Energie aus den Kernkraftwerken weitaus billiger zu beziehen ist – nur vordergründig natürlich, denn keiner der Manager spricht ja davon, was die völlig verantwortungslose Endlagerung des strahlenden Materials auf Jahrtausende hinaus die Menschheit kosten wird.«

»Und jetzt hat das Albwerk seine Einstellung zur Windkraft geändert?«, wollte der Kleinunternehmer wissen.

»180-Grad-Kehrtwendung«, stellte Westerhoff fest und grinste. »Der Gesetzgeber hat's geregelt – vor geraumer Zeit schon. Egal, wie viel von dem angeblich so teuren Windstrom ein Netzbetreiber in seinem Versorgungsgebiet aufkaufen muss – jetzt werden die zusätzlichen Kosten bundesweit auf alle Energiekonzerne umgelegt.« Er zeigte sich zufrieden und fügte hinzu: »Ein genialer Schachzug, Herr Glockinger, ganz genial. Jedenfalls ist das Albwerk jetzt sogar selbst in die Windstrom-Produktion eingestiegen.«

»Und Standorte für Rotoren gibt's hier oben noch?«

Westerhoff nickte. »Noch, ja. Auch wenn die Natur- und Landschaftsschützer so langsam nervös werden. Ich kann Ihnen die Adressen von Ingenieurbüros geben, die noch immer auf der Suche nach Investoren sind.«

Glockinger nahm wieder einen Schluck Wein. »Tun Sie das. Mir scheint, da ist langfristig tatsächlich Knete zu machen.«

Westerhoff stand auf, um aus einer Schublade in der schlichten Regalwand einen Schnellhefter zu holen. »Allerdings«, sagte er dabei, »gäb' es hier in unserem schönen idyllischen Örtchen auch noch eine andere Möglichkeit für eine Beteiligung, nämlich Schweineställe.«

»Schweineställe?«, wiederholte sein Gegenüber ungläubig.

»Richtig. Schauen Sie sich doch um auf der Alb! Entweder Windräder oder Schweineställe. An jedem Waldeck schießen Schweineställe wie Pilze aus dem Boden. Ist der große Renner. Gigantische Dinger.« Westerhoff spürte, dass er das Interesse seines Besuchers geweckt hatte. »Vergessen Sie das ländliche Bauernidyll, lieber Herr Glockinger. Schweinezucht ist heutzutage industrielles Management. Im einen Betrieb werden die Ferkel geboren, dann nach wenigen Wochen zum Mästen in einen anderen kutschiert – und später zur weiteren Aufzucht an einen Dritten gegeben. Bei uns hier in Waldhausen plant eine solche Gesellschaft gerade einen riesigen Mastbetrieb.«

Glockinger hakte nach: »Und daran kann man sich finanziell beteiligen – auch als Nicht-Landwirt?«

»Klar«, antwortete Westerhoff, »wenn's denn vollends so weit kommt. Im Moment tun sich wahre Proteststürme dagegen auf. Gestank wird befürchtet – und dass weitere solche Betriebe auf unserer Gemarkung dann nicht mehr zugelassen werden, was manchen Landwirt an einer künftigen Expansion hindern könnte.«

Der Handwerksmeister überlegte einen kurzen Moment. »Ich weiß nicht«, meinte er schließlich zögernd und griff wieder zu seinem Rotweinglas, »ich weiß nicht, ob der Mensch überhaupt auf solche Weise mit Kreaturen umgehen darf – Lebewesen fabrikmäßig verarbeiten.« Er nahm einen Schluck und fingerte sich mit der anderen Hand einige Erdnüsse aus der metallenen Schale. »Mir geht die Käfighaltung bei den Hühnern schon gegen den Strich«, sagte er dann.

Westerhoff zuckte mit einer Wange und fuhr sich durchs volle schwarze Haar. »Ich bitt' Sie, da geht's um Geld. Um viel Geld. Sie müssen heutzutage rationalisieren, das wissen Sie genau so gut wie ich. Wenn Sie nicht Schritt halten, werden Sie überrollt. Was nützt es dem Landwirt, wenn er seine Tiere zwar züchtet wie zu Großvaters Zeiten – er aber nicht mehr wettbewerbsfähig ist?«

Der Handwerker presste kurz die Lippen zusammen, um dann vorwurfsvoll festzustellen: »Genau das ist doch unser aller Problem. Was scheren uns die Kreaturen, die Lebewesen um uns rum? Hauptsache Knete. Ein Tierleben ist nichts mehr wert. Ex und hopp – am Fließband. Wir vergessen, dass wir alle Bestandteil dieser Natur sind.«

Betretenes Schweigen. Westerhoff blätterte etwas verlegen in einem Schnellhefter. »Dann entspricht mit Sicherheit die Windkraft eher Ihren Vorstellungen«, meinte er etwas kleinlauter und griff den Faden wieder auf: »Energie aus absolut natürlichen Quellen, ohne Folgen und ohne nachhaltige Eingriffe in die Natur.«

Glockinger zeigte sich versöhnlich. »Deswegen bin ich gekommen, ja. Außerdem hat's mir das Dörfchen hier angetan.« Er lächelte. »Bin Dampfbahnfan, müssen Sie wissen. Wenn die Museumsbahn fährt, komm' ich mit der Familie her.«

»Dann sind Sie vor drei Wochen auch mitgefahren?« schaltete sich nun die zierliche Frau Westerhoff in das Gespräch ein.

»Ja, selbstverständlich. Meine Frau und mein vierzehnjähriger Sohn sind ebenfalls begeisterte Eisenbahnfans.« Als sich Glockinger während der letzten Dampfzugfahrt erkundigt hatte, wer als Ansprechpartner für Windkraftanlagen in Frage käme, waren ihm die Westerhoffs empfohlen worden. Schließlich, so hieß es, hätten diese erst vor wenigen Monaten einen neuen Rotor in Betrieb genommen. Glockinger hatte deshalb bei ihnen angerufen und um einen Gesprächstermin gebeten. Dass dieser dann am Samstagabend zustande kam, war dem Handwerksmeister recht gewesen. Schließlich war seine freie Zeit knapp bemessen.

»Und morgen?« Frau Westerhoff schaute ihn an.

»Bitte?« Er schien irritiert zu sein.

»Morgen? Sie fährt wieder, die Dampfbahn. Sind Sie auch wieder dabei?« präzisierte die Frau ihre Frage.

Er schüttelte schnell den Kopf. »Nein, nein«, sagte er und lächelte, »nein, diesmal nicht.« Er wollte sich jetzt nicht über

Dampfzüge unterhalten. Sein Interesse galt etwas anderem – den Rotoren.

Wie sehr die Zahl der Windkraftanlagen gerade in diesem Bereich der Alb zunahm, hatte er in jüngster Vergangenheit bemerkt. Immer wenn die Museumsbahn der Ulmer Eisenbahnfreunde von Amstetten über die Hochfläche nach Gerstetten fauchte, entdeckte er neue Rotoren. Manchmal empfand er die Anlagen, die mit ihren Flügelspitzen teilweise bis zu hundert Metern in den Himmel ragten, sogar als ein bisschen störend. Daran musste er denken, als er schließlich von weiteren Fragen ablenkte: »Eine traumhafte Gegend.« Er trank sein Weinglas leer. Draußen war es inzwischen dunkel geworden.

»Ein Stück heile Welt, ja«, entgegnete ihm Westerhoff und zog aus einer Klarsichtfolie eine Broschüre, auf der sich die Anschrift eines Ingenieurbüros für Windkraftanlagen befand. »Wir haben unser Häusle hier oben vor vier Jahren gebaut«, sagte er dabei eher beiläufig. »Ich bin leitender Angestellter einer Firma in Geislingen drunten – und fühl' mich hier oben richtig frei. Es ist wirklich ein Idyll.«

Glockinger nahm die Broschüre und kniff die Augen zusammen: »Dann kann ich Ihnen nur den Rat geben, achten Sie darauf, dass es so bleibt.«

Westerhoff stutzte. »Sie meinen wegen des Schweinestalls?«

Der Handwerksmeister stand auf und rollte die Hochglanzbroschüre zusammen: »Glauben Sie mir – manchmal ändert sich so ein Idyll schneller, als es einem lieb ist.« Er lächelte, doch es wirkte gezwungen.

3

Er schwitzte und war außer Atem. Dabei war die Nacht kühl, die Luft feucht und der Boden nass. Es roch modrig. Er spürte diesen weichen Untergrund, der glitschig und schmierig unter seinen Tritten nachgab. In diesem engen Tal, dessen steil aufragende Hänge bewaldet waren, konnten auch Sommernächte ziemlich unwirtlich sein. Wenn tagsüber die mit dichten Wolken bedeckte Albkante keinen Sonnenstrahl durchließ, machte sich nachts in der engen Talaue unangenehme Kälte breit. Hier hielt sich hartnäckig eine hohe Luftfeuchtigkeit, verursacht von Quellen und einem schmalen Flüsschen.

Der Mann war mit dem schwarzen Mercedes-Kombi von der schmalen Kreisstraße, die durch das Roggental führte, in einen Forstweg abgebogen und die knapp hundert Meter zur anderen Hangseite hinüber gefahren. Dort hatte er die Scheinwerfer ausgeschaltet, den Wagen gewendet und rückwärts so nah wie möglich an den parallel zum Hangwald verlaufenden Wanderweg rangiert.

Die Augen des Mannes gewöhnten sich nur langsam an die Dunkelheit, in der sich das schmale Stück Himmel über ihm schemenhaft von der bewaldeten Umgebung abhob. Es war kurz vor drei Uhr, als er die Heckklappe des Mercedes geöffnet und diese verdammt schwere Leiche herausgezerrt hatte. Er spürte, wie ihm der Schweiß ausbrach und wie sein Herz pochte. Erst jetzt drang langsam in sein Bewusstsein, was er angerichtet hatte. Hektik und panische Angst machten sich breit. Er lauschte in die Schwärze. Doch außer den entfernten Schreien eines Nachtvogels und dem Plätschern von Wasser war nichts zu hören. Vor allem kein Fahrzeug. Um diese Zeit, das wusste er, verkehrten auf dieser untergeordneten Kreisstraße ohnehin nur wenige Autos. Andererseits war es die Samstagnacht, in der junge Leute von der Disko heimkommen konnten. Er griff nach der Heckklappe, zog sie nach unten und ließ sie mit einem sanften Klick einrasten.

Die Leiche, die hinter dem Wagen im aufgeweichten, regennassen Sand des Forstwegs lag, war noch warm. Der Mann blickte sich um, unfähig, irgendwelche Details zu erkennen. Orientieren konnte er sich trotzdem, denn er kannte diese Gegend, wusste also, dass sich nur ein paar Schritte entfernt in einem Hangeinschnitt eine Höhle befand. Zu ihr führte ein steiniges Bachbett, das jetzt im Sommer ausgetrocknet war.

Der Mann entsann sich des Autofahrer-Bergegriffs, wie er ihn vor Jahrzehnten in der Fahrschule gelernt hatte: Mit den Händen von hinten unter den Achseln des Opfers durchgreifen, sich dessen linken Unterarm fassen und mit beiden Händen festhalten. Auf diese Weise ließen sich sogar die schwersten Menschen rückwärts wegziehen.

Doch er hatte sich dies einfacher vorgestellt. Denn jetzt spielten die Nerven verrückt. Er fluchte in sich hinein. In der Dunkelheit entglitt ihm der leblose Körper immer wieder, fiel zur Seite, sackte weg. Es dauerte einige endlose Minuten, bis er ihn schließlich so umgedreht hatte, dass er unter den Achseln durchgreifen konnte. Und plötzlich war da ein Geräusch. Die Stille wurde zerschnitten. Der Mann erstarrte und umklammerte die Leiche noch fester, presste sie an sich, spürte den Wollpullover im Gesicht. Es war ein Motor. Eindeutig. Ein Auto. Das Herz pochte bis zum Hals. Flucht? Sollte er flüchten? Leiche und Fahrzeug zurücklassen? Tausend Gedanken in einer einzigen panischen Sekunde. Doch in Wirklichkeit wäre er zu gar nichts fähig gewesen.

Es verging eine Ewigkeit bis rechts drüben auf der Kreisstraße Scheinwerfer auftauchten, die zunächst nur von weitem unruhig durch den Bewuchs der Böschung flackerten. Der Mann zitterte am ganzen Körper, schwitzte und fror, spürte Schüttelfrost, atmete schnell und flach und hielt die Leiche weiter im Klammergriff. Er verfolgte die Lichter, die sich viel zu langsam der Einmündung des Forstwegs näherten. Entsetzliche Momente. Blinker? Abbiegen? Nein, kein Blinker, Gott sei Dank, kein Blinker, kein gelbes Licht. Kein Liebespaar, das ein lauschiges Plätzchen suchen würde, stellte der Mann fest. Die Geschwindigkeit blieb konstant. Und dann endlich war das Auto auch an der Einmündung vorbei, entfernte sich talaufwärts und ließ diese Schwärze der Nacht zurück. Wieder schrie der Nachtvogel, viel lauter als zuvor.

Der Mann nahm seine ganzen Kräfte zusammen, zog und zerrte die Leiche rückwärts weg, drehte sich halb um, versuchte das nahe Bachbett zu erkennen, das sich in einem tieferen Schwarzton von der Umgebung abhob. Plötzlich wurde ihm bewusst, wie laut die Geräusche waren, die seine Schritte in den Pfützen verursachten. Und wie die Schuhabsätze des Toten auf dem sandigen Untergrund kratzten und scharrten. Für einen Moment hielt er wieder inne, lauschte und blickte angestrengt auf den breiten, nachtschwarzen Wanderweg, über den hinweg er jetzt die Leiche ziehen musste. Nur zwei-dreihundert Meter talabwärts befand sich die ›Obere Roggenmühle‹. Tagsüber war der Weg beliebt, insbesondere bei Kindern, die hier Ponys ausreiten durften. Jetzt aber, in dieser kühlen Sommernacht, so versuchte sich der Mann selbst zu beruhigen, würde niemand auf die Idee kommen, durch die Finsternis zu spazieren. Weiter also, die Leiche fest im Klammergriff. Hinein in das ausgetrocknete Bachbett, in dem jeder Schritt auf den Steinen knirschte und klickerte. Verdammt, er hatte nicht bedacht, wie sich die leblosen Füße des Toten durch dieses angeschwemmte Geröll wühlen würden. Wenn da irgendjemand in der Nähe war, musste dieses Knirschen und Zerren und jeder Tritt in den steinigen Untergrund verdächtig erscheinen. Er würde keine Chance haben, würde wie gelähmt da stehen mit dieser Leiche in den Armen. Alle paar Schritte verharrte er und lauschte angestrengt. Wieder ein Autogeräusch. Diesmal aus der Ferne, keine Gefahr. Es stammte von einem Pkw, der auf der gegenüberliegenden Hangseite die Steinenkircher Steige aufwärts fuhr. Dort oben, zwischen den Bäumen, waren die Scheinwerfer zu sehen, wie sie sich bergwärts kämpften. Übertönt wurde dieses sanfte Motorenbrummen von dem unablässigen Schrei des Nachtvogels. Ein Kauz vermutlich.

Hinter dem Mann tat sich der pechschwarze Schlund der Höhle auf, in den das steinige Bachbett mündete. Noch ein paar Schritte und er hatte es geschafft. Schweiß rann ihm in die Augen, löste brennende Schmerzen aus. Sein Hemd klebte am Oberkörper, er keuchte und spürte, wie ihn die Kräfte verließen. Mit letzter Anstrengung zerrte er die Leiche in die Höhle, stieß mit dem Rücken gegen die Felswände, schlug den Kopf an die niedere Decke. Doch die Hektik verdrängte den Schmerz. Hier, im Schutze der stockfinstren Umgebung, war alle Vorsicht von ihm abgefallen. Wie ein Besessener zerrte er den Toten weiter, immer tiefer in den enger werdenden Gang hinein. Er wusste, dass die Höhle im Sommerhalbjahr gut und gerne zwanzig Meter weit begehbar sein würde, ehe sie in den Grundwasserspiegel tauchte. Bis dahin, so hatte er sich vorgenommen, würde er die Leiche schaffen, so weit, bis er nasse Füße kriegen würde und den Toten in das Wasser werfen konnte. Wieder hielt er inne. Der Nachtvogel schrie unablässig, irgendwo im Innern der Höhle tropfte Wasser. Das Geräusch hallte durch den felsigen Gang.

Das Grundwasser hatte sich weit zurückgezogen. Er musste sich in der Finsternis konzentrieren, beim Rückwärtsgehen an der rauen Wand entlang orientieren und zwei enge Biegungen bewältigen, an denen er mehrfach Kopf, Schulter und Rücken anstieß, die Ellbogen lädierte, stolperte und einmal sogar unsanft auf den Hintern fiel, ohne jedoch den Toten aus dem Klammergriff loszulassen. Er rappelte sich wieder auf, zog und zerrte weiter, bis seine Schritte endlich in Wasser stapften. Augenblicke später waren seine Schuhe nass, dann die Füße bis zu den Knöcheln. Weiter, noch ein Stück weiter, entschied er. Erst als ihm das eiskalte Wasser bis zu den Schenkeln stand, ließ er den Toten los, drückte ihn mit den Füßen energisch hinab, was dumpfe gurgelnde Geräusche verursachte. Dann zwängte er sich in der Enge des Ganges an der Leiche vorbei, um zum Ausgang zurückzukehren. Ihn fror, es war kalt, die nasse Hose klebte an den Beinen. Er folgte den rauen Felswänden, bis er vor sich die Öffnung zu erkennen glaubte, die sich wie ein Torbogen auftat – hinaus in eine andere Welt, in der das harte Dunkel der Nacht sanfter erschien.

Bei jedem Schritt versuchte er, das Klacken und Knirschen der losen Steine zu vermeiden. Er fühlte sich schlecht und zitterte, spürte die kalte Nässe an seiner Hose stärker denn je. Er hatte nur einen Wunsch: Weg hier, so schnell wie möglich weg. Alles vergessen, ungeschehen machen, zumindest so tun, als sei alles nur ein böser Albtraum gewesen. Bloß weg. Noch vielleicht 50 Meter durchs trockene Bachbett bis zum Auto, dessen Konturen sich schon abzeichneten. Doch dann war da wieder ein Motorengeräusch, ein verdammtes Fahrzeug, das sich talaufwärts zu nähern schien. Er verharrte, wagte nicht mehr zu atmen, lauschte – und starrte in die Finsternis, in der sich Bäume und Sträucher und der gegenüberliegende Hang als tiefschwarze Objekte hervorhoben.

Der Mann wollte gerade zu einem erlösenden Spurt ansetzen, um endlich mit dem Mercedes diesen schrecklichen Ort verlassen zu können, da schwoll das Motorengeräusch bedrohlich an. Er blieb wie erstarrt stehen. Tatsächlich – auf der gegenüberliegenden Talseite wurde der Bewuchs entlang der Straßenböschung wieder in das zitternde Licht herannahender Scheinwerfer getaucht.

Der Mann verfolgte das Flackern mit stockendem Atem, bis endlich auch das Fahrzeug Konturen annahm. Es fuhr langsam, erschreckend langsam und näherte sich dem einmündenden Forstweg. Der Mann ging zwei, drei Schritte zurück, um in die Schwärze des Hangeinschnitts einzutauchen, der zur Höhle führte.

Er verfolgte aus sicherer Deckung, wie der Wagen abbremste. Die roten Schlusslichter wurden heller – und dann geschah tatsächlich das Entsetzliche: Blinklichter. Gelbe Blinklichter. Der Wagen bog links ab, hinein in den Forstweg. Es war ein Kastenwagen. Die Scheinwerfer zogen einen weiten Lichtstreifen durch die mit Gras bewachsene Talaue.

Panik. Der Mann im Bachbett stolperte rückwärts, drohte zu stürzen, fing sich wieder und rannte zum Höhlenschlund, während die Scheinwerfer die Bäume der Hangkante streiften und jene Stelle, an der er gerade noch gestanden war, in helles Licht tauchte. Offenbar hielt der Wagen nicht weit von der Straße entfernt an.

Der Fahrzeugmotor übertönte die klackernden Schritte des Mannes, der wie von Sinnen in die Höhle zurückrannte, in dieses schwarze Loch, in dem er fünf Meter hinterm Eingang erschöpft und zitternd, schwer atmend und schwitzend, an der eiskalten Felswand kauerte.

Draußen schnurrte der Motor im Leerlauf, eine Autotür wurde geöffnet. Trotz der Entfernung konnte der Mann jedes einzelne Geräusch zuordnen. Jetzt war offenbar die Wagentür offen geblieben, denn Musik aus dem Radio drang herüber. Ein volkstümlicher Schlager.

Verdammt, was hatte den Fahrer da vorne bewogen, um diese Zeit hier einzubiegen? Pinkeln? Ein Liebesabenteuer?

Augenblicke später ein kurzes blechernes Scheppern. Wie eine Schiebetür, die abrupt aufgerissen wurde. Typisch für einen älteren VW-Bus.

Die Sekunden krochen dahin. Der Mann in der Höhle hielt den Atem an, biss die Zähne fest zusammen. Er kämpfte gegen den Schüttelfrost.

Wenn er jetzt ertappt würde, war es aus. Sollte er sich im Notfall wehren? Es auf einen Kampf ankommen lassen? Aussichtslos in seinem Zustand. Außerdem konnte in dem Kastenwagen noch eine zweite Person sitzen.

Er würde keine Chance haben. Aus, vorbei. Lebenslänglich Knast.

In diesem Moment näherte sich ein weiteres Fahrzeug. Das Motorengeräusch, daran bestand gar kein Zweifel, schwoll an.

4

Eigentlich war sie hundemüde. Es war vier Uhr früh, doch sie konnte nicht schlafen. Seit Stunden lag sie wach. Ihre Gedanken kreisten aber nicht um ihren Ehemann, der noch immer nicht heimgekommen war, sondern um einen anderen Menschen, der ihr sehr viel mehr bedeutete. Als sie ihm vor zwei Monaten eine E-Mail geschrieben hatte, nur so, weil er ihr beiläufig seine Adresse gegeben hatte, da war eine rege Kommunikation in Gang gekommen, wie sie verliebte Teenager nicht besser hätten führen können. Sie liebte es, wie leidenschaftlich er seine Gefühle zum Ausdruck bringen konnte, wie romantisch er seine Wünsche formulierte und wie er es geschickt verstand, zwischen den Zeilen eine erotische Atmosphäre aufzubauen. Wenn sie allein war, las sie all die Mails, die sie in ihrem Computer gespeichert hatte. Auch am späten Abend hatte sie, wie von einem inneren Drang getrieben den, PC hochgefahren, um noch einmal zu genießen, was ihr der geliebte Mann im Laufe des Tages geschrieben hatte. Sie sehnte sich nach ihm und es fiel ihr schwer, überhaupt noch einen vernünftigen Gedanken zu fassen. Was brachte sie dazu, ihm um 4 Uhr morgens zu schreiben, was er ihr bedeutete? Schließlich würde er es ohnehin erst im Laufe des Vormittags lesen. Doch Liebe und Sehnsucht, das hatte sie in den vergangenen Wochen in einem Wechselbad der Gefühle erlebt, waren stärker als jegliche Vernunft, stärker als all die geschäftliche Seriosität, mit der sie sich normalerweise umgab. Sie fühlte sich, obwohl schon knapp 40, wie ein verliebter Teenager. Der Mann hatte in ihr längst verschüttet geglaubte Gefühle wieder freigesetzt. Sie wunderte sich, dass ihr Ehemann noch nichts von ihrem Zustand bemerkt hatte. Sie musste doch verändert sein. Sie war gereizt, nervös, unzufrieden – und dachte nur an ihn, an den vermeintlichen Traummann, auf den sie ein halbes Leben lang gewartet hatte. Nun war er da – und doch unerreichbar. Denn beide waren sie verheiratet. Sie hatte sich aber vorgenommen, alles daran zu setzen, ihn zu bekommen. Diese Chance, das spürte sie, würde ihr das Leben kein zweites Mal mehr bieten.

Es war kalt in der Wohnung. Die groß gewachsene Frau, deren auffallend blondes Haar bis zur Schulter reichte, fröstelte, als sie nackt aus dem Ehebett kroch, die Lampe auf dem kleinen Schränkchen anknipste und sich ihren Morgenmantel überstreifte.

Sie holte tief Luft und ging in das kleine Büro hinüber, das sie sich in dem schmucken Einfamilienhäuschen eingerichtet hatte. Von diesem winzigen Zimmer aus erledigte sie ihre Geschäfte. Die Wand auf der rechten Seite wurde von drei übereinander angebrachten Regalen beherrscht, deren Bretter sich unter der Last von Aktenordnern und Büchern bogen. Im Laufe der Zeit hatte sie eine umfangreiche Literatur über internationales Wirtschaftsrecht und zu den Gepflogenheiten im Ex- und Import zusammengetragen.

Der Schreibtisch war vor das Fenster gerückt, der Rollladen geschlossen.

Gerade als sich die Frau in den schwarzen Schreibtischsessel fallen lassen wollte, schien es ihr, als habe sie ein Geräusch vernommen. Etwas, das nicht zu der Stille dieses Wohngebiets passen wollte. Sie verharrte in der Bewegung, weil sie für einen kurzen Moment befürchtete, ihr Mann käme heim. Doch offenbar hatte sie nur den Motor eines vorbeifahrenden Autos gehört. Vielleicht der junge Nachbar, der in den Samstagnächten stets lange fortzubleiben pflegte, dachte sie. Ihr Blick streifte dabei die gerahmten Bilder, die der Wand auf der linken Zimmerseite Farbtupfer verliehen. Es waren Ansichten von Istanbul, darunter die weltberühmte Hagia-Sophia-Moschee und die Meerenge am Bosporus.

Die Frau setzte sich in den Bürosessel, schloss sehnsuchtsvoll die Augen und griff zu der Computer-Maus, mit der sie den schwarzen Bildschirm zum Leben erweckte. Sie spürte unter dem Morgenmantel die Kälte um ihre nackten Beine streichen. Wie traumhaft, so dachte sie, wäre jetzt die Nähe und Wärme dieses Mannes gewesen.

Sie klickte eine neue Nachricht an und tippte im Zehn-Finger-System in Windeseile die Empfängeradresse ein. »Geliebter Traummann«, schrieb sie, »seit Stunden liege ich wach und habe nur einen einzigen Gedanken: Dich. Wieder beginnt ein neuer Tag und ich spüre, wie die Zeit verrinnt, ohne dass wir sie genießen können. Weißt Du, wie qualvoll der Gedanke ist, Dich im Bett bei Deiner Frau zu wissen, obwohl wir beide doch wissen, dass wir zusammengehören?« Sie brach ab. Trotz der Tastengeräusche und des Computergebläses hatte sie wieder ein Geräusch vernommen. Es kam von draußen und es hörte sich so an, als sei erneut ein Auto hergefahren. Sie musste vorsichtig sein. Denn falls ihr Mann auftauchte, würde sie sofort das angefangene E-Mail wegdrücken, den Bildschirm abschalten und so tun, als sei sie auf dem Weg zur Toilette.

Doch auch diesmal blieb alles still. Sie schrieb weiter: »Ich möchte Dich nicht drängen, geliebter Schatz, aber ich glaube, ich halte das nicht mehr länger aus. Ich kann keine Nacht mehr schlafen, ich bin fix und fertig.« Sie überlegte einen Augenblick, dann nahm sie den ganzen Mut zusammen und schrieb: »Deshalb, geliebter Schatz, ist die Zeit für eine Entscheidung gekommen.« Wieder zögerte sie, holte tief Luft und lehnte sich zurück. Sie schloss die Augen und kämpfte innerlich mit sich, ob sie's tun sollte. Dann nahm sie alle Kraft zusammen, die ihr nach den Wochen der Ungewissheit, der schlaflosen Nächte und des Bangens noch geblieben war, und tippte in die Tasten: »Entweder sie oder ich.« Als sie es geschrieben hatte, war ihr irgendwie wohler, obwohl sie zu frösteln begann. Obwohl sie wusste, dass sie damit eine Entscheidung herbeiführen würde, die gegen sie ausgehen konnte.

Sie führte den Mauszeiger zu dem Feld »Senden« – und zögerte erneut. Sollte sie es tun? Jetzt? Eine kleine Bewegung des rechten Zeigefingers würde genügen, um den Brief augenblicklich dorthin gelangen zu lassen, wo ihn ihr Geliebter irgendwann in den nächsten Stunden lesen würde. Plötzlich spürte sie wieder das Wechselbad der Gefühle. Sie dachte an die heimlichen Stunden, die sie sich beide abgerungen hatten, an ihre Spaziergänge im Wald, an die lauen Nächte in seinem Auto und an all das, was sie miteinander getan hatten. Sollte sie das alles aufs Spiel setzen? Sollte sie ihn wirklich – erpressen? Jetzt oder nie? Ihre Gedanken fuhren Achterbahn. Wieder waren da diese Zweifel, an sich und der Welt, an ihm und überhaupt an allem. Was sollte sie bloß tun? Klicken – und abschicken? Würde er sich erpresst fühlen? Alles beenden? Den Traum zerstören? Sich zu einer unüberlegten Handlung hinreißen lassen?

Sie atmete tief durch und starrte wie hypnotisiert auf das E-Mail, das irgendwie drohend auf dem Bildschirm darauf wartete, endlich abgeschickt zu werden.

Sie fröstelte jetzt stärker und begann zu zittern.

Sein Atem stockte. Da näherte sich ein zweites Auto, verlangsamte das Tempo. Sehen konnte er es aus dem Versteck heraus nicht, aber sein Gehör trog ihn nicht. Es musste ein Pkw sein, der ebenfalls in den Forstweg einbog. Der Mann im Höhlenschlund vernahm eindeutig das Knirschen der Kieselsteine unter den Rädern. Hinter ihm hallte das Platschen von Wassertropfen durch den felsigen Gang, monoton, im Sekundentakt, als sei's ein Countdown.

Der Mann spürte plötzlich wieder die nassen Hosenbeine, die eisige Kälte, die seine Füße umgab. Er lehnte sich an die kantige Felswand und lauschte in die Nacht hinaus. Zwei Motoren im Leerlauf, Musik aus einem Radio, dann das Schlagen einer Wagentür. Jemand schien auszusteigen. Ein konspiratives Treffen? Der Mann im Höhlenversteck kämpfte gegen das Zittern. Wurde er Zeuge eines Verbrechens? Er, der gerade selbst eines verübt hatte? Eines, das schlimmer kaum sein konnte. Was, wenn eine dieser Personen auch etwas beseitigen wollte – hier, in dieser Höhle?

Er war aufs Äußerste angespannt, stets darauf gefasst, vorne im Bachbett, direkt vor sich, Schritte zu hören. Doch außer dem Brummen der Motoren und der Musik war da nichts. Erst nach einer halben Ewigkeit fiel wieder eine Autotür ins Schloss – vermutlich am Pkw, dessen Fahrer nun Gas gab. Es hörte sich so an, als würde der Wagen wenden und sich dann talaufwärts entfernen. Der Mann atmete auf. Doch die Gefahr war damit nicht gebannt. Er wagte sich ein paar Schritte nach vorne, um die Silhouetten der Fahrzeuge zu erkennen. Eindeutig: Ein Stück weit von dem Mercedes entfernt stand immer noch dieser Kastenwagen, aus dem die Musik herüber klang. Der Fahrer, das war aus dieser Entfernung zu erkennen, hantierte im Laderaum mit einer Taschenlampe und sortierte offenbar Kisten. Es vergingen fast fünf Minuten, bis der Lichtstrahl erlosch und die Schiebetür wieder zugezogen wurde. Die Schritte des Fahrers knirschten, als er um den Kastenwagen ging und sich wieder hinters Steuer setzte. Die Tür fiel dumpf ins Schloss, das Scheinwerferlicht des drehenden Fahrzeugs traf den schwarzen Mercedes, schwenkte dann aber talabwärts, strich quer über die Wiese und zur anderen Talseite hinüber. Der Kastenwagen hatte gewendet und wieder die Straße erreicht.

Er blinkte links, bog ab und entfernte sich rasch.

Der Mann in der Höhle wollte keinen Augenblick mehr länger an diesem schrecklichen Ort hier verbringen, begann zu rennen, stolperte über große Steine und spürte beim nächsten Tritt den kiesigen Untergrund. Er wollte weg, nur weg. Flüchten. Als er den Forstweg erreichte, hechtete er mit zwei kräftigen Sprüngen aus dem Bachbett und war Sekunden später an der Fahrertür des Mercedes, riss sie auf und erschrak, als sich die Innenbeleuchtung einschaltete. Er ließ sich erschöpft in den ledernen Sitz fallen und zog sofort die Tür zu, um damit das Licht zu löschen und den Motor zu starten. Noch 50 Meter bis zur Kreisstraße, dann würde er

diesen Albtraum hinter sich lassen. Und alles würde zurück-
bleiben – als ob nie etwas gewesen wäre.

Als er in die Straße nach links einbog, fühlte er sich zum
ersten Mal seit einer Stunde wieder frei. Es war ihm, als sei
ein Kapitel abgeschlossen.

5

Das Monster ließ dunkle Rauchwolken in den Himmel steigen, zischte und entledigte sich regelmäßig des Überdrucks,
der sich in seinem Inneren zusammengebraut hatte. Dicker
Wasserdampf quoll wie Nebel aus unzähligen Leitungen.
Als warteten die Urgewalten nur darauf, entfesselt zu werden. Ganz klar, das war eine 75 1118 aus den 20er-Jahren,
wie jeder Dampfzugfan mit einem einzigen Blick erfreut
feststellte. Wann immer die Ulmer Eisenbahnfreunde ihre
nostalgischen Zugfahrten anbieten, was an mehreren Som-
mersonntagen der Fall ist, strömen die Freunde alter Bahn-
technik von weither nach Amstetten. Hier, auf der Hochfläche der Schwäbischen Alb, am Ende der Geislinger Steige, die als die erste Gebirgsüberquerung einer Eisenbahn
überhaupt gilt, 1850 gebaut, zweigt eine Nebenstrecke ab,
die nur dank eines Vereins alle Stilllegungspläne überdauert hat. Florian Metzger, ein schlaksiger junger Mann, der
in einer Schaffneruniform steckte, war einer dieser Hobbyeisenbahner, die mit viel ehrenamtlichem Engagement
und unzähligen Arbeitsstunden diese Touristenattraktion
geschaffen haben.

Er war mit dem Andrang an diesem Julisonntag zufrieden.
Das Wetter hatte sich gebessert, sodass bereits der Vormittagszug die Kasse des Vereins auffrischen würde. Metzger
lächelte deshalb zu den beiden Lokführern hinauf, die mit
ihren schwarzen Arbeitskitteln und den rußigen Gesichtern
auf das Abfahrtssignal warteten. Noch aber drängten sich
die Fahrgäste, darunter sehr viele Kinder, vor den blauen
Waggons aus den 20er-Jahren. Nicht alle würden auf den
nostalgischen Holzsitzen einen Platz bekommen, befürch-

tete Metzger und stellte sich bereits auf viele Beschwerden ein. Nebenan auf dem Hauptgleis rauschte unterdessen ein moderner ICE-Zug vorbei.

Die Männer des Eisenbahnvereins waren an diesem Sonntag bereits mehrere Stunden auf den Beinen. Denn, bevor die Fahrt losgehen konnte, musste die 75 1118 angeheizt werden. Das war ein hartes Stück Arbeit. Zehn Kubikmeter Wasser brauchten ihre Zeit, bis sie sich in Dampf verwandelten. Jetzt endlich, um 11 Uhr, hob Florian Metzger seine Schaffnertafel und ließ einen schrillen Pfiff ertönen.

Cheflokführer Anton Kruschke, ein gestand'nes Mannsbild, wie man auf der Alb zu sagen pflegte, legte einen Hebel um und entfesselte die Urkräfte des dampfenden Ungetüms, das augenblicklich mit einem wilden Fauchen eine erlösende Qualmschwade in den Himmel schießen ließ. Weitere folgten – in immer kürzeren Intervallen. Die Treibstangen, die die rotspeichigen Räder miteinander verbanden, um die Antriebskräfte gleichmäßig zu verteilen, setzten sich langsam in Bewegung. Denn nur mühsam begannen sich die Räder zu drehen. Der Zug ruckelte, als die Kupplungen der Waggons ineinander griffen. Sekunden später waren Bahnsteig und Zug in eine Mischung aus schneeweißem Wasserdampf und rußgeschwängerter Luft getaucht. Die unerfahrenen Videofilmer würden keine große Freude daran haben, wenn sich der ölige Schmutz in die wertvolle Elektronik ihrer Geräte verirrte.

Die Maschine gebärdete sich immer wilder, obwohl der Zug gerade mal mit Schritttempo den Bahnhofsbereich verließ. Kruschke drehte an einer großen eisernen Vorrichtung, die zwischen all den mechanisch wirkenden Anzeigeinstrumenten wie ein schräg gestelltes Lenkrad aussah. Die Feuerklappe in der Mitte des Führerstandes war geschlossen, doch ließ sich an ihren undichten Rändern das gelborange Höllenfeuer erahnen, das eine enorme Hitze verbreitete und jede Menge Wasser in den Druck erzeugenden Dampf verwandelte. Kruschke lehnte sich mit seinem ganzen fülligen Oberkörper durch das rechte Fenster, um die Wegstrecke vor dem Tender des schwarzen Monsters überblicken zu können, das immer größere Mengen Qualm und Ruß um sich spuckte. Der zweite Mann hatte auf der linken Seite den Beobachtungsposten bezogen. Gemächlich rumpelte die Lok über Weichen, mit denen der Zug zur links abzweigenden Nebenbahnstrecke gelangte.

Der Verkehr auf der Amstetter Ortsdurchfahrt der Bundesstraße 10 stand still, die roten Lichter am Bahnübergang blinkten. Als Kruschke dies zufrieden feststellte, drehte er wieder an seinem Rad und warf einen prüfenden Blick auf den schwarzen Zeiger eines Instruments. Es verhieß genügend Dampfdruck und damit Antriebskraft.

Die Lok fauchte aus Amstetten hinaus, wo das Gleis in den Wald eintauchte und in eine Steigung überging. 25 Promille waren's, genau so viel, wie die Geislinger Steige aufwies. Auf einer Wegstrecke von 40 Metern wird dabei jeweils ein Höhenmeter überwunden. Und bis zur ersten Haltstation in Stubersheim musste immerhin ein Höhenunterschied von hundert Metern bewältigt werden. Angesichts solcher Steigungen gerieten Eisenbahnfreunde in helle Entzückung. Und wieder, das erkannte Kruschke während der Fahrt, hatten sich viele Hobbyfotografen und Hobbyfilmer entlang der Strecke postiert und ihre Kameras oder Videogeräte an den markantesten Punkten auf Stative geschraubt. Jedes Mal schienen sie neue Perspektiven zu entdecken, an denen die schnaubende Lok besonders romantisch wirkte. Oft genug kamen die Filmer auch dem Bahndamm bedrohlich nahe, sodass Kruschke das für eine Dampflok typische Warnsignal ertönen lassen musste. Er hatte allerdings den Verdacht, dass dies geradezu provoziert wurde, um das Video mit einem Originalton garnieren zu können.

Der zweite Mann auf der Lok wandte sich jetzt dem Höllenfeuer zu. Er öffnete die Klappe, hinter der die Feuersbrunst wütete, und schaufelte aus dem Kohlenbehälter neuen schwarzen Brennstoff in den Schlund des Monsters hinein. Schweißperlen standen ihm auf der Stirn, vermischt mit Rußpartikeln. Kruschke nickte seinem Kollegen aufmunternd zu. Der Zeiger des Instruments war bereits rückläufig gewesen, Nachschub also notwendig, um den Druck aufrecht zu erhalten.

Der junge Schaffner war nach der Abfahrt in Amstetten auf den ersten Waggon hinter dem an der Lok angebrachten Kohletender gesprungen – und fand seine Befürchtungen bestätigt. Drangvolle Enge, quengelnde Kinder, mürrische Alte. Sie hatten keinen Sitzplatz gefunden und warfen den Eisenbahnern mangelndes Organisationstalent vor. Metzger rang sich ein Lächeln ab und ließ sich mit humorvollen Bemerkungen die Fahrkarten zeigen. »Sie reisen heute so, wie vor hundert Jahren«, versuchte er die Passagiere zu besänftigen. »Damals hat man auf Luxus noch keinen großen Wert gelegt, sondern war froh, dass man einen Gleisanschluss hatte.« Die Menge murmelte.

Metzger hatte Mühe, sich einen Weg zu bahnen. Ein älterer Herr zupfte ihn an der Uniformjacke. »Entschuldigung«, sagte der Mann, der sich einen Sitzplatz ergattert hatte, »man kann doch sicher unterwegs aussteigen und mit dem nächsten Zug wieder zurückfahren?«

»Ja selbstverständlich. Wir fahren in Gerstetten um 13 Uhr wieder ab. Sie können aber auch erst am Spätnachmittag zurückfahren.«

Über das faltenreiche Gesicht des Mannes zuckte ein Lächeln. »Sagen Sie, dieses Waldhausen da oben – kennen Sie den Ortsvorsteher dort?« fragte er mit gedämpfter Stimme, aber noch laut genug, damit er das Rumpeln des Waggons übertönte.

Der Zug näherte sich seiner ersten Haltestation. Metzger hatte nicht viel Zeit. »Flüchtig, ja«, erwiderte er deshalb nur knapp und wollte sich in Richtung Tür davon machen. Doch der Fremde ließ nicht locker: »Meinen Sie, dass er an einem Tag wie heute auch zum Bahnhof kommt?«

Metzger richtete sich wieder auf und zuckte mit den Schultern. »Keine Ahnung, aber wenn unser Dampfzug fährt, ist hier meist alles auf den Beinen.« Und er fügte in Anspielung auf einen alten Westernfilm lächelnd und mit hörbarem Stolz hinzu: »Dann ist High-Noon in Waldhausen – und nicht nur dort.« Der junge Schaffner drängte sich durch die stehenden Menschen, die sich während der ruckelnden Fahrt an die Haltevorrichtungen klammerten. Vor den Fenstern zogen Dampfschwaden vorbei.

Die Fragen des Fremden hatten das Interesse seines Nebensitzers geweckt. »Sie kennen den Wühler nicht?«

»Oh doch«, erwiderte der Faltenreiche und lächelte viel sagend, »das ist doch der mit dem Schweinestall, stimmt's?«

Der andere nickte nur. Dann stoppte der Zug. Stubersheim war erreicht, die Steigung bewältigt.

Durchs Fenster waren die Rotoren der Windkraftanlagen zu sehen. Sie ragten bewegungslos in den sommerlichen Himmel. Sarah Flemming streifte sich die langen blonden Haare aus dem Gesicht und lehnte sich in dem bequemen Bürostuhl zurück. Es war kurz vor halb zwölf und Markus hatte sich noch immer nicht gemeldet. Dafür waren einige traumhafte Mails gekommen. Ihr Geliebter hatte heute Vormittag prompt geantwortet. Am liebsten hätte sie mit ihm in einem Biergarten den Sommertag genossen und später bei einem Spaziergang den Sonnenuntergang beobachtet.

Doch das blieben Träume, zumindest vorläufig. Dass Markus, ihr Ehemann, die ganze Nacht über weggeblieben war, ohne ihr eine Nachricht zu hinterlassen, beunruhigte sie zwar, doch richtig traurig stimmte sie dies nicht. Allerdings erschienen ihr die Kreise, in denen er sich in jüngster Zeit bewegte, einigermaßen dubios zu sein. Das war bei weitem mehr, als es die Geschäfte vertrugen. Denn man konnte schneller in eine gefährliche Situation verwickelt werden, als es einem lieb war. Sie hatten oft schon darüber gestritten.

Jetzt griff sie zum Telefon und drückte zum wiederholten Male die Nummer seines Handys. Doch es war wieder nur die Mailbox, die sich meldete und sie aufforderte, eine Nachricht zu hinterlassen. Sarah unterbrach die Verbindung und suchte im Telefonbuch die Nummer der »Oberen Roggenmühle.« Dorthin hatte Markus gestern Abend gehen wollen, weil er ein Fan des schwäbischen ›Kaos-Duo‹ war.

»Eine Frage nur«, sagte sie, als sich der Wirt gemeldet hatte, »war Markus gestern bei euch?«

Martin Seitz antwortete ohne zu zögern: »Ja, natürlich. Wieso – ist denn irgendetwas?«

Sarah holte tief Luft und schaute zu den Rotoren hinüber.

»Er ist nicht nach Hause gekommen«, antwortete sie schließlich.

»Bis jetzt nicht?«

»Wann ist er denn gegangen?« sprach Sarah weiter, ohne auf das Gefragte einzugehen.

»Ziemlich bald, glaube ich«, antwortete der Wirt, »zumindest war er einer von den Ersten, die gegangen sind. Noch bevor das ›Kaos-Duo‹ fertig war. Ich hab' mich noch gewundert.«

»Um wie viel Uhr ungefähr?«

»Ich denke, kurz nach elf.«

Sarah spielte mit ihren langen Haaren. »Hat er denn gesagt, wo er noch hin wollte?«

»Mir jedenfalls nicht, aber vielleicht solltest du mal die anderen fragen. Von euch da oben war eine ganze Clique hier«, erklärte Seitz und fügte eher beiläufig hinzu: »Die Üblichen halt.«

»Bei wem hat er denn gesessen?«

»Bei Mayer und bei Hellbeiners, soweit ich mich erinnere. Die waren übrigens alle mit ihren Frauen da. Schade, dass du nicht auch gekommen bist.«

»Mir war nicht danach«, entgegnete sie kurz und kühl, bedankte sich für die Auskunft und beendete das Gespräch. Für einen Augenblick blieb sie in Gedanken versunken sitzen.

6

Die weißen Dampfschwaden lösten sich nur mühsam auf. Inzwischen fauchte und stampfte die 75 1118 auf Schalkstetten zu, vorbei an Getreidefeldern und durch das frische Grün eines Waldstücks. Auch hier tauchten überall Fotografen und Amateurfilmer auf. Sie saßen am Bahndamm, auf Hochsitzen oder hatten Gartenstühle mitgebracht, um sich stundenlang, wann immer der Zug vorbeikommen würde, eine besonders romantische Perspektive zu sichern. Am Ortsrand überquerte die Museumsbahn die Landstraße, wo auf beiden Seiten Dutzende von Autos vor dem blinkenden Rotlicht warteten.

Noch immer lehnte Kruschke aus dem engen Fenster und blickte angestrengt nach vorne. Schon von weitem sah er die Menschenmenge, die im Bahnhofsbereich das Gelände bevölkerte. Er bändigte sein Ungetüm und nutzte den verbliebenen Schwung, um den Zug langsam ausrollen zu lassen. Der Haltepunkt wurde von dem turmartigen Getreidesilo überragt.

Kaum standen die Räder still, öffneten sich Türen, strömten Passagiere ins Freie, stiegen andere ein. Die beiden Lokführer kletterten aus ihrem Führerstand und machten sich an ihrer Maschine zu schaffen.

Schaffner Florian Metzger schritt auf dem Bahnsteig die Waggons ab, um routinemäßig einen flüchtigen Blick auf den technischen Zustand zu werfen. Keine Besonderheiten. Am Ende des Zuges überquerte er das Gleis und ging auf der anderen Seite zur Lok zurück. Dort interessierte sich inzwischen ein Mann mit einer Kamera für die technischen Daten, vor allem für die Wassermenge, die verbraucht wurde. Kruschke und sein Kollege gaben bereitwillig Auskunft. Der Fragesteller, so erfuhr der junge Eisenbahner, hieß Ernst Häge. Er machte sich eifrig Notizen und war der örtliche Berichterstatter der »Geislinger Zeitung«. Um die Männer gruppierten sich immer mehr Eisenbahnfans. Auch der Fremde mit den vielen Falten im Gesicht, den Metzger gleich hinter Amstetten getroffen hatte, war ausgestiegen. Der Mann, so stellte der Schaffner fest, wollte mit seiner überaus vornehmen Kleidung, seiner schwarzen Hose und dem dunklen Jackett nicht so recht zu dieser Umgebung und schon gar nicht zu dem sommerlichen Wetter passen. Kruschke erzählte, was die Eisenbahnfans regelmäßig wissen wollten – wie viel Wasser die Maschine verbrauchte und welche Mengen Kohle notwendig waren, um das Dampfross zum Leben zu erwecken. Der Fremde nickte eifrig und ließ ein kurzes Lächeln erkennen, als sich sein Blick mit jenem Kruschkes traf.

Ernst Häge kratzte sich am Schnurrbart, und stellte eine weitere Frage: »Ist eigentlich daran gedacht, die Dampfzugfahrten auf alle Sommerwochenenden auszudehnen?«

Der Lokführer räusperte sich und deutete auf die Menschenmenge, die mittlerweile den Zug in Beschlag genommen hatte. »Wahrscheinlich würd' sich's lohnen.« Florian Metzger wollte gerade seine Zustimmung zum Ausdruck bringen, als sich der Fremde einmischte und – eher an die umstehenden Zuhörer gewandt – mit lauter Stimme tönte: »Aber hier oben, so scheint es mir, kümmert man sich lieber um andere Dinge. Leider.« Die Dampflok ließ Überdruck ab, als wolle sie diese Feststellung untermauern.

»Was meinen Sie damit?« fragte Häge.

»Ich sag' nur eines«, antwortete der Fremde, dem jetzt dicke Schweißperlen auf der Stirn standen, »Schweinestall.« Und er wiederholte, um zu bekräftigen: »Ich sag' nur: Schweinestall.«

Drüben am Horizont stiegen Dampfschwaden auf. Sarah Flemming sah durchs Fenster ihres kleinen Büros den Museumszug. Er näherte sich aus der Senke und erklomm hier in Waldhausen die Europäische Wasserscheide, die den Zufluss zwischen Rhein einerseits und zur Donau andererseits topografisch trennt – oder kontinental gesehen: Zwischen Nordsee und dem Schwarzen Meer.

Daran freilich verschwendete die Blondine an diesem Sommervormittag keinen einzigen Gedanken. Seit Stunden zermarterte sie sich das Gehirn, was mit ihrem Ehemann geschehen sein könnte. Dass er sich mit den Ortschaftsräten Mayer und Hellbeiner gestern Abend in der ›Oberen Roggenmühle‹ aufgehalten hatte, war nur ein schwacher Trost. Denn, wo steckte er jetzt? Es war wohl zwecklos Mayer und Hellbeiner heute anzurufen. Sie würden kaum zu Hause, sondern mit dem Dampfzug unterwegs sein. Sie versuchte es trotzdem, doch es meldete sich wie erwartet niemand. Stattdessen drang der schrille Pfiff der Lok zu ihr herüber.

Wenn die Museumsbahn fuhr, standen die Orte an der 20 Kilometer langen Strecke meist Kopf. Touristen bevölkerten dann zuhauf jedes dieser idyllischen Albdörfer. Dampfzüge hatten nichts von ihrer Anziehungskraft eingebüßt.

Sarah drückte eine weitere Nummer und musste lange warten, bis sie eine vertraute Männerstimme hörte. »Özgül.«

»Hi«, sagte die Frau und lächelte, »ich bin's, Sarah.«

Der Mann am anderen Ende der Leitung erwiderte etwas auf Türkisch, entschied sich dann aber doch für Deutsch, das er nahezu akzentfrei beherrschte: »Wenn du am Sonntag um diese Zeit anrufst, brauchst du Hilfe, hab' ich richtig getippt?«

Sie zögerte einen Moment und starrte auf die bunten Kringel, die der Bildschirmschoner zu malen begann. »Markus ist weg«, antwortete sie knapp.

Sie hörte nur das Atmen ihres Gesprächspartners, der schließlich genauso kurz nachhakte: »Was heißt das?«

»Er war gestern Abend bei einer Veranstaltung in der ›Oberen Roggenmühle‹ und ist bis jetzt nicht heimgekommen.«

Ihr Gesprächspartner blieb stumm.

»Ismet, mir gefällt das nicht, er ist nie einfach so weggeblieben. Ich bin sicher, ihm ist etwas zugestoßen.« Sie sah, wie die Dampfschwaden sich auflösten.

»Ich versteh nicht, was du meinst?« Auch Ismet Özgüls Stimme wurde kühl.

Sarah atmete schwer. »Du weißt selbst am besten, welche Alleingänge er unternimmt. Immer mehr, immer mehr ...« Sie spürte, wie ihr Blutdruck stieg. »Immer mehr ... diese Raffgier. Ismet, da kennt der keine Grenzen.«

»Hm«, der Türke versuchte, seine Gesprächspartnerin zu beruhigen. »Du solltest jetzt in Ruhe darüber nachdenken, was zu tun ist.«

»In Ruhe«, äffte sie jetzt ziemlich aufgebracht nach, »ist dir eigentlich klar, was es bedeutet, wenn sie Markus beseitigt haben? Ist dir das klar?« Der Türke schwieg. »Die Polizei wird hier auftauchen und das Haus auf den Kopf stellen, will wissen, mit wem er Kontakte hatte, welcher Art seine Geschäfte waren. Und, dass ich ihn jetzt irgendwann als vermisst melden muss, um mich nicht tausend Fragen ausgesetzt zu sehen? Um nicht selbst verdächtigt zu werden.« Ihre Stimme wurde lauter.

»Sarah«, hörte sie die sonore Stimme des Mannes, »wir stehen zusammen.« Er schien zu überlegen. »Du musst ihn natürlich als vermisst melden. Aber lass' uns noch ein paar Stunden warten.« Ismet machte eine kurze Pause. »Ich komm' zu dir rauf«, entschied er dann, »wir müssen ein paar Dinge besprechen.«

Sarah fühlte so etwas wie Erleichterung. »Und wir müssen Spuren beseitigen«, fügte sie hinzu.

Der Dampfzug hatte Waldhausen in Richtung Gussenstadt verlassen.

»Sie sind der Herr Wühler?« Der Fremde, der in Waldhausen aus dem Dampfzug gestiegen war, hatte sich nach dem Ortsvorsteher durchgefragt. Karl Wühler saß an einem der Biertische, an denen es kaum noch freie Plätze gab. Diese Bahnhofsfeste erfreuten sich großer Beliebtheit. Die Musikkapelle aus dem benachbarten Eybach spielte, es gab den traditionellen Hammelbraten und jede Menge Kuchen, den die örtlichen Landfrauen gebacken hatten. Der Reinerlös kam den Vereinen zugute, die gerade in den ländlichen Gemeinden das Zusammengehörigkeitsgefühl der Bevölkerung stärkten.

Heute saß Wühler allerdings nicht, wie dies ansonsten üblich war, bei seinen Ortschaftsräten, sondern abseits im Kreise seiner Familie. Nur Oberbürgermeister Hartmut Schönmann, Oberhaupt der Stadt Geislingen, hatte noch zusammen mit seiner Frau bei ihm Platz genommen. Die Schweinestallaffäre, wie das umstrittene Bauvorhaben inzwischen genannt wurde, hatte einen tiefen Graben zwischen Wühler und dem Rest des Ortes aufgerissen. Der Ortsvorsteher sorgte sich nicht nur um sein persönliches Image als Kommunalpolitiker und angesehener Landwirt. Er befürchtete mittlerweile auch, dass seine »Besenwirtschaft«, die er erst vor kurzem in seiner großen Hofstelle eingerichtet hatte, darunter leiden würde.

Wühler stand auf und schaute in ein faltenreiches Gesicht. »Grüß Gott«, sagte er und reichte dem älteren Herrn, den er um einen Kopf überragte, die Hand. »Ja, ich bin Karl Wühler.«

Der Fremde lächelte. »Freudenthaler, Hans Freudenthaler. Entschuldigen Sie die Störung und dass ich so unangemeldet in Ihr Fest platze.« Seine Augen wurden in der blendenden Sonne zu kleinen Schlitzen. »Ich bin Tourismusmanager und wollte mir mal von dem Spektakel mit dem Dampfzug ein eigenes Bild verschaffen. Ein idealer Tag heute.« Er musste lauter sprechen, weil an dem Tisch gerade schallend über einen Witz gelacht wurde.

Wühler befreite sich von dem festen Händedruck Freudenthalers und schaute skeptisch. Noch bevor er etwas erwidern konnte, meinte der Gast: »Ich bin davon überzeugt, dass man die ganze Region hier oben aufwerten könnte – privatwirtschaftlich mein' ich, nicht mit einem Beamtenapparat.«

Wühler war verunsichert. Im Hintergrund begann die Blaskapelle zu spielen.

»Haben Sie einen Moment Zeit?« fragte Freudenthaler, was der Ortsvorsteher zum Anlass nahm, auch Oberbürgermeister Schönmann einzuschalten. Das Stadtoberhaupt hatte gerade einen Schluck aus dem Bierkrug genommen, erhob sich dann und stieg über die hölzerne Bierbank. Wühler erklärte, worum es ging und dass der Herr Freudenthaler gekommen sei, touristische Attraktionen aufzuspüren. Der Hinweis, es könne vielleicht auf privatwirtschaftlicher Basis der Fremdenverkehr in dieser strukturschwachen Region angekurbelt werden, ließ den Oberbürgermeister sofort aufhorchen. Solches Ansinnen lag genau auf seiner Wellenlänge. Seit die Kommunen finanziell ausbluteten, war man auf derlei Engagement angewiesen. Dies hatte Schönmann in den vergangenen Jahren bei jeder Gelegenheit propagiert. Sein Lächeln wurde jetzt noch strahlender, als es ohnehin bereits war. Er schlug vor, sich zu einem kurzen Gespräch in das frisch sanierte Bahnhofsgebäude zurückzuziehen.

Schönmann und Wühler entschuldigten sich bei ihren Frauen und den anderen Gästen am Tisch und führten den Fremden in das nahe Gebäude. Dieses war längst liebevoll restauriert und in ein schmuckes Vereinsheim umgewandelt worden. Heute hatten dort die Landfrauen ihre Kuchen und Torten aufgereiht. Schönmann lächelte den Damen zu und ließ sich von Wühler in ein Besprechungszimmer führen, in dem einige schlichte Stühle um einen rechteckigen Tisch gruppiert waren.

Der Ortsvorsteher nahm an einer Oberkante Platz, links von ihm Schönmann, rechts der Tourismusmanager.

»Ich will Sie nicht lange aufhalten«, begann Freudenthaler sichtlich erleichtert über das Interesse, auf das er gestoßen war. Er hatte nach allem, was ihm über Geislingen und seine Stadtbezirke zugetragen worden war, auch gar nichts anderes erwartet. Er griff in die Innentasche seines Jacketts und reichte den beiden Männern eine Visitenkarte. »Damit Sie wissen, mit wem Sie's zu tun haben«, sagte er dabei, »Ich bin Inhaber eines privaten Tourismus-Management-Unternehmens in Frankfurt. Dass ich heute zu Ihnen komme, ist reiner Zufall. Ich hatte gestern im Allgäu zu tun und dort beiläufig von Ihren Dampfzügen hier erfahren. Da dachte ich mir, ich schau mir das mal selbst an. Schließlich darf sich Tourismus-Management nicht nur auf einen kleinen Raum beschränken, sondern soll großflächig ein vernetztes System bilden.« Freudenthaler begann noch stärker zu schwitzen. Dass er nicht mit der ganzen Wahrheit herausrückte, gehörte zu seinem Geschäft. Hätte er sich nämlich offiziell angemeldet, schriftlich und förmlich, wäre er erfahrungsgemäß einem ganzen Stab von nichts ahnenden Verwaltungsfachleuten gegenüber gesessen. Man hätte seine Ideen zerredet, weil Bürokraten nur ihre eigenen Zuständigkeiten sahen und nicht das große Ganze. Dieser Schönmann aber, das hatte man ihm berichtet, war keiner dieser Bürgermeister, die alle dieselbe Verwaltungslaufbahn absolviert haben, windschlüpfrig gemacht wurden, sich in Tonfall und Argumentation, ja sogar im Outfit, kaum voneinander unterschieden und nur ihren theoretischen Denkmustern nachhingen, bar jeglicher Ahnung von Praxis und Arbeitswelt. Schönmann war aus der Wirtschaft gekommen, kannte Zusammenhänge und versuchte, gegen den allgegenwärtigen Bürokratismus anzukämpfen. Wenngleich mit mäßigem Erfolg, wie er sich manchmal selbst eingestehen musste.

»Tourismus«, fuhr Freudenthaler fort, »Tourismus darf man heutzutage nicht auf eine einzige Gemeinde beschränken. Der Tourist ist derart mobil, dass er ein vielfältiges Angebot präsentiert haben möchte, das bei Ihnen beispielsweise von Ulm mit dem höchsten Kirchturm der Welt bis Stuttgart mit seinem riesigen kulturellen und sportlichen Angebot reichen kann. Die Idee, die dahinter steckt, ist reizvoll: Urlauben auf der beschaulichen Alb – und Tagesausflüge zu den Attraktionen der näheren und weiteren Umgebung machen.« Freudenthaler hatte das Gefühl, dass Schönmann und Wühler von seinen Ausführungen angetan waren. »Unter uns gesagt, meine Herren, eine Kurzanalyse Ihrer Region hier hat erhebliche Defizite zu Tage gefördert.« Der Redner räusperte sich und senkte seine Stimme, als verrate er ein Geheimnis. »Sie haben drei Thermalbäder in der Gegend, in Bad Überkingen, Bad Ditzenbach und Bad Boll. Sie haben markante Aussichtspunkte am Albrand und Sie haben etwas, das Sie, mit Verlaub gesagt, bisher sträflich vernachlässigen: Ihre Eisenbahngeschichte.«

Schönmann verzog das Gesicht, Wühler blickte jetzt nicht mehr so skeptisch drein.

»Als Ihre Geislinger Steige gebaut wurde«, machte Freudenthaler weiter, »da war die Eisenbahn noch ganz jung. Und hier, ja hier bei Ihnen, wurde zum allererstenmal weltweit ein Schienenstrang über ein Gebirge gebaut – okay, Gebirge klingt angesichts der Topografie der Schwäbischen Alb etwas großspurig, aber damals galt dies wirklich als Gebirge.«

Schönmann nickte und lächelte wieder.

»Und wie vermarkten Sie diesen Umstand?« Freudenthaler kam jetzt in Fahrt. »So gut wie gar nicht«, gab er sich selbst die Antwort. »Dabei ist es doch gerade die Eisenbahn, die Tausende locken kann. Nicht mal das schlechte Image und das miserable Management der heutigen Bahn AG hat daran etwas geändert. Schauen Sie sich doch allein an einem Tag wie heute mal um: Ein alter Dampfzug reißt Tausende vom Sitz.« Der Manager wischte sich mit einem Papiertaschentuch den Schweiß von der Stirn. Von draußen klang Blechmusik herein.

»Machen Sie was draus!« forderte Freudenthaler seine beiden Zuhörer auf.

Schönmann sah den Augenblick einer Nachfrage für gekommen: »Und was könnten wir Ihrer Ansicht nach dazu beitragen?«

»Beziehen Sie alle mit ein, die in irgendeiner Weise vom Tourismus profitieren können – und sorgen Sie für ein plausibles und schlüssiges Konzept, in das alle gemeinsam im eigenen Interesse investieren.« Die Stimme des Managers klang fest und überzeugend. »Dann ...«, so fuhr er zögernd fort, »dann wird Sie auch ein großes Schweinestallprojekt nicht aus der Fassung bringen.«

In Wühlers Gesicht zuckte etwas. Er schluckte und spürte,

wie ihm das Blut in den Kopf schoss. Freudenthaler schien dies bemerkt zu haben und wandte sich nun direkt an ihn: »Ihnen Herr Wühler geb' ich den Rat, den guten Rat: Lassen Sie sich von Ihren Gegnern nicht zu unüberlegten Handlungen hinreißen.«

Der Ortsvorsteher wurde bleich. Und Schönmann wunderte sich plötzlich, wieso der Fremde so gut informiert war, wo er doch nach eigener Aussage erst gestern im Allgäu auf die Dampfzugfahrten aufmerksam gemacht worden war.

7

Links war eine Vielzahl von Windkrafträdern vorbeigezogen. Wie überdimensionale Spargel ragten sie in die Höhe. Mit lautem Getöse und mehrmaligen Pfeifen hatte der Dampfzug Gussenstadt erreicht. Das schwarze Ungetüm zischte und schnaubte. An den Waggons waren die meisten Fenster geöffnet, strahlende Gesichter blickten erwartungsfroh nach draußen. Auf den Plattformen, die den luftigen Übergang von einem Wagen zum anderen ermöglichten, drängten sich Menschen. Wieder summten Videokameras, klickten Fotoapparate. Passagiere kletterten über die steilen Eisentritte ins Freie, mindestens genau so viele stiegen ein.

Florian Metzger war zu den beiden Lokführern geeilt und beobachtete mit ihnen den ungewöhnlich starken Andrang. In Kruschkes Gesicht hatten sich Schweiß und Ruß zu einer schwarz glänzenden Schicht vermischt. Er zwängte sich mit dem gesamten Oberkörper aus dem Seitenfenster und signalisierte dem jungen Schaffner mit nach oben gerichtetem Daumen, wie erfolgreich der heutige Tag sein würde. »Spitzenmäßig«, rief ihm Florian zum Führerstand herauf. Er hatte dabei Mühe, das Zischen der Dampfmaschine zu übertönen.

Kruschke war begeistert. Es hatte sich gelohnt, den Lokführerschein zu machen, auch wenn es eine wochenlange Büffelei gewesen war. »Wir müssen unser Projekt durchziehen«, rief er zurück und löste damit im Gesicht des Schaffners ein freudiges Lächeln aus. Auch der reckte jetzt den Daumen als Erfolgszeichen nach oben. »Wir sind auf dem richtigen Weg«, bestätigte er.

Kruschke schien sich noch weiter hinausbeugen zu wollen, doch hielt die Enge der Fensteröffnung seinen voluminösen

Oberkörper gefangen. »In einem müssen wir uns einig sein«, sagte er mit gedämpfter Stimme, aber noch so laut, dass ihn sein Vereinskamerad auf dem Bahnsteig verstehen konnte: »Wir dürfen uns durch nichts und von niemandem abhalten lassen. Schau dich um.« Kruschke strahlte voller Optimismus. »Wir werden die größten Dampfzugfahrer aller Zeiten.«

Florian beobachtete das Ein- und Aussteigen der Passagiere und sah dann wieder zu Kruschke hinauf: »Mensch, Anton, wir schaffen das!«

Der Lokführer kniff die Augen zusammen und nahm seinen jungen Freund ins Visier: »Und wenn es noch so viele Querulanten gibt, Florian, wir werden sie uns vom Leib halten.« In seiner Stimme lag ein beschwörender Unterton. Der Schaffner kannte dies und wusste, dass Kruschke bereit war, unbeirrt seinen Weg zu gehen. Manchmal erinnerte er ihn an einen perfekten Schachspieler, der es geschickt verstand, seinen Gegner systematisch auszuschalten. Aber das mochte wohl an seinem Beruf liegen, dachte Florian in solchen Momenten. Als Viehhändler, der Kruschke einst gewesen war, hatte er es vermutlich nicht immer mit den feinsten Gepflogenheiten zu tun gehabt. Nicht umsonst sprach man noch heute auf der Alb von einem »Kuhhandel«, wenn ein Geschäft gemeint war, das am Rande der Legalität abgewickelt wurde. Kruschke hatte vor 15 Jahren zwar die Branche gewechselt, es aber dann innerhalb kürzester Zeit zum Großunternehmer gebracht.

Die Menschen, die auf dem Bahnsteig blieben, traten nur zögernd zurück. Florian Metzger beobachtete sie und entschied sich fürs Weiterfahren. Er hob vorschriftsmäßig seine Tafel, während ihm Kruschke noch zurief: »Junge, nur eines zählt: Zusammenhalten.«

Eine Antwort bekam er nicht, weil Florian bereits seine Pfeife im Mund hatte und kräftig hinein pustete. Der Lokführer zwängte sich aus seinem Fenster zurück auf den Führerstand, wo sein Kollege das Inferno im Höllenofen nachgeschürt hatte. Kruschke warf einen flüchtigen Blick auf die primitiven Instrumente und drehte an dem eisernen Rad. Die

Lok stieß fauchend eine Dampfschwade in den blau gewordenen Himmel und setzte sich langsam in Bewegung. Der Lokführer atmete tief. Ein anstrengender Tag, dachte er und streckte den Kopf wieder aus dem Fenster, um den Bahndamm vor sich überblicken zu können.

Sein Kollege warf die Kohlenschaufel in den Behälter zurück und lehnte sich aus dem linken Fenster. »Alles okay«, rief er mit einer seitlichen Kopfbewegung seinem Kollegen zu. Im Schritttempo keuchte und zischte die 75 1118 an den Zuschauern vorbei, die jetzt respektvoll zurückgetreten waren.

Als sie Gussenstadt verlassen hatten, drehte sich der zweite Lokführer zu Kruschke, der angestrengt den Gleisverlauf im Auge behielt. »Sag' mal, der Florian, den hast du ja voll auf deiner Seite – oder seh' ich das falsch?«

Kruschke sprach seine Worte buchstäblich in den Wind – aber so laut, dass ihn sein Kollege verstehen konnte: »Wir lassen uns nicht von ein paar Idioten das Ding vermasseln.« Er zögerte und drehte den Kopf kurz in Richtung Innenraum: »Da kannst du dich drauf verlassen.«

Die Feuchtigkeit der Nacht war nahezu von der warmen Luft aufgesogen worden. Im Roggental hatten sich die Morgennebel schnell verflüchtigt, sodass die Julisonne jetzt, gegen zwölf Uhr mittags, bereits gnadenlos in den tiefen Einschnitt scheinen konnte. Längst waren die ersten Kinder mit Ponys von der ›Oberen Roggenmühle‹ losgezogen und dem Waldweg talaufwärts gefolgt. Diese Höhle, die nur wenige hundert Meter von der Ausflugsgaststätte entfernt als schaurig schwarzes Loch geheimnisvoll in den Steilhang hinein führte, war ein beliebtes Ausflugsziel. Um sie rankte sich eine Sage, wonach im Mittelalter dort ein schreckliches Verbrechen geschehen sein sollte: Ein Wilddieb habe den Förster der nahen Burg Ravenstein erschossen und die Leiche in der Höhle versteckt. Seitdem hieß sie »Mordloch«, was nicht nur Kindern beim Vorübergehen regelmäßig einen Schauer über den Rücken jagte. Trotzdem war es für viele ein besonderes

Abenteuer, sich mit Taschenlampen ein Stück weit in diese Höhle vorzuwagen, von der viereinhalb Kilometer vermessen waren, wie es auf einer Hinweistafel zu lesen stand.

Nicht selten gaben Familienväter gerne dem Entdeckungsdrang ihrer Sprösslinge nach, um auf diese Weise selbst ein bisschen Abenteuerlust zu verspüren. Auch an diesem Sonntag hatte ein Mann seinen beiden Buben, acht und zehn Jahre alt, einen kurzen Vorstoß in dieses unheimliche Loch versprochen. Die Mutter sicherte sich derweil ein Plätzchen an der großen Feuerstelle, an der bereits andere Ausflügler eine kräftige Glut zuwege gebracht hatten und ihre Würste drüber hielten. Der Geruch von Gegrilltem und Rauch hing in der Luft.

Vater und Söhne stiegen in das ausgetrocknete und steinige Bachbett, das in leichtem Bogen zu einem Hangeinschnitt führte und dort im Schlund der Höhle verschwand. Die beiden Buben konnten es kaum erwarten, in das Schwarz des Berges einzudringen. Bevor es so weit war, knipste ihr Vater am Eingang eine lange Stabtaschenlampe an, deren halogenes Licht auf kantige Felswände fiel. Trotz des hellen Strahls dauerte es einige Sekunden, bis sie den weiteren Verlauf des schmaler werdenden Ganges erkennen konnten. Ihre Augen mussten sich zunächst an die Dunkelheit gewöhnen. Der Mann deutete seinen Sprösslingen an, dicht hinter ihm zu bleiben und auf hervorstehende Steine zu achten. Irgendwo in der Tiefe der Höhle fielen Tropfen in ein stehendes Gewässer.

Der Mann staunte, wie trocken der Höhlengang heute war. Erst als es um eine Biegung ging, spiegelte sich im Lichtstrahl der Taschenlampe die erste Feuchtigkeit. »Viel weiter geht's nicht«, erklärte er seinen Buben, die ehrfurchtsvoll und leicht verängstigt die Felswände und die sich senkende Decke beobachteten. Obwohl die Schuhe im steinigen Untergrund bereits leicht einsanken, machte der Mann noch ein paar Schritte nach vorne. Dann jedoch tat sich vor ihm die glasklare und spiegelglatte Wasserfläche auf, in die der nun abwärts führende Gang langsam eintauchte. Der Vater blieb stehen. »Man nennt das ›Syphon‹. Nur Taucher kommen hier durch«, erklärte er seinen Buben, die schweigend in das stille Wasser starrten. Der Mann ließ den Halogenstrahl über den schmalen unterirdischen Teich gleiten – und stutzte. Nur ein paar Meter entfernt, dort, wo sich die Decke in das Wasser zu senken begann, schimmerte etwas. Kein Stein, kein Fels. Etwas Blaues. Ein Kleidungsstück. Eine Hose, ein Pullover. Mit ausgestrecktem Arm versuchte er, das Objekt besser anzuleuchten. Der Lichtstrahl seiner Lampe spiegelte sich auf der Oberfläche des Wassers. Die Buben hinter ihm klammerten sich an seine Hosenbeine. Es dauerte zwei, drei Sekunden, bis er realisierte, was er entdeckt hatte. Das Blaue waren Jeans, in denen ein Körper steckte, ein Mensch, der seltsam erstarrt auf dem Rücken lag, mehr als einen halben Meter unter der Wasseroberfläche.

Der Familienvater spürte, wie sein Herz zu rasen begann und seine Knie weich zu werden drohten. Noch immer hielt er den scharfen Lichtstrahl auf diesen Menschen gerichtet, dessen Augen weit geöffnet waren – als habe gerade erst ein Todeskampf stattgefunden. Stille. Totenstille. Kein Schrei, keine verzweifelten Hilferufe. Der Mensch, der da im Wasser lag, war tot. Erst jetzt nahm der junge Vater die Tropfen wahr, die sich ein Stück von der Leiche entfernt von der Decke lösten, sanft auf das Wasser platschten und dessen Oberfläche kräuselten. »Ist der ... ist der tot?« flüsterte der jüngste Bub. Der Vater schwieg noch einen Moment und versuchte, seine Aufregung zu verbergen. Ruckartig nahm er den Halogenstrahl seiner Taschenlampe von der Wasseroberfläche, drehte sich um und leuchtete in Richtung Ausgang zurück. »Geh'n wir«, sagte er knapp. Die Jungen lösten ihren Klammergriff von der Hose des Vaters und begannen zu rennen.

»Da ist eine Leiche«, rief der Älteste. Seine helle Stimme hallte durch den schmalen Höhlengang, in den diffus das Licht von draußen hereindrang. Der jüngere Bub rannte seinem Bruder hinterher, drohte zu stolpern, stützte sich an der Felswand ab. Jetzt begann auch der Vater seine Schritte zu

beschleunigen und wies mit dem Lichtstrahl der Taschenlampe seinen Kindern den Weg.

»Da liegt eine Leiche«, hörte er seinen Ältesten immer
wieder schreien. Dieser hatte bereits den Ausgang erreicht,
stapfte so schnell es ging durch das steinige Bachbett, gefolgt
von seinem noch etwas ungelenkigeren jüngeren Bruder. Als
der Vater aus dem Höhlenschlund stolperte, kreidebleich
noch immer die brennende Taschenlampe in der Hand, eilten
ihm bereits mehrere Personen entgegen, aufgeschreckt durch
das Geschrei des Buben. Der Familienvater blieb stehen und
schaute in die gespannten Gesichter. »Es stimmt«, sagte er
und atmete schwer, »da drin liegt ein Toter im Wasser.«

Die Neugier schlug augenblicklich in lähmendes Entsetzen um. Es schien so, als suche jeder die passenden Worte.
Der Familienvater knipste seine Lampe aus und durchbrach
das Schweigen: »Hat jemand ein Handy dabei? Wir müssen
die Polizei verständigen.«

Der Zug strebte jetzt ruckelnd seiner Endstation entgegen.
Auf dem nahezu ebenen Abschnitt hinüber nach Gerstetten
nahm die Geschwindigkeit zu. Rund 40 km/h waren's jetzt.
Das weiße Qualmband, das über die Waggons strich, blieb
ein, zwei Minuten in der stillen Sommerluft stehen, ehe es
sich spurlos auflöste.

In einem der Waggons, die noch immer voll besetzt waren,
lehnte sich ein kräftiger Mann selbstgefällig auf der Holzbank zurück und verschränkte die muskulösen Oberarme,
die ein kurzärmliges Freizeithemd zu sprengen drohten. Er
lächelte seiner Frau zu, die ihm gegenüber saß. »Na, macht's
wieder Spaß?«

Sie streichelte ihm über ein Knie. »War eine gute Idee«,
lobte sie, »danke.«

»Spitze, einfach geil«, bekräftigte der 14-jährige Sohn, der
neben seiner Mutter Platz genommen hatte. Vor dem linken
Fenster zog die Zufahrt zum Holzschnitzelwerk vorbei. Bald
würde der Stadtrand von Gerstetten erreicht sein.

»Eine tolle Überraschung«, meinte die Frau, die diese

spontanen Sonntagsausflüge genoss. Die Woche über hatten sie beide viel zu wenig Zeit, um an gesellschaftlichen Ereignissen teilnehmen oder Veranstaltungen besuchen zu können. Manchmal hatte sie den Eindruck, ihr Handwerksbetrieb würde sie eines Tages auffressen. Der Konkurrenzdruck wurde von Jahr zu Jahr schärfer und gnadenloser. Diese Dampfzugfahrten stellten jedes Mal eine willkommene Abwechslung dar. Weil nicht nur ihr Mann und sie begeisterte Eisenbahnfans waren, sondern auch der Sohn seinen Spaß daran hatte, ließen sie so gut wie keine Gelegenheit aus, diese Museumsfahrten zu genießen. Und davon gab es in den Sommermonaten landauf, landab viele. Eine ältere Dame, die neben dem Handwerksmeister saß, meinte: »Schön, dass auch die jungen Leute Spaß an dieser alten Technik haben. Ich kann mich noch lebhaft entsinnen, wie froh wir damals in den 50-er Jahren waren, diese Verbindung nach Amstetten gehabt zu haben.«

»Ja, schade, dass dies so schnell in Vergessenheit gerät«, bekräftigte der Handwerker. Der 14-Jährige blickte aus dem Fenster und tat so, als ob ihn das alles gar nichts anginge. Früher, ja, er kannte das ewige nostalgische Geschwätz der Alten zur Genüge, da war alles besser. Er wippte mit den Füßen, als gebe er sich in Gedanken irgendeinem Discosound aus den aktuellen Charts hin.

»Dann kommen Sie öfters hierher?« fragte die Dame, in deren Gesicht Wind und Wetter und gewiss auch manche Sorge tiefe Spuren hinterlassen hatten.

»Immer wenn's dampft«, grinste der Mann und schaute seiner Nebensitzerin ins Gesicht.

»Dann waren Sie vor vier Wochen zuletzt hier?« fragte sie nach. Er glaubte, gewisse Zweifel in ihrer Stimme gehört zu haben. Sein Lächeln erfror. Er warf seiner Frau einen Blick zu und stellte zufrieden fest, dass sie die vorbeiziehende Landschaft auf sich wirken ließ. Sein Sohn klopfte einen imaginären Takt.

»Vor vier Wochen, ja«, antwortete der Handwerksmeister und gab sich gelangweilt.

»Komisch«, erwiderte die Frau, »ich hätte schwören können, Sie gestern Abend in Waldhausen gesehen zu haben.«

Der Handwerksmeister verneinte das energisch und wandte sich gelangweilt der Landschaft zu. Ein Waldstück zog vorbei.

»Muss ich mich wohl täuschen«, zeigte sich die alte Dame zerknirscht. »Hätte schwören können, dass Sie bei meinem Nachbarn waren, dem Herrn Westerhoff. Mit einem Geländewagen mit Stuttgarter Nummer.« Ihre letzten Worte waren nahezu ganz im Pfiff der Lokomotive untergegangen. Der Handwerker hatte sie aber verstanden. Sie jagten ihm den Blutdruck in die Höhe. Wieder beobachtete er seine Frau, die Gedanken versunken in den Wald starrte.

»Sie müssen sich täuschen, ganz bestimmt«, sagte er und gab mit versteinertem Gesicht zu verstehen, dass für ihn die Diskussion mit seiner Nebensitzerin beendet war.

8

Ausgerechnet am Sonntagnachmittag. Mike Linkohr, jüngster Beamter der Kriminalaußenstelle Geislingen/Steige, hatte Bereitschaftsdienst und war von den uniformierten Kollegen auf dem Handy angerufen worden. Eine Leiche im Mordloch. Er kannte die Höhle. Schon oft war er mit dem Fahrrad daran vorbeigekommen und hatte sich überlegt, welche schreckliche Geschichte sich wohl hinter diesem Namen verbarg. Dem jedenfalls machte sie nun wohl alle Ehre – und dies ausgerechnet an einem wunderschönen Sommersonntag, an dem er zum ersten Mal mit Juliane ein Date hatte. Sie waren zur Burgruine Helfenstein hinaufgewandert, die hoch über der Stadt thronte und wo es ein rustikales Lokal gab. Wirt Ferdl und seine Frau Helga bewirtschaften es seit Jahr und Tag. Heute herrschte da oben Hochbetrieb. Ein bisschen Volksfeststimmung. Ferdl, der schwergewichtige »Helfensteiner«, der sich in seiner »Krachledernen« am wohlsten fühlte, pflegte dann seinen Grill ins Freie zu stellen und reihenweise Würste zu brutzeln. Helga schleppte aus der engen Schenke die Getränke herbei.

»Da haut's dir's Blech weg«, kommentierte Linkohr den Anruf seines Kollegen und steckte das Handy wieder in die Hosentasche. Seine überaus schlanke Begleiterin lächelte verständnisvoll. »Dein Job«, stellte sie lakonisch, aber keinesfalls vorwurfsvoll fest. Der junge Mann kratzte sich am Schnurrbart, gab Helga ein Zeichen und bezahlte. Sie tranken ihre Gläser leer und verabschiedeten sich von der fröhlichen Gesellschaft, bei der sie gesessen waren.

»Hey«, rief Linkohr seiner neuesten Errungenschaft nach, »damit ist der Tag aber nicht gelaufen.« Das kurze Höschen stand ihr wirklich gut, stellte er zum wiederholten Male fest und blickte ihr hinterher. Als Krankenschwester hatte sie Verständnis, dass er jetzt so schnell wie möglich in die Stadt hinab musste, wo sein Auto parkte. Auf einer der Treppen entlang der Burgruine blieb sie abrupt stehen. »Aber der Herr Kommissar muss doch jetzt den Bösewicht jagen«, meinte sie mit deutlicher Ironie in der Stimme. Er umarmte sie und gab ihr einen Kuss.

»Dieser Job fordert den ganzen Mann«, flüsterte er und streichelte ihr übers lange blonde Haar.

»Den ganzen ...?« hauchte sie. Er sagte nichts und eilte weiter. Die Pflicht rief. In Gedanken spielte er bereits durch, was zu tun sein würde: Spurensicherung, Gerichtsmedizin, den Chef der Göppinger Polizeidirektion informieren. Der Tag war, was Juliane anbelangte, vermutlich doch gelaufen.

Es war kurz nach zwölf Uhr mittags, als der Dampfzug seine Endstation erreichte. Ein letztes Mal stieß die 75 1118 ihre Qualmwolken in den Himmel, fauchte und zischte, als sei sie erleichtert, die Anstrengung hinter sich zu haben. Eine Blaskapelle spielte, auf dem Bahnsteig drängten sich auch hier unzählige Menschen. Kruschke wischte sich den rußigen Schweiß aus dem Gesicht und lehnte sich so weit es ging aus dem Fenster. Bei der Einfahrt in Bahnhofsbereiche war höchste Vorsicht geboten. Blindlings drehte er an dem eisernen Rad und ließ die Maschine vollends ausrollen. Vorne kam der Prellbock in Sicht. Jetzt hatten sie's geschafft. Die erste Fahrt an diesem Sonntag war bewältigt.

Türen wurden geöffnet, Passagiere kletterten aus den Waggons. Auch die beiden Lokführer verließen ihren heißen Arbeitsplatz. Schaffner Florian Metzger bahnte sich einen Weg durch die Menge, um seine Begeisterung mit den Männern von der Lok zu teilen. Sie schüttelten sich die Hände. Florian wischte sich anschließend den Ruß mit einem Papiertaschentuch von den Fingern.

Als die Kapelle ihr Stück gespielt hatte, griff Bürgermeister Roland Pollatzky zu einem der Mikrofone. »Verehrte

Gäste«, begann er und erweckte damit die Aufmerksamkeit. »Namens der Stadt Gerstetten darf ich Sie ganz herzlich begrüßen und Ihnen für Ihr Interesse an den Museumsfahrten danken. Ohne das Engagement der Ulmer Eisenbahnfreunde wäre dieses Erlebnis nicht möglich.« Die Gäste spendeten Beifall. Kruschke, der in Gerstetten wohnte, näherte sich dem Redner und fühlte sich geschmeichelt. Der Bürgermeister wünschte den Gästen einen angenehmen Aufenthalt und zählte die Besonderheiten der kleinen Stadt auf, darunter das neue Riff-Museum, das erst vor zwei Jahren im Bahnhofsgebäude eingerichtet worden war und das die erdgeschichtliche Entwicklung dieses Landstrichs eindrucksvoll dokumentierte.

Der junge Schaffner hielt sich im Hintergrund. Er hatte Hunger. Deshalb reihte er sich in die Schlange vor einem der Imbissstände ein, um die herum es verlockend nach gegrillten Würsten duftete. Nur mühsam ging's voran. Unter den Wartenden erkannte er viele Gesichter, die er unterwegs im Zug bei der Fahrkartenkontrolle gesehen hatte. Auch an diese Familie hinter ihm konnte er sich erinnern, besonders an den bärenstarken Mann. Als sich ihre Blicke trafen, lächelte der Oberarmprotz: »Entschuldigen Sie, nur mal eine Frage.« Offenbar hatte der Mann auf eine günstige Gelegenheit gewartet. Metzger, der in dessen Gegenwart noch viel schmächtiger wirkte, als er es ohnehin war, zeigte sich interessiert und drehte sich nun ganz zu ihm um.

»Ihr seid ein klasse Verein«, sagte der Kleiderschrank mit tiefer Stimme, »mein Kompliment. Aber ...«, er wurde leiser, damit es die anderen Wartenden in der Schlange nicht hören konnten, »könnte es sein, dass nicht alles so Friede, Freude, Eierkuchen ist, wie es den Anschein hat?« Er behielt sein Gegenüber fest im Auge. Metzger hatte Mühe, diesem Blick nicht ängstlich auszuweichen. Er schluckte und war froh, dass sich die Schlange einen halben Meter bewegte und er nachrücken konnte.

»Ich versteh' nicht ganz ...?« fragte er und ärgerte sich, dass seine Stimme plötzlich so unsicher klang.

»Naja«, der Hüne zeigte sich wieder versöhnlich und folgte dem jungen Mann einen Schritt nach, »ihr bringt hier die Touristen in die Dörfer und die Jungs hier oben wissen es nicht zu schätzen, oder wie seh' ich das?«

Der junge Eisenbahner zuckte verlegen mit den Schultern. »Ganz so ist es nicht«, entgegnete er diplomatisch. »Oder woran denken Sie?«

Der Fremde kniff die Augen zusammen und nahm seinen Gesprächspartner scharf ins Visier. »Zwei Stichworte, Mister Schwäbische Eisenbahn, nur zwei: Gigantische Windkrafträder und horrende Schweineställe. Na, dämmert's?«

Metzger wich jetzt den stechenden Blicken aus und schwieg. Er hatte glücklicherweise den Imbissstand erreicht und bestellte eine rote Wurst. Der Verkäufer, ein hemdsärmliger Typ, den er vom Sehen her kannte, reichte sie ihm und kassierte. »Haben Sie's schon gehört?« fragte der Wurstverkäufer eher beiläufig, während der Muskelprotz wie ein Schatten hinter Metzger drohte. Der junge Schaffner verstand nicht, was gemeint war. Obwohl er keinerlei Interesse an weiteren Neuigkeiten bekundete, beugte sich der Mann hinterm Verkaufsstand über den Tisch und flüsterte ihm zu: »Im Mordloch haben sie eine Leiche gefunden.«

Florian, ohnehin etwas zart besaitet, wurde bleich. Ihm drohte beinahe ein Bissen im Halse stecken zu bleiben.

Die beiden Streifenbeamten waren durch ein Spalier dutzender Neugieriger zum schattigen Höhlenschlund vorgedrungen und hatten mit starken Handlampen den felsigen Gang ausgeleuchtet. Hauptkommissar Harald Missler, im nahen Eybach wohnhaft, kannte sich hier aus. Er war schon häufig in Trockenzeiten in das finstere Loch eingestiegen. Deshalb eilte er jetzt voraus und stand bereits nach wenigen Sekunden vor dem glasklaren Wasser, das den abwärts führenden Gang versperrte und einen so genannten Syphon bildete. Der Strahl seiner Lampe brach sich auf der Oberfläche und traf den leblosen Körper eines Mannes, der am Grunde des etwa 70 Zentimeter tiefen Wassers auf dem Rücken lag, die Arme seltsam abgewinkelt, das Gesicht fahl und weiß und irgendwie verzerrt. Er trug eine Jeans und einen hellen Wollpullover. Für einen Augenblick starrten die Uniformierten schweigend auf den Toten und leuchteten dann das Umfeld ab – die rauen Felswände und den steinigen Boden. Missler ließ den Strahl noch einmal über das nahezu bewegungslose Wasser streichen, in dem sich links der Leiche sanfte Wellen abzeichneten, ausgelöst von Tropfen, die alle paar Sekunden von der Decke fielen. Der Beamte überlegte, wie lange der Mann wohl schon in dem Wasser liegen würde. »Da hat jemand den Begriff ›Mordloch‹ allzu wörtlich genommen«, stellte er mit gewisser Ironie fest, um überhaupt etwas zu sagen. Sein Kollege nickte und wandte sich wortlos in Richtung Ausgang. Missler folgte ihm. Vor der Höhle waren die Neugierigen, darunter viele Wanderer mit Rucksäcken, inzwischen immer dichter an das Loch herangerückt. »Meine Herrschaften«, rief ihnen Missler entgegen, »bitte treten Sie zurück. Machen Sie Platz.« Nur widerwillig folgte die Menge den Anweisungen. »Liegt da wirklich ein Toter drin?« fragte ein älterer Herr. Missler antwortete nicht, sondern drängte die Zuschauer mit energischen Handbewegungen zurück. Er bahnte sich einen Weg durch die Menge, um vom Streifenwagen aus den Polizeiführer vom Dienst in der Kreisstadt Göppingen zu informieren.

Während weitere Streifenwagen eintrafen und die Beamten nun den Zugang zur Höhle weiträumig absperrten, war die Nachricht von dem Leichenfund auch schon bis zu den Ausflüglern bei der ›Oberen Roggenmühle‹ gedrungen. Inzwischen drehten sich die Gespräche an den Biertischen, die im Freien aufgestellt waren, nur noch um dieses Thema. Gespannt wurden die vielen Einsatzfahrzeuge verfolgt, die mit Martinshorn und Blaulicht auf der nahen Straße talaufwärts rasten.

Gastwirt Martin Seitz, der an einem solchen Sommersonntag in seiner Küche im ersten Stockwerk alle Hände voll zu tun hatte, ließ sich von einer Bedienung berichten, was drunten an den Tischen gesprochen wurde. Dabei legte er sein langes Küchenmesser beiseite und lehnte sich an die Arbeitsplatte. Nebenan auf dem Herd zischte ein Schnellkochtopf, brutzelte Fleisch in einer Pfanne. »Weiß man, wer der Tote ist?« erkundigte er sich und hielt damit die junge Frau vom sofortigen Verlassen der Küche ab. Ein Gebläse röhrte.

»Hab' nichts gehört«, erwiderte sie einsilbig. Ihr Gesicht war blass.

»Und wie lange er schon drinlag?« bohrte er weiter.

Sie schüttelte den Kopf und zögerte. »Hat bisher niemand was dazu gesagt.«

Ihr Chef wandte sich wieder den Töpfen zu, um das Fleisch zu wenden. Fett spritzte. »Wenn du was hörst«, sagte er so leise, dass es fast nicht zu verstehen war, »dann sag' mir bitte gleich Bescheid. Verstanden?« Die Frau nickte und verließ den Raum. Von der Straße drang wieder das Heulen von Martinshörnern herauf. Draußen auf dem Flur wurde Leo unruhig.

Jetzt musste alles schnell gehen. Für die kommende Nacht war schlechtes Wetter angekündigt. Der Ausläufer eines atlantischen Sturmtiefs würde über Mitteleuropa hereinbrechen und von der Nordsee bis zur Schwäbischen Alb stundenlange ergiebige Regenfälle bescheren. Ideale Voraussetzungen, hatte der Chef gesagt, und ihn auf dem Handy angerufen. Freddy Osotzky, ein Trucker wie aus dem Bilderbuch, kräftig und wild entschlossen, sich von nichts und niemanden aufhalten zu lassen, war an diesem frühen Sonntagnachmittag mit seiner Frau auf einem Fest der Geislinger Gartenfreunde gewesen. Jetzt aber galt es, einen wichtigen Auftrag zu erledigen, wie schon so oft. Er verabschiedete sich von Ellen, seiner Frau, winkte den Freunden am Tisch zu und fuhr mit seinem klapprigen Golf kurz nach Hause, um die wichtigsten Utensilien zusammenzupacken, die er stets griffbereit hatte. Zwei Tage würde er mindestens unterwegs sein – wenn's gut lief. Eineinhalb Stunden später bog er im 20 Kilometer entfernten Heidenheim in den Betriebshof seines Arbeitgebers ein. Hier auf dem riesigen Firmenareal in einem ausgedehnten Gewerbegebiet waren zwei Dutzend blauweiße Sattelzüge und Lastwagen der Spedition ›Eurotransco‹ akkurat aufgereiht und zur Abfahrt bereit gestellt. Die meisten würden um 22 Uhr, wenn das Sonntagsfahrverbot aufgehoben war, auf ihre tagelangen Touren gehen, quer durch Europa. Einige mussten ihre Frachten noch bei den Auftraggebern abholen, andere waren bereits im eigenen Hochregallager beladen worden.

Dass Osotzky schon jetzt in die Firma gerufen wurde, lag an den umfangreichen Vorbereitungen, die jedes Mal notwendig waren. Zwar hatte er die Fracht bereits Mitte der Woche geladen, weil für Freitag schlechtes Wetter angekündigt gewesen war. Dann aber hatte ein unerwartetes Zwischenhoch den Plan vermasselt. Jetzt jedoch schienen sich die Meteorologen sicher zu sein, dass die erhofften Niederschläge großflächig über Deutschland hereinbrachen. Nun galt es, im Laderaum des Sattelauflegers die Vorbereitungen zu treffen. Osotzky öffnete die Klapptüren am Heck und kletterte trotz seiner Körperfülle mühelos zur Ladefläche hinauf. In vier Reihen standen dort mehrere Dutzend blaue Plastikfässer, von denen jedes Einzelne bis zur Hälfte seiner Höhe in einer Ummantelung steckte, die es wie eine Halterung vor dem Verrutschen sicherte. Der Trucker vergewisserte sich, dass sich an diesem Sonntagnachmittag niemand auf dem Firmenareal oder in der näheren Umgebung aufhielt, und knipste die Innenbeleuchtung an. Dann zog er die beiden Klapptüren sanft zu sich her und sicherte sie mit einer Verriegelung. Er musste ungestört sein und wollte keine neugierigen Zuschauer haben. Denn es war keine einfache Arbeit, die komplizierte Technik zu aktivieren, die sich im Inneren der Ummantelungen verbarg. Auf den ersten Blick jedenfalls wirkte die Fracht ordentlich verstaut und gesichert. Doch das Wichtigste würde man erst sehen, wenn man die Fässer herausholte und die Vorrichtungen einer genaueren Prüfung unterzog. Die Konstruktion war genial und hatte sicher ein halbes Vermögen gekostet.

Osotzky wusste, was zu tun war, um diese Anlage auf ihren Einsatz vorzubereiten. Er kannte jeden Handgriff und ging mit allergrößter Sorgfalt vor. Diese Aufgabe verlangte vollste Konzentration. Es war ein Job für einen Zupacker und einen Praktiker, für einen, auf den Verlass war, der durch dick und dünn ging und der, wenn's drauf ankam, nicht lange fackelte, sondern handelte. Zweifellos war so ein tagelanger Einsatz eine Knochenarbeit, doch dafür wurde er fürstlich entlohnt, sodass es leicht fiel, die unangenehmen Seiten zu vergessen. Wie er überhaupt möglichst alles vergessen sollte, was er tat und sah. Jedenfalls hatte ihm der Chef dies empfohlen. Deshalb würde er auf der langen Fahrt in Richtung Belgien nicht viel drüber nachdenken, sondern seine Kilometer abspulen, seinen Job tun und Countrymusic hören, immer wieder Countrymusic. Und von der vermeintlichen Freiheit auf der großen langen Straße der Einsamkeit träumen.

9

Polizeitaucher aus Stuttgart hatten inzwischen die Leiche aus der Höhle geholt und sie in einen Metallsarg gelegt. Das Gelände war weiträumig abgesperrt, was die vielen Neugierigen nicht davon abhielt, aus größerer Entfernung die Szenerie zu beobachten. Ferngläser wurden weitergereicht, wilde Gerüchte machten die Runde. Auf dem Querweg, der von der Straße durchs enge Tal zur Höhle führte, parkten mehr als zehn Einsatzfahrzeuge, darunter ein Gerätewagen der Feuerwehr und, rein vorsorglich gerufen, ein Rettungswagen des Roten Kreuzes. Zivile Behördenfahrzeuge deuteten darauf hin, dass auch die Kripo eingetroffen war. Der örtliche Bestattungsunternehmer Peter Maile, ein schwergewichtiger Mann, der in seinem langen Berufsleben bereits die Opfer vieler Verbrechen und schrecklicher Unglücksfälle hatte abholen müssen, war mit seinem grau-schwarzen Mercedes-Leichenwagen rückwärts so weit wie möglich an das Bachbett herangefahren. Um den offenen Metallsarg, den die Taucher hinter dem Kombi abgestellt hatten, scharten sich uniformierte und zivile Einsatzkräfte. Kriminalist Mike Linkohr trat einen Schritt nach vorne, um sich einen ersten Überblick vom Zustand des Mannes zu verschaffen. Keine Schusswunde, keine anderen Verletzungen erkennbar, stellte er fest. Der Arzt hatte bereits offiziell den Tod bescheinigt, was ohnehin nur noch eine reine Formsache war. Die Todesursache würde erst eine Obduktion in der Ulmer Gerichtsmedizin erbringen.

Linkohr gab wortlos ein Zeichen, mit dem er andeutete, dass die Leiche weggebracht werden konnte. Doch Bestattungsunternehmer Maile durchbrach das allgemeine betretene Schweigen: »Moment mal«, sagte er und drängte sich nach vorne, um sich über den Sarg beugen zu können, »den kenn' ich doch.« Er zögerte keinen Augenblick. »Klar, den kenn' ich.« Maile, Kommunalpolitiker und weithin bekannter Repräsentant des bundesweiten Clubs der kochenden Männer, verstand es auch in solchen Situationen, seine Zuhörer auf die Folter zu spannen. Linkohr blickte abwechselnd auf den bislang unbekannten Toten und dann auf Maile.

»Das ist Flemming«, erklärte der Bestattungsunternehmer schließlich und hatte etwas Triumphierendes im Gesicht, »klar, Flemming, Markus Flemming, ein Geschäftsmann von Waldhausen. Kein Zweifel.« Jetzt, da er es gesagt hatte, wurde sein Gesichtsausdruck ernst. Ein Murmeln ging durch den Kreis der Herumstehenden, während sich eine Wolkenwand vor die Sonne schob. Das Wetter schien schlechter zu werden.

Linkohr ergriff als Erster wieder das Wort: »Dann können Sie mir ein bisschen mehr über den Mann erzählen.«

Während die Taucher und ein Helfer Mailes nun den Sarg schlossen und ihn in die Ladefläche des Kombis schoben, legte der Unternehmer geradezu freundschaftlich den Arm auf die Schulter des weitaus schmächtigeren Linkohrs und schob ihn ein paar Schritte zur Seite. »Flemming ist kein Einheimischer«, erklärte er dem jungen Kriminalisten, »das müssen Sie wissen, wenn Sie da oben recherchieren. Trotzdem hat er sich in jüngster Zeit mit den Bauern ziemlich gut verstanden. Sie haben's sicher gehört«, sagte er und senkte die Stimme, als wolle er etwas ganz Vertrauliches verraten, »da oben geht's gerade hart zur Sache. Wegen eines Schweinestalls, den der Ortsvorsteher bauen will. Und dieser Flemming hier ...«, er deutete zum Leichenwagen, »der hat sich zum Sprecher der Gegner gemacht.«

»Hat der Mann Familie, ist er verheiratet?« Linkohr wurde hellhörig.

»Verheiratet«, erwiderte Maile und fügte süffisant hinzu: »Eine rassige Blondine.« Der Leichenbestatter verstand es trefflich, mit kurzen Bemerkungen von der Tragik eines Falles abzulenken. Ein Vorgehen, das auch Polizisten oftmals über die schlimmsten Situationen hinweghalf.

Linkohr wusste längst, dass Maile ein wichtiger Informant war – und zwar in allen Bereichen. Dieser Kommunalpolitiker hatte Beziehungen bis in die höchsten Ebenen der Politik und war im Kreise der Konservativen durch seine unkomplizierte Art beliebt, manchmal aber auch umstritten. Er verstand es, selbst den höchsten Repräsentanten auf humorvolle und direkte Weise seine Meinung zu sagen. Wichtige Kontakte knüpfte er regelmäßig als ›Großlöffelmeister‹ des bundesweiten Männer-Kochclubs, bei dem es zwar vordergründig um gutes Essen und Trinken ging, man aber auch die Gelegenheit ergriff, persönliche und geschäftliche Beziehungen zu knüpfen und diese auch zu nutzen.

»Können Sie später zur Dienststelle kommen?« fragte Linkohr, um dies nicht gleich als Aufforderung formulieren zu müssen.

»Sobald ich von Ulm zurück bin«, versprach Maile und wandte sich seinem Kombi zu.

Als Linkohr später an diesem Sonntagnachmittag im Backsteingebäude der Geislinger Kriminalpolizei eintraf, waren die Büros noch verwaist. Das würde sich in den nächsten Stunden ändern, befürchtete er. Dann bemerkte er, dass sich in einem der Räume, zu denen die Türen offen standen, bereits jemand befand. Zu seinem Erstaunen hatte sich dort Helmut Bruhn, Chef der Kriminalpolizei im Kreis Göppingen, an einem Schreibtisch niedergelassen und den verzweifelten Versuch unternommen, den Computer hochzufahren. Dies scheiterte offenbar daran, dass er das aktuelle Passwort nicht kannte. Bruhn, dessen schmaler Haarkranz einen blitzblanken Glatzkopf säumte, hatte zwar die Schritte gehört, sich aber nicht darum geschert. Stattdessen brüllte er plötzlich los: »Weiß jemand, wie dieses gottverdammte Ding angeht?« Linkohr wusste, dass jetzt äußerste Vorsicht, vor allem aber keine Antwort angebracht war, schon gar nicht von ihm, einem Angehörigen der niederen Dienstränge. Er grüßte deshalb freundlich, erhielt aber weder eine Antwort, noch wurde er eines Blickes gewürdigt. Bruhn hämmerte wie besessen auf die Tasten, zerrte an der Maus und war nahe daran, die Tastatur im hohen Bogen an die Wand zu schmettern. Der junge Kriminalist blieb im Türrahmen stehen und staunte über so viel Unbeherrschtheit.

Bruhn, als Choleriker bekannt und gefürchtet, hielt nichts von den Ratschlägen, wenn sie von Personen kamen, die jünger als er waren oder die es nicht mindestens zum Kriminalrat gebracht hatten. Nach drei falschen Eingaben wurde am Bildschirm signalisiert, dass man den Administrator kontaktieren müsse. Bruhn schlug mit der Faust auf die weiße Schreibtischplatte, dass Aktenkästen und Büro-Utensilien schepperten. »Sie kommen vom Tatort?« fuhr er Linkohr an. »Und?« Der Chef erwartete zackige Antworten, erst recht von so einem jungen Beamten.

Linkohr schluckte und versuchte, einigermaßen locker zu wirken. »Die Leiche ist geborgen und auf dem Weg in die Gerichtsmedizin. Wir haben sie wahrscheinlich identifiziert.«

»Was heißt, wahrscheinlich?« Bruhn drehte sich blitzartig auf dem Schreibtischstuhl herum.

»Maile kennt ihn«, erwiderte Linkohr, »heißt Flemming und ist Geschäftsmann in Waldhausen.«

Bruhns Miene verfinsterte sich. »Was ist veranlasst? Spurensicherung, Personal?« fragte er knapp.

Linkohr nickte eifrig. »Die Kollegen von Geislingen sind verständigt.«

»Was heißt ›verständigt‹? Die müssen her. Und zwar sofort.« Bruhn schaute auf seine Armbanduhr. »Ich will keine Zeit verlieren.« Er überlegte einen Moment, dachte an die Kreise, die der Tod eines Geschäftsmannes auch in der Kommunalpolitik und womöglich darüber hinaus ziehen konnte, und entschied: »Da wird eine Sonderkommission gegründet. Das ist ein Fall für den Häberle.« Bruhn zog Schubladen auf, warf sie wieder zu, schichtete Papierstapel um und fand schließlich das Göppinger Telefonbuch. Er blätterte darin so hastig, als würde er die Seiten einzeln herausreißen wollen, bis er endlich die richtige Nummer fand. Wenig später schon hatte er den Kommissar an der Strippe.

Linkohr atmete auf und entfernte sich in sein Büro. Der Häberle, ja, das war der richtige Mann für diesen Fall. Der junge Kriminalist hatte schon befürchtet, Bruhn selbst würde sich der Sache annehmen wollen. Mit Häberle aber, dem leutseligen Ermittler, der während seiner langjährigen Tätigkeit als Sonderermittler beim Stuttgarter Landeskriminalamt legendäre Erfolge erzielt hatte, war die Arbeit eine Freude. In den vergangenen Jahren, seit der erfolgreiche Kriminalist wieder ins heimatliche Göppingen zurückgekehrt war, hatten sie schon einige knifflige Fälle gemeinsam lösen können.

Draußen hatte es zu regnen begonnen, als Häberle eintraf. Pflichtgemäß begrüßte er zuerst Bruhn, der jedoch nur etwas Unverständliches murmelte und stattdessen aufbrauste: »Kennen Sie das Passwort von diesem verdammten Ding hier?«

Der Kriminalist, der mit seiner üppigen Körperfülle nahezu den gesamten Türrahmen ausfüllte, verlor nie seinen optimistischen Gesichtsausdruck. »Versuchen Sie's doch mal mit ›kripo‹.«

»Wie?« Bruhn fuhr herum und schien sich veräppelt zu fühlen.

»Kripo«, wiederholte Häberle und buchstabierte: »k-r-i-p-o, alles klein geschrieben. Ist das Passwort, das wir alle verwenden.«

Bruhn wandte sich wortlos zum Bildschirm, der inzwischen wieder Farbe angenommen hatte. »Schwachsinn«, entfuhr es dem Chef, während Häberle zu Linkohr hinüber ging.

Die beiden Männer begrüßten sich freundschaftlich. »Endlich wieder was los in der Provinz«, kommentierte Häberle, obwohl es ihm schwer gefallen war, seine Frau Susanne an diesem Sonntagabend allein zu lassen – wie so oft, wenn irgendwo im Landkreis ein schweres Verbrechen verübt worden war. Aber das geplante Grillen im Garten wäre ohnehin buchstäblich ins Wasser gefallen.

Bruhn erschien an der Tür. »Sie schaffen die Voraussetzungen für eine Sonderkommission«, herrschte er Häberle an, um sich knapp an Linkohr zu wenden, der aufgestanden war: »Erster Augenschein? Gibt's Verletzungen? Spuren? Hat man was gefunden? Todeszeitpunkt?«

»Keine äußeren Verletzungen«, erwiderte der Angesprochene, »keine erkennbaren Spuren. Auch kein Fahrzeug. Nichts in der Hosentasche. Keine Schlüssel, nichts. Der Todeszeitpunkt ist schwer zu bestimmen, hat der Arzt gemeint – wegen des kalten Wassers. Er schätzt aber, dass der Mann noch keine 24 Stunden da drin gelegen hat.«

Häberle fragte ruhig nach: »Gibt es Reifenspuren oder Fußabdrücke?«

»Nichts Verwertbares. Der Untergrund ist zwar noch weich von dem Regen gestern, aber heute Vormittag sind wohl schon Dutzende Ausflügler mit ihren Autos zu der Grillstelle gefahren, sodass es aussichtslos sein dürfte, noch eine Spur zu finden.«

»Die sollen alles aufnehmen«, entschied Bruhn und meinte die Spurensicherer. Häberle erwiderte nichts, sondern zog sich in eines der Büros zurück. Er musste die Kollegen des benachbarten Polizeireviers bitten, den Lehrsaal für die Sonderkommission herzurichten. In spätestens einer Stunde würde mindestens ein halbes Dutzend Kollegen auftauchen.

»Dieser Flemming«, hörte er plötzlich Bruhns Stimme durch den Flur hallen, »dieser Flemming oder wie der heißt. Ist der irgendwann als vermisst gemeldet worden?«

Linkohrs Stimme gab aus einem anderen Büro heraus die Antwort: »Nein, bis jetzt nicht.«

Häberle stutzte. »Hat der denn keine Frau?«

Sein junger Kollege erschien am Türrahmen: »Doch – sagt zumindest Maile.« Und er ergänzte: »Eine rassige Blondine sei's.«

»Hm«, der Chefermittler überlegte, lehnte sich in den Schreibtischsessel zurück und blickte aus dem Fenster zum Schlauchturm des angrenzenden Feuerwehr-Areals hinüber, »da verschwindet also der Mann und das Eheweib nimmt's offenbar einfach so hin.«

»Wir wissen ja nicht, ob sie sein Verschwinden überhaupt bemerken konnte«, gab Linkohr zu bedenken, »vielleicht ist sie verreist.«

»Oder sie hat andere Gründe.« Der Kommissar erhob seinen voluminösen Körper, »wir fahren rauf. Schau'n wir uns die rassige Dame doch mal genauer an.«

In Gerstetten hatte man sich den Ausklang des Tages anders vorgestellt. Doch als die Dampfbahn zum zweiten Mal eingetroffen war, hatte sich der Himmel bereits mit dunklen Wolken verfinstert. Jetzt, nachdem der historische Zug die Stadt wieder verlassen hatte, sollte für die heimische Bevölkerung ein bunter Abend stattfinden. Auf einer Wiese unweit des Bahnhofs stand ein Festzelt, das annähernd 500 Personen Platz bot. Jetzt aber prasselte kräftiger Regen auf die Plane. Das schlechte Wetter und die plötzlich gesunkenen Temperaturen hielten offenbar viele Menschen davon ab, den Abend in dem Zelt zu verbringen. Nur zögernd füllten sich die Reihen an den Biertischen. Dabei war ein schwäbisch-humorvolles Programm angekündigt gewesen. Das weithin beliebte ›Kaos-Duo‹, das gestern Abend in der ›Oberen Roggenmühle‹ für Unterhaltung gesorgt hatte, wollte nun auch hier sein gesamtes Repertoire bieten.

Erst kurz vor 20 Uhr war Bürgermeister Pollatzky mit der Besucherzahl einigermaßen zufrieden. Er kletterte auf den mit Tannenreisig umgebenen Bühnenaufbau und trat an eines der beiden Mikrofone, die vor den Musikinstrumenten standen.

»Liebe Gäste«, begann er, »auch wenn's noch so stürmt und regnet, wir Gerstetter lassen uns den Tag nicht vermiesen.« Er freute sich, dass noch weitere Menschen in das Zelt strömten. »Wir begrüßen deshalb das ›Kaos-Duo‹, das knochentrockenen schwäbischen Humor verspricht.« Die Zuschauer spendeten kräftig Beifall. Während der Redner auf die Bedeutung der Dampfzugfahrten für die Region einging und die Förderung des Fremdenverkehrs ansprach, bereiteten sich die beiden Musiker Hans-Ulrich Pohl und Marcel Schindling abseits der Bühne auf ihren Auftritt vor. Wochenenden, wie diese, waren eine echte Knochenarbeit. Ein Samstagsauftritt, der sich bis tief in die Nacht hinein zog – und dann am Sonntag dasselbe. Pohl fühlte sich ausgelaugt und müde. Sein Kollege hatte auch schon zweimal gegähnt.

Der Bürgermeister fand kein Ende. Er lobte das ehrenamtliche Engagement und sicherte den Dampfeisenbahnern jegliche Unterstützung zu, obwohl diese nichts davon hören konnten, weil sie längst ihren Lokschuppen in Amstetten erreicht hatten.

Pohl sah, wie sich an der zweiten Tischreihe ein Mann erhob, rückwärts über die Holzbank hinwegstieg und nach vorne kam – direkt auf ihn zu. Der Musiker stutzte. Mit wenigen Schritten stand der Unbekannte vor ihm. »Ich war gestern auch bei euch«, sagte er. Pohl sah in ein schlecht rasiertes Gesicht. »Haben Sie's schon gehört – es hat einen Toten gegeben!?«

Der Musiker wurde bleich. Nur noch entfernt hörte er den Bürgermeister reden, der jetzt zu einem Ende zu kommen schien. »Der Flemming ist tot, Sie kennen ihn doch«, fuhr der Fremde fort. Pohl war nicht in der Lage, etwas zu antworten.

»Ermordet«, berichtete der Mann und senkte die Stimme, »ermordet – im Mordloch.«

»... das ›Kaos-Duo‹«, drang es plötzlich durch den Lautsprecher an Pohls Ohr. Das Stichwort. Der Auftritt. Er spürte, dass seine Knie weich geworden waren und er innerlich zu zittern begann. Fast wie in Zeitlupe stieg er die hölzernen Stufen zur Bühne hinauf. Sein Lächeln wirkte gekünstelt, sein Gesicht war fahl. Ohne die übliche, stimmengewaltige Ansage, steckte er das bereit liegende Kabel in seine

Gitarre und setzte sich auf einen Schemel, während Marcel hinter seinem Schlagzeug Platz nahm. »I bin a Älbler ond brauch mei' Alb«, sang er so gut es ging. Ich bin ein Älbler und brauch' meine Alb. Wie schnell konnte ein Idyll zerstört sein, dachte er – und sang weiter. Immer weiter. Das Publikum applaudierte begeistert.

10

Sie war wirklich rassig, dachte Linkohr. Auch jetzt, nachdem ihre Gesichtszüge hart waren und die Haut ihre Farbe verloren hatte. Häberle hatte ihr schonend beigebracht, dass ihr Mann vermutlich Opfer eines Verbrechens geworden sei. Nachdem ihn der Kommunalpolitiker Maile bereits identifiziert habe, bestünden leider keine vernünftigen Zweifel mehr. Allerdings werde man erst letzte Sicherheit haben, wenn sie dies bestätige. Dies könne man ihr nicht ersparen und müsse noch heute sein.

Die Frau war in den hellen Ledersessel gesunken und hielt sich die zu Fäusten geballten Hände vor den Mund. Die beiden Kriminalisten, die auf der Eckcouch saßen, schwiegen. Momente wie dieser gehörten zu den unangenehmsten Aufgaben. Angehörigen eine Todesnachricht zu überbringen, erforderte viel Feingefühl. Gleichzeitig war es wichtig, die Reaktionen zu registrieren. Diese Ehefrau war zwar geschockt, aber keinesfalls in tiefste Trauer gestürzt. Doch dies hatte nicht unbedingt etwas zu bedeuten. Aus langjähriger Erfahrung wusste Häberle, dass sich Trauer vielfach äußern konnte.

Sarah Flemming hatte bereits bestätigt, dass ihr Mann verschwunden war. Der Kommissar versuchte deshalb, ein Gespräch in Gang zu bringen. »Sie haben ihn nicht als vermisst gemeldet?«

Sie schüttelte den Kopf. »Ich hab' doch nicht gleich mit dem Schlimmsten gerechnet. Oder muss man das?« Ihre Stimme klang heiser, ihre Augen waren leer.

»Ist er oft so lange weggeblieben?« Häberles Blick streifte die moderne Schrankwand, die aus viel Glas und Metall bestand. Die Regale waren mit Büchern und diversen Reisemitbringseln gefüllt, überwiegend offenbar aus dem Orient.

»Es kam vor, dass er mit Freunden zusammensaß«, erklärte die Frau und berichtete, dass ihr Mann den Abend in der ›Oberen Roggenmühle‹ verbracht habe.

»Aber seither sind gut und gern 20 Stunden vergangen«, warf der Kriminalist ein und verschränkte die Arme vor seinem Bauch.

Sie nickte abermals. »Ich hab' Freunde angerufen und Bekannte – aus reiner Verzweiflung.« Sie legte ihre Hände auf die langen Oberschenkel, die in enge Jeans gezwängt waren. Linkohr hatte Gelegenheit, die weiblichen Formen dieser Frau zu studieren, die ein Pullover deutlich erahnen ließ.

»Und – was wurde Ihnen berichtet?« Häberle blieb ruhig.

Die Frau zuckte mit den Schultern und atmete schwer. »Er sei ungewöhnlich bald gegangen – in der Roggenmühle.«

»Das hat Sie nicht stutzig gemacht?«

»Mein Mann hatte viele Freunde.« Und sie fügte mit gewisser Resignation hinzu: »Nicht nur männliche, wenn Sie verstehen, was ich meine.«

»Und Sie?« fragte der Kriminalist mit gewissem Charme in der Stimme nach.

Ein Lächeln huschte über ihr Gesicht. »Ach so – jetzt denken Sie, ich hätte ...?« Noch bevor sie weiterreden konnte, besänftigte er sie: »Nicht was Sie denken, ich bitt' sie, Frau Flemming! Aber, vielleicht hilft es uns weiter, wenn wir auch Ihre Lebensumstände kennen.«

Sie schwieg einen Moment, rang sich dann aber zu einer Erklärung durch: »Ich bin Geschäftsfrau. Meine Kontakte beschränken sich auf die wirtschaftlichen Notwendigkeiten. Da ist für Liebschaften kein Platz, falls Sie das meinen.« Sie begann, nervös mit ihren Fingern zu spielen. Linkohr beobachtete sie scharf.

»Welcher Art sind Ihre Geschäfte?« wollte Häberle wissen.

»Export, Import – aus den osteuropäischen Ländern. Großhandel«, sagte sie kühl, »ich beliefere die kleinen türkischen Läden.«

»Und das ist ein Markt, der sich lohnt?«

»Mehr schlecht als recht«, entgegnete Frau Flemming, »aber Sie wissen, der Großraum Geislingen gilt als Region mit einem relativ großen Anteil türkischer Bevölkerung.«

»Und um welches Warenangebot handelt es sich dabei?«

»Nichts Spezielles«, erwiderte sie, »Blumen mal, Porzellan, Teppiche.«

»Teppiche?« staunte Häberle, wollte aber nicht näher darauf eingehen, sondern fragte: »Und Ihr Mann, was hat er gearbeitet?«

»Wir haben das gemeinsam gemacht«, antwortete sie eine Spur zu schnell, wie Linkohr bei sich registrierte. Sie griff sich in den Nacken und warf die langen Haare nach hinten.

»Und wie darf man sich das Geschäft in der Praxis vorstellen?« Der Chefermittler ließ sich seine Neugier nicht anmerken. Seine Fragen klangen stets, als seien sie eher beiläufig gestellt.

»Na ja, wir halten den Kontakt zu den Einzelhändlern – und versuchen günstige Einkaufsquellen zu erschließen. Die Zeiten sind hart geworden. Außerdem tummeln sich auf diesem Sektor schillernde Gestalten. Hier wie dort.«

»Das kann ich mir denken«, zeigte sich Häberle interessiert, »könnte es denn Geschäftspartner geben, die Ihrem Mann oder Ihnen nicht sonderlich gut gesonnen sind?«

Die Frau schüttelte den Kopf und richtete ihren Oberkörper auf. »Wenn mir spontan jemand einfiele, würde ich es Ihnen sagen. Aber ...« Für einen Moment hielt sie inne. »Aber es gibt niemanden, dem ich so etwas zutrauen würde.«

»Und in anderen Bereichen?« schaltete sich jetzt Linkohr ein. »Wir wissen, Ihr Mann hat sich in der Kommunalpolitik engagiert. Die Sache mit diesem Schweinestall hat für kräftigen Wirbel gesorgt.«

Sie winkte ab. »Vertane Zeit, hab’ ich immer gesagt. Ja, er hat sich da reingekniet wie ein Besessener und sich zum

Sprecher der Gegner gemacht. Ich bin ja auch der Meinung, dass so eine riesige Anlage stinken wird – aber wenn die Behörden etwas genehmigen, hat man doch als kleiner Bürger keine Chance mehr. Nicht in diesem Land, nicht bei diesem Bürokratismus.«

Häberle nickte verständnisvoll. Und sein Kollege meinte: »Damit hat er sich den Hass des Ortsvorstehers zugezogen.«

»Das kann man wohl sagen. Vorige Woche ging's doch im Ortschaftsrat kräftig zur Sache. Und anschließend gab es hitzige Telefonate. Mein Mann konnte in solchen Fällen richtig wütend werden.«

Häberle wechselte das Thema: »Hatte Ihr Mann ein Handy?«

»Ja, selbstverständlich. Aber es schaltet auf die Mailbox – hab' ich heut' schon x-mal probiert.«

Häberle ließ sich die Nummer geben. Es war ein Einfaches, die letzten Gesprächsverbindungen auflisten zu lassen. Vielleicht ergaben sich daraus Anhaltspunkte, mit wem er sich zuletzt getroffen hatte.

»Und sein Auto?«

»Er ist mit dem Wagen unterwegs gewesen. Steht der denn nicht da unten?« Sie meinte den Platz beim Mordloch, und schien irritiert zu sein.

Häberle schüttelte den Kopf. »Leider nein. Wir brauchen Fahrzeugtyp, Farbe, Kennzeichen.«

»Ein Mercedes Kombi, dunkelblau, fast schwarz.« Sie nannte das Kennzeichen und Linkohr notierte es auf einem winzigen Stück Papier, das er in seiner Hosentasche fand.

Dann bat der Chefermittler die Frau noch einmal um Verständnis dafür, dass sie noch heute Abend ihren Mann identifizieren müsse. Er werde sie in einer halben Stunde von einem Streifenwagen abholen und in das gerichtsmedizinische Institut nach Ulm bringen lassen. Die beiden Kriminalisten erhoben sich und ließen sich zur Haustür bringen. Dort fiel Häberle noch eine letzte Frage ein: »Hatte Ihr Mann sonst noch eine Tätigkeit? Ein Hobby – oder etwas anderes?«

»Nun ja«, erwiderte Frau Flemming und öffnete die Haustür. Draußen regnete es wolkenbruchartig. »Wissen Sie, er konnte nie genug kriegen, deshalb hat er immer mal wieder was Neues angefangen. Eine Zeit lang hat er eine Versicherungsagentur gehabt, doch wenn Sie da nicht all ihre Bekannten und Freunde aufs Kreuz legen, haben Sie heutzutage keine Chance als Neuling in dieses Geschäft einzusteigen. Und jetzt ...« Sie überlegte, »jetzt hat er mit dieser Künstleragentur angefangen. Vermittlung und so.«

Häberle, der schon zur Tür hinausgehen wollte, drehte sich um, Linkohr blieb im Flur stehen. »Künstleragentur?« hakte der Chefermittler nach.

»Ja, wenn irgendwo ein Fest geplant ist, hat er Künstler vermittelt – Sänger, Zauberer, Jongleure, Musiker, Artisten. Ist aber heutzutage auch nicht viel dabei zu verdienen. Die Veranstalter haben doch kein Geld mehr.«

»Und da hat's nie Schwierigkeiten gegeben?« wollte Häberle wissen.

»Wo gibt's die nicht?« fragte die Frau zurück, »natürlich gab's da Ärger. Geld und Gagen, Honorare und Abrechnungen. Was glauben Sie, wie sensibel Künstler sind!«

»Und in letzter Zeit?« Der Wind trieb den Regen in den Flur.

»Noch gestern Vormittag, das fällt mir jetzt ein, hat er am Telefon einen heftigen Streit gehabt. Aber fragen Sie mich nicht warum.«

»Wir fragen Sie nur, mit wem«, sagte Häberle und kam wieder einen Schritt näher auf sie zu, weil er Regentropfen im Gesicht spürte.

»Es war dieser schwäbische Sänger, dieser Musiker, der am Abend in der Roggenmühle aufgetreten ist. Dieses Duo mit dem komischen Namen. Markus hat gesagt, er werde runterfahren, um mit ihm unter vier Augen zu reden.«

»Ach«, Häberle staunte, »das ist doch schon mal etwas.«

Draußen im weißen Kripo-Mercedes, mit dem Häberle aus Göppingen gekommen war, bat er über Funk die Kollegen des Streifendienstes, eine Fahndung nach dem Mercedes-

Kombi zu veranlassen und Frau Flemming abzuholen und nach Ulm zu bringen. Dann ließ er sich mit dem Kollegen Schmidt verbinden, einem altgedienten Beamten der Geislinger Außenstelle, der inzwischen auch aus der Sonntagsruhe herausgerissen worden war und nun bereits im Lehrsaal die technischen Voraussetzungen für die Sonderkommission traf. Er schilderte ihm die Situation. »Wenn sich die Gerichtsmedizin meldet, dann rufen Sie mich bitte sofort an.«

Schmidt bestätigte, während im Hintergrund Bruhns Stimme durch den Raum hallte. »Der Chef will Sie«, erklärte der Kollege und reichte den Hörer weiter. Bruhn kam ohne Umschweife, wie das seine Art war, zur Sache: »Dieser Sander hat angerufen, dieser Journalist«, bellte er unwirsch, »hat wohl von der Sache Wind gekriegt. War ja kein Wunder, bei dem Auflauf da draußen.« Es klang vorwurfsvoll, als sei Häberle schuld daran, dass so viele Neugierige den Einsatz am Mordloch verfolgt hatten. »Wenn wir morgen noch was ins Blatt setzen wollen, müssen wir handeln.«

Häberle lächelte. Der Sander, ja, Journalist der »Geislinger Zeitung«, einer von der angenehmen Sorte. Sie kannten sich seit Jahrzehnten – und das Verhältnis war ungetrübt. »Sagen Sie ihm einen schönen Gruß von mir und wir werden morgen Früh miteinander reden.«

»Der wird ein Riesentheater veranstalten«, kläffte Bruhn. »Und die Sache aufblasen – aus einer Mücke einen Elefanten machen.«

Linkohr schaltete den Motor wieder aus.

»Wenn Sie ihm einen Gruß von mir ausrichten«, erklärte Häberle geduldig, »dann geschieht nichts. Sagen Sie ihm, wir hätten einen unbekannten Toten im Mordloch gefunden, vermutlich ein Tötungsdelikt, keinen Namen natürlich. Sagen Sie ihm, es gebe Hinweise, wer der Tote sei, doch dass wir gerade erst am Identifizieren seien.«

Bruhn bruddelte vor sich hin, doch Häberle sprach weiter: »Und bitten Sie ihn um einen Zeugenaufruf. Wer hat seit Samstag am Mordloch irgendwas beobachtet? Personen, Fahrzeuge – das Übliche halt.«

»Das soll der, Ö' machen«, entschied Bruhn abrupt und meinte den Beamten für Öffentlichkeitsarbeit. »Wo ist der überhaupt?«

»Egal, wer«, erwiderte Häberle, »aber es muss unbedingt für morgen ein Zeugenaufruf in die Zeitung.« Er schaute auf seine Armbanduhr. Es war halb neun. »Sehr viel Zeit werden wir nicht mehr haben.«

Bruhn erwiderte nichts, sondern legte auf.

»Und jetzt?« fragte Linkohr.

»Zu diesem Wühler«, erklärte Häberle und steckte sein winziges Handy in die Innentasche seines legeren Sommerjacketts. »Wissen Sie, wo der wohnt?«

Der junge Kollege nickte und startete den Motor. Die Scheibenwischer konnten die herabprasselnden Wassermengen kaum bewältigen. An den Straßenrändern hatten sich bereits tiefe Rinnsale gebildet, die dem nächsten Gully entgegen strebten. Linkohr steuerte den Wagen aus dem Neubaugebiet hinaus, das hier »Roßhülbe« genannt wurde, und erreichte die Ortsdurchfahrt. Dort bog er links ein und folgte dem Straßenverlauf, vorbei an großen Hofstellen und an der Kirche, bis er kurz vor dem Ortsende rechts blinkte. Ein mit bunten Bändern bekränzter Besen wies zu Wühlers Besenwirtschaft.

»Wieso Besen?« staunte Häberle, »Besenwirtschaften gibt's doch nur in Weingegenden. Und hier oben wächst garantiert keine einzige Rebe.«

Linkohr wusste Bescheid. »Heißt halt so. Ein Gag vermutlich. Außerdem ist das Lokal nur wenige Wochen im Jahr geöffnet.« Er bog mit dem Mercedes scharf rechts ab und erreichte den Innenhof einer großen, U-förmigen Hofstelle. Links und vor ihnen befanden sich Stallungen und Scheunen, rechts das lang gezogene Wohnhaus, in dessen Erdgeschoss das Lokal eingerichtet worden war. Fensterläden und Blumenschmuck hoben diesen Teil des schlichten Gebäudes hervor. Eine alte Dunglege vor der Tür ließ vermuten, dass in frühen Zeiten in diesem Teil des Wohnhauses auch ein Stall untergebracht war. Drüben an der Scheune schoss Regenwasser wie ein Sturzbach aus einer defekten Dachrinne, weshalb im Hof tiefe Pfützen entstanden waren. Linkohr parkte den Mercedes in die Reihe mehrerer abgestellter Autos. Häberle eilte in gebückter Haltung zur Eingangstür, sein junger Kollege tat es ihm nach. Trotzdem waren Haare und Kleider bereits nass, als sie das Lokal betraten, in dem ihnen eine rauchgeschwängerte Schwüle und enormes Stimmengewirr entgegenschlugen. Sie orientierten sich einen Moment und erkannten, dass die Hälfte der Plätze belegt war. Das Lokal bestand aus einem einzigen großen Raum, der an manchen Stellen mit rustikalen Gestecken und jungen Bäumchen aufgelockert wurde. Hinter der Theke, die auf der rechten Seite untergebracht war, hantierte ein groß gewachsener Mann mit Flaschen, eine Bedienung stand davor.

Die beiden neuen Gäste wurden nicht zur Kenntnis genommen. Häberle strebte einem freien Tisch entgegen, der an der gegenüberliegenden Seite in der Ecke stand. »Der hinterm Tresen ist Wühler, der Ortsvorsteher«, erklärte Linkohr. Er war mittlerweile lange genug in Geislingen tätig, um die Kommunalpolitiker zu kennen. Noch bis zur jüngsten Gemeinderatswahl im Juni war Wühler sogar Stadtrat in Geislingen gewesen. Doch dann hatte ihn das gleiche Schicksal ereilt, wie schon viele vor ihm: Als Bewohner eines kleinen Stadtbezirks hatte man es schwer, sich im Gesamtgremium der Stadt zu behaupten. Außerdem waren ihm vermutlich seine umstrittenen Schweinestallpläne zum Verhängnis geworden. Ins örtliche Gremium des Ortschaftsrats hatte er es zwar noch mit Müh und Not geschafft, doch ob ihn dessen Mitglieder demnächst wieder zu ihrem Vorsitzenden wählen würden, war mehr als fraglich.

Die beiden Männer bestellten Cola und baten die Bedienung den Chef herzurufen. Wenig später näherte sich Wühler mit misstrauischem Blick ihrem Tisch und setzte sich. »Sie wollen mich sprechen?« fragte er mit vorsichtiger Zurückhaltung.

»Ja, nur ganz kurz. Wir kommen von der Kriminalpolizei«, stellte Häberle sich und seinen Mitarbeiter vor.

Wühlers Gesicht erstarrte. Seine Augen wanderten langsam von dem Chefermittler zu dessen Kollegen. Dann atmete er tief ein und sagte mit belegter Stimme: »Wegen Flemming?«

Häberle nickte und wagte einen Frontalangriff. »Sie sind nicht gerade gut auf ihn zu sprechen?«

Wühlers Nasenflügel begannen zu zittern, dann aber schien er sich zu beherrschen. »Flemming ist ein Prolet. Er heizt seit Monaten hier die Stimmung an – gegen mich.«

»Schweinestall und so«, gab sich der Kommissar wissend und musste lauter sprechen, weil der Geräuschpegel um sie herum immer weiter anschwoll.

»Manchmal unter der Gürtellinie«, erwiderte der Mann fast ein bisschen zusammenhanglos und lenkte wieder ein: »Aber um das festzustellen, werden Sie nicht gekommen sein.«

Linkohr nahm einen Schluck Cola, das die Bedienung inzwischen gebracht hatte.

»Natürlich nicht«, lächelte Häberle. »Wir hätten nur ganz gerne ein bisschen mehr über ihn gewusst – aus Ihrer Sicht.«

»Und seine Frau? Fragen Sie doch die.«

»Von ihr kommen wir gerade. Wir hätten gerne Ihre Meinung gehört. Nun ja«, ermunterte ihn Häberle, »Ihre ist vielleicht nicht gerade neutral. Aber wenn wir Sie jetzt in Ihrer Eigenschaft als Ortsvorsteher fragen, werden Sie uns zum Mitbürger Flemming vielleicht ein paar Sätze sagen können.«

Wühler fühlte sich geschmeichelt. »Flemming ist vor sechs oder sieben Jahren hier raufgezogen, hat zuerst in Miete gewohnt und dann in der ›Roßhülbe‹ draußen gebaut. Ins Dorfleben hat er sich nie eingefügt.« Er schüttelte dabei den Kopf, als könne er derartiges Verhalten nicht begreifen. »Halt ein Reing'schmeckter, wie wir hier sagen. Wir werden von solchen Zugezogenen langsam beherrscht. Mit Neubaugebieten holen wir uns nichts als Fremde ins Dorf – und die Belange der historisch gewachsenen Bauerndörfer gehen verloren.« Wühler schien gerade dieser Punkt besonders am Herzen zu liegen. »Die Fremden halten zusammen und plötzlich darf morgens kein Hahn mehr krähen, weil das die sensiblen Städter stört, die unbedingt aufs Land ziehen wollen. Oder es darf nicht mehr stinken.« Er machte eine Pause. »Dabei hat's Jahrhunderte hier oben gestunken. Und keinen hat's jemals gestört. Aber was reg' ich mich auf! Die Landwirtschaft zählt heute nichts mehr.«

Die beiden Kriminalisten hörten aufmerksam zu.

»Es wird völlig vergessen, dass es die Landwirte sind, die für das tägliche Brot sorgen«, machte Wühler weiter, ohne Rücksicht darauf, dass man ihn am Nebentisch verstehen konnte, »aber unsere Politiker sind allesamt derart hirnrissig, dass sie die Versorgung der eigenen Bevölkerung in fremde Hände abgegeben haben. Nicht die eigene Scholle ernährt uns, sondern ein gigantischer bürokratischer EU-Apparat, in dem einzig und allein Lug und Trug mit Subventionen im Vordergrund steht – oder der grenzenlose Schwachsinn von Politikern, die noch nie in ihrem Leben einen Mistwagen geschoben haben.«

Das waren Worte, wie sie Häberle gefielen. Er selbst kämpfte schon ein halbes Leben lang gegen den allgegenwärtigen Bürokratismus.

Der Mann war noch nicht fertig: »Aber es kommt noch schlimmer. Wir kriegen Geld, wenn wir Flächen stilllegen. Man muss sich das mal vorstellen. Wir sollen aus unserem Ackerland möglichst ein Biotop machen – nichts tun. Und kriegen Geld dafür. Kann es einen größeren Schwachsinn geben? Wir kriegen Geld, damit wir nichts anbauen, könnten aber allein von dem, was die karge Hochfläche der steinigen Schwäbischen Alb hergibt vermutlich ganze Landstriche in Afrika versorgen und Menschen vor dem Verhungern retten. Okay, unsere Politiker sagen, das alles wäre finanziell nicht zu bewältigen – hier anpflanzen und dann nach Zentralafrika transportieren. Immer die Kosten!« Wühler ballte die

Fäuste. »Haben wir denn keine Verantwortung gegenüber den anderen Menschen auf diesem Planeten? Bloß, weil wir zufällig da leben dürfen, wo alles in Hülle und Fülle wächst, kümmern wir uns einen Dreck um die Ärmsten der Armen! Aber wir sehen ja nur uns, unsere kleine Welt!«

»Sie nicht?« wagte Häberle zu unterbrechen. Wühler war für einen Moment irritiert. »Meinen Schweinestall?« fragte er leiser. »Man mag geteilter Auffassung sein, Herr Häberle. Das ist absolut legitim. Aber unser Konzept basiert auf der Überlegung, dass die Landwirtschaft hier bei uns überleben muss. Hier wird das Futter produziert, hier wird es an die Schweine verfüttert – und hier wird heimisches Fleisch produziert. Kein fragwürdiges Billigfutter von was weiß ich woher. Kein Fleisch, dessen Herkunft nur mühsam, wenn überhaupt, nachzuvollziehen ist. Oder sind Sie auch so blauäugig, zu glauben, dass all die Maßnahmen, die nach dem BSE-Skandal getroffen wurden, lückenlos zu überprüfen sind? Bei den Gaunern, die heutzutage überall sitzen, bis rauf in die höchsten Ministerien.«

Häberle entgegnete nichts. Der Mann hatte vermutlich Recht.

»Nein«, gab sich der Redner nun selbst die Antwort, »nur wenn wir selbst produzieren, hier, bei uns, können wir den grenzüberschreitenden Banditen entgegen wirken und guten Gewissens unseren Lebensmitteln vertrauen. Aber was heutzutage abläuft, Herr Häberle, da staun' ich, dass man sich wundert, welche Krankheiten ausbrechen. Die vielen Allergien dürften noch das Harmloseste von allem sein.«

Auch der Kommissar hatte jetzt einen trockenen Mund und trank hastig. Ihm gefiel die Art Wühlers.

»Ganz zu schweigen von dem verantwortungslosen Verkehr«, fuhr der Gastwirt fort, »Waren und Tiere werden quer durch Europa kutschiert, nur um Subventionen zu erschleichen oder an irgendeinem entlegenen Zipfel günstige Arbeitslöhne auszunutzen. Schau'n Sie auf die Autobahn, schauen Sie hin!« Wühler war jetzt in Fahrt. »Ein Lastzug am andern. Die Kraftstoffkosten spielen gar keine Rolle, nicht mal die Lkw-Maut. Nein, Herr Häberle, auf Teufel komm raus wird alles verschoben und zwischen Nordkap und Sizilien hin- und hertransportiert. Und die Spediteure zocken ab.«

Der Chefermittler sah keinen Grund zu widersprechen. Während seiner Zeit beim Landeskriminalamt hatte er Einblicke in die abartigsten Geflechte erhalten. Um innerhalb der EU Subventionen zu erschleichen, brauchte man die Waren nicht mal zu bewegen. Findige Betrüger tätigten die Transaktionen, um Gelder zu ergaunern, nur auf dem Papier.

»Aber Ihnen gelingt es nicht, Ihre Gegner von Ihrem Projekt zu überzeugen?« hakte Häberle jetzt nach, um dem Gespräch wieder die gewünschte Richtung zu geben.

Wühler schüttelte resignierend den Kopf. »Nein. Ich bin hier zum Buhmann abgestempelt.«

»Und jetzt, wo Flemming tot ist – wer wird den Widerstand künftig organisieren?« Der Kommissar behielt sein Gegenüber fest im Auge.

»Keine Ahnung. Da findet sich ganz bestimmt wieder einer.«

Häberle wechselte das Thema. »Flemming hatte mehrere Jobs ...?«

Wühler blickte sich um und beugte sich zu seinen beiden Gesprächspartnern her. »So kann man das sicher sagen. Diesen Großhandel mit seiner Frau – irgendwelche Importgeschichten ja. Und neuerdings diese Künstlersache.«

Auf dieses Stichwort hatte Häberle insgeheim gehofft. »Er hat sich wohl noch gestern mit einem Musiker in die Haare gekriegt, mit einem, der in der ›Oberen Roggenmühle‹ gespielt hat.«

»Mit dem ›Kaos-Duo‹?« vermutete der Wirt, während starkes Gelächter den Raum erfüllte. »Ja, hab' davon gehört, dass er diese beiden Musiker irgendwie managen oder vermitteln wollte.« Er schaute dem Kommissar tief in die Augen. »Die beiden spielen übrigens heut' Abend drüben in Gerstetten im Bierzelt.«

»Nur noch eine abschließende Frage«, fuhr der Kommissar fort und trank sein Glas leer, »dies soll nicht als Misstrauen gewertet werden – aber wo waren Sie heute Nacht?«

Wühler lehnte sich zurück und schaute irritiert zu der Fensterfront hinüber. Draußen peitschte aufkommender Sturm den Regen gegen die Scheiben.

»Ich?« antwortete er langsam, »ich war hier.«

»Wie lange?«

»Bis zwei oder halb drei. Soll das jetzt ein Verhör sein?«

Der Kommissar hob beschwichtigend die Hände. »Das fragen wir jetzt alle – hat gar nichts zu bedeuten. Sie waren also bis halb drei hier und sind dann zu Bett gegangen?«

»Nein«, entgegnete Wühler. »Ich hab' derart Kopfweh gehabt, dass ich noch an die frische Luft bin.«

»Im Hof – oder wo?«

»Auch, ja, aber ich bin noch durch den Ort gegangen – die Hauptstraße rauf bis zur ›Roßhülbe‹ und wieder zurück.«

»Gesehen hat Sie aber keiner?«

»Um diese Zeit?« Wühler hielt die Frage für einen schlechten Witz. »Wer soll da schon rumlaufen?« Die drei Männer schwiegen sich an und bemerkten erst jetzt wieder den Geräuschpegel um sie herum. Wühler erkannte plötzlich, was seine Feststellung bedeutete: »Sie wollen jetzt sagen, ich hätte kein Alibi ...?«

Häberle lächelte beruhigend: »Nicht jeder, der kein Alibi hat, ist ein Täter.«

11

Sie hatten's wieder mal geschafft. Ihr Museumszug stand auf dem äußersten Abstellgleis, die Passagiere waren schnell ihren Autos zugestrebt. Noch dampfte die Lok. Es würde Stunden dauern, bis das Höllenfeuer vollends erloschen sein würde.

Die Hobbyeisenbahner hatten sich in einem ihrer Schuppen eine gemütliche Ecke eingerichtet, umgeben von historischen Utensilien, die allesamt an Dampfzug-Romantik erinnerten. Von der Decke hing eine Leuchtstoffröhre, die den Raum in ein viel zu grelles Licht hüllte.

Die neun Männer freuten sich über die Einnahmen. Ein Glück, dass es erst am Spätnachmittag zu regnen begonnen hatte. Jetzt kübelte es, als ginge die Welt unter. Auf dem Dach trommelten die Regentropfen, eine Dachrinne rauschte.

Kruschke, der als Verantwortlicher die 75 1118 gefahren hatte, wusch sich am Waschbecken den Ruß aus dem Gesicht. Er und sein Kollege trugen noch immer ihre schwarze Kleidung. »Sag' mal, Florian«, drehte er sich beim Abtrocknen des Gesichts um, »hat man was Neues von dieser Leiche gehört?«

Augenblicklich verstummten die Gespräche der anderen, die um einen alten Tisch saßen, den die Vereinsmitglieder einmal aus dem Sperrmüll gerettet hatten. Florian war an einem ebenso maroden Schreibtisch mit der Abrechnung eines ganzen Stapels Fahrscheine beschäftigt und hielt inne. »Am Bahnhof hat vorhin einer gesagt, es handle sich wohl um eine bekannte Persönlichkeit aus Waldhausen.«

Kruschke rubbelte sein Gesicht trocken. »Weiß man den Namen?«

Florian zuckte mit den Schultern. »Er hat einen genannt, aber ich kenn' ihn nicht.«

Kruschke setzte sich nun auch an den Tisch, auf dem gefüllte Weizenbiergläser standen. Er hob eines der Gläser. »Freunde, wir haben's uns verdient. Zum Wohl.« Das schäumende Getränk floss in die durstigen Kehlen. Der Lokführer wischte sich mit dem Handrücken den Schaum vom Mund. »Wir sollten aber auch nach vorne blicken«, erklärte er, »die Zeit ist reif für neue Taten.«

Seine Zuhörer lehnten sich zurück und Florian legte seine Akten beiseite.

»Florian und ich«, sprach er weiter, »werden uns mit den Geislinger Freunden um die neue Strecke kümmern.« Jetzt war es raus. Sie alle hatten es seit langem gewusst, doch nun nahm das Projekt Gestalt an. In Geislingen, der historischen Eisenbahnerstadt, gab es noch ein knapp vier Kilometer langes Gleis einer stillgelegten Nebenstrecke. Es führte quer durch die Stadt und endete in einem Industriegebiet. Seit Jahren war dort kein Zug mehr gefahren – doch hatten Gleis und Bahnübergänge die Zeiten überdauert. Längst gab es eine Initiativgruppe, die diesen Abschnitt wieder zum Leben erwecken und mit Dampfzügen eine Touristenattraktion auf die Beine stellen wollte. Beispiele dafür, wie so etwas die Massen in eine Stadt lockt, gab es in ganz Deutschland. Kruschke erwähnte dabei gerne den ›Rasenden Roland‹, der bekanntermaßen auf der Insel Rügen für Begeisterung sorgt.

»Wir werden eines Tages das interessanteste Dampfzugnetz in dieser Republik haben«, prophezeite Kruschke und nahm einen kräftigen Schluck, »wir fahren von Gerstetten nach Amstetten und dann auf der Hauptstrecke die berühmte Geislinger Steige hinab – und schließlich noch quer durch die Stadt. Leute, das wird die Eisenbahnfans aus ganz Europa anlocken.«

Florian strahlte. Die Reaktion der anderen war eher zurückhaltend. Sie dachten an die Arbeit, den Bürokratismus und vor allem an die hohen Kosten. Sie konnten sich nicht so recht vorstellen, dass die Hürden zu bewältigen sein würden, die ihnen das Eisenbahnbundesamt zur Aktivierung der Strecke zweifellos in den Weg stellte. Dazu brauchte man Geld, viel Geld. Und man brauchte Geduld und gute Nerven, um all den vielen Bestimmungen und Gesetzen gerecht zu werden, die an den Betrieb einer privaten Eisenbahn geknüpft waren.

Immerhin hatten die Stadtverwaltung und die Kommunalpolitiker großes Interesse daran gehabt, zumindest die Trasse zu erhalten. In zähen Verhandlungen war es sogar gelungen, die Bahn AG von ihrem zunächst geradezu abenteuerlich hohen Verkaufspreis abzubringen. Jetzt jedenfalls gehörte die Strecke der Kommune, die jedoch selbst angesichts knapper Finanzen kaum in der Lage wäre, sie sinnvoll zu nutzen. Die Umweltschützer hätten am liebsten das Gleis herausgerissen und die Trasse als Radweg oder Busspur genutzt. Letztlich war es dann aber doch gelungen, dem Vorhaben der Hobbyeisenbahner den Vorrang einzuräumen und sie den Versuch unternehmen zu lassen, die Strecke wieder zu beleben.

Kruschke strahlte mit jedem Schluck, den er aus dem Weizenbierglas nahm, noch mehr: »Die Formalitäten sind eingeleitet. Und nun gilt es, die Strecke vom Bewuchs zu befreien.« Er lächelte. »Dazu brauchen wir einen Bagger, einen schienentauglichen natürlich.«

Seine Zuhörer stutzten. Sie wussten, dass Kruschke schon oftmals das Unmögliche möglich gemacht hatte. Aber jetzt schien seine Euphorie mit ihm durchzugehen. Nur Florian hing an seinen Lippen.

»Wir müssen endlich Zeichen setzen«, fuhr der Redner unbeirrt fort, »Miesmacher hat diese Stadt da unten schon viel zu viel. Wenn es keine Menschen mehr gibt, die selbst was in die Hand nehmen, dann sag' ich bloß eines: Gut' Nacht, du schönes Geislingen. Verpennt doch eure Chance, die weltweit erste Stadt mit einer Eisenbahngebirgsüberquerung zu sein.«

Florian Metzger gefielen diese Worte.

Eine Stimme aus der Männerrunde unterbrach Kruschkes Redeschwall: »Und wie willst du das alles finanzieren?«

»Natürlich nicht nur mit Touristen, Thomas«, ging der Angesprochene auf den Kritiker ein, »sondern mit Güterverkehr. Ja, wir werden die großen Gewerbebetriebe in dieser Stadt wieder vom Schienenverkehr überzeugen. Ich hab' das alles durchgerechnet. Zwei, drei Waggons pro Woche reichen.«

Seinen Zuhörer brauchte er nicht detailliert zu schildern, wie dies in der Praxis funktionieren konnte. Sie waren schließlich mit der Materie des privaten Schienenverkehrs bestens vertraut.

Seit die Bahn privatisiert war, durften auf deren Streckennetz alle möglichen Züge fahren – natürlich gegen Bezahlung. Diese Gebühr, nach Kilometern abgerechnet, war mit der Maut vergleichbar, wie sie auf den Straßen erhoben wird.

Auf dem deutschen Bahn-Streckennetz verkehrten längst regelmäßig Güterzüge der privaten französischen Gesellschaft Connex, mit der eine Kooperation denkbar sei, erklärte Kruschke. Allein auf der Strecke Ulm – Stuttgart sei täglich ein halbes Dutzend solcher Züge unterwegs. In Geislingen, wo es im Bahnhofsbereich noch Möglichkeiten zum rangieren gäbe, könnten Waggons abgekoppelt und dann mit einer Rangierlok auf die Nebenstrecke gebracht werden. »So funktioniert das landauf, landab – auch wenn die breite Öffentlichkeit noch gar nicht bemerkt hat, dass dies mit der guten alten Bundesbahn überhaupt nichts mehr zu tun hat«, berichtete Kruschke und fügte hinzu: »Ich brauch' euch doch nicht zu sagen, dass dies hier in Amstetten seit Jahr und Tag so läuft. Die Heidelberger Druckmaschinen bedienen sich für ihren Betrieb da drüben«, er deutete mit dem Kopf in Richtung dieses Unternehmens, »mit großem Erfolg dieser Methode.«

»Und ausgerechnet du propagierst den Schienenverkehr ...?« höhnte eine Stimme aus der Runde.

Kruschke entgegnete scharf: »Der Schienenverkehr birgt ungeahnte Möglichkeiten.« Er nahm wieder einen kräftigen Schluck. Sein Kritiker sah darin die Gelegenheit für eine weitere Nachfrage: »Und was machst du, wenn's nicht klappt?«

Kruschke wischte sich erneut den Schaum vom Mund. »Du solltest nicht so negativ denken, mein Freund.« Er blickte in die Runde: »Euch ist entgangen, dass heute Mittag jemand mit uns gefahren ist, der sich ganz intensiv um den Fremdenverkehr erkundigt hat. Meint ihr, das macht der zum Vergnügen?«

Der Kritiker fragte zweifelnd und mit deutlicher Skepsis nach: »Aber du kennst ihn nicht?«

Kruschke winkte verärgert ab.

Die Dämmerung war schneller hereingebrochen, als es um diese Jahreszeit zu erwarten gewesen wäre. Aber die dicken Wolken und der unablässig niederprasselnde Regen hatten den Himmel verfinstert. Häberle hatte entschieden, dem ›Kaos-Duo‹ einen Besuch abzustatten, drüben in Gerstetten. Als der Kripo-Mercedes gerade durch die lange Ortsdurchfahrt von Gussenstadt rollte, spielte Häberles Handy die wohl bekannte Melodie. Er drückte auf den grünen Knopf und meldete sich. Schmidt rief an, der Kollege aus Geislingen.

»Wir haben einen ersten informatorischen Bericht aus Ulm«, erklärte er, »unsere Leiche wurde erschlagen, brutal erschlagen.«

»Erschlagen?« wiederholte der Kommissar, als der Wagen durch eine tiefe Pfütze fuhr und das Wasser seitlich in die Vorgärten spritzte. »Womit denn?«

»Mit einem stumpfen Gegenstand und mit voller Wucht gegen Hals und Genick«, berichtete Schmidt, »möglicherweise mit einem Stück Holz.

Die Kollegen haben am Pullover des Toten im Hals- und Nackenbereich Holzfasern sichergestellt, vermutlich von einer Rinde oder etwas ähnlichem.«

Häberle sah, dass die Scheibenwischer die Wassermengen kaum noch beiseite schaffen konnten.

»Welche Rückschlüsse ziehen die Kollegen daraus?« Der Kommissar lehnte sich zurück. Der Gurt spannte. Vielleicht sollte er doch weniger essen.

»Sie sind zuversichtlich, dass das LKA die Holzart rauskriegt.«

Die Jungs im Landeskriminalamt, das wusste Häberle aus seiner dort gesammelten Erfahrung, konnten tatsächlich wahre Wunderdinge vollbringen. Für ihre Analysen brauchten sie nur winzigste Spuren. Haare, Hautschuppen oder Splitter irgendeines Materials. Wenn sich etwas fand, waren auch im schwierigsten Fall erste wichtige Ansatzpunkte für die Ermittlungen gegeben. Das würde jetzt nicht anders sein, dachte Häberle. »Hat das mit der Presse geklappt?« fragte er dann.

»Ich denke, ja. Bruhn hat's selbst machen müssen und den üblichen Eiertanz aufgeführt – mit Hinweis auf ermittlungstaktische Gründe. Aber ich glaub', Sander hat sich amüsiert.«

Der Kommissar konnte sich das Gespräch zwischen dem Kripochef und dem Journalisten lebhaft vorstellen.

Mittlerweile hatten sie Gussenstadt hinter sich gelassen. In freier Landschaft peitschte der Regen noch kräftiger gegen den Mercedes.

Linkohr nahm das Gas weg. Auf dem schmalen Sträßchen drohte Aquaplaning. »Dieser Flemming scheint ja eine schillernde Gestalt zu sein«, meinte er, als vor ihnen die Lichter von Gerstetten auftauchten.

»Ein komischer Vogel, ja«, meinte Häberle, »wir werden nicht umhin können, seine Geschäfte genauer unter die Lupe zu nehmen. Teppiche! Wenn ich das schon höre!«

»Manchmal staun' ich, welche Läden es gibt, auch in der Provinz«, stellte der junge Kriminalist fest.

»Das ist überall so. Wenn Sie mit offenen Augen durch die Städte gehen, entdecken Sie Geschäfte, da drängt sich einem doch sofort die Frage auf, was deren eigentlicher Zweck ist. Erzählen Sie mir bloß nicht, dass damit auch nur annähernd die Miete zu bezahlen wäre – geschweige denn das Personal.« Häberle verschränkte die Arme. »Ich bin felsenfest davon überzeugt, dass viele dieser Läden, in denen Sie den ganzen Tag keinen einzigen Kunden rein- oder rausgehen sehen,

Geldwäschereien sind. Von wem und wofür auch immer.« Er zuckte mit den Schultern. »Nur weisen Sie das mal nach! Und glauben Sie bloß nicht, Geschäftsideen dieser Art seien auf bestimmte Nationalitäten beschränkt. Bei weitem nicht. Mag ja sein, dass es die einen besser können, als die andern.«

Der Mercedes hatte jetzt Gerstetten erreicht. Linkohr wusste, wo sich der Bahnhof befand, an dem das Festzelt stehen musste. »Manchmal hab' ich den Eindruck, es gibt immer mehr Menschen, die nur danach trachten, ohne ehrliche Arbeit Geld zu verdienen«, stellte er fest.

»Der Eindruck drängt sich mir schon seit Jahrzehnten auf«, erwiderte der Kommissar. »Und glauben Sie mir, junger Kollege, bis Sie in meinem Alter sind, werden sich die Verhältnisse dramatisch geändert haben. Sie werden an meine Worte denken!«

Linkohr nickte. »Da hab' ich keinerlei Zweifel, bei allem, wie es sich entwickelt.«

»Dieses ›Hartz vier‹ wird dieses Land verändern – und zwar nicht zum Guten«, prophezeite Häberle. »Die ewigen Faulenzer und Stadtschlamper wollten sie treffen – doch in Wirklichkeit strafen sie alle, die gewillt sind, einer ehrlichen Arbeit nachzugehen. Wer ein Leben lang geschuftet und gespart hat und plötzlich seinen Job verliert, weil die Firma pleite macht, fällt nach einem Jahr in bittere Armut. Ihm wird alles genommen, was er sich mit seiner Hände Arbeit erworben hat. Sein bisschen Vermögen wird abgeschmolzen – erst dann hat er Anspruch auf staatliche Unterstützung. Ich frage Sie, junger Kollege – ist das sozial?«

Linkohr warf seinem sichtlich erregten Chefermittler einen Seitenblick zu. »Und ausgerechnet die rotgrüne Regierung hat's angezettelt«, bekräftigte er.

»Um ehrlich zu sein, da dreh' ich die Hand nicht rum«, versuchte Häberle eine einseitige Schuldzuweisung zu verhindern. »Aber überlegen Sie mal: Ein Vierzig- oder Fünfzigjähriger verliert seinen Job, will wieder arbeiten, schreibt sich mit zig Bewerbungen die Finger wund, erhält aber Absagen am laufenden Band, fadenscheinige – weil er in Wirklichkeit den jungen dynamischen Bürschchen in den Chefetagen zu alt ist, dann fällt er nach einem Jahr durch alle sozialen Netze. Darf man solch einen rechtschaffenen Menschen in den gleichen Topf werfen, wie unsere ewigen Faulenzer?« Häberle war jetzt richtig aufgebracht. »So etwas kann nur in kranken Gehirnen ausgebrütet worden sein.«

»Ganz zu schweigen von dem sozialen Sprengstoff, den keiner der Politiker überblickt hat«, ergänzte der Kollege auf dem Fahrersitz.

»Eben«, erwiderte Häberle, »wenn die einen immer reicher werden, die Bonzen und die Abzocker, die Herren Manager, von denen die meisten nur Taugenichtse sind, und die machtbesessenen Politiker – und wenn andererseits ehrbare Bürger in die Armut getrieben werden und Arme immer ärmer werden, was glauben Sie, was dann abgeht? Es wird geklaut und eingebrochen, was das Zeug hält. Jede Großstadt kriegt ihre Bronx.«

Linkohr hatte Mühe, in der Nähe des Bahnhofs einen Parkplatz zu finden. Er stoppte den Wagen in einer Gasse und rangierte ihn rückwärts in eine Lücke. Das Festzelt war hell erleuchtet, volkstümliche Musik drang heraus. Noch immer regnete es in Strömen. Die Gullys konnten die Wassermengen kaum schlucken.

»Und was lernen wir aus all dem nun für unseren Fall?« suchte Linkohr nach einem Resümee, als er den Zündschlüssel abzog.

»Dass die Zahl derer, die nichts im Sinn haben, als andere Leute aufs Kreuz zu legen, minütlich steigt.« Häberle lächelte verschmitzt. »Und manche gehen dabei über Leichen.« Er öffnete die Tür. »Hat ja auch was Gutes. Wenigstens werden wir nicht arbeitslos.«

12

Der Betriebshof der großen Spedition in Heidenheim hatte sich im Laufe des frühen Abends mit Leben gefüllt. Die Fernfahrer waren zur Arbeit gekommen, hatten ihre Autos entlang eines Wiesengrundstücks abgestellt. Zwar würde das sonntägliche Lkw-Fahrverbot erst um 22 Uhr aufgehoben sein, doch so genau nahm man's nie. Eine Viertelstunde vorher schon, das war so üblich, ging's los.

Annähernd 20 Lastzüge und Sattelschlepper röhrten auf der großen asphaltierten Fläche vor den mehrstöckigen Lagergebäuden. Die Diesel-Motoren mussten den pneumatischen Bremsdruck auf den vorgeschriebenen Wert bringen. Abgase hingen in der Luft, das Regenwasser sammelte sich in gepflasterten Rinnen und strebte den Schächten zu.

Fahrer kletterten in ihre Kabinen, andere hantierten missmutig an der Außenseite ihres Sattelaufliegers und waren innerhalb weniger Sekunden triefend nass.

Die Begrüßung der Kollegen beschränkte sich auf ein paar wenige Worte. An Sonntagabenden, wie diesem, war die Stimmung gedrückt. Abschied von den Familien, dazu ein widerliches Wetter, das die nächtliche Fahrt alles andere als angenehm machen würde. Tagelang waren sie jetzt wieder unterwegs. Frankreich, Spanien, Portugal, einige mussten weit in den Osten, in die Slowakei und sogar in die Ukraine. Ein Knochenjob. Nichts für Weicheier, sondern etwas für entschlossene Typen, die noch immer dem Traum nach hingen, Fernfahrer zu sein, habe etwas mit Abenteuerlust zu tun. Dabei hatte sie der Chef zu jeder Minute fest im Griff. Seit es das Satelliten-Navigationssystem GPS gab, konnte der Standort eines jeden Lkw geortet und seine Fahrtroute nachvollzogen werden. Einfach außerhalb der vorgeschriebenen Pausen zu pennen, war unter diesen Umständen nicht möglich. Denn die Ausrede, in einem Stau zu stehen, ließ kein Chef dieser Welt mehr gelten. Über die Verkehrswarnsysteme waren per GPS und Handy-Technik auch solche Störungen abrufbar, weil auf den wichtigsten Straßen elektronische Anlagen sämtliche Daten registrieren. Freddy Osotzky scherte sich wenig darum, weil er meist mit Spezialaufgaben betraut war, bei denen es nicht auf Liefer- und Ladetermine ankam. Er hatte vorhin noch die 21-Uhr-Nachrichten des Südwestrundfunks gehört und mit besonderem Interesse den Wetterbericht verfolgt. Wolkenbruchartige Regenfälle wurden angekündigt. Das vom Atlantik her aufziehende Tiefdruckgebiet habe sich sogar noch verstärkt, sodass mindestens bis Dienstag über ganz Westdeutschland mit kräftigen Niederschlägen zu rechnen sei, hieß es. Ein Sauwetter, dachte Osotzky – eigentlich nichts, um mit dem Brummi auf Tour zu gehen. Er kletterte in die Fahrerkabine und spürte das durchnässte Hemd. Der Diesel dröhnte gleichmäßig vor sich hin.

Der Mann legte sein kleines Köfferchen mit den wichtigsten Utensilien auf den Beifahrersitz. Dann programmierte er in das Navigationssystem eine Adresse an der niederländischen Grenze ein. Er kannte sie bereits auswendig, so oft hatte er sie in den vergangenen Monaten schon angesteuert. Als er mit der »Enter«-Taste die Daten gespeichert hatte, übertönte das elektronische Klingeln seines Handys das geradezu donnernde Prasseln des Regens. Osotzky fingerte das Gerät von seinem Hosenbund und stütze sich mit den Armen auf dem Lenkrad ab. Es war der Chef, wie er auf dem Display erkannte.

»Ja?« meldete sich der Fernfahrer knapp und blickte unterdessen durch die Wasserwand, die an der Windschutzscheibe hinabbrann.

»Alles okay?« hörte er die Stimme fragen.

»Bin abfahrtbereit, alles gecheckt«, erwiderte Osotzky und sah, wie der erste Laster vom Hof rollte. Rundum brannten an den Gebäuden bereits die Halogenscheinwerfer, mit denen das Betriebsgelände beleuchtet wurde.

»Okay«, zeigte sich der Chef zufrieden, »melden Sie sich, wenn alles erledigt ist.«

»Wie immer«, bestätigte Osotzky. Damit war das Gespräch beendet. Er drückte das Handy in eine Halterung am Armaturenbrett und schaltete das Radio ein – auf SWR 4, den einzigen Sender weit und breit, der nicht diese aggressive und nervtötende Musik spielte, die jeden Autofahrer auf der Autobahn zum Rambo machen konnte.

Osotzky blätterte in dem Ordner mit den umfangreichen Frachtpapieren. Am Heck des Sattelauflegers, das hatte er vorhin noch geprüft, war die orangenfarbene Tafel mit den richtigen Zahlencodes angebracht. Mit deren Hilfe konnten im Ernstfall die Rettungskräfte sofort erkennen, um welche Stoffe es sich bei dem transportierten Gefahrengut handelte. Alles war korrekt organisiert, sodass es auch bei einer Polizeikontrolle, mit der immer zu rechnen war, keine Beanstandungen geben würde.

Osotzky legte ein neues Blatt in den Fahrtenschreiber. Dann war's zehn vor zehn. Er schaltete die Scheinwerfer ein und brachte den Schalthebel in Position. Es konnte losgehen. Die Frauenstimme des Navigationsgeräts wies ihm bereits den Weg: »Nach einhundert Metern rechts abbiegen.« Erstes Ziel war die A 7 – nordwärts.

Die Stimmung im Festzelt brodelte, die Luft war schwül und warm. Mittlerweile waren nahezu alle Plätze belegt. Die beiden schwäbischen Musiker auf der Bühne hatten ihr Publikum im Griff. »Aerobic, Aerobic – Arme rauf mit Schwung«, sang Hans-Ulrich Pohl und ließ seine rechte Hand über die Saiten der Gitarre flitzen, während sein Kollege Marcel Schindling das Schlagzeug malträtierte. Die Zuschauer waren aufgestanden und hatten singend und klatschend und mit Begeisterung die Fitness-Übungen mitgemacht: Arme rauf mit Schwung.

Häberle und Linkohr, ziemlich durchnässt, blieben am

Eingang stehen und bezahlten den Eintritt. Musik und Gesang waren so laut, dass sie den Kassierer erst verstanden, als sie sich zu ihm beugten. Zweimal zehn Euro. Der Chefermittler eilte voraus durch den Mittelgang, bis er links vor der Bühne einen Tisch erspähte, an dem nur drei Personen standen und sich dem Aerobic-Stimmungslied anschlossen. Er lächelte ihnen zu und las aus ihren Mienen, dass die Plätze tatsächlich frei waren. Die beiden Kriminalisten stiegen über die Bierbank, blieben aber stehen, um sich an dem allgemeinen Stimmungsgesang zu beteiligen und im Rhythmus zu klatschen.

»Danke, vielen Dank«, erfüllte Pohls Stimme den Raum, als das Lied beendet war. Die Zuschauer setzten sich wieder. Häberle überlegte für einen Moment, ob dies der Künstler war, den sie suchten.

Der Musiker nahm einen kräftigen Schluck aus einem Weizenbierglas. Schweiß rann ihm von der Stirn. Die Lieder handelten vom »alltäglichen Wahnsinn«, wie er zu sagen pflegte, von all den Widrigkeiten, die das Leben bescherte – oder von den lieb gewonnenen Gewohnheiten, derer sich nicht nur die Schwabenseele bedient. »Kennen Sie das Super-Tuper?« fragte er und die Zuhörerschar, überwiegend die weibliche, antwortete mit einem vielstimmigen »Jaaa.« Pohl griff wieder in die Saiten und sang das Lied, mit dem die Vorzüge dieser Plastikgefäße hervorgehoben wurden, in denen die Reste des gestrigen Essens heute besonders gut schmeckten. »Wir machen Super-Tupper-Party und tuppern alles ein ...«, so jedenfalls lautete die hochdeutsche Übersetzung des schwäbischen Refrains. Häberle verzog das Gesicht zu einem Lächeln. Selbst sein Kollege Linkohr amüsierte sich, auch wenn ihm diese Art von Musik nicht unbedingt zusagte.

Häberle bestellte bei der Bedienung zwei Cola, obwohl er damit völlig aus dem Rahmen fiel. So sehr ihm jetzt auch ein Weizenbier gemundet hätte, er musste fit bleiben. Die Nacht konnte noch lang werden. Pohl sang, begleitet von seinem Kollegen, noch ein halbes Dutzend weitere Lieder – von den vergeblichen Mühen eines Schwaben, sich als Heimwerker zu betätigen, oder von den Stuttgarter Ausflüglern, die sonntags die Albhochfläche beherrschen. Die beiden Kriminalisten klatschten jedes Mal Beifall.

Dann die Pause. Pohl und Schindling verließen die Bühne und strebten einer Biertisch-Garnitur zu, die in der äußersten linken Ecke des Bierzelts stand. Sie wischten sich den Schweiß von der Stirn und holten sich Mineralwasser-Flaschen aus einer bereitstehenden Kiste. Beide wirkten abgespannt und erschöpft und leerten sich das Wasser in die ausgedörrten Kehlen.

Häberle überlegte, ob er die beiden Männer in ihrer wohlverdienten künstlerischen Pause stören sollte. Doch die Zeit drängte. Und wenn dieser Musiker nichts mit der Sache zu tun hatte, würden ihn ein paar Fragen auch nicht aus dem Konzept bringen. Der Kommissar gab seinem Kollegen ein Handzeichen, vorläufig sitzen zu bleiben. Er selbst stand auf, stieg über die Bank und ging die paar Schritte auf die beiden Musiker zu. Im Zelt schwoll der Lärmpegel an.

Häberle lächelte, als er sich auf eine der beiden Bänke setzte, die den Tisch umgaben. »Entschuldigung«, sagte er, »ich will kein Autogramm.«

»Schade«, erwiderte Pohl spontan und strahlte übers ganze Gesicht, »aber wir reden trotzdem mit Ihnen.«

Marcel Schindling fächerte sich mit einem Stück Papier frische Luft zu.

»Sehen Sie's mir nach, dass ich Sie nicht kenne«, kam Häberle zur Sache, »ich komm' von der Kripo Göppingen und such' jenen, der den Herrn Flemming kennt.«

Mit einem Schlag war aus Pohls Gesicht der Optimismus verschwunden. Im Schummerlicht dieses abseits gelegenen Platzes glaubte Häberle auch zu erkennen, wie sein Gegenüber plötzlich bleich wurde. Schindling, der gerade einen kräftigen Schluck aus der Sprudelflasche genommen hatte, musterte die beiden Männer durchdringend.

»Flemming«, wiederholte Pohl und atmete tief ein, »natürlich kenn' ich den.« Und er fügte schnell hinzu, um gleich gar keine Unsicherheiten aufkommen zu lassen: »Er sei tot, hat mir jemand gesagt.«

Häberle nickte. »Richtig, ermordet. Und es heißt, Sie hätten geschäftliche Beziehungen zu ihm gepflegt.«

Pohl griff zu seiner Sprudelflasche, ohne sie zu öffnen. »Das ist fast ein bisschen zu viel gesagt. Wir sind uns nicht einig geworden.«

»Sie haben gestritten – gestern noch«, erklärte der Kommissar und musste lauter sprechen, weil der Geräuschpegel immer weiter stieg.

Pohls Augen nahmen irgendetwas Bedrohliches an, dachte Häberle. Vorbei mit der fröhlichen Stimmung, die er gerade noch auf der Bühne verbreitet hatte.

»Gestritten«, wiederholte der Musiker, »was heißt gestritten? Er hat eine Gastspieldirektion gegründet und uns einige Male Auftritte vermittelt. Als Manager sozusagen. Aber die Konditionen waren miserabel. Er hat nur abzocken wollen.«

»Und gestern Abend ist er dann plötzlich auch aufgetaucht«, Häberle wollte nicht lange drumrum reden.

Pohl nickte. »Klar, darf er doch. Aber die Fronten waren längst abgesteckt.«

»Die Fronten?«

Der Musiker neigte den Kopf leicht zur Seite. »Wir waren uns darin einig, dass wir unsere Geschäftsbeziehungen abbrechen. Aus, fertig.« Er machte eine entsprechende Handbewegung. Marcel verfolgte das Gespräch entspannt.

»Aber entschuldigen Sie«, fuhr Pohl fort, »ich glaube nicht, dass dies der richtige Ort für ein Verhör ist. Ich muss mich auf meinen Auftritt konzentrieren.«

Häberle nickte verständnisvoll. »Nur noch eine letzte Frage, Herr Pohl: Nach dem Auftritt in der Roggenmühle sind Sie gleich heimgefahren?«

»Was soll diese Frage?« entrüstete sich der Musiker, »wir sind noch zusammengesessen, mit einigen Gästen, die noch da waren. Bis zwei oder halb drei.«

Der Kommissar lächelte beruhigend, stand auf und klopfte ihm geradezu väterlich auf die Schulter. »Viel Erfolg noch.

Wir werden Sie morgen Vormittag, wenn Sie ausgeschlafen haben, mal aufsuchen. Gegen elf? Passt das?«

Pohl wollte nicht widersprechen und gab dem Kommissar seine Adresse in Heiningen, unweit Göppingens.

Der Ermittler war zufrieden und wandte sich, schon im Weggehen begriffen, noch eher beiläufig an Schindling: »Und Sie? Hatten Sie auch mit Flemming zu tun?«

Der zweite Musiker schluckte. Auf diese Frage war er überhaupt nicht gefasst. »Wie kommen Sie denn da drauf?« Es klang hessisch und seine Augen waren groß.

»Nur so«, meinte Häberle, »sagt man doch so – mitgefangen, mitgehangen, oder?«

13

Der Mann am Telefon war aufgeregt und sprach mit flüsternder Stimme, als wolle er vermeiden, dass ihn in seiner Umgebung jemand hören konnte: »Mensch, Sarah, die Sache ist verdammt heiß.«

Sie warf ihre langen blonden Haare nach hinten, lümmelte sich in den Sessel und legte ihre Beine auf den Couchtisch. Sarah fühlte sich schlapp und ausgelaugt, hatte nichts gegessen und nur zwei Gläser Whisky getrunken.

»Die Bullen waren schon da«, berichtete sie. Vergangene Nacht noch hätte sie sich über den Anruf gefreut. Aber jetzt war mit einem Schlag alles anders. Vergessen die heißen E-Mails.

»Die Bullen?« Die Stimme in der Hörmuschel des kleinen tragbaren Telefons nahm ein gefährliches Zischen an. »Weißt du, was das bedeutet?«

»Frag' lieber, was es für mich bedeutet«, konterte die Frau, »für meinen Job, für mein Geschäft, für alles, was ich mir aufgebaut habe.« Sie war enttäuscht und traurig, schockiert und verängstigt. Ihre Gefühle fuhren Achterbahn.

»Entschuldige, Mäusle«, versuchte sie der Anrufer zu besänftigen, »ich weiß, wie dir zumute ist.« Und nach einer kurzen Pause fügte er hinzu: »Aber ich bin doch bei dir.«

Sie schwieg und besah sich die Fingernägel der linken Hand.

»Bist du noch da?« hörte sie seine Stimme.

»Ich würde mir in diesem Moment so sehr wünschen, du wärst bei mir«, sagte sie und atmete tief aus, »aber du bist nie da, wenn ich dich am dringendsten brauche.«

»Mäusle, du kennst doch meine Situation ...«

»Deine Situation«, äffte sie enttäuscht nach, »daran wird sich niemals etwas ändern.«

Er kannte diese Vorwürfe inzwischen. Doch auch sie war in all den Monaten, seit sie sich kannten, nicht bereit gewesen, sich von ihrem Mann zu trennen. Sie hatte zwar seitenlange E-Mails geschrieben, doch vor der letzten Konsequenz war sie immer zurück geschreckt. Manchmal hatte ihn das ungute Gefühl beschlichen, sie suche nur ein Abenteuer. Jetzt allerdings war eine neue Situation entstanden. Ihr Weg war frei. Seiner aber nicht.

»Wir werden in Ruhe drüber reden«, versprach er.

»In Ruhe! Heinrich, du darfst mir glauben, dass ich im Moment eine ganze Menge Probleme habe. Und du wirst mir am allerwenigsten helfen können.« Ihre Stimme klang verärgert und trotzig.

»Ich möchte dir aber helfen ...«

Sie atmete tief durch und entschied sich, ihre Gefühle zu unterdrücken. »Danke. Aber ich glaube, ich brauche jetzt erst mal Zeit, um nachzudenken und alles zu ordnen.«

Die Leitung blieb still. Sie hörte nur seinen schweren Atem. Dann sagte er ruhig und sachlich, wie das seine Art war: »Du musst selbst wissen, was jetzt gut für dich ist. Aber ich dachte, ich sei dir vielleicht eine Hilfe.«

Sarahs Blick ging ins Leere. »Heinrich, vielleicht ist es gar nicht so schlecht, wenn wir unsere ...«, sie suchte nach Worten, »... unsere Kontakte ein bisschen reduzieren. Die Polizei wird nicht locker lassen, bis sie Markus' Umfeld durchleuchtet hat. Sie werden früher oder später drauf kommen, was zwischen uns war.«

Der Mann schwieg.

»Und dann«, fuhr sie fort, »dann könnten wir beide in einen bösen Verdacht geraten.«

»Du meinst ...?« Er konnte es offenbar nicht aussprechen.

»Er war uns im Weg«, brachte sie es kühl auf den Punkt, »und die Bullen werden messerscharf ihre Schlüsse draus ziehen.«

»Du glaubst doch nicht etwa, dass ich ...?« Die Stimme des Mannes wurde lauter.

»Heinrich, das ist kein Spiel«, erwiderte sie energisch, »hier steht verdammt viel auf dem Spiel.« Sie sprach aus, was er vermeiden wollte: »Es geht um Mord.«

Von dem kurzen Spurt zum Auto völlig durchnässt, saßen die beiden Kriminalisten wieder in ihrem Mercedes. Häberle hatte entschieden, noch schnell in der ›Oberen Roggenmühle‹ vorbeizuschauen. Es war halb zwölf und er hoffte, dort noch jemand anzutreffen.

»Die Musik gefällt mir«, sagte der Chefermittler, als Linkohr den Wagen aus Gerstetten hinaussteuerte. Der Regen war unvermindert stark.

»Geschmacksache«, murmelte der Fahrer, »jedenfalls sorgen die beiden für Stimmung.«

Der Kommissar grinste vor sich hin. »Ihr jungen Leute wollt's halt englisch und laut. So laut, dass keiner den Text versteht, den eh' keiner übersetzen kann – und deshalb keiner merkt, dass sie nicht viel besser sind, als die deutschen. Mir hat sich bis heute nicht der Sinn erschlossen, warum man hierzulande alles auf Englisch singen muss.«

»Der Sound macht's und die coolen Typen«, erwiderte Linkohr, während er auf der schmalen Straße nach Gussenstadt zurückfuhr.

»Coole Typen, ja«, wiederholte sein Chef, »so cool, dass sie unserer Jugend vormachen, dass die Welt nur aus oberflächlichem Geplänkel besteht. Und dass jeder'ne Macke hat, der ganz normal irgendwo schafft.«

»Das dürfen Sie jetzt aber nicht verallgemeinern.« Linkohr musste die Augen zusammenkneifen, um durch die regennassen Scheiben den Straßenverlauf erkennen zu können.

»Will ich nicht«, wehrte sich der Kommissar, »aber, gucken Sie doch nur mal spaßeshalber die Musiksender im Fernsehen an. Grauenhaft, sag' ich. Allein schon der schnelle Szenenwechsel, das hektische Getue, diese Lichteffekte – wenn wir damit die Jugend nicht verrückt machen und zu psychischen Wracks verkommen lassen, dann weiß ich auch nicht mehr.«

Linkohr schaute seinen Chef von der Seite an und lächelte ihm ein bisschen mitleidig zu: »Könnte es sein, dass Sie dazu schon ein bisschen zu alt sind?«

»Ha«, entfuhr es Häberle, »wenn meine Einstellung ein Zeichen dafür ist, dass ich zu alt bin, dann bin ich gerne alt.« Obwohl schon weit über 50, das musste sich Linkohr eingestehen, war der Chef durchaus jung geblieben. Dazu trug sicher sein sportliches Engagement bei, das man ihm auf den ersten Blick nicht zugetraut hätte. Seit Jahr und Tag trainierte Häberle die jungen Judoka beim weithin bekannten Handballklub »Frisch Auf Göppingen«.

Sie durchquerten wieder Gussenstadt, das in der Schwärze dieser Regennacht wie ausgestorben wirkte. Der Kommissar philosophierte weiter: »Jede Generation zieht ihre eigene Jugend heran. Mir graust es bei dem Gedanken, dass diese jungen Leute von heute, denen keinerlei Werte mehr vermittelt werden, eines Tages in diesem Land das Sagen haben.«

»Da mögen Sie nicht unrecht haben«, pflichtete ihm sein junger Kollege bei.

»Die erste Generation ist bereits so alt, dass sie in die Chefetagen dringt«, urteilte der Kommissar, »das sind die jungen, die Dynamischen, Erfolglosen. Die Schwätzer, die Entscheidungsträger, die alles können, nur den Umgang mit den Menschen nicht – und die schon gar keine Ahnung haben, von der Praxis draußen, draußen an der Front. Mit flotten Sprüchen und frechen Schriftsätzen mag man zwar den großen Maxe spielen – aber zum Führen eines Betriebs gehören andere Qualitäten. Ganz andere, Kollege Linkohr. Mir will bloß nicht so recht in den Schädel, dass in dieser Republik keiner merkt, wo der Hase hinläuft.« Häberle hielt inne, als Linkohr kurz vor Waldhausen rechts in eine kleine Ortsverbindungsstraße einbog. Der junge Kriminalist kannte sich aus. Das war die kürzeste Strecke zur Roggenmühle. »Man triezt die Kleinen, schüchtert sie mit der Drohung ein, Arbeitsplätze abzubauen, und kürzt ihnen Löhne, Urlaubsgeld und Weihnachtsgeld.«

»Und der Staat macht mit«, bekräftige Linkohr.

»Natürlich. Der Staat macht's sogar noch vor.«

Der Mercedes tauchte in eine Senke ein, die der bewaldete Ausläufer eines engen Tales war. Stockfinstre Nacht. »Und man produziert Unzufriedenheit noch und noch«, erklärte Häberle weiter, »von Motivation keine Spur. Und alle sinnen und trachten nur danach, den Staat zu bescheißen und selbst zu retten, was zu retten ist.«

Linkohr reduzierte das Tempo, weil es in der Senke eine scharfe Linkskurve gab, ab der die Straße wieder aufwärts führte.

»Sie meinen, auch unser Fall hat mit Raffgier zu tun?« hakte der junge Kriminalist nach.

»Raffgier oder Sex – oder sagen wir: Liebe, Eifersucht. Die meisten aller Verbrechen haben damit zu tun.«

»Sie denken an die Flemming, die nicht gerade das Bild einer trauernden Witwe abgibt«, resümierte Linkohr.

»Und an diesen Musiker«, ergänzte Häberle, »der mit diesem Flemming über Kreuz war – und zwar mehr, als er mir vorhin weismachen wollte.«

Sie erreichten Steinenkirch, wo sie links in Richtung Geislingen abbogen. Der Regensturm hatte rund um die Kirche Äste von den Bäumen gerissen.

»Wir sollten auch die Sache mit dem Schweinestall im Auge behalten«, meinte Linkohr, »da stehen massive finanzielle Interessen dahinter. Ganz massive.«

»Wühler«, griff Häberle diese Variante auf, »klar. Er hat den Flemming sicher gehasst bis aufs Blut.«

Der Mercedes rollte die Steinenkircher Steige abwärts und traf drunten im Tal auf die ›Untere Roggenmühle‹, an der die Straße ins enge Roggental abzweigte.

»Wir werden morgen diese ganzen Verflechtungen in diesem Kaff da oben genauer unter die Lupe nehmen«, entschied der Kommissar.

Nach wenigen Minuten hatten sie die historische Ausflugsgaststätte erreicht. Der Fachwerkgiebel war noch angestrahlt, hinter den Fenstern im ersten Stock brannte Licht.

»Na also, noch jemand da«, freute sich Häberle, als Linkohr links zur Einfahrt abbog und sogleich über eine hölzerne Brücke den unbefestigten Parkplatz erreichte, auf dem zwei Autos standen.

Die beiden Männer stiegen aus und setzten zu einem Spurt durch den Regen an – über einen Holzsteg hinweg, unter dem ein angeschwollener Bach rauschte. Auf dem Weg hinüber zum Mühlengebäude durchquerten sie ein kleines Festzelt, dessen Plane im Wind flatterte. Im Innern waren die Reihen der Biertischgarnituren durcheinander geraten, was darauf schließen ließ, dass nachmittags großer Andrang geherrscht hatte. Vereinzelt lagen zerknüllte mit Senf beschmierte Servietten auf dem Boden, einige Bierkrüge waren auf einem Tisch zusammengeschoben.

Mit wenigen Schritten durch den Regen erreichten die Kriminalisten die Eingangstür der Roggenmühle, hinter der gleich die steile Holztreppe ins Obergeschoss führte. An ihrem Ende schlummerte Leo, der gutmütige Hund, der nur gelangweilt den Kopf hob, als Häberle und Linkohr respektvoll über ihn hinwegstiegen. Aus der Küche drang das Klappern von Geschirr, als sie die schwer gängige Klinke der Eingangstür hinabdrückten und den Gastraum betraten. Es roch nach Zigarettenrauch und Essen.

Niemand saß an den Tischen, auf denen leer getrunkene Gläser noch nicht abgeräumt waren. Feierabendstimmung. Häberle ging über den knarrenden Dielenboden in den Nebenraum, wo grelles Neonlicht aus der Küche fiel. Linkohr folgte.

Offenbar war ihr Kommen bemerkt worden, weshalb an der Küchentür, die einen Spalt weit geöffnet war, ein großer schlanker Mann erschien. Er blickte den späten Gästen erstaunt entgegen. »Guten Abend, die Herrn«, sagte er freundlich, »wir haben leider schon geschlossen.«

Häberle trat etwas näher heran. »Dacht' ich mir. Wir möchten Sie auch nicht lange stören. Sind Sie der Chef?« Der Mann nickte, worauf Häberle sich und seinen Kollegen vorstellte und im Gesicht des Wirts eine plötzliche Blässe zu erkennen glaubte.

Aus der Küche, in der offenbar abgespült und geputzt wurde, war die Stimme einer Frau zu hören, die sich erkundigte, wer gekommen sei. »Kriminalpolizei«, rief Wirt Martin Seitz zurück und bat die Kriminalisten an den Stammtisch, der nur ein paar Schritte von der Küchentür entfernt war.

»Es geht um Flemming?« fragte der Wirt, auf dessen T-Shirt ein Fisch abgebildet war, der nur aus Kopf und Gräten bestand.

Häberle nickte. »Nur ein paar wenige Fragen, vorläufig. Er war gestern Abend hier?«

Seitz nickte. »Wir hatten einen ›Schwäbischen Abend‹ – mit dem ›Kaos-Duo‹. Er saß da drüben«, er deutete mit dem Kopf in den größeren Teil der beiden abgeteilten Galasträume hinüber, »hat sich mit einigen Ortschaftsräten aus Waldhausen bestens amüsiert. Jedenfalls hat's so ausgesehen.«

Linkohr schaltete sich ein: »Bei wem ist er denn gesessen?«

»Bei Mayer und Hellbeiner«, antwortete Seitz ernst.

Häberle knüpfte an: »Haben Sie mal gehört, worüber gesprochen wurde? Oder wurde gestritten?«

»Bei dem Lärm, der hier drin geherrscht hat, kriegen Sie kein Wort mit, selbst nicht, wenn Sie wollten. Eigentlich hätte die Veranstaltung drunten im Zelt stattfinden sollen – aber dafür war's gestern zu kalt.«

»Flemming ist aber wohl bald gegangen?« machte Häberle weiter.

»Das hat mich auch gewundert, ja. Die Musiker waren noch nicht fertig. War wohl kurz nach elf, denk' ich.«

»Hat er gesagt, wohin er wollte?«

Seitz schüttelte den Kopf. »Wenn, dann den beiden Kommunalpolitikern. Ich hab' keine Ahnung. Die Stimmung jedenfalls war super.«

An der Tür zeigte sich eine große Frau, die die späten Besucher neugierig musterte, aber gleich wieder verschwand. Sie wirkte erschöpft.

»Diese Musiker«, meldete sich Linkohr zu Wort, »dieses Duo, wie lange waren die denn noch da?«

Der Wirt überlegte. »Nachdem sie zusammengepackt haben, sind wir noch da drüben bei einem Viertele gesessen«, er machte eine Kopfbewegung zu einem der Ecktische, »bis halb drei vielleicht, kann ich aber nicht sicher sagen.«

Häberle kniff die Augen zusammen. »Was war denn der Flemming für ein Mensch? Was hat er gemacht, beruflich, mein' ich.«

»Alles Mögliche. Hat mit allem gehandelt, was zu Geld zu machen war. Jetzt hat er's mit Künstlervermittlungen probiert«, berichtete Seitz und spielte mit einem Bierdeckel.

»Und sonst? So einer hat doch seine Finger überall drin«, versuchte Häberle, neue Anknüpfungspunkte zu finden. »Was hört man sonst so? Sie kennen sich in Waldhausen doch ein bisschen aus?« Sein Gegenüber unterdrückte ein Gähnen.

»Was man halt so hört ... in so einem kleinen Dorf wird viel geschwätzt.«

»Zum Beispiel?« Die Kriminalisten erschraken, als vom Nebenraum ein metallisches Scheppern ertönte.

»Nur Leo«, erklärte Seitz, »der macht die Tür auf.« Augenblicklich kam Leo, ein Mischling aus Hirtenhund, Irish Setter und Labrador, majestätisch um die Ecke getrottet und legte sich in seiner ganzen Größe vor die Küchentür. Offenbar wollte er nur sein Schlafplätzchen wechseln. Die Männer lächelten.

»Man muss wissen«, fuhr der Wirt fort, »wo verschiedene Interessen aufeinander prallen, gibt's immer Reibereien.«

»Und die prallen dort aufeinander?« fragte Häberle. »Ein bisschen schon«, antwortete Seitz, »einerseits die eingesessenen Landwirte, andererseits so ein innovativer Kerl, wie der Wühler, der diese Schweinezuchtanlage plant und diese Besenwirtschaft eröffnet hat – und dann diese Investoren, die mit Windkraft Geld verdienen wollen ...«, er stockte kurz, »ja, und nun träumt man auch noch von Tourismus. Was ja nicht schlecht ist.«

Linkohr griff das Stichwort auf: »Tourismus? Die Eisenbahn?«

Seitz nickte. »Wir müssen die natürlichen Ressourcen, die unsere schöne Alb hier bietet, den Menschen draußen im Land vermitteln. Wandern, Radeln, Aussicht, Ruhe – und als Attraktion die Dampfeisenbahn.«

Der Wirt, das spürte Häberle, schien selbst großes Interesse am Fremdenverkehr zu haben. War ja legitim, als Besitzer eines Ausflugslokals. Der Sturm wurde heftiger, Regen prasselte gegen die Fenster. Das alte Haus knarrte.

»Und wer macht sich für den Tourismus so stark?« wollte Häberle wissen.

Seitz überlegte, verzog die Mundwinkel und rang sich schließlich zu einer Antwort durch: »Der Westerhoff. Heinrich Westerhoff. Ist irgend so ein Manager bei der WMF in Geislingen und erst vor einigen Jahren nach Waldhausen gezogen. Ihm gehört auch eine Windkraftanlage.«

Linkohr notierte den Namen auf einem Bierdeckel.

»Und was fällt Ihnen noch spontan zu Waldhausen ein?« Häberle wollte nicht locker lassen, blieb aber entspannt, als säße er aus reiner Freude an diesem Stammtisch.

Seitz drehte seinen hochkant gestellten Bierdeckel wie eine Scheibe im Kreis und überlegte. »Na ja, da gibt es noch eine alte Geschichte.«

Die beiden Kriminalisten sahen ihn erwartungsvoll an.

»Sie müsste bei Ihnen aktenkundig sein«, erklärte der Wirt, »diese Sache mit dem Radarkasten.«

Häberle schaute kritisch, aber sein Kollege meinte, sich zu entsinnen. Seitz erklärte: »In einer Nebelnacht im Februar 1998 hat jemand so eine stationäre Tempomessanlage, so einen Blitzkasten, mit Stumpf und Stiel aus dem Boden gerissen und geklaut. Das Ding war am Ortseingang aus Richtung Gerstetten installiert gewesen.«

Diese kühne Tat war damals durch die Schlagzeilen gegangen. Linkohr griff den Hinweis deshalb auf: »Hat man nicht den Verdacht gehabt, ein Landwirt habe das Ding mit seinem Traktor weggerissen?«

»Ja, man hat, glaub' ich, sogar ein bestimmtes Traktorenfabrikat im Verdacht gehabt. Aber alles ist im Sand verlaufen – bis man den Kamerakasten, allerdings ohne Kamera, im März vergangenen Jahres aus einem Tümpel bei den Heidhöfen bei Böhmenkirch gefischt hat.«

»Und das ist heute noch ein Thema in Waldhausen?« staunte Häberle.

»Gerüchte, Vermutungen ... In so einem kleinen Dorf hält sich das hartnäckig«, meinte der Wirt. »Welcher Autofahrer, der geblitzt wurde und schnell mal das Beweismittel beseitigen will, hätte auch schon einen Traktor zur Hand? Doch nur ein Landwirt aus der Gegend.«

Linkohr hakte nach: »Und Sie meinen, da gibt es noch heute welche, die genau wissen, wer das war?«

Seitz senkte die Stimme. »Mit Sicherheit – mit Sicherheit gibt es da Mitwisser.«

14

Freddy Osotzky blickte regelmäßig in den Rückspiegel, viel häufiger, als dies notwendig gewesen wäre. Er hatte sich mit seinem Sattelzug in die übliche Kolonne der Lastwagen auf der rechten Spur der Autobahn eingefädelt. Der Regensturm tobte unablässig, was im Juli außergewöhnlich sei, hatte es in den Mitternachtsnachrichten geheißen.

Inzwischen hatte er bereits auf der A 61 den Ballungsraum Ludwigshafen/Mannheim hinter sich gelassen und war gerade an Mainz vorbeigefahren. Die Scheibenwischer, auf schnellste Stufe gestellt, vermochten kaum den klaren Durchblick zu sichern, denn der Vordermann, ein Sattelzug aus Bozen, wirbelte schmutziges Wasser von der Straße auf. Die Tachonadel stand auf knapp 90 und hielt sich konstant, wofür der Tempomat sorgte.

Auf der linken Spur zogen die Pkw vorbei, viele von ihnen, als hätten sie Radargeräte an Bord und könnten trotz schlechter Sichtverhältnisse in die rabenschwarze Dunkelheit hinein rasen. Osotzky beobachtete deren Verhalten mit ständig neuem Staunen. Da sitzen sie in ihren luxuriösen Limousinen, umgeben von einem behaglichen Raumgefühl, dachte er, und glauben, dieses Sauwetter vor der Windschutzscheibe laufe als Computerspiel auf dem Laptop ab. ABS und EPS werden's schon richten, wenn's notwendig werden würde. Und die neuen, bläulichen Xenonscheinwerfer genügend Sichtweite ausleuchten, um vor jedem Hindernis rechtzeitig halten zu können.

Der Fernfahrer konnte angesichts dieser Verantwortungslosigkeit nur den Kopf schütteln. Selbst die beste Technik war nicht imstande, Naturgesetze außer Kraft zu setzen.

Geschwindigkeit ist Energie, wusste er. Und die kann im Ernstfall nicht schlagartig eliminiert werden, sondern muss umgewandelt werden – woraus sich der Bremsweg ergibt. Und der lässt sich nach einer mathematischen Formel errechnen. Osotzky konnte, wenn er allein unterwegs war – und das war er oft – stundenlang über die Pkw-Fahrer nachdenken, die an ihm vorbeirauschten, hinein in Nebelwände oder, wie heute, in die regenschwarze Nacht. Jeder Einzelne von ihnen, dachte er dann, hat sich bestimmt schon empört über das Verhalten anderer geäußert, die durch bodenlosen Leichtsinn schwerste Unfälle verursacht haben.

Osotzky drehte das Radio lauter. »Ich möcht' so gern Dave Dudley hör'n«, wurde gespielt, sein Lieblingslied. Er sang mit und wippte auf seinem Sitz, ohne den regelmäßigen Blick in den Rückspiegel zu vergessen. Ein Pkw hatte sich zwischen ihn und den Hintermann geschoben, obwohl kein Grund dafür ersichtlich war. Er hätte genauso gut auf der Überholspur weiterfahren können. Doch dann erkannte er den Grund: Die Ausfahrt Bad Kreuznach näherte sich. Wenig später setzte der Pkw den rechten Blinker und fuhr ab.

Osotzky prüfte einige Kontrollleuchten und war mit dem Ergebnis zufrieden. Bald würde ein Rasthaus auftauchen. Wie geplant, würde er dort die vorgeschriebene Pause von 45 Minuten einlegen und einen technischen Check machen.

Als die blauweißen Schilder die Ausfahrt zum Rasthaus »Hunsrück-Ost« ankündigten, setzte er den Blinker und verlangsamte das Tempo. Der Sattelzug bog von der Autobahn ab und rollte auf den Parkplatz, der für Lastzüge gekennzeichnet war. Osotzky hielt aber nicht bei dem halben Dutzend Fahrzeuge an, das dicht beieinander stand. Er steuerte seinen Sattelzug bis ans äußerste Ende der asphaltierten Fläche, stoppte und ließ den Motor laufen. Einen Augenblick lang blieb er hinterm Steuer sitzen, um abwechselnd im linken und rechten Rückspiegel die Situation auf dem beleuchteten Parkplatz zu beobachten. Nichts bewegte sich. Ihm war auch kein anderes Fahrzeug gefolgt. Und die Kollegen in den anderen Lastwagen, rund 50 Meter von ihm entfernt, schienen in ihren Kojen zu schlafen. Jetzt, erst viereinhalb Stunden nach Ablauf des Sonntagfahrverbots, waren die Lkw-Parkplätze noch nicht stark frequentiert.

Osotzky öffnete die Tür und sprang in die regennasse Nacht hinaus. Sofort blies ihm der Wind den Niederschlag ins Gesicht. Wirklich ein Sauwetter, dachte er. Er warf ein paar prüfende Blicke in die Umgebung und rannte zuerst zu einer Buschgruppe hinüber, um sich des Blasendrucks zu entledigen. Dann eilte er zu seinem Sattelzug zurück, dessen Dieselabgase sich mit der feuchtkühlen Luft vermischten. Er begutachtete kritisch die Unterseite. Als er das Heck erreicht hatte, wiederholte er die Prozedur auf der anderen Seite, war zufrieden, und kletterte wieder in die Fahrerkabine. Behagliche Wärme schlug ihm entgegen. Er griff nach der Thermoskanne, die in seiner Ledertasche steckte und goss sich heißen Kaffee in einen Plastikbecher. Dann lehnte er sich zurück, um ein paar Minuten zu dösen.

Schlafen konnte er allerdings nicht, sodass er keine Mühe hatte, pünktlich nach 45 Minuten weiter zu fahren. Im Radio-Nachtprogramm der ARD sangen die Klostertaler »Die Sterne steh'n guat auf d'Nacht.« Osotzky drehte lauter, legte einen Gang ein und sang den Refrain mit. Während sein tonnenschwerer Sattelzug über die spiegelnde Asphaltfläche rollte und der Zufahrt zur Autobahn zustrebte, suchte der Fahrer mit zusammengekniffenen Augen die Umgebung nach Verdächtigem ab. Er hatte sich gerade wieder in die A 61 eingefädelt, Fahrtrichtung Koblenz, als das Handy ertönte. Es steckte in der Freisprecheinrichtung, sodass er nur auf einen Knopf zu drücken brauchte.

»Ja«, meldete er sich knapp. Am Display hatte er bereits gesehen, dass es sein Chef war.

»Wo sind Sie?«

»Hinter Bingen, kurz vor Koblenz.« Vor ihm fuhr jetzt ein Lastzug aus der Ukraine, dessen technischer Zustand keinen sehr vertrauenserweckenden Eindruck hinterließ.

»Hören Sie zu«, krächzte die Stimme aus dem Lautsprecher, in dem die Klostertaler unterbrochen wurden, »es ist erhöhte Vorsicht geboten. Keinerlei Risiko. Es könnte Probleme geben ...«

Osotzky konzentrierte sich auf die Worte seines Chefs. Doch auch in solchen Situationen behielt der bärenstarke Fernfahrer seine Ruhe. »Welcher Art, Chef?«

»Es hat einen Mord gegeben«, sagte die Stimme knapp und fügte gleich hinzu: »Nein nichts, was uns beunruhigen könnte. Einer aus Waldhausen wurde angeblich umgebracht. Aber weil er zu meinem ...«, er suchte offenbar die passende Formulierung, »... zu meinem Bekanntenkreis gehört, ist damit zu rechnen, dass die Bullen zu schnüffeln beginnen.«

Osotzky schluckte und starrte auf die Aufschrift am Heck des ukrainischen Lasters.

»Wir ziehen's aber trotzdem durch ...?« fragte er leicht verunsichert.

Sein Chef antwortete energisch: »Aber natürlich. Nur erhöhte Vorsicht. Eine Panne können wir uns jetzt nicht leisten. Auf gar keinen Fall. Haben Sie verstanden?«

Es hatte die ganze Nacht hindurch geregnet. Die Pegel der Flüsse waren bereits bedrohlich angestiegen. Als Kommissar Häberle an diesem Montag kurz nach sieben zur Kriminalaußenstelle nach Geislingen kam und die Kollegen mit Handschlag begrüßte, herrschte gedrückte Stimmung. Dieses Wetter, das die Hänge der Schwäbischen Alb in dichte Wolken hüllte, legte sich aufs Gemüt. Die Beamten der Sonderkommission hatten kurz vor Mitternacht den Lehrsaal des benachbarten Polizeireviers verlassen. Die Vernehmung des Familienvaters, der mit seinen beiden Kindern die Leiche entdeckt hatte, war protokolliert worden. Außerdem, so stellte Häberle beim Blick auf die bereitliegenden Akten fest, hatten die Kriminalisten noch einige andere Ausflügler befragt, die im Wesentlichen natürlich dessen Aussage bestätigten.

Rudolf Schmittke, der große blonde Kripochef der Außenstelle, freute sich, den berühmten Häberle im Haus zu haben, dem inzwischen ein legendärer Ruf vorauseilte.

Wenn Häberle eine Sonderkommission leitete, dann war mit hoher Wahrscheinlichkeit mit einer Aufklärung des Falles zu rechnen.

Schmittke, erst vor knapp zwei Jahren in die Chefposition gekommen und zuvor lange Zeit für Betrugsfälle zuständig, war noch immer froh, bei heiklen Verbrechen, die Hilfe aus Göppingen in Anspruch nehmen zu können. Denn gerade wenn die Opfer Kontakt zu politischen Kreisen pflegten, wie es wohl bei diesem Flemming den Anschein hatte, dann konnte man sich als aufstrebender Kriminalist ganz schön in die Nesseln setzen. Er wusste nur allzu gut, dass selbst kleine Kommunalpolitiker gelegentlich Verbindungen bis in die höchsten Ebenen pflegten. Insbesondere, wenn sie den Konservativen angehörten, die in Baden-Württemberg seit Menschengedenken das Sagen hatten.

»Die Flemming hat bestätigt, dass der Tote ihr Mann ist und die Kollegen haben gestern Abend noch sein Umfeld beleuchtet«, erklärte Schmittke und setzte sich mit Häberle an einen der langen weißen Tische, auf denen mehrere Monitore und Computer miteinander verkabelt waren. Aktenordner und Schnellhefter lagen ungeordnet herum, dazwischen leer getrunkene Kaffeetassen und eine halb volle Colaflasche. Ein gläserner Aschenbecher enthielt drei Zigarettenstummel.

Häberle hörte interessiert zu.

»Dieser Flemming«, fuhr Schmittke fort, »scheint ein bunter Vogel gewesen zu sein. Versuchte mit allem Knete zu machen. Trotzdem ist er da oben bei den Älblern gar nicht mal so unbeliebt gewesen – ganz im Gegenteil. Sie hatten ihn zum Sprecher dieser Bürgerinitiative gegen ein Schweinestallprojekt gemacht.«

»Na ja, vieler Stimmen bedarf's ja da wohl nicht«, lächelte Häberle, »ich schätz' mal, dass in diesem Kaff mit seinen 200 Einwohnern nur so um die 140 Stimmberechtigte leben dürften – und wahrscheinlich ist die Hälfte davon am kommunalpolitischen Geschehen ohnehin nicht interessiert. Da müssen Sie nur ein paar Familien für sich gewinnen – und schon sind Sie Sprecher von irgendetwas.« Häberle sah durchs Fenster tiefhängende Regenwolken droben um die Burgruine Helfenstein ziehen.

»Sie haben Recht. Auch der Wühler ist bei der Ortschaftsratswahl letzten Monat noch knapp reingeschlüpft – mit läppischen 27 Stimmen. Sie werden ihn nach der Sommerpause wohl nicht mehr zum Ortsvorsteher küren.«

»Und was haben die Kollegen zu Flemmings Umfeld rausgekriegt?« zeigte sich der Chefermittler interessiert. Er war müde und unterdrückte ein Gähnen.

»Er stammte aus Heidenheim und ist vor sieben Jahren nach Waldhausen gezogen – mit seiner Frau. Mit ihr hat er einen Export-Import-Handel betrieben und insbesondere türkische Läden beliefert. Und jetzt kommt's, Herr Häberle, was offenbar nur wenige wissen, das haben die Kollegen noch gestern Abend rausgekriegt.« Schmittke griff zu einem Schnellhefter und blätterte darin.

»Diese Frau, die offenbar so auffallend blond ist, ist eine türkische Staatsangehörige. Geboren in Side, diesem beliebten Urlaubsort im Süden – kennen Sie sicher –, und als Fünfjährige mit ihren Eltern nach Giengen an der Brenz gekommen. Sie hat dann 1995 diesen Flemming geheiratet – und zwar in Heidenheim.«

Häberle lauschte aufmerksam und verschränkte die Arme. »Damit erklärt sich ihr geschäftliches Engagement. Sie nützt ihre Beziehungen zur Türkei aus.« Der Kriminalist überlegte. »Und was hat Flemming vorher gemacht?«

»Da ist nicht allzu viel bekannt. Gebrauchtwagenhandel, Versicherungen, Immobilien, Kreditvermittlung – das Übliche, wenn man nichts gelernt hat und keinen ›blauen Anton‹ anziehen will.«

»Und strafrechtlich?«

»Ein paar Betrügereien, wohl im Zusammenhang mit dem Gebrauchtwagenhandel, Verstoß gegen das Pflichtversicherungsgesetz und einmal zehn Monate Freiheitsstrafe auf Bewährung wegen illegalen Waffenbesitzes.«

»Ach«, entfuhr es Häberle, »weiß man dazu Details?«

»War noch während seiner Heidenheimer Zeit. Es ging

wohl um ein halbes Dutzend Maschinengewehre, die man in seinem Kofferraum gefunden hatte. Er wollte sie angeblich nur von einem seiner türkischen Freunde zu einem anderen transportieren. Die beiden verbüßen inzwischen langjährige Freiheitsstrafen wegen Drogengeschichten.«

Häberles rechte Wange zuckte. »Der Saubermann von der Alb ...«, bemerkte er, »ganz so sauber dann aber wohl doch nicht.«

Unterdessen traf auch Linkohr ein. »Habt ihr's schon gehört?« begann er voller Tatendrang und außer Atem, »die Kollegen an der Wache drunten haben auf den heutigen Zeitungsartikel hin bereits einen Hinweis gekriegt.« Er zog einen zerknitterten Zettel aus der Hosentasche. »Ein junger Mann und seine Freundin haben in der Nacht zum Sonntag vor dem Mordloch eine verdächtige Person beobachtet.« Linkohr versuchte, seine handschriftlichen Notizen zu entziffern. »Diese hat in einem Kastenwagen irgendetwas sortiert oder umgeschichtet – und außerdem sei weiter vorne ein dunkler Pkw-Kombi gestanden, möglicherweise ein Mercedes.«

Häberle richtete seinen schwergewichtigen Oberkörper auf. »Ein Mercedes-Kombi?« wiederholte er, um triumphierend fortzufahren: »Kollegen, der Flemming hat ein solches Fahrzeug gefahren.« Das Interesse des Kommissars war mit einem Schlag gestiegen. »Wer ist der Hinweisgeber?«

Linkohr las vor: »Ein Oliver Berwanger, ist Bäcker drüben in Weißenstein.« Er nannte den Namen des Geschäfts, wo der Zeuge bis gegen zwölf Uhr zu erreichen sei. Seine Frau könne man daheim anrufen. Linkohr hatte auch deren Adresse und Telefonnummer notiert und kommentierte den Hinweis auf seine übliche Art: »Da haut's dir's Blech weg.«

Häberle entschied, den Mann sofort aufzusuchen und danach dem Musiker Hans-Ulrich Pohl auf den Zahn zu fühlen.

Es war eine verdammt lange Nacht gewesen. Eine Schinderei. Regen, Nebel, verschmutzte Windschutzscheibe. Baustellen, schlechte Sicht. Obwohl es nicht vorgeschrieben gewesen wäre, hatte er noch eine Pause eingelegt. Er war hundemüde geworden. Jetzt fühlte er sich schon wieder deutlich besser. Und nachdem er im Radio gehört hatte, dass es noch den ganzen Tag über regnen würde, steigerte sich seine Laune zusehends. Obwohl es wie aus Kübeln goss, ging er erneut um den Sattelzug herum, bückte sich alle paar Schritte, warf prüfende Blicke auf die Unterseite und kletterte dann mit feuchtem Hemd in seine Fahrerkabine. Dort steckte er das Handy in die Halterung zurück und war froh, dass sich sein Chef nicht mehr gemeldet hatte. Deshalb war wohl kaum mit den befürchteten Schwierigkeiten zu rechnen. Er rief auch nicht in der Firma an, denn sie hatten ausgemacht, telefonische Kontakte auf ein Minimum zu reduzieren. Nicht allein der Kosten wegen.

Er startete den Motor und fuhr langsam an den rechts und links parkenden Kollegen vorbei – hinüber zur Autobahneinfahrt. Dort gab er kräftig Gas und fädelte sich in die morgendliche Kolonne der Lastwagen ein. Die Scheibenwischer fegten die Regentropfen zur Seite, aus dem Lautsprecher drang ein Lied der »Klostertaler«, das er lautstark mitsang. Er hatte eine CD eingeschoben, nachdem im Radio nur noch Sender zu empfangen waren, die progressive und aggressive Musik verbreiteten.

Eine CD-Länge später tauchte das erste Hinweisschild auf: Polizeikontrolle für Lkw, deshalb Tempobegrenzung auf 60 km/h. Gelbe Warnlichter zuckten. Osotzky hörte schlagartig auf zu singen und trat sanft auf die Bremse, um den Tempomat abzuschalten. Auch der Vordermann schien sich plötzlich penibel an die Vorschrift zu halten. Osotzky drehte die Musik leiser. Er wusste, was jetzt zu tun war. Er beugte seinen schweren Oberkörper zur Mitte des Armaturenbretts, ohne die Straße aus den Augen zu lassen, und öffnete die Klappe eines Ablagefaches. Blindlings ertastete er hinter einigen Papieren einen kleinen Schalter und legte ihn um. Dann lehnte er sich wieder entspannt hinterm Lenkrad zurück und ging in Gedanken die Frachtpapiere durch. Alles war in einem Ordner vorbereitet, fein säuberlich, daran hatte er gar keinen Zweifel. Auch die Tachografenscheibe würde allen Bestimmungen entsprechen. Die Lenkzeiten okay, die Ruhepausen auch. Schon tauchte der zweite Hinweis auf die Kontrolle auf, dann die blauweißen Zeichen, die einen Parkplatz ankündigten. Die Lkw-Kolonne bremste. Osotzky hoffte noch für einen Moment, dass er nicht herausgewunken wurde. Seinen Vordermann hatte es erwischt, der setzte bereits den Blinker. Sekunden später gab das Heck des vorausfahrenden Sattelzugs den Blick auf einen Uniformierten frei, der auf der Standspur mit der roten Anhalte-Kelle fuchtelte. Sie galt Osotzky. Also doch.

Er betätigte ebenfalls den Blinker, reduzierte die Geschwindigkeit und bog ab. Er kannte dieses Bild: Mehrere Kastenwagen der Polizei, dazwischen ein weißer Kombi des Bundesamts für Güterverkehr (BAG). Sie hatten es nicht nur auf den technischen Zustand der Lastwagen abgesehen, sondern auf den ganzen bürokratischen Papierkram, mit dem das Transportgewerbe zunehmend belastet wurde, dachte der altgediente Fernfahrer. In solchen Fällen war er froh, wenn er auf erfahrene Polizeibeamte stieß, die in einer Viertelstunde alles gecheckt hatten. Abseits der Autobahnen jedoch entwickelten sich die Kontrollen oftmals zu mehr als halbstündigen Zeremonien, weil sich die dortigen Polizisten in dem Wust von Vorschriften selbst nicht zurechtfanden.

Als er angehalten hatte, öffnete er die Fahrertür und begrüßte mit einem freundlichen Lächeln einen uniformierten Oberkommissar, dessen Uniform bereits ziemlich durchnässt war. Der bat um die Papiere, während sich zwei seiner Kollegen im strömenden Regen auf den technischen Zustand des Sattelzugs konzentrierten. Osotzky reichte den Schnellhefter herab. »Alles drin«, sagte er und öffnete bereits, ohne aufgefordert worden zu sein, die Klappe für die Tachografenscheibe. Er schlug dem Oberkommissar vor, auf dem Beifahrersitz Platz zu nehmen, um die Unterlagen nicht im Regen prüfen zu müssen. Der Beamte lächelte dankend und ging um das Fahrzeug herum zur Beifahrertür. Als er in der Kabine saß, stellte er mit geübten Blicken fest, dass alle erforderlichen Dokumente vorhanden waren.

»Sie fahren nach Antwerpen?« fragte er.

Osotzky nickte. »Irgend so ein Vorort, ja. Steht da drauf. Ich kann mir den Namen nie merken. Muss man ja nicht mehr, seit man diese Dinger hat.« Er deutete auf den Bildschirm des Navigationsgeräts.

»Ziemlich ungeliebten Stoff an Bord«, murmelte der Uniformierte beim Blick auf die Gefahrgutunterlagen und ließ damit durchblicken, dass er sich in der Materie auskannte. »Clophen – das Zeug kostet zum Entsorgen verdammt viel Geld.«

Osotzky nickte. »Das Zeug aus den Transformatoren, ein Kühlmittel«, erwiderte er.

»Davon haben Sie 6000 Liter da hinten drin?« fragte der Beamte, obwohl er diese Mengenangabe aus den Unterlagen gelesen hatte.

Der Fernfahrer nickte. »Wollen Sie einen Blick reinwerfen?«

»Ja, bitte«, sagte der Oberkommissar und unterzog die Tachografenscheibe einem kritischen Blick. Dann stiegen die beiden Männer aus und eilten im stärker werdenden Regen zum Fahrzeugheck. Unterwegs wechselte der Polizist einige Worte mit seinen durchnässten Kollegen, die ihm offenbar das zufriedenstellende Ergebnis ihres Außenchecks mitteilten. Mit wenigen Handgriffen öffnete Osotzky die Flügeltür am Heck des Sattelzugs. »Soll ich Licht anmachen?« fragte er, doch der Beamte winkte ab. Ihm genügte, was er sah. Die beiden langen Reihen Fässer, die fest in metallenen Vorrichtungen verankert waren, machten einen sauberen und ordentlichen Eindruck. Die Ladefläche wirkte gepflegt, als würde man damit Lebensmittel transportieren wollen.

»Okay«, sagte der Beamte und warf dem Fahrer einen vielsagenden Blick zu: »Und die in Antwerpen verkappen das Zeug im Meer?«

Osotzky, der die Hecktüren wieder verriegelte, zuckte mit den Schultern: »Müssen Sie meinen Chef fragen. Aber wahrscheinlich ist das dem auch egal. Wir bringen's ordnungsgemäß hin – und was die Entsorgungsfirmen tun ...« Er hob mit einer Unschuldsgeste die Arme. »... mein Gott, das müssen andere prüfen.«

Der Oberkommissar erwiderte nichts und wandte sich dem nächsten Lkw zu.

15

Florian Metzger hatte sich auf den Besucher gründlich vorbereitet und die Räume des schmucken Vereinsheimes hergerichtet. Die Hobbyeisenbahner waren stolz auf ihre Unterkunft, die sich in einem Nebengebäude des Geislinger Bahnhofs befand. In mühe- und liebevoller Arbeit hatten sie es renoviert, nachdem es ihnen von der Bahn verpachtet worden war. Direkt am Bahnsteig eins, gleich neben dem eisernen Fußgängersteg, hatten sie auf diese Weise ein Vereinsheim geschaffen, das stilvollerweise direkt an der Hauptstrecke Stuttgart-Ulm lag. Während vor dem Fenster ein ICE vorbeizog, hier nur 70 km/h schnell, weil Steigungsverhältnisse und enge Gleisbögen kein schnelleres Tempo zuließen, begrüßte der junge Mann den Gast. Es war Geislingens Oberbürgermeister Hartmut Schönmann, der sich an diesem regnerischen Montagmorgen selbst von den neuesten Aktivitäten der Hobbyeisenbahner ein Bild verschaffen wollte. Oberhalb der Eingangstür war ein Schild angebracht worden, das bereits auch nach außen hin dokumentierte, worum es ging: »Interessengemeinschaft Tälesbahn.«

Schönmann, wie immer korrekt mit dunklem Anzug und Krawatte gekleidet, hatte es beim Näherkommen gelesen und dies seinem Gastgeber gegenüber anerkennend zum Ausdruck gebracht.

»Ja«, entgegnete Metzger und bot dem Oberbürgermeister einen Platz am Besprechungstisch an, »es kann losgehen.«

Schönmanns Blick fiel auf historische Eisenbahnschilder, die überall an den Wänden hingen. Dazwischen standen Aktenschränke, in denen sich Ordner reihten, als handle es sich um eine Amtsstube. Die Behörden schienen bereits kräftig zugeschlagen zu haben, dachte sich der Rathauschef, der einst in der freien Wirtschaft tätig gewesen war und sich nach seiner Wahl erst mit dem allgegenwärtigen Bürokratismus und dem endlosen, vor allem aber verschlungenen Instanzen- und Hierarchienwirrwarr hatte auseinander setzen müssen.

Metzger nahm ihm gegenüber Platz und goss den vorbereiteten Kaffee ein.

»Wir freuen uns sehr, dass Sie uns einmal besuchen«, erklärte der junge Eisenbahner, der es sich als freiberuflich tätiger Verlagskaufmann hatte leisten können, den vorgeschlagenen Termin an diesem Vormittag wahrzunehmen. Die anderen Vereinsmitglieder, so erklärte er, seien um diese Zeit bei der Arbeit.

»Kein Problem«, lächelte Schönmann, »wie ich Ihnen am Telefon sagte, geht es mir nur rein informatorisch um den derzeitigen Stand der Dinge. Ich will dem Gemeinderat nach der Sommerpause darüber berichten.«

»Na ja«, begann Metzger, »wir sind zuversichtlich, das Projekt auf die Reihe zu kriegen. Dazu haben Sie natürlich wesentlich beigetragen.« Schönmann fühlte sich geschmeichelt. Ja, er hatte den Kommunalpolitikern empfohlen, den Leuten von der Tälesbahn-Initiative eine Chance zu geben. Die engagierten Hobbyeisenbahner, die als Mitglieder der Ulmer Eisenbahnfreunde bei den regelmäßigen Dampfzugfahrten über die Alb längst gezeigt hatten, wie ernst sie ihre gesteckten Ziele nahmen, wollten jetzt dieses Reststück der ehemaligen Nebenstrecke, die einst ins »Täle« nach Wiesensteig hinaus geführt hatte, wieder aktivieren.

Schönmann hörte sich die Pläne an, die einen historischen Dampfzugbetrieb vorsahen, der regelmäßig Touristen zuhauf in die Stadt locken sollte. Letztlich aber wollte er wissen, wie sich die knapp zwei Dutzend Mitglieder des Vereins die Finanzierung vorstellten. »Eigenmittel«, erwiderte Metzger prompt, »und Einnahmen aus dem Güterverkehr.« Man setze dabei auf einige größere Betriebe entlang der Strecke.

Der Oberbürgermeister nickte anerkennend und wollte als Optimist, als der er seit jeher galt, die Begeisterung seines Gesprächspartners nicht schmälern. Er deutete jedoch mit einer Kopfbewegung auf den Aktenschrank: »Sie müssen aber noch einige Hürden überwinden, könnt' ich mir denken.«

»Oja«, seufzte Metzger, »Gutachten über Gutachten. Brücken, Wasserdurchlässe, Böschungen, Straßenübergänge.«

»Das kostet eine Menge Geld«, warf Schönmann ein.

»Allerdings. Aber wir sind der Meinung, dass wir's schaffen.«

»Sponsoren? Ich meine, gibt's von irgendwoher Unterstützung?« hakte der Oberbürgermeister nach, um noch vor einer Antwort zu betonen: »Die Stadt, das wissen Sie, ist bei der momentanen Finanzlage der Kommunen nicht im Stande, etwas beizusteuern.«

Metzger nickte. »Wir sind in Verhandlung mit Betrieben, die an einem Gütertransport über die Schiene Interesse haben.«

»Und befahrbar ist die Strecke?«

»Im Prinzip ja. Der Bewuchs muss halt weg. Aber wir kriegen noch diese Woche einen Bagger – dann legen wir los.« Draußen fuhr scheppernd ein Güterzug vorbei.

Schönmann wechselte das Thema. »Sie versprechen sich aber auch vom Tourismus etwas?«

Dieses Stichwort schien den jungen Mann noch mehr zu interessieren. »Aber natürlich. Gerade davon könnte die Stadt hier profitieren.«

Schönmann war der Gesprächstermin, den sie seit langem geplant hatten, jetzt besonders günstig erschienen, nachdem ihn gestern dieser Frankfurter Tourismusmanager auf die Belebung des Fremdenverkehrs hingewiesen hatte. »Sagt Ihnen der Name Freudenthaler etwas?« fragte er deshalb ganz unvermittelt.

Metzger legte seine hohe Stirn in Falten. »Freudenthaler?« wiederholte er, »in welchem Zusammenhang denn?« Er begann unruhig an seiner fast leer getrunkenen Tasse zu fingern.

Schönmann lächelte. »Ein Tourismusmanager, der uns und wohl auch der Stadt Gerstetten anbietet, mit irgendwelchen Sponsoringgeschichten den Fremdenverkehr anzukurbeln. Natürlich auch mit Hilfe Ihres Vereins.«

Der Oberbürgermeister wiederholte seine Frage: »Sagt Ihnen der Name was?«

Metzger schluckte. »Nie gehört, nein.«

Es roch nach frischen Brezeln und Brot. Irgendwie heimelig, dachte Häberle, als er die Bäckerei in dem Städtchen Weißenstein betrat. Die Fahrt dorthin, durchs Roggental hinauf nach Treffelhausen und dann jenseits des schmalen Bergrückens wieder hinab in einen anderen tiefen Einschnitt am Nordrand der Schwäbischen Alb, hatte sich auf sein Gemüt gelegt. Irgendwie erinnerte ihn das Wetter an einen tristen Novembertag. Die steilen Hänge rund um Weißenstein waren ebenfalls in Nebel gehüllt, es nieselte. Und im Wetterbericht der Acht-Uhr-Nachrichten war von neuerlichen starken Regenfällen die Rede gewesen. Alles nur kein Sommer.

Häberle stellte sich und seinen Kollegen Linkohr im Ladengeschäft der Bäckerei diskret vor, um die Hausfrauen und Rentner nicht aufzuschrecken, die an der Kasse warteten. Eine Verkäuferin verschwand hinter einer Tür und kam mit Berwanger zurück, einem Mann mittleren Alters, der ganz in Weiß gekleidet war. Er begrüßte die Kriminalisten mit Handschlag und bat sie in einen kleinen Aufenthaltsraum. Auf dem Tisch stand ein Körbchen mit frischen Brezeln. »Greifen Sie zu«, forderte Berwanger seine Gäste auf, nachdem sie sich gesetzt hatten. Die Wände waren mit Postern eines Neu-Ulmer Backmittelherstellers geschmückt, der offenbar Joggingbrot propagierte.

»Wir halten Sie nicht lange auf«, sagte Häberle und griff nach einer Brezel, »aber wir glauben, dass Sie uns weiterhelfen können.«

Der Bäcker faltete die Hände auf der Tischplatte. »Na ja, ich hab's mit meiner Frau heut' Morgen in der NWZ gelesen – diese Sache am Mordloch gestern. Und auch sie meint, dass wir vielleicht den Täter gesehen haben.«

Häberle, dem die Brezel sichtlich mundete, hielt für einen Augenblick beim Kauen inne. »Den Täter gesehen?« Ihm stockte beinahe der Atem.

Auch Linkohr war überrascht.

»Na ja«, schwächte der Zeuge ab, der einen übernächtigten Eindruck machte, »vielleicht ist es auch nur Zufall gewesen. Wir sind spät von einer Geburtstagsfeier heimgekommen, muss wohl so kurz nach drei Uhr gewesen sein, gestern am Sonntag. Ich hatte einen derartigen Druck auf der Blase«, er lächelte verlegen, »na ja, es hätt' nicht mehr heimgereicht, wenn Sie verstehen ... Auch wenn's nur noch ein paar Kilometer gewesen wären, ich hab' zu meiner Frau gesagt, ich muss jetzt mal. Aber auf der engen Straße kann man nirgends anhalten, nur die Zufahrt zum Mordloch eignet sich.«

Häberle nickte aufmunternd und Linkohr machte sich Notizen auf einem Zettel.

»Meine Frau ist dann links abgebogen und hat gehalten. Erst dann haben wir gesehen, dass da ein Kastenwagen stand. War schon komisch – um diese Zeit. Denn hinten drin hat einer mit einer Taschenlampe rumgefunzelt und gewerkelt. Meine Frau hat noch gemeint, ich soll nicht aussteigen und mich zusammenreißen ...« Er lächelte wieder verlegen. »Mit dem Pinkeln. Aber ich bin dann doch raus, war ja ziemlich finster. Da hab' ich dann gesehen, wie jemand in dem Kastenwagen irgendwas sortiert oder umgeräumt hat. Mit einer Taschenlampe. Seltsam, hab' ich gedacht, normalerweise hat man doch eine Innenbeleuchtung.« Er stockte. »Und dann hab' ich gesehen, dass 30, 40 Meter weiter noch ein Auto stand. Ein Pkw-Kombi, glaub' ich, aber es war ja so dunkel. Es könnte ein Mercedes gewesen sein, so einer, wie er heut' in der Zeitung gesucht wird – oder auch ein anderer größerer Kombi halt. Na ja, meine Frau hat's auch gesehen.« Er überlegte kurz. »Irgendwie war's mir dann doch mulmig. Irgendwie sah das nicht so aus, als hätten da nur Liebespaare ein stilles Plätzchen gesucht.«

Häberle holte tief Luft. »Können sie die Person im Kastenwagen beschreiben?«

Der Bäcker schüttelte den Kopf und lehnte sich zurück. »Hatte ja nur eine Taschenlampe. Da leuchtet man sich nicht selbst ins Gesicht.«

»Größe, Alter, Besonderheiten?« fragte der Kommissar nach.

Der Zeuge schüttelte abermals den Kopf. »Nichts, wirklich nichts.«

»Männlich, weiblich?«

Er zuckte mit den Schultern und kniff die Lippen zusammen.

»Fahrzeugtyp, Kennzeichen, Besonderheiten am Fahrzeug?«

»Fahrzeug vielleicht ein VW-Bus, aber diese Kastenwägen sehen ja heute alle gleich aus«, erwiderte der Bäcker, »ja, könnte ein VW-Bus gewesen sein. Das Kennzeichen haben wir nicht gesehen, war ja auch viel zu dunkel. Aber meine Frau entsinnt sich an die Aufschrift. War schwer zu lesen, nur die hellen Buchstaben konnte man entziffern. War irgendetwas mit Musik.«

Häberle und Linkohr stutzten.

»Mit Musik?« fragte der Kommissar zweifelnd.

»Ja, so ein Duo, sei's gewesen.«

Häberle richtete seinen Oberkörper auf. »Ein Duo?« Schlagartig fiel es ihm ein: »Kaos-Duo? Kaos mit K vorne!«

Der Bäcker zuckte wieder mit den Schultern.

»Macht nichts«, entgegnete der Ermittler und schlug dem etwas übergewichtigen Mann freundschaftlich auf den linken Oberarm. »Ich glaube, Sie haben uns sehr geholfen. Sagen Sie Ihrer Frau einen schönen Gruß von uns. Vielleicht brauchen wir sie auch noch – fürs Protokoll.« Die beiden Kriminalisten standen auf und verabschiedeten sich.

16

Eschweiler. Es war die letzte Ausfahrt vor dem Ballungsraum Aachen, hinter dem die Niederlande liegen. Der Regen hatte nachgelassen und alles deutete darauf hin, dass die angekündigte Wetterbesserung von Westen her sich bemerkbar machte. Osotzky war seit einer halben Stunde hinter einem Tankzug aus Castrop-Rauxel gefahren, immer knapp 100. Jetzt setzte er den Blinker und schwenkte nach rechts aus. In den Rückspiegeln behielt er den nachfolgenden Verkehr im Auge und stellte zufrieden fest, dass kein anderes Fahrzeug die Autobahn verließ. Er nahm das Gas weg und ließ seinen Sattelzug die Ausfahrt hinausrollen, um die entgegengesetzte Einfahrt anzusteuern. In knapp zwei Minuten war das Wendemanöver vollzogen. Sollte es einen Beobachter gegeben haben, würde dieser vermutlich denken, der Lkw-Fahrer habe sich wohl verfranst. Bevor Osotzky auf der Einfädelspur aufs Gaspedal trat, vergewisserte er sich noch einmal in beiden Rückspiegeln, ob ihm ein Wagen folgte. Doch da war niemand hinter ihm. Der Dieselmotor seines Sattelzugs begann wieder zu röhren und sorgte für die nötige Beschleunigung, die es ihm ermöglichte, noch vor einem herannahenden Kastenwagen auf die Autobahn zu fahren. Der Himmel war grau und trüb – und Osotzky ging davon aus, das abziehende Regengebiet wieder einzuholen. Auf den Hinweisschildern standen die Namen von Städten, an denen er vor wenigen Stunden erst vorbei gekommen war, darunter Köln und Frankfurt. Osotzky legte eine neue CD ein und begann aus voller Brust mitzusingen, als sein absolutes Lieblingslied ertönte: »I sag ja nex, i moin ja bloß.« Ich sag' ja nichts, ich mein' ja nur.

Als er auf einen Container-Tieflader aufgeschlossen hatte, beugte er sich zur Mitte vor und öffnete wieder die Klappe des Ablagefachs. Mit der rechten Hand wühlte er sich durch Papiere, bis er den kleinen Hebel zu fassen bekam. Er vergewisserte sich, dass er ihn vorhin tatsächlich auf die obere Stellung gedrückt hatte. Zufrieden lehnte er sich wieder zurück. Der Auftrag war zu einem Großteil erledigt. Jetzt konnte so gut wie nichts mehr schiefgehen. Allerdings hatte ihn der Anruf des Chefs beunruhigt. Er kämpfte deshalb schon seit einigen Stunden mit sich, ob er telefonisch nachfragen sollte. Jetzt beschäftigte ihn diese Sorge so sehr, dass er beim Mitsingen den Text des Liedes vergaß. Erst das Ende des Refrains, in dem es hieß »sonst gibt's noch z'mols a Sauerei«, brachte ihn wieder in die Realität zurück. Sonst gibt's plötzlich eine große Schweinerei – hieß das auf Hochdeutsch. Osotzky wünschte sich inständig, dass tatsächlich niemals herauskommen würde, was er und sein Chef anstellten. Sonst würde es wahrlich eine große Sauerei geben.

Beim Rasthaus Rheinböllen wollte er den Tag verbringen. Neun Stunden musste er jetzt mindestens pausieren.

»Ich bin mit den Nerven völlig am Ende.« Die Frau warf ihre schulterlangen blonden Haare nach hinten. Die Ränder um ihre Augen ließen auf großen Kummer schließen.

»Sarah«, beruhigte sie der Mann, der ihr an seinem Schreibtisch im Hinterzimmer eines Teppichgeschäfts gegenüber saß, »was kann uns schon passieren? Dein Mann hat überall seine Finger drin gehabt. Wieso soll die Polizei auf die Idee kommen, dass ausgerechnet wir etwas mit dieser Sache zu tun haben?«

Sarah Flemming ballte die Fäuste, wie sie das immer im Zustand höchster nervlicher Anspannung tat. Ihr Gesicht war aschfahl. »Mensch, Ismet, du weißt genauso gut wie ich, dass Markus schon einige krumme Touren gedreht hat, auch wenn das in unserem Nest da droben keiner weiß. Aber die Bullen werden's wissen.«

»Deswegen müssen wir ihn doch nicht umgebracht

haben«, entgegnete der Mann mit dem schwarzen sorgfältig gestutzten Schnauzbart.

»Ich sag' ja nicht, dass sie uns gleich einen Mord unterschieben wollen. Aber sie können uns das Geschäft vermasseln.« Sie schloss für einige Sekunden die Augen.

»Tausendmal hab' ich dem Markus gesagt, er soll die Scheiße lassen, tausendmal«, brauste der Türke jetzt auf, »und was tut der Idiot? Er reitet seine eigene Tour.« Der Mann sprang auf. »Ich müsste lügen, wenn ich sagen würde, sein Tod täte mir Leid.«

Sarah atmete tief und schwer. »Er hat sich zu einem Kotzbrocken entwickelt.«

»Das ist noch gelinde ausgedrückt«, erwiderte Ismet und warf die Tür des Teppichlagerraumes ins Schloss.

»Aber wir sollten jetzt ein bisschen zurückhaltend sein.« Sie schaute den Mann beschwörend an.

»Wie stellst du dir das vor?« zischte er gefährlich, »die Jungs sind alle draußen, überall. Soll ich sie anrufen und sagen, Pech gehabt, wir stoppen alles? Nur weil dein Alter hops gegangen ist?«

Sarah weinte jetzt. »Ismet, bitte. Versteh' mich.« Sie schluchzte und hielt sich die Hände vors Gesicht. »Ich hab' doch so furchtbare Angst, eingesperrt zu werden.« Er reichte ihr wortlos ein Papiertaschentuch, mit dem sie ihre Augen trocknete. »Nächtelang hab' ich nicht geschlafen, weil der Gedanke ans Gefängnis mir panische Angst bereitet, verstehst du das nicht?« Sie schluchzte wieder und starrte ihn beschwörend an. »Jahrelang in so einer kleinen Zelle ...« Ihre Stimme erstickte.

»Sei kein Sensibelchen«, entgegnete er unwirsch. »Wenn ich gewusst hätte, dass du so ein Weichei bist, hätt' ich überhaupt kein Geschäft mit dir angefangen.« Er wandte sich ab und schaute aus dem Fenster auf eine ruhige Nebenstraße Heidenheims hinaus.

Die junge Frau weinte jetzt hemmungslos. »Dir ist es egal, ob ich vor die Hunde gehe ...«, versuchte sie zu schreien. Doch ihre Stimme versagte. Flüsternd fügte sie hinzu: »Vielleicht habt ihr ihn ja ...«

Ismet drehte sich wie vom Blitz getroffen zu ihr um, näherte sich ihr mit drei Schritten und verpasste ihr beidseitig je eine schallende Ohrfeige. Sarah schrie laut.

»Wenn du das noch einmal sagst«, drohte ihr der Mann, »dann wirst du mich und die anderen noch von einer ganz anderen Seite kennen lernen. Vergiss ja nicht: Wir können dich jederzeit auffliegen lassen – und dann wirst du wirklich in einem Gefängnis schmoren. Das ist sicher.«

Sie legte den Oberkörper auf die Schreibtischplatte und versuchte, ihren Kopf mit den Armen zu schützen. »Entschuldige«, schluchzte sie, »entschuldige, bitte.«

Über sein Gesicht huschte ein triumphierendes Lächeln. »Vielleicht ist es dir aber auch lieber, statt hinter Gittern zu landen, einfach spurlos zu verschwinden.« Er überlegte und machte einen Schritt auf sie zu. »Glaub' mir, meine liebe Sarah, du wärst nicht die Erste, für die es irgendwo einen ziemlich aufregenden Job gäbe.« Er betonte süffisant jede Silbe. »Solche Blondinen, auch wenn sie nicht echt sind, bringen in gewissen Kreisen sehr viel Geld ...« Sarah schluchzte erneut, hustete, verschluckte sich und weinte wie ein kleines Mädchen.

Häberle war auf dem direkten Weg nach Heiningen gefahren – die B 466 abwärts bis Süßen und dann durch den Schlater Wald ins flache Voralb-Gebiet hinüber. Der Regen trommelte unablässig gegen die Windschutzscheibe. An den Straßenrändern hatten sich teilweise tiefe Pfützen gebildet und auf der Albkante lagen auch hier die Wolken.

Linkohr auf dem Beifahrersitz ließ seine Gedanken schweifen. »Wissen Sie, was ich nicht begreife, Chef?«

Häberle schaute seinen Kollegen von der Seite an. Der Kripo-Mercedes rollte gerade am Gewerbegebiet »Voralb« vorbei in Richtung Eschenbach. Autos kamen mit Licht entgegen.

»Was denn?« fragte er interessiert.

»Wenn dieser Musiker, dieser Pohl, tatsächlich vor dem Mordloch die Leiche ausgeladen hat – was ist dann, bitt'schön, mit Flemmings Mercedes-Kombi passiert? Theoretisch müsste noch eine dritte Person im Spiel sein«, erklärte Linkohr.

»Wenn dieser Kombi Flemmings Mercedes war, dann haben wir in der Tat ein Problem«, räumte Häberle ein. »Wir haben es aber auch, wenn es nicht Flemmings Auto war. Denn seien Sie mal ehrlich, Kollege, wer wäre schon derart verrückt, eine Leiche auszuladen, wenn auf dem Parkplatz ein wildfremdes Auto steht? So viel Schwachsinn müssen Sie mir erst mal erklären.«

»Aber dass der Pohl in die Sache verwickelt ist, hab' ich mir schon gestern Abend gedacht«, erwiderte Linkohr, als sie den Kreisverkehr von Eschenbach erreicht hatten, den Häberle in Fahrtrichtung wieder verließ.

»Vor allem aber«, so resümierte Häberle, »vor allem staune ich, dass uns der Knabe gestern Abend glatt verschwiegen hat, in der Nacht zuvor am Mordloch gewesen zu sein.«

»Er war jedenfalls ziemlich verdattert, als Sie mit ihm gesprochen haben.«

»Na ja«, der Kommissar lächelte, während er vor dem Heininger Ortsrand das Gas wegnahm, weil dort eine stationäre Tempomessanlage stand, »es war ja von uns auch nicht sonderlich galant, ihn während eines Auftritts mit dieser Sache zu konfrontieren.«

Nach einigen Kurven durch Wohnstraßen erreichten sie Pohls Adresse in einem Gewerbegebiet. Auf der weißen Eingangstür ließen Noten erkennen, dass sie richtig waren.

Häberle klingelte und Augenblicke später stand ihnen der Musiker gegenüber. Er war unrasiert und wirkte übernächtigt.

»Hi, die Herren von der Kripo«, begrüßte er sie mit kräftiger Stimme. Er führte sie in einen Vorraum, in dem die Cover verschiedener CDs und Poster vergangener Auftritte an den Wänden hingen. Auf dem Boden standen Kisten und Kartons mit Büchern, CDs und Musikkassetten.

Die drei Männer setzten sich an einen kleinen weißen Tisch. Häberle lächelte. »Wir haben Sie gestern Abend ein bisschen überfallen. Das tut uns Leid.« Der Musiker gab mit einer Handbewegung zu verstehen, dass ihm dies nichts ausgemacht hatte. »Versteh' ich doch. Ist ja schließlich Ihr Job.«

»Dass Sie Differenzen mit Herrn Flemming hatten, haben Sie uns bereits gesagt«, begann der Ermittler das Gespräch, betont langsam und ruhig, »wir hätten gerne ein bisschen mehr darüber erfahren.«

Pohl schaute misstrauisch, verzog dann aber das Gesicht zu einem Lächeln. »Sie wollen damit aber nicht zum Ausdruck bringen, dass ich zum Kreis Ihrer Verdächtigen gehöre?«

Häberle hob, wie er das in solchen Fällen immer tat, beschwichtigend die Unterarme. »In keinster Weise. Wir tun nichts weiter, als uns ein Bild vom Umfeld des Opfers zu verschaffen. Und da gehören Sie in Gottes Namen halt auch dazu. Also ...« Er überlegte. »... der Flemming hat Sie übers Ohr gehauen?«

»Nee, so kann man das nicht sagen«, erwiderte Pohl und kratzte sich am Kinn. »er hat wohl gedacht, die große Kohle machen zu können – mit unserer Arbeit.«

»Wann haben Sie ihn denn am Samstagabend zuletzt gesehen?«

»Keine Ahnung. Er ist ziemlich früh heimgegangen, so viel weiß ich. Wir waren noch lange nicht fertig.« Pohl zögerte. »Dann war es sicher schon gegen elf.«

Das Telefon düdelte, doch nahm offenbar jemand anderes im Haus ab.

»Und sonst?« Häberle lehnte sich zurück und beobachtete sein Gegenüber.

Der Musiker verlor seinen optimistischen Gesichtsausdruck und stutzte. »Was heißt – sonst?«

»Gibt es sonst etwas, was für uns vielleicht noch von Bedeutung sein könnte?«

Zwei Sekunden Schweigen.

Pohl schüttelte schließlich verunsichert den Kopf. »Nee, ich hatte mit dem Flemming keinerlei persönlichen Kontakt. Das meiste ist übers Telefon gelaufen.«

»Und wenn ich Sie frage, wie Sie von der Roggenmühle heimgefahren sind ...?« Der Kommissar sprach langsam. »Fällt Ihnen dann etwas ein?«

Es schien, als hielte der Musiker den Atem an. Seine Augen wanderten von Häberle zu Linkohr hinüber. Die beiden Kriminalisten warteten gespannt auf eine Antwort.

Kruschke lehnte sich in dem gepolsterten Rattansessel gemütlich zurück. Er blickte auf das schräg abfallende Glasdach seines Wintergartens hinauf, der nachträglich an das Wohnhaus angebaut worden war. Das Wasser schoss wie in Sturzbächen über die einzelnen Felder der weißen Alu-Konstruktion, die sich entlang des Gebäudes zehn Meter hoch reckte und dort mit dem Ziegeldach verbunden war. Draußen peitschte der Wind die Sträucher umher, vereinzelt wurden Blätter durch die Luft gewirbelt.

»Ich versteh' deine Frage nicht ganz ...«, gab sich Kruschke unwissend und holte tief Luft. Sein Blick streifte das große Pflanzbeet, das die Begrenzung zwischen Wohnzimmer und Wintergarten darstellte und Platz für eine Vielzahl von Stauden und hoch aufragenden Bäumchen bot. In dieser Umgebung fühlte sich Kruschke wohl. Auf dem runden Tisch, der die Mitte des Raumes einnahm, standen noch eine leere Flasche Wein und ein Glas. Beides hatte er gestern Abend nicht mehr weggeräumt. Seit ihn seine Frau verlassen hatte, was schon über ein Jahr her war, herrschte in dem großen Haus eine gewisse Unordnung, die stets übers Wochenende zunahm, weil die Putzfrau erst wieder am Dienstag kam.

Er hielt das winzige schnurlose Telefon ans linke Ohr gepresst und lauschte auf die Stimme des Anrufers. »Na ja, der Tod von Markus könnte das ganze Eisenbahnprojekt gefährden.«

Kruschke strich sich mit der rechten Hand über den Ansatz seines Bierbauches, über dem ein kariertes Hemd spannte. »Das seh' ich nicht so«, antwortete er selbstbewusst, »natürlich ist das ein schwerer Schlag für uns. Aber ich glaub' kaum, dass so etwas an einer einzelnen Person hängt.« Er schluckte. »Oder siehst du das anders?«

»So engagiert wie Markus hat kein anderer die Sache verfolgt.«

Kruschke stand auf und ging unruhig um den Tisch herum. »Ich glaube, wir brauchen uns keine Sorgen zu machen«, meinte er, »Markus hat zwar für das Projekt gekämpft, aber so ein richtiges Aushängeschild, wenn ich das mal so sagen darf, wäre er nicht gerade gewesen ...«

»Dass er geschäftlich kein Engel war, mag sein«, entgegnete der Anrufer, »aber wer ist das schon?«

Kruschke fuhr dazwischen: »Und Feinde hat so einer weiß Gott wohl genug. Ich hab' keinerlei Sorge, dass wir in irgendeiner Weise in den Schmutz gezogen werden. Markus hatte zwei Seiten. Die eine, das war seine heile Welt, seine bürgerliche Existenz bei euch da drüben. Die andere war sein Geschäft, von dem wir alle wahrscheinlich verdammt wenig wissen.«

»Daran besteht sicher nicht der geringste Zweifel«, räumte die Stimme am anderen Ende ein, »Geschäfte mit dem südosteuropäischen Ausland sind riskant, das wissen wir alle. Da gerät man schneller in eine zwielichtige Sache rein, als einem lieb ist. Nur ...«, der Mann überlegte kurz, »... deswegen gleich jemand umzubringen, das scheint mir dann doch ein eher gewagter Schachzug zu sein.«

Kruschke war vor der Glasfront stehen geblieben und beobachtete die abwärts rinnenden Wasserströme. »Ein Mord ist immer riskant«, stellte er sachlich fest. »Wenn nicht gerade eine verschmähte Liebesbeziehung dahinter steckt, wird der Täter – oder der Auftraggeber – vermutlich genau abgewogen haben, welches Risiko eingegangen werden kann. Im Übrigen kriegst du heutzutage aus der Ukraine oder sonst wo von da hinten schon einen Killer für ein paar hundert Euro.«

Aus dem Telefon war ein schwerer Atem zu hören. »Wahrscheinlich ist es so, ja. In manchen Kreisen ist ein Menschenleben überhaupt nichts mehr wert.«

Kruschke hatte keine Lust, über die heutige Gesellschaft

zu philosophieren. »Du solltest dir wegen Markus wirklich keine grauen Haare wachsen lassen«, versuchte er, das Gespräch zu einem Ende zu bringen. Er hatte Wichtigeres zu tun, als sich dieses Gejammer anzuhören. Deshalb entschied er, endlich zu sagen, was ihm bereits die ganze Zeit über auf der Zunge gelegen war: »Ich versteh' auch nicht, warum gerade du dich so sehr sorgst.« Er verzog das Gesicht zu einem spöttischen Lächeln. »Bei allem, was man in letzter Zeit so munkelt, kann es dir doch gar nicht so unrecht sein, wenn Markus auf diese Art und Weise beseitigt wurde.«

Der Anrufer legte wortlos auf.

17

Ein Sauwetter ohne Ende, dachte Karl Wühler bei sich. Sein blauer Arbeitsanzug war durchnässt, im Hof des landwirtschaftlichen Anwesens waren die Pfützen noch größer geworden. Und aus der desolaten Dachrinne schossen seit gestern nahezu unablässig die Wassermassen im weiten Bogen auf die asphaltierte Fläche.

Wühler fühlte sich schlapp. Das Wochenende war wieder anstrengend gewesen, auch der gestrige Sonntag, denn die letzten Gäste in seiner »Besenwirtschaft« hatten erst um zwei Uhr früh das Lokal verlassen. Doch an ein Ausschlafen war nicht zu denken, denn drüben in den ausgedehnten Stallungen, die den anderen Teil des Hofes umgaben, mussten die Ferkel gefüttert werden. Diese Arbeit hatte er längst getan, doch wollte er den Regentag nun dazu nutzen, verschiedene Geräte und Apparate zu reparieren, die in dem Querbau nebenan lagerten. Zusehends spürte er, wie ihm alles über den Kopf zu wachsen drohte. Die Tätigkeit als Stadtrat drunten in Geislingen hatte ihn enorm viel Zeit gekostet. Dass er kürzlich nun nicht mehr gewählt wurde, war zwar zunächst ein herber Schlag gewesen, den er sehr persönlich nahm. Doch inzwischen hatte er sich damit abgefunden. Inzwischen spürte er, wie ihm die verbliebene Tätigkeit als Ortsvorsteher zur Last wurde. Selbst in so einem kleinen Dorf hing damit ein ziemlicher bürokratischer Aufwand zusammen. Bisher hatte er diese Arbeit aber mit Freude gemacht. Doch seit ihm die Bürgerschaft sein geplantes Schweinstallprojekt verübelte, war diese Begeisterung verschwunden. Insgeheim ertappte er sich bereits bei dem Gedanken, dass er gar nicht mal traurig wäre, würde er nach den Sommerferien den Vorsitz im Ortschaftsrats-gremium verlieren.

Wühler hatte eine Stoßkarre aus dem Schuppen geholt, dessen Griffe sich zu lösen drohten. Er schob das einach-sige Transportmittel unter dem schmalen Vordach zu einer anderen Tür hinüber, die in seine Werkstatt führte. Gerade, als er in der Tasche seines blauen Arbeitsanzugs nach dem Schlüsselbund fingerte, erregte etwas seine Aufmerksam-keit, das er nur mit dem linken Augenwinkel wahrnahm. An einen der Stützbalken, die das Vordach festhielten, war ein karierter Zettel angepinnt, vermutlich von einem Notiz-block heruntergerissen. Wühler stellte seine Karre ab und blickte sich um. Den Zettel hatte er von den Stallungen aus nicht sehen können, weil er an der vom Innenhof abgewand-ten Seite des Pfostens angebracht war. Der Mann blieb ent-setzt stehen. Der Zettel war nicht einfach mit einem Nagel angepinnt worden, wie es auf den ersten Blick den Anschein hatte. Nein, das Papier wurde von einem kleinen, verroste-ten Taschenmesser gehalten, dessen Klinge fest im groben Holz des Pfostens steckte.

Wühler spürte, wie sein Blutdruck stieg. Er näherte sich vorsichtig, als wittere er eine Gefahr. Trotz des schlechten Lichts, das unter dem Vordach herrschte, konnte er lesen, was handschriftlich auf dem Papier geschrieben stand. Es traf ihn wie ein elektrischer Schlag. Noch einmal überflog er die Worte, ohne in der Lage zu sein, sie aufzunehmen. Viel zu groß war der Schock, der von diesen Buchstaben ausging.

Martin Seitz hatte seine regenfeste Kleidung angezogen, als er an diesem Vormittag seine Forellenteiche hinter dem Müh-lengebäude inspizierte. Vieltausendfach zeichneten die Regen-tropfen Kreise auf die Wasseroberflächen. Hier im engen Roggental war es an solchen Tagen, wenn sich die Wolken an den Berghängen stauten, besonders trüb. Das Wasser, das in einem komplizierten System von einem Teich in den anderen floss, plätscherte unruhig, ein Fischreiher kreiste im Tiefflug über dem Gelände. Selten nur fuhr drüben auf der schmalen Straße ein Auto durch das einsame Tal.

Seitz musste die Wasserzuflüsse kontrollieren und die Fische füttern, die in unterschiedlichen Größen in den naturbelassenen Teichen herangezüchtet wurden. Die heftigen Niederschläge, das stellte er zufrieden fest, hatten in der Anlage bisher keinen Schaden angerichtet. Unter seinen Schuhen jedoch bemerkte er, wie weich die schmalen graswachsenen Wege geworden waren, die zwischen den Teichen hindurchführten.

Seitz blickte kurz auf, als er zwei Autos in die Zufahrt zur Gaststätte einbiegen sah. Ein silberfarbener Golf und ein roter A-Klasse-Daimler.

Die beiden Autos fuhren direkt vor das Gaststättengebäude, sodass sie Seitz von der rückwärtigen Teichanlage aus nicht mehr sehen konnte. Er beschleunigte deshalb seine Schritte, doch da kamen ihm bereits zwei Männer entgegen, die eng aneinander gedrückt unter einem Regenschirm Schutz suchten.

Seitz lächelte, als er sie erkannte. »Bleibt zurück«, rief er ihnen entgegen, »wir geh'n rein.« Er schüttelte den beiden die Hände und führte sie in den ebenerdig gelegenen Mühlenraum, einen kleinen, sehr rustikal gehaltenen Veranstaltungsraum, der erst vor wenigen Jahren renoviert worden war. Die Männer schüttelten die Regentropfen ab und ließen sich am ersten Tisch nieder.

»Darf ich euch was anbieten?« fragte Seitz und zog seine nasse Nylonjacke aus.

Seine Gäste lehnten dankend ab. »Wir sind auf dem Weg in die Stadt und wollten nur mal wissen, wie sich die Sache mit Flemming entwickelt hat.«

Der Obere Roggenmüller verschränkte die Arme vor der Brust. »Nichts weiter. Die Kripo war heut' Nacht noch da, aber seither hab' ich nichts mehr gehört. Und Ihr?«

Sie schüttelten beide den Kopf. Der Ältere von ihnen, ein rundlicher und kräftiger Albbauer, dessen dunkle Augen im fahlen Licht blitzten, ergriff das Wort: »Ich hab' so ein ungutes Gefühl, als ob's bei uns da oben mit der Ruhe für eine Weile vorbei sein könnte.«

Der andere Mann, deutlich schmächtiger und wohl eher ein Schreibtischmensch, nickte und atmete tief ein. »Du weißt ja, was da alles so gärt. Nicht nur dieser Schweinestall.«

Seitz presste die Lippen zusammen, um dann festzustellen: »Mir gefällt das auch nicht. Erstens ist das dem Fremdenverkehr nicht dienlich und zweitens kommen jetzt wahrscheinlich Dinge ans Tageslicht, über die ihr da oben lieber geschwiegen hättet.«

Der kräftige Albbauer ließ wieder seine Augen blitzen. Er wandte sich an Seitz: »Du kannst dir nicht vorstellen, was in den letzten Wochen im Ortschaftsrat nichtöffentlich abgelaufen ist. Schmutzige Wäsche wurde gewaschen – und zwar pausenlos. Und das meiste hab' ich als Wühlers Stellvertreter ausbaden müssen. Ich glaub', es gibt keine einzige Familie im Ort, die mich nicht angerufen hat. Die meisten haben den Wühler beschimpft, einige wenige ihn in Schutz genommen und uns Ortschaftsräte zum Teufel gewünscht.«

Der andere Mann nickte bestätigend und schaute zu Seitz hinüber. »Max hat absolut Recht. Auch ich bin nicht mehr vom Telefon weggekommen. Die Leute haben geglaubt, wir Ortschaftsräte könnten das Ding verhindern. Zeitweilig hab' ich um Wühler richtig Angst gehabt. Du nicht auch, Max?« Er sah seinen Gremiumskollegen von der Seite an.

Der nickte. »Aber auch um uns hab' ich Angst gehabt, Klaus.« Er überlegte einen Moment und meinte dann, an Seitz gewandt: »Wo es um viel Geld, Macht und Einfluss geht, Martin, da wird mit harten Bandagen gekämpft. Da merkt man sehr schnell, wo die Grenzen unserer schönen Demokratie sind.«

Klaus Hellbeiner spielte nervös am Armband seiner Uhr. »Und nachdem der Markus bei dieser Sitzung neulich so ausgerastet ist und den Wühler aufgefordert hat, sein Amt niederzulegen, da war mir nicht mehr recht wohl.«

Seitz schaute seine beiden Gäste nacheinander an. Sie waren innerlich aufgewühlt, unruhig und schienen sich unwohl zu fühlen. »Ich würd' mal sagen, die Sache ist heiß. Verdammt heiß«, meinte er. »Wir sollten uns allesamt raushalten. Ich möchte nicht mit reingezogen werden. Schon gar nicht, wenn's jetzt womöglich heißt, der Täter sei noch hier bei uns gewesen. Diese Musiker sind wohl schon in Verdacht geraten ...«

»Das ›Kaos-Duo‹ – tatsächlich?« hakte Hellbeiner verständnislos nach.

»Die beiden sind schließlich als Letzte hier raus«, erklärte Seitz, »die Frage ist aber nur, wieso ist Flemming so bald gegangen? Wen hat er treffen wollen – oder was hat er noch vorgehabt?«

Mayer verkniff sich ein Lächeln: »Seine Frau wird vermutlich nicht allzu viel darüber sagen können.«

»Es sei denn«, überlegte Hellbeiner, »es sei denn, es ging ums gemeinsame Geschäft. Wie hast du vorhin gesagt?« Er wandte sich an Mayer. »Wenn's um viel Geld geht ... oder so ähnlich.«

Der Albbauer nickte. »Deshalb kann jeder in Verdacht geraten«, meinte er und bekräftigte: »Jeder.« Um nachdenklich hinzuzufügen: »Jedem von uns kann ein Motiv angedichtet werden. Auch dem Wühler.«

»Dem ganz besonders«, meinte Hellbeiner.

Pohls Gesichtsfarbe änderte sich. Er wurde schneeweiß. »Wie ich ... was?« wiederholte er, als habe er die Frage nicht verstanden.

»Wie Sie heimgefahren sind«, blieb Häberle ruhig und studierte beiläufig die Cover der CD's an den Wänden. Eines fand er besonders witzig, das vom Kindermusical »Winibald, der Regenwurm«. Ein anderes hieß »Blauland« – ein interessanter Titel und ein nettes Cover, dachte er.

»Ich ...«, Pohl zögerte, »... ich bin heimgefahren, ja, ganz normal.« Nach kurzem Überlegen hatte er sich wieder gefangen, strich sich mit den Fingern durchs dünn gewordene dunkelblonde Haar und drückte sich die Brille mit den runden Gläsern gegen die Nasenwurzel. »Ach, Sie meinen, ob ich direkt heimgefahren bin. Nein, bin ich nicht. Hab' einen kleinen Umweg gemacht – das Roggental aufwärts nach Treffelhausen.« Er versuchte ein krampfhaftes Lächeln. Linkohr machte sich wieder Notizen, während Häberle den Eindruck bestehen ließ, die Fragen eher beiläufig gestellt zu haben. Sein Blick streifte weiter durch den Raum und traf nur gelegentlich die Augen seines nervösen Gegenübers.

Er lauschte auf Pohls feste Stimme: »Nach so einem Auftritt brauch' ich frische Luft. Dann fahr' ich meistens ein bisschen über die Alb, die Scheiben offen, eine Musikkassette drin. Das entspannt ungemein.«

Für ein paar Sekunden schwiegen die Männer. »Und da war nichts – unterwegs, mein' ich?« hakte Häberle nach.

Der Musiker schluckte. Er verzog das Gesicht zu einem breiten Grinsen. »Ach so, ja ...« Es klang, als habe er kapiert, worauf der Kommissar anspielte, »klar, ich war an diesem Mordloch. Ja, klar.« Pohl schien erleichtert zu sein, dass es nun heraus war. »Darauf hätten Sie mich auch gleich ansprechen können!«

Häberle sah ihm fest in die unsicheren Augen. »Oder Sie hätten's uns sagen können. Haben Sie denn heut' noch keine Zeitung gelesen? Es werden Zeugen gesucht, die in der Nacht zu gestern da draußen Verdächtiges beobachtet haben.«

Der Musiker schüttelte den Kopf. »Dazu bin ich noch gar nicht gekommen. Nach so einem Auftrittswochenende ist der Teufel los. Zuerst muss alles wieder weggeräumt werden – und dann sollten hier wieder Aufträge erledigt werden.« Er deutete auf die schallisolierte Tür, die ins Tonstudio führte.

Während sich Linkohr eifrig Notizen machte, hakte Häberle kritisch nach: »Sie sind also an der Roggenmühle losgefahren und haben schon nach ein paar hundert Metern wieder angehalten – ausgerechnet an diesem Mordloch?«

Pohl drehte seinen Kopf leicht zur Seite. »Ja, ausgerechnet da. Aber nur, weil meine Lautsprecherboxen und die

Gitarre nicht richtig befestigt waren. Sie sind auf der Ladefläche hin- und hergerutscht.«

»Und da sind Sie nach hinten und haben sie wieder befestigt«, stellte der Ermittler fest.

»Genau. Wenn ich das nicht gemacht hätte, wären sie bei der Weiterfahrt ziemlich ramponiert worden. Ich hab' also kurz dort angehalten – ist ja die einzige Möglichkeit auf der engen Straße – und hab' die Spanngurte angebracht.«

»Und warum haben Sie dann die Innenbeleuchtung nicht eingeschaltet?« Häberle wurde eine Spur energischer.

»Weil sie defekt ist. Seit Monaten schon. Ich hab' deshalb immer eine Taschenlampe dabei. Für alle Fälle.« Er stutzte. »Wie kommen Sie überhaupt da drauf, dass ich kein Licht angemacht habe?«

Häberle grinste. »Recherche, Herr Pohl, alles Recherche. Man hat Sie nämlich gesehen.«

Der Musiker überlegte. Er war wohl viel zu sehr beschäftigt gewesen, als dass er jemanden hätte bemerken können.

»Ein Pinkler war dort«, erklärte der Kommissar, »der hat Sie beobachtet.« Nach einer kurzen Pause ergänzte er: »Und noch etwas.«

»Noch etwas?« Pohl schien irritiert zu sein.

»Ja, einen dunklen Pkw-Kombi, vielleicht einen Mercedes.«

»Nee, den hab' ich nicht gesehen. Ganz sicher nicht.«

Häberle wechselte blitzartig das Thema und wurde noch eine Spur lauter. »Wenn ich Sie richtig verstehe, dann wollen Sie uns weismachen, rein zufällig dort angehalten und weder diesen Pinkler noch den Mercedes gesehen zu haben. Ausgerechnet zu dem Zeitpunkt, wo dort jener Mann ermordet wurde, mit dem Sie ein paar Stunden zuvor gestritten haben. Der auch noch bei Ihrem Auftritt war – und dort früher weggegangen ist, warum auch immer.«

Pohl holte tief Luft. »Ist Ihnen eigentlich klar, welch ungeheuerliche Verdächtigung hinter dieser Äußerung steckt?« Seine kräftige Stimme erfüllte den Raum. Er sprang auf, bewegte sich aber nicht von der Stelle. Linkohr behielt ihn im Auge, während Häberle wieder gelassen die Plakate an den Wänden studierte.

»Wenn Sie mir nicht augenblicklich sagen, welche Ziele Sie mit Ihren Fragen verfolgen«, wetterte der Musiker los, »dann rufe ich sofort einen Anwalt.« Er entfernte sich jetzt energisch von dem Tisch und eilte mit verstörtem Gesichtsausdruck zu einem schmalen Regal, gegen das er sich lehnte.

»Soll ich Ihnen sagen, was ich glaube?« fragte Häberle mit sonorer Stimme, »ich glaube, dass Sie ziemlich tief in die Sache verwickelt sind.« Noch bevor Pohl voll Empörung etwas aus sich hinausbrüllen konnte, sprach der Kommissar weiter: »Sie werden gestatten, dass sich unsere Spurensicherung Ihres Kombis annimmt. Ich nehme an, der steht hier irgendwo?« Er gab Linkohr ein Zeichen, worauf dieser zum Handy griff und die Kollegen der Sonderkommission anrief.

Pohl war inzwischen außer sich vor Wut und Zorn. Doch offenbar kämpfte er mit sich, ob er schreien oder sich kooperativ zeigen sollte. Nach zwei endlosen Sekunden des Schweigens entschied er sich für das zweitere. »Okay, der Bus steht in der Garage.«

Häberle lächelte und nickte ihm zu. »Danke.«

»Darf ich fragen, wonach Sie suchen?« Pohl kam wieder an den Tisch zurück, blieb aber vor den Kriminalisten stehen.

»Ganz einfach: Wir wollen wissen, ob es Spuren von Herrn Flemming in Ihrem Fahrzeug gibt«, erklärte Häberle und stand auf, während Linkohr im Flüsterton mit einem Kollegen telefonierte und Pohls Adresse durchgab. Die Spurensicherung würde aus Göppingen anrücken und in spätestens einer halben Stunde da sein.

Der Musiker blieb für einen Moment wie versteinert stehen. »Ich kann Ihnen gleich sagen, dass Sie etwas finden werden.«

Die beiden Kriminalisten staunten. Häberle sah ihm fest in die Augen. »Sie meinen – eine Spur von Flemming?«

Pohls Gesicht wirkte plötzlich wie eine Maske. Er fuhr sich mit der linken Hand über die Stirn, als wolle er sie massieren. »Mit Ihren heutigen Methoden werden Sie Spuren finden, das sag' ich Ihnen gleich«, sagte er mit leise gewordener Stimme.

18

Wühler konnte es nicht fassen. Immer und immer wieder las er die Worte, die mit Kugelschreiber auf ein kariertes Blatt geschrieben waren: »Einen hast du beseitigen können – uns nicht. Der Nächste bist du.« Als ob das verrostete Taschenmesser diese Drohung untermauern sollte, so hatte es den Zettel durchbohrt und ihn an den Holzpfosten geheftet. Wühler verharrte. Er wusste zunächst nicht, ob er dies ernst nehmen oder als einen makabren Scherz abtun sollte. Dann aber beschlich ihn ein Gefühl der Hilflosigkeit, der Angst und der Panik. Er blickte sich misstrauisch um, nahm plötzlich das nachlassende Rauschen der Dachrinne wahr.

Ihm wurde zunehmend klar: Das war kein Spaß. Das war bitterer Ernst. Nach allem, was er in den vergangenen Wochen und Monaten hatte erdulden müssen, gab es keinerlei Zweifel, dass dieser Unbekannte, der das Messer mit diesem Zettel in den Balken gestochen hatte, zum Äußersten entschlossen sein würde. Und alles sah danach aus, als ob dieser Mensch ihn für den Mörder von Flemming hielt.

Wühler ließ das Messer stecken und rannte quer über den Hof zum Wohngebäude hinüber. Die Tür war offen. Er trat in den dunklen Flur, in dem der strenge Geruch der Landwirtschaft in der Luft hing, ließ die Tür hinter sich ins Schloss fallen und eilte in das Esszimmer. Seine Frau war in die Stadt gefahren, um die Stammkundschaft, die sie wöchentlich einmal aufsuchte, mit frischen Eiern zu beliefern. Er öffnete nacheinander mehrere Klappen und Schubladen an einem Einbauschrank, bis er fand was er suchte: Dünne Müllbeutel. Wühler riss zwei von der dicken Rolle ab und verließ wieder das Haus. Draußen auf dem Hof bemerkte er, dass der Regen aufgehört hatte. Mit wenigen Schritten erreichte er wieder den Balken, blieb schwer atmend stehen und sah sich langsam um. Entlang seiner »Besenwirtschaft« rannte eine schwarze Katze, in den Pfützen schwamm Laub, das der Sturm von den Bäumen gerissen hatte. Von den Stallungen herüber drang das monotone Rauschen eines großen Ventilators. Der Himmel wurde heller.

Wühler hatte sich entschieden, Messer und Zettel zu beseitigen. Man wollte ihn einschüchtern, sicher, aber das würde ihnen nicht gelingen, dachte er. Es durfte unter keinen Umständen ein Aufsehen geben. Hätte er jetzt die Polizei verständigt, wären die Ermittlungen hier oben in Waldhausen unerträglich geworden. Sein Schweinestallprojekt würde noch heftiger in die Schlagzeilen geraten – und möglicherweise nicht mehr umsetzbar sein. Wühler riss die beiden Müllbeutel mit einem kräftigen Ruck an der perforierten Sollbruchstelle auseinander, umwickelte mit dem einen seine rechte Hand und griff nach dem Taschenmesser. So würden dies wohl auch Kriminalisten tun, um keine Fingerspuren zu beseitigen – und auch keine zu hinterlassen. Das Messer ließ sich leicht aus dem Holz ziehen, während er mit der linken Hand den Zettel fest hielt. Dann umwickelte er das Taschenmesser mit der dünnen Plastikhaut und steckte es in die Hosentasche. Für einen kurzen Moment noch blieb er fassungslos auf den Zettel starrend stehen, ehe er sich der Werkstatttür zuwandte, die halb offen war.

Er würde Messer und Zettel in einem der Schränke verwahren. Seiner Frau wollte er nichts davon sagen, um sie nicht unnötig zu beunruhigen.

In der fensterlosen Werkstatt war die Luft stickig und es roch nach altem Öl, Mist und verrostendem Metall. An den Wänden waren die Hängeschränke einer alten Einbauküche angebracht. In ihnen bewahrte Wühler seine wichtigsten Werkzeuge auf. An den Unterbauschränken lehnten Gartengeräte – Schaufeln, Hacken, Spaten, Rechen. Am Ende des lang gezogenen Raumes stand ein Rasenmäher. Auf der Arbeitsplatte reihten sich Farb- und Öldosen aneinander.

Weil Wühler die alte Kugellampe nicht angeknipst hatte, wurde die Werkstatt nur spärlich von dem Tageslicht erhellt, das durch die halb nach außen geöffnete Tür hereinfiel. Er ging zu einem der Schubladenschränke im hinteren Bereich und zog eines der Fächer heraus. Hier bewahrte er mehrere Schachteln mit unterschiedlichen Schraubengrößen auf. Er schob sie mit einer Handbewegung nach vorne, um hinter ihnen Platz für das eingewickelte Messer zu schaffen. Dort war es gut aufgehoben, dachte er. Dann faltete er den Zettel auf die Hälfte und steckte ihn zwischen zwei dicht aneinander gepresste Schachteln. Gerade als er die Schublade wieder zurückschieben wollte, glaubte er Schritte gehört zu haben. Er drehte den Kopf zur Tür und blieb regungslos stehen. Fast im gleichen Moment sah er eine Hand, die den Rand der halb geöffneten Tür umfasste und sie langsam nach außen zog.

Wühlers Herz begann zu rasen. Doch noch ehe er einen klaren Gedanken fassen konnte, hörte er die Stimme, die etwas Bedrohliches an sich hatte: »Herr Wühler, sind Sie da?«

Er schluckte und spürte, wie sich seine Muskeln anspannten. Er hatte diese Stimme schon einmal irgendwo gehört. Doch in diesem Bruchteil einer Sekunde, bevor dieser Mann vor ihm stand, konnte er sie nicht zuordnen.

19

Sie hatten an der Haustür geklingelt und sich lächelnd vorgestellt. Mehmet und Özmir, zwei türkische Herren, braun gebrannt und mit Schnauzbart, mittleren Alters und die Seriosität in Person. Ihr VW-Kastenwagen parkte am Straßenrand. Das Rentnerehepaar hatte die beiden Besucher zunächst misstrauisch beäugt, doch war es den Männern schnell gelungen, das Vertrauen der Hausbewohner zu gewinnen. Mehmet, der immerzu lächelte, entschuldigte sich für die Störung, zückte einen Ausweis und gab sich als Vertreter jenes Teppichhändlers aus, bei dem das Ehepaar während einer Türkeireise im Frühjahr ein wertvolles Stück gekauft und es sich nach Deutschland hatte schicken lassen. Das war in Istanbul gewesen, erinnerten sich die rüstigen Rentner.

»Chef hat uns beauftragt, Sie nach Ihrer Zufriedenheit zu befragen«, erklärte Mehmet in leicht gebrochenem Deutsch. Özmir schien mit der Sprache Schwierigkeiten zu haben und nickte deshalb nur.

»Es hat Probleme gegeben«, fuhr Mehmet fort, »haben festgestellt, dass im März Ware geliefert wurde, die nicht einwandfrei ist. Webfehler und anderes.«

Die beiden älteren Leute, die nebeneinander vor der Haustür standen, während die Besucher dem Nieselregen ausgesetzt waren, hörten aufmerksam zu.

»Chef will aber nur zufriedene Kunden«, fuhr Mehmet fort, »deshalb wir gucken, ob alles in Ordnung. Und wenn falsch, tauschen wir um. Kostenlos.« Er deutete zu dem Kastenwagen hinüber. »Sieben fehlerhafte Teppiche haben wir schon gefunden – ist aber kein Problem.«

»Das ist aber ein toller Service«, meinte der Rentner und

lächelte nun auch, »dann wollen Sie wahrscheinlich unser gutes Stück mal sehen ...?«

»Wenn es ist gestattet«, erwiderte Mehmet betont höflich.

Der Hausherr ging ein paar Schritte zurück, seine Frau folgte ihm in den dunklen Flur.

»Er liegt im Wohnzimmer«, erklärte der Rentner stolz und wandte sich einer Tür zu, die er öffnete. Der Blick fiel in einen großzügig eingerichteten Raum, der von einem eichenen Einbauschrank und einer ebenso dunklen ledernen Sitzgarnitur dominiert wurde. In der Mitte des Raumes lag ein großer Teppich, den sie für 5000 Euro in einem eleganten Geschäft in Istanbul erworben hatten – als Gelegenheitskauf, denn normalerweise, so war ihnen versichert worden, liege der Wert ums Doppelte höher. Sie hatten sich auf die seriös erscheinende Beratung verlassen, zumal sie selbst von den Geheimnissen des Teppichknüpfens überhaupt nichts verstanden.

Özmir kniete sofort nieder und strich mit der flachen Hand über die Oberfläche des Teppichs, dessen rostrotes Muster auch bläuliche Tupfer aufwies. Dann fasste er den Rand und knickte ihn ab, um die Verarbeitung zu überprüfen.

»Özmir ist richtiger Künstler«, erklärte Mehmet, der sich an einer anderen Stelle zu schaffen machte, während das Ehepaar abseits des Teppichs stand und die Szenerie beobachtete.

Özmir sagte etwas auf Türkisch, worauf Mehmet sich sofort ihm zuwandte und interessiert eine Stelle beäugte, die offenbar nicht in Ordnung zu sein schien. Jetzt sprach auch Mehmet türkisch, worauf sich eine Diskussion entspann. Mehrfach falteten die beiden Männer den Teppich von einer Ecke aus herein, um beide Seiten prüfen zu können.

Schließlich stand Mehmet auf und ging die paar Schritte zu dem Ehepaar hinüber. »Es tut uns Leid«, sagte er, »ist ein falsches Stück.«

»Ach«, entfuhr es dem Rentner, »falsch? Was haben Sie denn festgestellt?«

»Webfehler, hier an Rand«, erwiderte der Türke und deutete zu jener Ecke, mit der sich Özmir noch immer beschäftigte.

»Setzt sich am Rand fort und zieht sich in Mitte fort – wie bei den anderen.« Mehmets Blick hatte einen besorgten Ausdruck angenommen. »Wenn Sie Teppich von Experten schätzen lassen, hat er nur Hälfte wert.«

Die Rentnerin wollte etwas sagen, doch ihr Mann kam ihr zuvor. »Und jetzt?«

»Wir tauschen um, kein Problem«, erklärte Mehmet sofort, »haben Sie noch Beleg? Rechnung? Lieferschein oder so was?«

Der Rentner nickte. »Natürlich, nur einen Moment bitte.« Er verließ den Raum. Seine Frau verfolgte unterdessen kritisch, wie die beiden Besucher den schweren eichenen Couchtisch beiseite stellten, um den Teppich aufrollen zu können. »Geht ganz schnell«, beruhigte sie Mehmet.

»Haben Sie denn überhaupt den Gleichen dabei? Die gleiche Größe und das gleiche Muster?« warf sie staunend ein.

»Ist nur diese Sorte und diese Größe betroffen«, erklärte der Vertreter. »Deshalb wissen wir, welche Käufer wir aufsuchen müssen. Haben gleich Ersatz dabei.«

»Schön«, meinte die Frau, während ihr Mann die geforderten Dokumente brachte und sie Mehmet reichte. Dieser setzte sich damit in den Sessel und studierte die Angaben. »Hab' ich mir gedacht – ist ein Stück aus fortlaufender Seriennummer.« Er deutete mit dem rechten Zeigefinger auf eine Zahlenkolonne.

Dann nahmen er und Özmir den aufgerollten Teppich unter den Arm und schleppten ihn durch den Flur. Das Ehepaar hielt die Türen offen. An der Haustür legten sie das wertvolle Stück ab, um zunächst die Heckklappe des Kastenwagens zu öffnen.

»Kann ich Ihnen behilflich sein?« fragte der Rentner, doch die beiden Männer winkten ab. »Sie sollen nix Unannehmlichkeiten haben«, erklärte Mehmet und trug mit seinem Kollegen die Teppichrolle durch den kurzen Vorgarten zum Fahrzeug hinaus, durch dessen Hecköffnung sie sie hineinschoben.

Anschließend zogen sie eine andere Rolle heraus und schleppten diese in das Wohnzimmer der Rentner. »Jetzt machen wir auch Boden noch nass«, bedauerte Mehmet, als sie mit ihren feuchten Schuhsohlen durch den gefliesten Flur kamen.

»Kein Problem«, beruhigte sie der Hausherr. Augenblicke später war der Teppich im Wohnzimmer ausgebreitet, als sei nie etwas gewesen.

»Aktion schon beendet«, lächelte Mehmet. Özmir kniete sich erneut nieder, um zufrieden festzustellen, dass dieses Stück tatsächlich fehlerfrei war.

»Nur noch Unterschrift«, bat Mehmet und legte einen grünen Lieferschein, der in den Teppich eingerollt war, auf den Tisch. Er deutete auf eine Stelle rechts unten und reichte dem Rentner einen Kugelschreiber. »Reine Formsache.«

Nachdem die Unterschrift vollzogen war, bedankte sich Mehmet, holte aus der Hosentasche eine Visitenkarte mit farbenfrohen Aufdrucken und reichte sie dem Hausherrn. »Wenn Sie wieder nach Istanbul kommen – wir sind stets zu Ihren Diensten.«

Dann verabschiedeten sie sich schnell und gingen eiligen Schrittes zu ihrem Kastenwagen. Das Ehepaar blieb unter der Haustür stehen, um ihnen beim Wegfahren zuzuwinken.

»Nette Männer«, meinte die Frau, »ist doch ein Riesenaufwand, der da betrieben wird.«

»Jetzt hab' ich nicht mal geguckt, wo die hergekommen sind«, stellte ihr Mann fest, während sie in den Flur zurückgingen.

»Du meinst das Kennzeichen am Auto?«

»Ja. Die müssen doch hier in Deutschland eine Niederlassung haben.«

»Na ja«, meinte die Frau, »sie werden ja wohl kaum extra aus der Türkei hierher gefahren sein.«

Der Mann spürte plötzlich nagende Zweifel in sich aufsteigen. Doch er wollte seine Frau nicht beunruhigen und erwiderte nichts.

20

»Der Pohl hat mächtig Schiss«, meinte Linkohr, als sie mit dem Dienstwagen den Gairenbuckel erklommen. Das war die steilste Straße im Kreis Göppingen und verband das Voralb-Gebiet mit dem oberen Filstal. Häberle wich gerne auf abgelegene Routen aus, um die herrliche Landschaft genießen zu können. Inzwischen hatten sich auch die tiefen Wolken verflüchtigt, sodass die Albkante wieder zu erkennen war. Das Wetter schien endlich besser zu werden.

»Parkt am Mordloch und kriegt nicht mit, was um ihn rum geschieht«, überlegte Häberle. Sie hatten den höchsten Punkt erreicht. Links zogen ein Wanderparkplatz und ein einzelnes Gehöft vorbei. Jetzt ging's bereits wieder steil bergab.

»Da haut's dir's Blech weg«, kommentierte Linkohr auf dem Beifahrersitz. »Und jetzt zum Schluss noch das Ammenmärchen vom Flemming, der mal im Auto mitgefahren sein soll – und am Samstagabend in der Roggenmühle gar mal auf einer Lautsprecherbox gehockt sein soll. Alles doch nur, um zu erklären, weshalb wir Spuren von ihm finden werden. Chef, die Sache stinkt.«

Häberle konzentrierte sich auf die kurvenreiche Straße. »Wahrscheinlich haben Sie Recht. Die beiden hatten Streit, es ging ums Geld – und vielleicht hat man das nach dem Auftritt am Samstag noch mal zur Sprache bringen wollen. Die Frage ist nur, warum geht der Flemming früher weg? Und weshalb treffen sie sich am Mordloch?«

»Und wer beseitigt Flemmings Mercedes, wenn's denn seiner war, der dort gestanden ist?« ergänzte Linkohr.

»Wenn's denn seiner war – und was wissen wir schon,

was der Bäcker dort gesehen hat? Es war stockfinstre Nacht, vergessen Sie das nicht. Regen und Nebel im Roggental.«

»Aber zumindest beim Reinfahren in diesen Weg hat der Scheinwerfer von diesem Bäcker-Auto das Gelände kurz beleuchtet, sodass die beiden eigentlich hätten alles sehen können.« Linkohr stellte sich die Situation vor.

»Na ja«, Häberle sah ihn von der Seite an, »wer ist noch so frisch, wenn er um drei Uhr früh von einer Party heimkommt?«

Der junge Kriminalist erwiderte nichts, sondern blickte durch die Windschutzscheibe. Vorne tauchte Reichenbach im Täle auf, als das Handy ertönte. Linkohr drückte eine Taste, ließ es aber in der Freisprecheinrichtung stecken.

Es war der Kollege Schmidt, bei dem während Häberles Abwesenheit in der Sonderkommission die Fäden zusammen liefen.

»Ich hab' was Interessantes für euch«, erfüllte seine Stimme den Mercedes, »die Telekom hat uns die Verbindungen von Flemmings Handy aufgelistet.«

Häberle konzentrierte sich auf das Gespräch, während er den Mercedes um eine Straßenverschwenkung am Ortseingang manövrieren musste. Er war viel zu schnell und trat deshalb auf die Bremse.

»Wir sind gespannt«, sagte er.

»Er hat in der Samstagnacht noch zwei Gespräche geführt. Und zwar um 23.02 Uhr mit einem Westerhoff aus Waldhausen und gleich drauf mit einem Handy, das zu diesem Zeitpunkt in Isny im Allgäu eingeloggt war. Es ist auf einen Mann namens Hans Freudenthaler angemeldet, der in Frankfurt wohnt und dort wohl etwas mit Tourismus zu tun hat.«

Linkohr stutzte: »Westerhoff?«

»Heinrich Westerhoff«, kam Schmidts Stimme im Lautsprecher zurück, »wohnt im Neubaugebiet von Waldhausen, ist ein hohes Tier bei der WMF und hat sich vor einiger Zeit bei Waldhausen eine Windkraftanlage errichtet – eine von diesen vielen, die sich dort drehen.«

»Weiß man denn, von wo aus Flemming telefoniert hat?«
wollte Häberle wissen.

»Es ist die Funkzelle, deren Sendemast oberhalb des Roggentals steht.«

Der Mercedes rollte jetzt durch die künstlich verengte
Ortsdurchfahrt von Reichenbach. Linkohr hakte nach: »Hat
die Telekom feststellen können, ob Flemmings Handy noch
irgendwo eingeloggt ist?«

»Zuletzt war es gestern Mittag noch am Netz, also rund
zwölf Stunden nach Flemmings Tod«, erklärte der Geislinger Kriminalist.

»Ach«, entfuhr es Häberle, der jetzt, nachdem die Ampel
auf ›Grün‹ geschaltet hatte, nach links in die B 466 einbog.

»Und jetzt kommt's, Kollegen ...« Schmidt schien es
spannend machen zu wollen. »In der Funkzelle Heiningen.« Pause.

Den Kriminalisten schien offenbar allen dasselbe durch
den Kopf zu schießen.

Schmidt ließ die »Schrecksekunde« gewähren und fuhr
dann fort: »Entweder der Täter hat es dort deponiert oder
weggeworfen – oder es liegt nun mit leerem Akku irgendwo
rum, vielleicht in Flemmings Fahrzeug, das dort möglicherweise versteckt wurde.«

Wieder Schweigen. Häberle gab Gas. Um den Pohl in Heiningen kümmerte sich vorläufig die Spurensicherung. Jetzt
mussten dringend mehrere Personen vernommen werden.
»Wo finden wir diesen Westerhoff um diese Zeit?« fragte er.
Schmidt hatte bereits recherchiert und konnte die Telefonnummer in der WMF-Chefetage nennen, wo Westerhoff zu
erreichen sein würde.

Häberle bat den Kollegen, ihm auch die Arbeitsstellen
jener beiden Ortschaftsräte ausfindig zu machen, die am
Samstagabend ebenfalls bei dem Auftritt des ›Kaos-Duos‹
in der Roggenmühle gewesen waren. Er meinte Mayer und
Hellbeiner.

»Der Mayer ist Landwirt und dürfte zu Hause sein. Das
klär' ich aber ab und sag' Ihnen Bescheid«, versprach Schmidt,

»beim anderen weiß ich's nicht. Klär' ich aber auch ab. Was haben Sie vor, Chef?«

»Wir fahr'n gleich zur WMF.«

»Okay«, erwiderte Schmidt und wollte das Gespräch beenden, als Häberle noch rief: »Halt, stopp. Weiß man schon was vom Labor? Diese Holzsplitter von Flemmings Pullover – kann man dazu was sagen?«

»Das LKA hat sich noch nicht gemeldet, ich werd' aber mal anrufen und den Jungs ein bisschen Beine machen«, sagte Schmidt und meinte damit das Landeskriminalamt in Stuttgart. Dann unterbrach er die Verbindung.

»Rufen Sie diesen Westerhoff mal an«, bat Häberle seinen jungen Kollegen, »aber nicht abwimmeln lassen.« Er schaute auf die Uhr. Es war inzwischen halb zwölf. »Der Herr Manager muss uns empfangen.«

Augenblicke später meldete sich eine Frauenstimme, die zunächst wissen wollte, um welche Angelegenheit es gehe.

»Ein paar Auskünfte«, erwiderte Linkohr. Sein Blick fiel auf die markante Felsformation der Hausener Wand, die links drüben am Hang vorbei zog.

»Herr Westerhoff hat aber gerade eine Besprechung«, säuselte die Stimme.

»Es ist aber sehr dringend«, blieb Linkohr hartnäckig. »Besteht nicht die Möglichkeit, ihn kurz zu fragen, ob wir schnell mal vorbeikommen können?«

Die Frau war verunsichert. Häberle schmunzelte. Er hatte schon oft von der strengen Hierarchie in diesem Unternehmen gehört, das sich mit seinen weltbekannten Bestecken, Kochtöpfen und Kaffeemaschinen so weltoffen präsentierte. Innerhalb aber war dafür gesorgt, dass nichts nach außen drang, was dem Image des Unternehmens auch nur im Geringsten schaden würde. Gerade in diesen Wochen, das war auch Häberle zu Ohren gekommen, kämpfte die WMF mit ihrem neuen Hochregallager, das offenbar nicht zum Laufen zu bringen war und somit durch verspätete oder ausgefallene Lieferungen Riesenverluste verursachte. Doch der Vorstandsvorsitzende und seine Pressestelle setzten alles daran, das durch logistische Fehler verursachte Problem zu verniedlichen.

An dies musste der Kommissar denken, als er die Stimme der Frau hörte, die von ihrem Abteilungsleiter sicher derart eingeschüchtert worden war, dass sie es nicht wagen wollte, ihn zu stören. Linkohr versuchte es mit Engelszungen: »Wir möchten doch vermeiden, ihn zu unserer Dienststelle bitten zu müssen. Ich denke, es ist besser, er beantwortet uns ein paar kurze Fragen.«

Die Frau kämpfte mit sich. »Also gut«, sagte sie schließlich, »ich werde es versuchen.« Es dauerte einige Minuten, während denen eine Melodie aus dem Lautsprecher düdelte und der Mercedes an dem großen Gebäudekomplex der Bad Überkinger Mineralbrunnen AG vorbei fuhr. Vor ihnen lag nun Geislingen, von dessen Bergeskranz sich die Wolken gelöst hatten.

Endlich wurde die Melodie unterbrochen. »Herr Westerhoff erwartet Sie um zwölf. Melden Sie sich bitte am Tor eins«, sagte die Frauenstimme nun einigermaßen erzürnt.

»Danke«, erwiderte Linkohr und drückte den Ausknopf.

»Passt ja super«, kommentierte Häberle, »vielleicht ist dem Herrn Manager der Appetit aufs Mittagessen schon vergangen ...«

21

Georg Sander, der Journalist von der Geislinger Zeitung, war an diesem Montag bereits früh in die Redaktion gefahren. Er wollte, wie immer, wenn sich ein großer Kriminalfall ereignet hatte, nicht auf die offiziellen Pressemitteilungen von Polizei und Staatsanwaltschaft angewiesen sein. Dieser Mord, das war ihm gleich klar gewesen, hob sich von den üblichen Tötungsdelikten ab, die oftmals die Folge familiärer Streitereien oder alkoholbedingter Auseinandersetzungen waren. Hier konnte mehr dahinter stecken – auch wenn dies der grantelnde Göppinger Kripochef Helmut Bruhn gestern nicht bestätigen wollte. Aber das war ja auch nicht zu erwarten gewesen.

Auch Polizei-Pressesprecher Uli Stock in der Göppinger Direktion hüllte sich an diesem Vormittag in Schweigen. Er werde im Laufe des Tages eine Pressemitteilung versenden. Sander jedoch ging inzwischen davon aus, dass Stock und die Staatsanwaltschaft nicht umhin kommen würden, eine Pressekonferenz zu veranstalten, denn mittlerweile riefen immer mehr Kollegen von auswärtigen Medien an, darunter RTL und Sat 1, um Näheres zu erfahren. Sander sah im Geiste schon die morgige Schlagzeile der Bild-Zeitung vor sich. Mord im Mordloch gibt Rätsel auf – oder so etwas ähnliches.

Sander hatte die 50 zwar schon überschritten, aber sein jugendliches Aussehen und seinen Elan nicht verloren. Deshalb eilte er auch heute noch, nach all den Jahren, während er diesen Job als Polizei- und Gerichtsreporter machte, gerne an die Tatorte, um sich selbst ein Bild von den Geschehnissen zu machen. Begleitet wurde er dabei von seinem Fotografen-Kollegen Peter Miele. Weil sie sich für nichts zu schade waren, bei Wind und Wetter, Schnee und Matsch ins Gelände gingen und dabei manche seltsame, bisweilen auch gefährliche Episode erlebten, galten sie im Kollegenkreis als »Dream-Team.«

Sander hatte an diesem Vormittag mehrfach versucht, Häberle telefonisch zu erreichen. Ihn kannte er auch schon seit über 20 Jahren. Häberle hatte viele Mordfälle gelöst, Sander darüber berichtet. Nie war es in dieser Zeit zu einer Auseinandersetzung gekommen. Häberle hatte Verständnis für die Belange der Presse und wusste auch um deren Bedeutung bei der Aufklärung eines Falles – und Sander war kein einziges Mal wortbrüchig geworden, wenn er versprochen hatte, im Interesse der laufenden Ermittlungen keine Details zu beschreiben. Warum ein solches Verhältnis mit Bruhn nie zustande kam, darüber rätselte Sander immer wieder aufs Neue.

Fotograf Miele, der eigentlich seit einem halben Jahr im Ruhestand hatte sein wollen, dann aber kurz zuvor erfahren musste, dass ihm für die Rente doch noch ein ganzes Jahr fehlte, war von Sanders Vorschlag begeistert, nach Waldhausen zu fahren. Er packte seine Digitalkamera in die große Umhängetasche und folgte dem Journalisten durchs Treppenhaus abwärts. Der weiße VW-Polo der Redaktion parkte hinter dem Verlagsgebäude, das sich in unmittelbarer Nachbarschaft zur Stadtkirche befand.

»Kennen Sie diesen Flemming?« fragte Miele, der den Wagen rückwärts aus dem Parkplatz manövrierte, dabei Vollgas gab und die Kupplung schleifen ließ.

Sander schüttelte den Kopf. »Nur vom Hörensagen. Der hat sich wohl in letzter Zeit durch seinen Kampf gegen das Schweinestallprojekt hervorgetan. Er war offenbar so etwas wie der Sprecher aller Gegner.«

Miele bog rechts in die B 10 ein und nahm dabei einem herannahenden Dreißigtonner die Vorfahrt, vermied es aber trotzdem, allzu heftig zu beschleunigen. Als Ökofreak hasste er diese Kavalierstarts, bei denen unnötig viele Abgase in die

Luft geblasen wurden. Der schwere Lastzug schloss dicht auf und drohte, den Polo vor sich herzuschieben. Sander hatte sich im Laufe der Jahre an solche Situationen gewöhnt und versuchte, ruhig zu bleiben.

»Meinen Sie, der Wühler hat ihn kalt gemacht?« Obwohl ansonsten vornehm zurückhaltend, konnte der hagere Fotograf, wenn sie zu zweit unterwegs waren, auch gelegentlich ganz andere Töne anschlagen.

»Auf den ersten Blick könnte man so was annehmen«, erwiderte der Journalist, dessen blonde Haare mal wieder viel zu lang waren, »aber das trau' ich dem nicht zu. Der Wühler ist ein Ehrenmann, absolut. Für den würd' ich beinahe die Hand ins Feuer legen.«

Miele grinste und musste vor der nächsten Ampel anhalten, weshalb er sofort den Motor abstellte, wie er das immer tat, um Luftverschmutzung zu vermeiden. »Sie nehmen ihn in Schutz, weil Sie immer Ihren Christbaum bei ihm kaufen.«

Sander winkte ab. »Nein, ich halt' ihn für einen knitzen Älbler, der sehr genau weiß, wo's mit der Landwirtschaft heutzutage hingeht.«

Die Ampel sprang auf Grün. Miele griff zum Zündschlüssel und startete den Motor. Der Sattelzug hinter ihnen rückte noch ein paar Zentimeter näher, sein Diesel dröhnte.

Der Fotograf hinterm Polo-Steuer blickte nicht in den Rückspiegel. »Aber die Ökologie bleibt auf der Strecke«, meinte er, »nur Wachstum, Wachstum um jeden Preis ist gefragt. Haben Sie schon mal diese Käfighaltung mit den Hühnern gesehen?«

Der Journalist nickte betroffen. Er hatte es schon mal gesehen und sich eigentlich vorgenommen, künftig nur noch Eier von freilaufenden Hühnern zu kaufen. Aber wer konnte ihm diese Garantie schon geben? Längst hatte er es aufgegeben, den Aufdrucken auf den Verpackungen zu glauben.

Der Polo hatte jetzt die B 10 nach rechts in eine 20 km/h-Zone verlassen. Miele fuhr flott mit 40 durch, sodass einige Fußgänger respektvoll zur Seite sprangen.

»Ich stimme Ihnen zu«, sagte Sander, »es ist erschreckend,

wie wir mit Kreaturen und der Natur um uns rum umgehen.«

Miele nickte eifrig. Er hatte stets nur pflanzliche Produkte aus angeblich garantiert biologischem Anbau gegessen. Seine eiserne Gesundheit führte er auf diese konsequent eingehaltene Ernährung zurück. Selbst wenn es bei Empfängen üppigste Büfetts gegeben hatte, konnte er sich zurückhalten. Er trank auch keinen Alkohol und hatte nie eine Zigarette angerührt.

Deshalb war dieses Thema nahezu unerschöpflich. Sander war nicht grundsätzlich anderer Meinung, hatte aber keinerlei Bedürfnis, sich einer ähnlichen Abstinenz zu unterziehen.

Die beiden Männer diskutierten noch immer über Vollwertkost und Müslis, als die Straße den Wald hinter sich ließ und die weite Hochfläche nun vor ihnen lag. Die Bewölkung hatte sich aufgelockert, vereinzelt war bereits wieder der blaue Himmel zu sehen. Das Örtchen Waldhausen tauchte auf, an nahezu allen Seiten überragt von den Windkraftanlagen.

»Wo wollen Sie hin?« fragte Miele.

Sander hatte im Telefonbuch nachgelesen, dass die Flemmings im neuen Wohngebiet ›Roßhülbe‹ wohnten. Natürlich wollte er nicht die Witwe des Toten aufsuchen. So etwas passte nicht zu einem seriösen Lokaljournalisten. Das würden die Jungs von den Boulevardblättern und den privaten Fernsehstationen tun.

Der Polo holperte über die Eisenbahnschienen, die in weitem Bogen dicht am Ortsrand vorbeiführten. »Wir hören uns mal in dieser ›Roßhülbe‹ ein bisschen um«, entschied Sander, »und dann geh'n wir zu Wühler.«

Miele kannte sich hier aus. In der beschaulichen Dorfmitte bog er rechts ab. Kein Mensch auf der Straße – es schien so, als sei das Örtchen ausgestorben. Einige größere landwirtschaftliche Anwesen ließen erkennen, dass sie noch genutzt wurden, andere waren offenbar zu Wohnhäusern umgebaut worden. Am Ortsrand tauchte rechts ein dicht bebautes kleines Siedlungsgebiet auf. Das frische Rot der Dächer und der

Baustil mit Erkern und Gauben deuteten darauf hin, dass es vor noch gar nicht allzu langer Zeit entstanden war. Miele bog in die einzige Straße ein, die als Rundkurs das gesamte Gebiet erschloss. Er parkte den Polo.

Die beiden Zeitungsleute stiegen aus und spürten, wie die Luft wieder wärmer wurde – sogar hier oben auf der Alb. Die schmalen Vorgärten wirkten gepflegt. Viel Platz war für sie allerdings nirgendwo übrig geblieben, nachdem an jedem Haus eine wenig formschöne Garage klebte.

»Dort wohnen die Flemmings.« Der Journalist deutete auf ein schmuckes Gebäude, worauf der Fotograf seine Digitalkamera auspackte und es ablichtete. Sander ging unterdessen langsam weiter und hoffte, dass er irgendwo jemanden sehen würde. Doch Türen und Garagen waren zu und in den noch regennassen Gärten hielt sich niemand auf. Miele folgte mit umgehängter Fototasche. Nach einem halben Dutzend Häuslängen erreichten sie bereits das Ende des kleinen Siedlungsgebiets. Dort beschrieb die Straße eine Linkskurve. »Sollen wir mal irgendwo klingeln?« fragte der Fotograf, »es ist zwölf Uhr, da müsste doch jemand daheim sein.«

Sander nickte. Er durchschritt einen kleinen Vorgarten und drückte den Klingelknopf. Im Innenraum ertönte ein elektronischer Gong. Gleich darauf öffnete eine junge Frau, sichtlich gestresst und von der Störung wenig erbaut.

»Entschuldigen Sie«, begann Sander, »wir kommen von der ›Geislinger Zeitung‹ und sind wegen dem schrecklichen Verbrechen unterwegs. Wir wollten nur mal hören, was man in der Nachbarschaft zu dem Mord an Herrn Flemming sagt.«

Das Gesicht der schwarzhaarigen Frau versteinerte sich. Ihr Blick ging zu Miele und dann wieder zurück zu Sander. »Ich halt' mich da raus«, sagte sie energisch und begann, die Tür wieder zu schließen. Der Journalist wollte noch eine Erklärung nachschieben, doch die Frau ließ sich nicht umstimmen.

Die beiden Männer zuckten verständnislos die Schultern. Derlei Verhalten kannten sie. Die Leute verschlangen zwar

Berichte über Mord und Totschlag, wenn er sich anderswo zugetragen hat. Dann wollen sie nach Möglichkeit klitzeklein jedes Detail lesen. Doch wenn es sie selbst in irgendeiner Weise betraf, und sei's nur als Nachbarn, dann waren die Journalisten, die lediglich ihrer Pflicht nachgingen, plötzlich die ungeliebten Zeitungsschmierer. Sander verstand in solchen Fällen die Welt nicht mehr.

Sie gingen einige Schritte weiter, als sich ein elektrisches Garagentor öffnete und sich ein älterer, wohlbeleibter Herr zwischen Auto und Torrahmen ins Freie zwängte. Sander reagierte sofort, ging auf ihn zu, stellte sich und seinen Kollegen vor und erklärte, worum es ging. Der Mann, der eine Art Baumschere in der Hand hielt, überlegte einen Moment und räusperte sich. »Der Flemming, was soll ich dazu sagen? Wir hatten nicht viel Kontakt – er wohnt schließlich ein Stück von uns weg, da drüben.« Der Mann deutete zur übernächsten Häuserreihe. »Ein erfolgreicher Geschäftsmann wohl. Mehr weiß ich nicht.« Er schien scharf nachzudenken. »Sympathisch war er, freundlich, wenn man sich begegnet ist – hier auf der Straße. Und seit er sich gegen den Schweinestall stark gemacht hat, hatte er viele Freunde.« Der Mann hüstelte und fügte etwas gedämpfter hinzu: »Und ein paar wenige Feinde.«

Über die Art von Flemmings Geschäften wusste er nichts. Mit Im- und Export habe es zu tun, offenbar ein Großhandel.

»Haben Sie zufällig eine Ahnung, mit wem er engeren Kontakt hatte – hier im Wohngebiet?« wollte Sander wissen.

»Klar«, erwiderte der Angesprochene und deutete auf eines der nächsten Häuser, »mit den Westerhoffs. Mit denen haben die Flemmings öfter mal im Garten draußen gegrillt – bis spät in die Nacht. Das hat man dann in der ganzen ›Roßhülbe‹ gehört. So laut war das immer. Aber keiner hier hat sich etwas zu sagen getraut.« Der Mann senkte wieder seine Stimme, als ob er etwas Vertrauliches zu sagen hätte: »Westerhoff ist doch so ein Großkopfeter bei der WMF.«

Sander ließ sich das Haus zeigen und wollte weitergehen, als der Mann noch ein paar Schritte auf ihn zukam: »Ein Tipp: Reden Sie doch mal mit der Frau Mohring, die Oma hier nebenan. Die hat gestern etwas Seltsames erlebt. Hat sie mir vorhin erzählt – und jetzt ist sie sich unsicher, ob sie's der Polizei melden soll. Gehen Sie mal rüber.« Dann verabschiedete sich der Mann, vergaß aber nicht laut und deutlich hinzuzufügen: »Aber mein Name darf nicht in der Zeitung stehen.« Sander hatte ohnehin nicht danach gefragt gehabt.

Die Oma war wohl knapp 70, hatte sich aber ganz gut gehalten. Aus dem Flur drangen Essensdüfte und das Gekreische mehrerer Kinder, vermutlich ihrer Enkel. In der Küche röhrte offenbar ein Dunstabzug. Der Journalist kam gleich zur Sache und spürte, dass die Frau für seine Fragen zugänglich war.

»Ich muss nur schnell den Herd abschalten«, sagte sie und ging erstaunlich schnell in Richtung Küche, wobei sie im Flur über ein Chaos von Stofftierchen steigen musste. Aus einer der Türen tauchten zwei kleine Kinder auf, die mit Spielzeug-Bausteinen aufeinander warfen und sich anbrüllten. Augenblicke später kam die Frau zurück und griff gleich Sanders Bemerkung auf, dass sie wohl etwas Merkwürdiges beobachtet habe. Sie schien erleichtert zu sein, es endlich loszuwerden.

»Eigentlich hab' ich's der Polizei melden wollen«, begann sie, während ihre flinken Augen die Umgebung absuchten, als wolle sie vermeiden, von jemandem bei diesem Gespräch gesehen zu werden. »Aber vielleicht können Sie's ja weiterleiten, falls Sie es für wichtig erachten.«

Sander zog unauffällig seinen kleinen Notizblock aus einer der vielen Seitentaschen seiner Outdoor-Hose. Er begann mitzuschreiben, was die Frau glücklicherweise nicht irritierte.

»Bei meinem Nachbarn, dem Herrn Westerhoff – ich weiß nicht, ob Sie wissen, wer das ist ...« Sie wartete keine Antwort ab, sondern gab sie selbst: »Einer von der WMF, so ein ganz hoher Manager, sagt man. Der ist eng mit Flemming befreundet.« Sie trat ein Stück in den Flur zurück und wurde leiser. Sander machte einen Schritt in das Haus, während Miele draußen stehen blieb.

»Die machen, wenn's abends warm ist, hier nebenan immer Partys und ich kann dann kein Auge zutun. Die Kinder auch nicht – und meine Tochter und ihr Mann ebenfalls nicht.« Als ob die Enkel wüssten, dass es um sie ginge, rannten sie plötzlich auf die Oma zu und umklammerten ihre Waden. Die Frau ließ die Kleinen gewähren.

»Nicht, dass Sie meinen, ich würd' hier immer am Fenster stehen und alles beobachten. Aber rein zufällig hab' ich am Samstagabend gesehen, dass die Westerhoffs Besuch aus Stuttgart hatten. Ein Mann mit einem dicken Geländewagen war da. So eine Riesenkiste. Ich hab' ihn genau gesehen, weil er direkt vor meinem Küchenfenster geparkt hat. Kommt nicht oft vor, dass sich Fremde in unser Wohngebiet verirren, müssen Sie wissen.«

Die Enkel ließen wieder von ihrer Oma ab und schleuderten nun Stofftiere an die Wände.

Aggressive Kinder sind das, dachte Sander.

»Fast zwei Stunden war der da. Ein kräftiger Mann, bullig. Nicht gerade fein angezogen. Hab' mich noch gewundert, weil die Westerhoffs sonst einen ganz anderen Umgang pflegen«, fuhr die Frau fort, »Schickimicki, wenn Sie verstehen, was ich meine. Als er wieder raus ist, hab' ich ihn wieder gesehen. Deshalb vergess' ich sein Auftreten und sein Gesicht auch nicht.«

Sander wartete ungeduldig auf das Merkwürdige, das ihm angekündigt worden war. Miele trat bereits von einem Fuß auf den anderen. In einer halben Stunde begann seine Mittagspause und die wollte er möglichst nicht verpassen. Vielleicht waren sie doch einer Tratschtante aufgesessen, dachte er.

»Ja«, machte die Oma nach einer kurzen Pause weiter, »und dann seh' ich den Mann gestern im Zug wieder.«

»Im Zug?« wiederholte Sander verständnislos.

»Im Dampfzug«, erklärte die Frau, während die Enkel nun einen dicken Filzstift entdeckt hatten, mit dem sie Kringel an die Raufasertapete malten. Darüber brauchte sich aber niemand aufzuregen, denn die Wand war auf Kinderaugenhöhe bereits überall bunt besudelt.

»Von Amstetten nach Gerstetten. Wir sind auch mitgefahren ...« Sie meinte sich, Tochter, Schwiegersohn und die Enkel. »Machen wir immer einmal im Jahr. Ja, und dann sitzt doch dieser Mann zufällig neben mir. Ich hab' ihn sofort erkannt und es ihm auch gesagt. Aber das war ihm sichtlich unangenehm.«

Sander blickte auf und sah in die flinken Augen der älteren Dame.

»Wie hat sich das geäußert?« fragte er.

»Ich hab' ihm ganz freundlich gesagt, dass ich ihn gestern schon mal in Waldhausen gesehen hätte. Und da ist er mir sofort richtig übern Mund gefahren und hat gemeint, dies müsse ein Irrtum sein. Anschließend hat er mich keines Blickes mehr gewürdigt.«

»Vielleicht war's ein Irrtum«, wandte Sander vorsichtig ein.

»Nein«, stellte die Oma energisch fest. »Absolut nicht.« Während die Kleinen nun an einer Türrahmenkante einen Tapetenzipfel abrissen und freudig erregt schrieen, kam die Dame einen Schritt auf Sander zu und flüsterte: »Da ist etwas faul, glauben Sie mir. Da ist etwas oberfaul.«

Wühler war zu Tode erschrocken. Als die Tür seiner Werkstatt nach außen aufgezogen wurde, schossen ihm tausend Gedanken durch den Kopf. Der Mann mit dem Messer? Eine Bedrohung? Er allein auf dem Hof. Niemand würde jetzt seine Hilfeschreie hören. Und seine Frau kam erfahrungsgemäß erst in einer Stunde wieder zurück.

Er versuchte nach einem Werkzeug zu greifen, irgendetwas, mit dem er sich würde wehren können. Doch dann ging alles ganz schnell. Die Tür schwenkte auf, mehr Tageslicht fiel in den stickigen Raum und in der Öffnung stand ein Mann, dessen Gesicht er nicht erkennen konnte, weil die Helligkeit von draußen blendete.

»Guten Tag, Herr Wühler«, sagte der Mann. Doch Wühler war in diesem Augenblick nicht in der Lage, etwas zu sagen. Er schluckte und kniff die Augen zusammen. »Ich will Sie nicht lange von der Arbeit abhalten«, fuhr der Fremde weiter und hielt die Tür weit offen. Langsam gewöhnten sich Wühlers Augen an die Helligkeit. Er ging ein paar Schritte nach vorne, dem Mann entgegen. Dann endlich erkannte er ihn. Das Gesicht mit den vielen Falten. Dieser Tourismusmanager von gestern Mittag, der ihn und den Oberbürgermeister hatte sprechen wollen. Nur der Name wollte ihm nicht mehr einfallen.

»Jetzt haben Sie mich aber überrascht«, presste der Landwirt hervor und reichte dem Besucher eine eiskalte und feuchte Hand. Wühler verließ die Werkstatt und spürte, wie weich seine Knie geworden waren. Der Besucher trug noch immer sein feines Jackett, das schon gestern nicht zur Umgebung gepasst hatte.

»Was verschafft mir die Ehre?« fragte Wühler höflich nach, um seine Unsicherheit zu überspielen.

»Ich hab' in der Nähe übernachtet und mir gedacht, ich schau' mir diese herrliche Gegend noch ein bisschen genauer an – jetzt, nachdem das Wetter wieder besser werden soll.«

Wühler beobachtete ihn scharf. Als Albbauer hatte er gelernt, gegenüber allem Neuen stets ein gesundes Misstrauen zu pflegen.

»Sie sind ein Mann der Tat, einer, der weiß, worauf's ankommt«, lächelte der Tourismusmanager. »Vielleicht könnten wir ins Geschäft kommen ...«

Der Land- und Gastwirt dachte bei sich, dass er sich ja mal anhören konnte, was dem Fremden vorschwebte.

»Haben Sie zehn Minuten Zeit?« fragte der Besucher und brachte damit zum Ausdruck, dass er nicht gewillt war, das Gespräch im Hof zu führen. Wühler nahm ihn deshalb mit hinüber zu der »Besenwirtschaft«. Er schloss die Tür auf und bot seinem Besucher an einem der ersten Tische einen Platz an. Es roch nach kaltem Zigarettenrauch. Drüben auf der Theke standen ungespülte Gläser.

»Ich bin gespannt, schießen Sie los«, munterte Wühler den Besucher auf, dessen Namen ihm immer noch nicht eingefallen war.

»Ich hab' gestern bereits angedeutet, dass sich mit privatem Engagement im Tourismus viel Geld verdienen lässt. Und dass Sie dabei auf finanzielle Unterstützung bauen können, haben Sie doch schon erlebt. Ich erinnere nur an das ›Leader-Programm‹ der EU.«

Der Mann wusste Bescheid, dachte Wühler. Als Ortsvorsteher hatte er in den vergangenen Wochen viel mit diesem Zuschussprogramm für den Fremdenverkehr zu tun gehabt. Sie durften einen Radweg ausweisen – und hatten alles aus einem Brüsseler Finanztopf bezahlt bekommen.

»Glauben Sie mir, Herr Wühler, in der EU stecken Gelder ohne Ende – man muss nur verstehen, an die Subventionsquellen zu gelangen. Und diese sprudeln üppig, wenn es um die Aufwertung strukturschwacher Räume geht – und wenn man eine Lobby hinter sich hat.« Der Fremde grinste. Wühler hatte sich gestern schon gefragt, ob er den Mann als »schmierigen und windigen Geschäftemacher« einstufen sollte oder ob er ein cleverer und mit allen Wassern gewaschener Manager war. Auch jetzt konnte sich der Landwirt zu keiner Charakterisierung durchringen. Jedenfalls war Vorsicht geboten, dachte er sich.

In einem Punkt aber hatte der Mann Recht: »Zweifellos«, meinte Wühler, »zweifellos sind viele unserer Bürgermeister überfordert, wenn sie sich um Zuschüsse bemühen müssen. Meist schaffen es nur die, die am lautesten schreien und die besten politischen Beziehungen haben.«

Richtig, jetzt fiel es Wühler ein. Freudenthaler hieß der Mann. Freudenthaler. Dieser nickte eifrig und bekräftigte Wühlers Bemerkung: »So ist es. Ich kann Ihnen nur empfehlen, sich mal im Süden umzuschauen. Spanien zum Beispiel. Die jammern, wie strukturschwach viele ihrer Landstriche seien – und schon fließen Gelder. Waren Sie schon mal auf Lanzarote?« Wühler schüttelte den Kopf. »Geh'n Sie mal hin«, fuhr er fort, »auf dieser Vulkaninsel wird Land erschlossen ohne Ende. Da werden vierspurige Straßen gebaut, auf denen keiner fährt. Da gibt es Kreisverkehre, als würden sich Hauptmagistralen kreuzen – doch keiner fährt. Da gibt es erschlossene Grundstücke mit Gehweg und Straßenlampen – aber keiner baut mehr.« Der Tourismusmanager redete sich förmlich in Ekstase. »Und erzähle mir bloß keiner, das bezahlten diese Kommunen dort alles aus der eigenen Tasche. Playa Blanca auf Lanzarote – ich sag' Ihnen, Herr Wühler, die haben innerhalb von fünf Jahren aus dem beschaulichen Touristenörtchen eine Betten-Siedlung gemacht, obwohl diesen Gigantismus dort kein Mensch braucht. Vieles, was aus dem Boden gestampft wurde, steht leer. Vieles wird niemals bebaut. Dafür haben sie die Landschaft für immer versaut.«

Wühler nickte eifrig und hörte zu.

»Welche Schwachköpfe glauben denn, dass man den Tourismus auf Lanzarote derart puschen kann?« fragte Freudenthaler eher rhetorisch. »Das ist eine Insel für Individualisten. Es gibt so gut wie keinen Sandstrand, nur Vulkangestein, nichts weiter, als Steine. Das muss man lieben. Sonst geht man da nicht hin. Und wer das liebt, sucht diese eigenartige Stimmung, dieses fast Mystische, dieses Gefühl, auf dem Vulkan zu wandern. Das sind nicht die Leute, die den Massentourismus mögen. Wer das glaubt, setzt auf die falsche Karte und erreicht das Gegenteil: Die Leute bleiben weg.«

Wühler gefielen diese Worte. Als Mann der Scholle liebte er die Natur – auch wenn ihn die wirtschaftlichen Zwänge manchmal zu einer schmalen Gratwanderung zwischen betrieblichen Notwendigkeiten und dem Umweltschutz nötigten.

»Was ich damit sagen will«, fuhr Freudenthaler fort, »das ist der Versuch, Finanztöpfe in Brüssel anzuzapfen – und zwar auf unsinnige Weise. Europa ist eine wunderbare Einrichtung, weil es uns hier Frieden beschert hat. Aber die Bürokraten in Brüssel haben leider keine Ahnung, wie es fernab ihrer Schreibtische aussieht. Was kein Wunder ist, weil sie von ihren Papieren und Formularen stranguliert werden.«

Wühler begann, mit einem Bierdeckel der Geislinger Kaiser-Brauerei zu spielen. Was Freudenthaler sagte, konnte er nur unterstreichen. Als Landwirt kannte er den Papierkrieg zur Genüge. Aber es war wie überall in diesem Lande: Immer mehr Bürokraten beschäftigten sich mit immer mehr Bürokratie. Ein Land, das sich nur noch verwaltet – das nur noch mit sich selbst beschäftigt war. Das galt nicht nur für die Politik und die Behörden, sondern längst auch für die gesamte Privatwirtschaft. Produktion war zur unangenehmsten Nebensache geworden. Hauptsache, die Papiere stimmten. Was tatsächlich in der Praxis geschah, scherte niemanden mehr. Wühlers Kollegen hatten ihre ohnmächtige Wut oft schon am Stammtisch drastisch zum Ausdruck gebracht: Mit der Mistgabel wollten sie mal durch die Amtsstuben fegen. Und irgendwann, da hatte Wühler längst keinen Zweifel mehr, würde es wirklich einer tun.

»Und was schlagen sie nun konkret für uns vor?« hakte der Landwirt leicht in Gedanken versunken nach. Ihm war plötzlich wieder der Zettel mit der Drohung eingefallen.

»Ganz konkret«, wiederholte sein Gast und wischte sich mit einem Papiertaschentuch Schweißperlen von der Stirn, »es sollten sich einige Männer mit Weitblick zusammentun und eine Strategie entwickeln, wie wir die Ressourcen hier oben vermarkten können. Die Landschaft, die Dampfzüge und die dörflichen Idyllen, die es hier noch gibt. Und ganz unter uns, Herr Wühler: Ihre schöne Besenwirtschaft hier ist ausbaufähig ...«

Der Landwirt wurde hellhörig: »Und was versprechen Sie sich davon? Ich meine, Sie machen das ja auch nicht, weil Sie karitative Zwecke verfolgen.« Wühler lächelte, um diesem misstrauischen Einwand die Schärfe zu nehmen.

Über das Gesicht Freudenthalers huschte ebenfalls ein Lächeln. »Sie sind Geschäftsmann – ich bin Geschäftsmann.« Er machte eine diskrete Pause. »Ich habe die Beziehungen – und daraus könnten Sie und dieses Gebiet hier Vorteile schöpfen. Was liegt da näher, als sich zusammenzutun? Und gemeinsam davon zu profitieren ...«

»Sie denken an eine Gesellschaft? GmbH für Tourismus?«
Wühler hatte sofort begriffen. Sein Schweinestallprojekt war
auf ähnliche Weise entstanden. Mehrere Großlandwirte hatten sich zusammengetan, um die Schweinemastproduktion
effektiv und für alle Seiten wirtschaftlich zu organisieren.
»Exakt«, bestätigte Freudenthaler, »ich liefere das Knowhow, wie man heutzutage sagt, und Sie investieren – nicht in
Form von Geld, sondern durch Initiative. Indem Sie – ich
meine jetzt nicht Sie persönlich, sondern alle, die das gleiche
Ziel verfolgen – indem Sie alle also in Arbeitskreisen prüfen,
welche Einrichtungen für den Tourismus hier oben zu schaffen wären. Radwege haben Sie schon gekriegt. Aber ich bin
sicher, dafür gäbe es noch mehr EU-Mittel. Denken Sie an
ein Wandernetz, an geführte Touren, an Abenteuergeschichten im Wald. Abenteuer sind ›in‹.« Freudenthaler hatte sich
gut vorbereitet. »Oder denken Sie an die Segel- oder Motorflugplätze in der näheren Umgebung, an die Ausflugslokale,
an Ihre eigene Besenwirtschaft – und an ›Ferien auf dem
Bauernhof‹, mein Gott, Herr Wühler, die Großstädter lieben doch dieses dörfliche Idyll. Wenn die das im Ruhrpott
erst mal entdecken, können aus den leer stehenden Bauernhäusern beschauliche Pensionen und Hotels werden. Dafür
gibt's Subventionen. Hilfen für den Strukturwandel. Die Alb
ist genau so karg, wie Lanzarote ...«

Wühler gefiel das. Die Landwirte brauchten wieder eine
Perspektive. Von den Kommunen war keine zu erwarten.
Auch dort waren die Bürokraten viel zu sehr mit sich selbst
beschäftigt – abgesehen davon, dass sie überhaupt keinen
finanziellen Spielraum mehr hatten, um etwas zu bewegen.

»Ich schlage Ihnen vor, Sie bereden das mit Leuten, die in
Frage kommen – und dann rufen Sie mich an.« Freudenthaler
fingerte eine Visitenkarte aus einer Innentasche. »Ich habe
noch einige Tage in der Gegend hier zu tun. Meine Handynummer steht hier drauf.«

»Haben Sie denn schon Kontakt mit jemandem aufgenommen?« wollte Wühler wissen.

»Es gibt hier einen Mann, der sich sehr stark engagieren möchte. Sie sollten sich mit ihm mal in Verbindung setzen – trotz Ihres Problems mit Ihrem Schweinestall.« Freudenthaler lächelte wieder. »Lassen Sie sich nicht beirren, das geht wieder vorbei.« Dann kam er wieder aufs Thema zurück: »Reden Sie mit ihm. Es ist Westerhoff, Heinrich Westerhoff. Ist Ihnen doch bekannt, oder?«

Wühler war für einen Augenblick sprachlos. Er schluckte.

Freudenthaler stand auf. »Und noch etwas«, sagte er, »meine Beziehungen sind mannigfach. Ich kann Ihnen nicht nur beim Fremdenverkehr behilflich sein.« Der Landwirt stand zögernd auf und nahm die zum Abschied gereichte Hand seines Gastes. »Es gibt auch in anderen Bereichen viele Möglichkeiten, an Geld zu gelangen oder es zu sparen – wenn man sich auskennt«, erklärte Freudenthaler und drückte Wühlers kalte Hand fest. »Europa ist ein wunderbares Konstrukt, bei dem es sich herrlich tricksen lässt ...«

22

Sarah Flemming war nach den Ohrfeigen, die ihr Ismet verpasst hatte, in ihr Auto gestiegen und ziellos über die Alb gefahren. Einfach weg, fort. Im Innenspiegel hatte sie die roten Handabdrücke gesehen, die sich auf ihren Wangen abzeichneten. So konnte sie sich nicht mehr sehen lassen. Sie fühlte sich erniedrigt und misshandelt.

Als sie ihren schwarzen Dreier-BMW vor dem Haus in Waldhausen abgestellt hatte, eilte sie so schnell sie konnte zur Tür, um von keinem Nachbarn gesehen zu werden. Ihr erster Weg galt dem großen Spiegel im Bad. Sie warf ihre langen Haare nach hinten und betrachtete die Schwellungen im Gesicht. Ismet hatte mit aller Wucht zugeschlagen. Mit ihm war nicht zu spaßen. Am tiefsten hatte sie aber die unterschwellige Drohung getroffen, sie als Nutte zu verkaufen. Dieses Schwein, dachte sie, dieses verdammte Schwein wusste, dass er sie in der Hand hatte. Wenn alles aufflog, was sie und ihr Mann in den vergangenen Jahren getan hatten, dann würde sie sofort in diesem »Gotteszell« landen, diesem Frauengefängnis in Schwäbisch Gmünd. Sie kannte es, seit eine Bekannte ihres Mannes dort zweieinhalb Jahre wegen irgendwelcher Rauschgiftgeschichten inhaftiert war. Damals hatten sie die Frau ein paar Mal besuchen können. Sarah konnte die vergitterten Fenster und Eisentüren, die langen Gänge und das Klappern von Schlüsseln nicht vergessen, auch nicht die uniformierten Beamtinnen und deren Befehlston. Die Bekannte hatte jedes Mal schluchzend von der kleinen Zelle berichtet, die sie mit einer Mörderin teilen musste.

Seither hatte Sarah panische Angst, jahrelang weggesperrt zu werden. Ihr kullerten Tränen über das Gesicht, als sie sich energielos aufs ungemachte Bett fallen ließ und die Augen schloss. Am liebsten wäre sie verschwunden, spurlos, für immer. Doch Ismet würde sie finden und in ein Bordell verschleppen, würde mit dem schmutzigen Geschäft, zu dem er sie zwingen konnte, auch noch Geld verdienen. Sie wusste, dass häufig schon türkischstämmige Frauen verschwunden waren – angeblich, um für immer in die Heimat der Eltern zurückzukehren. In Wirklichkeit hatte man sie zu Sexsklavinnen gemacht, in irgendwelchen Hinterhöfen von Istanbul oder Ankara. Oder in ganz anderen Ländern.

Sarah rappelte sich wieder auf, taumelte in ihr Büro zum Computer, dessen Bildschirm schwarz geworden war. Sie bewegte die Maus, um die Apparatur wieder zum Leben zu erwecken.

Eine neue E-Mail-Nachricht war da. Ihr Geliebter hatte geschrieben. Zwar waren sie gestern übereingekommen, die Kontakte vorsichtshalber etwas zu reduzieren. Doch noch in der Nacht hatte sie die Sehnsucht überkommen und die Abmachung gebrochen. Auch er schien darüber froh zu sein. Er bedankte sich in seinem Mail für ihren Guten-Morgen-Gruß und wünschte ihr Kraft, den Tag zu überstehen. Sie solle an ihn denken und wissen, dass er sie sehr lieb habe. Dann löschte sie die Mail. So hatten sie es vereinbart, denn sie mussten damit rechnen, dass die Polizei bei der Suche nach einem Motiv für den Mord auch die Computerdateien durchstöbern würde.

Sie sank auf den Bürosessel, schloss die Augen und spürte, wie die Schwellungen in ihrem Gesicht brannten. Sie wollte nie mehr wieder zu ihren Landsleuten zurück. Nie mehr. Darin war sie mit sich selbst einig. Ihr Geliebter gab ihr Kraft, aber sie musste mit ihm sprechen. Jetzt. Nie zuvor hatte sie seine Hilfe so dringend gebraucht. Nur er konnte ihr helfen. Sie griff zum Telefon und wählte seine Handynummer, denn er hatte ihr strikt untersagt, sie übers Festnetz anzurufen. Schon gar nicht im Büro.

Der Ruf ging ab. Fünf-, sechsmal ertönte das Freizeichen. Dann hörte sie seine Stimme, fest und emotionslos. »Ja«, sagte er knapp, denn er hatte wohl auf dem Display ihre Nummer gesehen.

»Entschuldige«, hauchte sie atemlos, »kann ich mit dir reden?«

»Tut mir Leid«, sagte er, als wisse er gar nicht, wer angerufen hatte. »Ich bin gerade in einer wichtigen Besprechung.« Dann unterbrach er die Verbindung.

Sie hielt das kleine Telefon noch einige Sekunden am Ohr – nicht in der Lage zu begreifen, dass er jetzt keine Zeit für sie hatte. Zweifel kamen auf, diese schrecklichen Zweifel. Hatte er wirklich eine so wichtige Besprechung? Oder wollte er einfach jetzt nicht mit ihr sprechen? Jetzt, wo es so wichtig gewesen wäre.

Sie legte das Telefon weg und begann zu schluchzen. Hemmungslos.

Häberle hatte den Mercedes auf dem Besucherparkplatz vor dem WMF-Verwaltungsgebäude abgestellt, das den Baustil der 50er-Jahre repräsentierte. Zeitlos schön: Klare Fassade und ein gläsernes Treppenhaus mit Wendeltreppe, das für damalige Verhältnisse gewiss sehr extravagant erschienen sein musste. Dieses Gebäude war das Gesicht dieser Weltfirma, deren Bestecke und Kaffeemaschinen sich in jedem renommierten Hotel und auf allen großen Kreuzfahrtschiffen fanden. Wer was auf gepflegte Gastlichkeit und das passende Ambiente legte, stattete sich mit WMF-Produkten aus. Der Geschäftsleitung war viel daran gelegen, das gute Image schwäbischer Qualitätsarbeit zu bewahren, weshalb man die Menge des in China produzierten Bestecks wie ein Staatsgeheimnis hütete.

Die beiden Kriminalisten hatten bei den Pförtnern am Tor eins Besucherzettel ausfüllen müssen und waren dann von einer hoch gewachsenen Sekretärin abgeholt worden, die einen energischen Eindruck machte. Vermutlich war dies die Voraussetzung, um in der Chefetage tätig sein zu können.

Sie fuhren schweigend mit dem Aufzug ein paar Stockwerke nach oben. Als sie ausstiegen, standen sie auf einem langen Gang, der auf beiden Seiten unzählige Türen aufwies, neben denen Namensschildchen angebracht waren. Die Sekretärin stöckelte mit ihren hohen Absätzen und dem knapp knielangen Rock vor den Kriminalisten her und brachte sie in das Vorzimmer Westerhoffs, in dem sie residierte – mit Blick auf die große Parkplatzfläche und das angrenzende städtische Hallenbad hinüber.

Sie ging um ihren Schreibtisch herum, auf dem abseits eines Flachbildschirms mehrere aufgeschlagene Akten lagen. Dann drückte sie am Telefon vier Tasten und meldete die Besucher an.

»Herr Westerhoff lässt bitten«, sagte sie dann und wandte sich einer schallisolierten Tür zu, die sie öffnete. »Bitte sehr«, forderte sie die Kriminalisten auf. Häberle ging voraus, Linkohr folgte und die Sekretärin ließ die Tür einrasten.

Westerhoffs Büro hatte die Größe eines Klassenzimmers und wurde von einer Fensterfront und vielen Grünpflanzen dominiert. Schräg vor eine innen liegende Raumecke gestellt, stand der wuchtige Schreibtisch aus hellem Holz. Westerhoff, ein korrekt gekleideter Mann um die vierzig, wirkte schmächtig, als er sich von dem gepolsterten Bürosessel erhob und auf die Besucher zukam. Seine dezent weinrote Krawatte saß fest, die schwarzen Haare ließen einen jüngst erfolgten Friseurbesuch vermuten.

Er begrüßte die Kriminalisten mit Handschlag und deutete ihnen an, auf der ledernen Sitzgarnitur Platz zu nehmen, die die andere Seite des Raumes ausfüllte, umgeben von einigen stattlichen Bäumchen aus klimabegünstigteren Gegenden. Eines davon war eine über zwei Meter hohe Birkenfeige, wie Häberle unschwer erkannte. Die anderen exotischen Gewächse, die diesen Teil des Raumes beherrschten, waren ihm fremd. Für einen kurzen Moment überlegte er, wer wohl für die Pflege dieser Pflanzen zuständig war. Die energische Sekretärin dürfte dies sicher mit Hinweis auf ihren Arbeitsvertrag abgelehnt haben, der solche Nebentätigkeiten gewiss nicht vorsah.

»Sie haben meinen Terminplan etwas durcheinander gebracht«, gab Westerhoff zu verstehen und schaute nervös auf seine silbern glitzernde Armbanduhr. »Aber Sie kommen wegen Flemming ...«, brachte er die Sache sogleich auf den Punkt.

Häberle nickte. »Ein paar wenige Fragen nur«, sagte Häberle, um sofort hinzuzufügen: »Reine Routine. Wir müssen sein persönliches Umfeld abklopfen, um uns ein Bild von ihm zu verschaffen. Wie gut haben Sie ihn gekannt?«

Westerhoff strich auf seinen Oberschenkeln die Falten seiner Nadelstreifenhose glatt. »Wir wohnen im gleichen Neubaugebiet in Waldhausen – und sind dort ziemlich zur gleichen Zeit eingezogen – vor zwei Jahren. Diese ›Roßhülbe‹ – Sie werden Sie kennen – ist außerhalb gelegen und ganz anders, als der Ort selbst. Viele Fremde haben dort gebaut, ja, und die tun sich naturgemäß mit der landwirtschaftlich geprägten Bevölkerung etwas schwer.«

Linkohr begann wieder, sich Notizen zu machen.

»Da ist es ganz normal, dass sich die Zugezogenen zusammenfinden«, stellte Westerhoff fest. Seine Gesichtszüge waren streng.

»Und gegen einen Schweinestall votieren«, ergänzte Häberle bewusst provokativ. Sein Gegenüber konnte dies nicht beeindrucken.

»Auch das«, sagte er kühl, »uns hat man mit dem Hinweis auf saubere Luft nach Waldhausen gelockt – und dann ist es schlichtweg unseriös, gleichzeitig die landwirtschaftliche Produktion aufzustocken.«

»Herr Flemming war so etwas wie der Sprecher einer Bürgerinitiative?«

»Ganz so will ich das nicht sehen«, erklärte Westerhoff, »er hat halt gut reden können und dabei kein Blatt vor den Mund genommen. Eine Bürgerinitiative im eigentlichen Sinne ist das nicht. Kein Verein, wenn Sie das meinen.« Er legte seine Arme auf die Lehne des voluminösen Sessels.

»Was wissen Sie von Herrn Flemming – über seine Freunde, Bekannten, geschäftlichen Kontakte?«

Westerhoff holte tief Luft. »Wenig, um nicht zu sagen gar nichts. Er hat mit allem gehandelt, was billig aus Südosteuropa zu importieren war. Und umgekehrt hat er dort hingeschickt, was ihm Geld brachte. Auch Gebrauchtwagen, glaub' ich.«

»Und seine Frau war da auch beteiligt?«

»Ja, ich denke schon. Sie erledigt die Buchhaltung und den Schriftverkehr, während er oft auf Reisen war.«

»In der Türkei«, stellte Häberle fest.

»Auch. Sarah ist Türkin.« Westerhoff lächelte. »Obwohl das da oben nur wenige wissen. Sie hat ihre Haare blond gefärbt.«

»Wie nah sind denn Ihre Beziehungen zu den Flemmings?« Der Kommissar ließ seinen Blick durch den Raum wandern, wie er das immer tat, wenn er den Eindruck erwecken wollte, nur routinemäßig und beiläufig zu fragen. An der langen Innenwand, die größtenteils von einem Einbauschrank mit Regalen und einem üppigen Getränkefach beherrscht wurde, blieb gerade noch Platz für ein Werbeposter der WMF. Vermutlich war es die neueste Kreation der Werbeabteilung gewesen – mit einer Farbkomposition, die Häberle nicht ansprach. »Wir waren locker befreundet«, erklärte Westerhoff und verzog die Mundwinkel zu einem leichten Lächeln, »die Flemmings und wir haben uns hin und wieder besucht, auch mal gegrillt, wenn's einen lauen Abend gab, was da oben auf der Alb nicht gerade so häufig vorkommt.«

»Und sonstige Kontakte ...«, Häberle stockte kurz. »Geschäftlicher Natur?«

Westerhoff schlug die Beine übereinander. »Nun ja, er hat sich mal nach dem Investitionsmodell für meine Windkraftanlage erkundigt.«

»Ach ...?« Häberle zeigte sich interessiert, Linkohr hatte sich seinen Notizblock aufs Knie gelegt und schrieb mit.

»Mir gehört eine von diesen Anlagen«, erklärte Westerhoff mit gewissem Stolz in der Stimme. »Ist eine hervorragende Geldanlage.« Er lächelte wieder. »Sollten Sie auch einmal überdenken. Der Wind bläst da oben stärker, als man denken würde.«

»Was uns noch interessieren würde«, wechselte Häberle das Thema und schaute seinem Gesprächspartner in die Augen. Westerhoff wich dem Blick nicht aus. »Herr Flemming hat am späten Samstagabend mit Ihnen telefoniert …« Der Kommissar machte eine Pause, während der Linkohr einige Seiten zurückblätterte und ergänzen konnte: »Genau gesagt um 23.02 Uhr.«

»Sie haben mein Telefon überprüft?« Der Angesprochene wurde nun misstrauisch und vorsichtig.

»Nicht Ihres«, entgegnete Häberle und hob beschwichtigend die Hände, »sondern Flemmings. Wir wissen nämlich immer noch nicht, was er in den Stunden vor seinem Tod getan hat. Er hat also mit Ihnen telefoniert?«

Westerhoff nickte. »Ja, und es war tatsächlich schon ziemlich spät.« Er überlegte, wie er es formulieren sollte. »Flemming, das müssen Sie wissen, war wohl bei einer Veranstaltung in der Roggenmühle gewesen und hat erfahren, dass dieses Schweinestallprojekt demnächst in eine entscheidende Phase gehen würde. Er wollte unbedingt, dass wir uns am Wochenende noch treffen.« Westerhoff spürte, wie sein Hals trocken wurde.

»Und – haben Sie sich verabredet?«

»Nein, ich hatte einfach keine Lust dazu. Flemming war immer gleich so impulsiv – ich hingegen sehe die besseren Chancen darin, erst einmal die Entwicklung zu beobachten und dann mit den richtigen Mitteln zielgerichtet zu reagieren.«

»Was haben Sie ihm dann gesagt?« Häberle sprach ruhig weiter.

»Ich wollte ihn heute anrufen.«

Nach ein paar Sekunden des Schweigens, die Westerhoff schon dazu nutzen wollte, das Gespräch zu einem Abschluss zu bringen, blickte Häberle seitlich zu seinem Kollegen hinüber. »Wir haben da noch eine letzte Frage. Flemming hat nämlich nach Ihnen noch mal jemanden angerufen …«

Linkohr wusste, dass er wieder zurückblättern musste. Er fand den Namen auch sofort. »Freudenthaler, heißt der Mensch, soll aus Frankfurt sein und irgendetwas mit Tourismus zu tun haben.«

Westerhoff zögerte eine Sekunde zu lange, wie der Kommissar feststellte.

»Freudenthaler?« wiederholte er, als ob er nicht verstanden hätte.

»Ja«, erwiderte Linkohr.

»Das ist eine ganz andere Geschichte«, nickte Westerhoff und wechselte das übereinander geschlagene Bein. »Fremdenverkehr, Vermarktung – irgendein Konzept, um diesen Teil der Schwäbischen Alb für den Tourismus zu entdecken.«

»Sie kennen diesen ... Freudenthaler?«, hakte Häberle nach.

»Wir sind schon mal zusammen gesessen, Flemming, Freudenthaler und ich. Dazu müssen Sie wissen, dass Flemming sofort für alles zu begeistern war, was nach lukrativem Geschäft aussah.«

»Sie nicht?«, unterbrach Häberle forsch. »Ich denke, Ihr Engagement bei der Windkraft lässt dies doch auch vermuten.«

Westerhoff lehnte sich zurück. »Es ist völlig legitim, sich heutzutage innovative Einnahmequellen zu erschließen.«

»Und welcher Art waren diese nun bei Freudenthaler?«

»Ich kann's Ihnen nicht so genau sagen. Ihm schwebt so etwas, wie eine Investorengesellschaft vor, die alle touristischen Attraktionen bündeln und bundesweit dafür werben soll. Dazu will er auch die Eisenbahner gewinnen.«

»Eisenbahner?« Häberle stutzte.

»Die von den Ulmer Eisenbahnfreunden – die mit den historischen Dampfzügen«, erklärte Westerhoff.

»Und wer hat diesen Freudenthaler beauftragt?«

»Beauftragt überhaupt niemand«, erklärte Westerhoff, »soweit ich das weiß jedenfalls.«

»Und wo hält er sich auf?«

»Keine Ahnung. Ich hab' auch keine Adresse – tut mir Leid.«

Der Kommissar kniff die Augen zusammen und nahm sein Gegenüber ins Visier. »Und die Frau Flemming – welche Rolle spielt sie bei allem?«

Westerhoffs Gesicht versteinerte und verlor die Farbe. Er versuchte wieder sein gezwungenes Lächeln. »Ich verstehe Ihre Frage nicht.« Mehr kam ihm nicht über die Lippen.

Linkohr blickte auf, Häberle lächelte ermunternd: »Was ist daran so schwer zu verstehen? Ich mein' nur, wie ist Frau Flemming in diese ... in diese Tourismus-Sache involviert?«

Westerhoff zuckte ein wenig hilflos mit den Schultern. »Keine Ahnung.«

23

Die Gerichtsmediziner in Ulm hatten eine erste Zusammenfassung ihrer Untersuchung auf digitalem Weg nach Geislingen geschickt. Als Häberle und Linkohr im Lehrsaal des Polizeireviers eintrafen, teilte ihnen ihr Kollege Schmidt diese Neuigkeit mit. In dem Raum herrschte drangvolle Enge. Ein halbes Dutzend Kriminalisten hingen an Telefonen oder hämmerten auf den Tastaturen von Computern. An der grünen Wandtafel waren mit Kreide die Namen all jener Personen notiert worden, die im Zusammenhang mit dem Mord an Flemming bereits genannt wurden.

Schmidt bat den Chefermittler und seinen jungen Kollegen an einen abseits gerückten weißen Tisch, an dem sie Platz nahmen. Er sortierte mehrere Blätter eines ausgedruckten E-Mails. »Es ist also so, wie bereits vermutet«, erklärte er. »Flemming wurde mit einem stumpfen Gegenstand erschlagen. Erhebliche Gewalteinwirkung im Hals- und Nackenbereich.«

»Kann man zur Tatwaffe etwas sagen?« fragte Häberle.

»Wir können von einem Stück Holz ausgehen, von einer Latte, einem Stock – oder sonst was. Sie wissen, die Kollegen haben am Pullover des Toten irgendwelche Holzfasern gefunden. Das LKA hofft, heute noch rauszukriegen, was man sich drunter vorzustellen hat.«

»Weitere Zeugen?«

Schmidt schüttelte den Kopf. »Kein einziger Anruf mehr.« Dann wollte er wissen, was die Vernehmungen bisher erbracht hatten. Linkohr blätterte in seinem Notizblock und berichtete. Das Wichtigste davon wollte er anschließend in den Computer eingeben, damit es allen Kollegen der Sonderkommission zur Verfügung stand.

»Auch kein Hinweis auf das Fahrzeug von Flemming?«
hakte Häberle nach.

»Nichts, es ist wie vom Erdboden verschluckt«, meinte
Schmidt. »Die Kollegen wollen heute Nachmittag seine Wohnung unter die Lupe nehmen. Vor allem seine geschäftlichen
Unterlagen. Leider war seine Frau heute Vormittag telefonisch nicht erreichbar.«

»Habt ihr die Staatsanwaltschaft schon informiert?«

»Bruhn hat's getan«, erwiderte Schmidt auf Häberles
Frage süffisant, »auf seine diplomatische Art.«

»Kann ich mir vorstellen«, murmelte Häberle, »aber wir
kriegen eine Durchsuchung genehmigt?«

»Schwenger hat's auch schon abgesegnet.« Schmidt meinte
den Geislinger Amtsrichter.

Als Linkohr gerade damit begann, seine Notizen am Tisch
nebenan abzutippen, rief eine Männerstimme aus einer anderen Ecke: »Chef, ein Gespräch für Sie.«

Häberle stand auf und eilte zu einem der Kollegen, der
ihm den Telefonhörer entgegen hielt. Er meldete sich und
lauschte angestrengt auf das, was ihm die Stimme zu berichten hatte.

»Ach ...«, staunte der Kommissar, »Kollege, sagen Sie das
noch mal.«

Es dauerte ein paar Sekunden, während denen sich Häberle
auf die Tischplatte setzte. »Und es besteht kein Zweifel?«
fragte er noch einmal ungläubig nach. Zwei junge Kriminalisten, die sich um ihn versammelt hatten, warteten gespannt
auf eine weitere Reaktion ihres Chefs. Der sagte schließlich:
»Danke, ich kümmere mich um den Haftbefehl.« Dann legte
er auf – und schwieg für einen Moment. An eine so schnelle
Lösung des Falles hatte er nicht gedacht.

Kruschke saß in seinem Büro, das nichts von der Würde einer Chefetage hatte. Sein schwerer Mahagoni-Schreibtisch
war ein Erbstück gewesen. Auf ihm türmten sich ungeordnet Papiere, Schnellhefter und Broschüren, dazwischen ein
Flachbildschirm, mehrere leere Mineralwasserflaschen und

ein Telefon mit vielen Tasten. Das einzige Fenster war mit dünnmaschigen weißen Vorhängen zugezogen, sodass man die Umgebung kaum erkennen konnte. Kruschke fühlte sich oftmals von den hunderten Aktenordnern erschlagen, die mehrreihig alle Wände beherrschten. In einer Lücke dieser Regalkonstruktionen aus dunklem Holz hatte lediglich noch ein alter Fernseher Platz gefunden. Auch auf dem Boden hatte Kruschke Papiere und Ordner gestapelt, sodass er sich manchmal nur mühevoll einen Weg durch dieses Chaos bahnen konnte.

Wenn ihn seine Sekretärin, die zwei Räume weiter saß, dezent darauf hinzuweisen versuchte, all diese Papiere zu sortieren, was sie in letzter Zeit auffallend oft tat, reagierte er meist unwirsch. »Weggeworfen wird nichts«, pflegte er dann zu nörgeln. »Was ich heute wegwerf, brauch' ich morgen.« Er achtete auch streng darauf, dass nur er selbst, dieses heillose Durcheinander anfasste. Er selbst wusste nämlich ganz genau, auf welchem Stapel oder in welcher Ecke sich das Gesuchte befand. Sein oft gebrauchter Spruch lautete deshalb: »Wer Ordnung hält, ist nur zu faul zum Suchen.«

Gäste und Geschäftsfreunde freilich durften nicht bis zu diesem ›Allerheiligsten‹ vordringen, auch sein Personal nicht. Für solche Fälle hatte er am anderen Ende des großen Gebäudes einen Konferenzraum eingerichtet, wie er ihn großspurig nannte. In Wirklichkeit war es ein Besprechungszimmer mit Billigmöbeln und ohne jeglichen Wandschmuck. Kruschke legte in seinem Unternehmen wenig Wert auf Ambiente. Das Geschäft musste florieren – alles andere spielte hier keine Rolle. Seit er sich so sehr in sein Hobby kniete, diese Dampfzugfahrten, musste er sich aufs Wesentlichste konzentrieren. Für Nebensächlichkeiten blieb keine Zeit mehr – insbesondere, seit ihn seine Frau verlassen hatte.

Seit einigen Wochen allerdings raubte ihm noch etwas den Schlaf: Seine Sekretärin. Sie sorgte sich neuerdings nicht nur um das Chaos, sondern zeigte sich immer freizügiger. Die Röcke und Kleidchen, hatte Kruschke zur Kenntnis genommen, waren immer kürzer geworden, manchmal der Ausschnitt sogar ziemlich gewagt. Als sie jetzt an der Tür klopfte und auf sein »Ja« hin öffnete, verschlug es ihm beinahe wieder die Sprache. Die Frau, knapp 30, lächelte ihn strahlend an. Ihr sommerbuntes Kleidchen war auch heute überaus kurz. Sie schauten sich einen kurzen Moment an, als warte jeder auf die Reaktion des anderen. Kruschke verzog sein Gesicht zu einem Lächeln, was im Büro nicht oft vorkam. Die Frau arbeitete seit eineinhalb Jahren bei ihm, doch jetzt schienen sich plötzlich gegenseitige Sympathien zu entwickeln, dachte er in diesem Moment. Aber dann verdrängte er den Gedanken, denn sie gab sich betont sachlich: »Herr Freudenthaler ist da.«

»Danke«, sagte Kruschke, erhob sich aus seinem abgewetzten Ledersessel und stieg über zwei Aktenberge, um zur Tür zu gelangen. Dort blickte er der Sekretärin nach, die selbstbewusst durch den weiß getünchten Gang stöckelte und hinter einer Tür verschwand.

Im Besprechungsraum hatte Freudenthaler auf einem der Plastikstühle Platz genommen, die um einen weißen Tisch gruppiert waren. Kruschke drückte dem Mann die Hand, murmelte ein paar belanglose Worte und setzte sich ihm gegenüber.

»Ich hab' Ihnen am Telefon angedeutet, dass ich Interessantes für Sie habe«, erklärte Freudenthaler und öffnete einen schwarzen Aktenkoffer, den er auf die Tischplatte gestellt hatte. Die Schnappverschlüsse sprangen auf und er holte einen Schnellhefter heraus.

Kruschke verfolgte gespannt, um welche Unterlagen es sich handelte. Es waren offenbar ausgedruckte Mails mit umfangreichen Tabellen. »Ein Großauftrag«, lächelte Freudenthaler stolz und ließ wie zum Beweis für seine Aussage die einzelnen Blätter durch seine Hand gleiten.

Kruschke beugte sich ganz an den Tisch heran, um die Schriftstücke lesen zu können. Er sah die Namen von Firmen im weiten Umkreis. München entzifferte er, Augsburg und Lindau.

»Potente Kunden«, erklärte Freudenthaler, »zahlen den üblichen Preis.«

Kruschke nickte anerkennend. Er überschlug grob, um welche Mengen es sich in den Tabellen handeln würde. Jedenfalls nicht wenig.

»Und was ist es?« fragte er.

»Was wohl ...?« sein Besucher tat so, als sei es völlig überflüssig, sich darüber überhaupt Gedanken zu machen. »Das, was am meisten Knete bringt – was kein Mensch heutzutage noch loskriegt.«

Kruschke kniff die Lippen zusammen. Seine Freude hielt sich in Grenzen. »Und wann?« fragte er knapp.

Freudenthaler schien verunsichert zu sein. »Wie immer – so schnell, wie möglich.« Er schaute seinem Geschäftspartner zweifelnd in die Augen.

»Ich weiß nicht, ob Sie wissen, was hier geschehen ist ...« dämpfte Kruschke die Euphorie. Sein Blick wurde finster.

Linkohr drückte sein Erstaunen wieder einmal durch seinen bekannten Spruch aus, nachdem er erfahren hatte, was bei der Durchsuchung von Pohls Kombi entdeckt worden war.

Auch Kollege Schmidt wusste nicht so recht, ob er sich freuen oder eher Zweifel äußern sollte.

»Wir beantragen Haftbefehl«, entschied Häberle. Er wollte selbst mit dem leitenden Oberstaatsanwalt Dr. Wolfgang Ziegler sprechen. Schmidt wollte die Telefonverbindung herstellen, hegte allerdings Zweifel, ob der Chef der Ulmer Staatsanwaltschaft um die Mittagszeit erreichbar sein würde.

»Ich fass' es nicht«, kommentierte Linkohr und lehnte sich zurück. »Hat er denn den Kollegen gesagt, warum er Flemmings Handy im Auto versteckt hat?«

»Er will es gefunden haben. Als er auf dem Parkplatz der Roggenmühle in seinen Kombi gestiegen sei, habe er es auf dem Boden liegen sehen. Zum Glück nicht in einer Pfütze. Dass es den Regen unbeschadet überstanden hat, wie die Kollegen feststellten, könne durchaus an dem Ledertäschchen liegen.«

»Und warum geht er dann nicht in die Roggenmühle zurück und gibt es dem Wirt als Fundsache ab?« Linkohrs Misstrauen war nicht zu überhören.

»Eben. Ich denke, die Indizien reichen vorläufig, ihn festzunehmen. Er verschweigt uns zunächst am Tatort gewesen zu sein, hantiert dort irgendwie seltsam in seinem Auto, sagt uns schon mal so durch die Blume, dass man wohl DNA-Material von Flemming bei ihm finden würde – und nun hat er auch noch sein Handy. Also, wenn das nicht reicht ...?«

»Und der Mercedes?« hakte Linkohr nach, »es muss dann einen Mittäter geben.«

Häberle nickte langsam. »Denken Sie mal scharf nach, Kollege. Der Musiker hat nicht allein gespielt. Zu einem Duo gehören doch immer zwei – oder seh' ich das falsch?«

Linkohr erwiderte nichts. Schmidt hatte tatsächlich den Chef der Ulmer Staatsanwaltschaft noch ans Telefon gekriegt und das Gespräch zu Häberle herüber gestellt.

Der Kommissar erklärte mit knappen Worten, worum es ging. Ziegler hörte aufmerksam zu und bat um einen kurzen schriftlichen Bericht per Mail, hielt aber zuvor bereits die vorläufige Festnahme Pohls für dringend geboten. Es bestehe nämlich, so argumentierte auch Häberle, zwar keine konkrete Flucht-, dafür aber Verdunklungsgefahr, falls sein Musikerkollege ebenfalls in die Angelegenheit verwickelt war.

Der Kommissar wies darauf hin, dass er so bald wie möglich diesen zweiten Mann ausfindig machen werde. Dann beendete er das Gespräch und bat Schmidt, die Adresse des anderen Musikers zu ermitteln und herauszufinden, wo er tagsüber erreichbar sein würde. Der Schnauzbärtige versprach, dies sofort zu tun, nannte Häberle zuvor aber noch den Arbeitsplatz des Ortschaftsrats Hellbeiner. Dieser war ein Finanzbeamter und im Geislinger Finanzamt beschäftigt. »Auch das noch ...« seufzte Häberle ironisch. »Meine liebsten Freunde.«

Er schaute auf seine Armbanduhr. »Zuvor aber geh'n wir essen«, sagte er und warf Linkohr einen fragenden Blick zu.

Der wusste sofort, was gemeint war. »Ich schlag' das Gasthaus ›zur Stadt‹ vor«, erwiderte er. »Als Tagesessen gibt's Linsen mit Spätzle. Steht so heute in der Zeitung.«

»Also noch eine positive Nachricht«, meinte Häberle.

Sie waren schon halb zur Tür draußen, als Schmidt ihnen nachrief: »Ach ja, der Sander hat angerufen. Er war ganz aufgeregt. Er will Sie dringend sprechen«, Schmidt deutete auf Häberle, »er wolle nicht nur Information, sondern hätte Ihnen auch etwas Wichtiges mitzuteilen.«

»Soll ich ihn anrufen?« fragte der Kommissar zurück.

»Ja, er bittet drum. Er sei aber bis 14 Uhr beim Mittagessen«, erklärte der Schnauzbärtige, um noch zu bemerken, »so weit ich weiß, geht der auch immer in dieses Gasthaus ›zur Stadt‹ essen. Vielleicht treffen Sie ihn.«

Häberle verließ, gefolgt von Linkohr, den Lehrsaal. Den Lokaljournalisten Sander beim Mittagessen zu treffen, war harmlos. Es gab schlimmere Tischnachbarn, dachte er.

24

Florian Metzger hatte den Rest des Vormittags in dem Vereinsheim verbracht, das eigentlich einmal Betriebsraum für den privaten Bahnbetrieb quer durch die Stadt Geislingen sein sollte. Die kleine Gruppe von Eisenbahn-Fans, die aus dem Dampfzug-Betrieb zwischen Amstetten und Gerstetten hervorgegangen war, hatte nicht den geringsten Zweifel, dass sie dieses kleine innerstädtische Teilstück der »Tälesbahn« würden wieder aktivieren können. Sie waren voller Tatendrang, investierten selbst viel privates Geld und waren straff organisiert. Wie ernst sie es meinten, konnte jeder sehen, der hierher kam.

Für diesen frühen Nachmittag hatte sich Anton Kruschke angekündigt. Noch diese Woche würden sie nämlich jenen Bagger erhalten, mit dem sie die verwachsenen Böschungen wieder ordnungsgemäß würden herstellen können.

Der junge Hobbyeisenbahner hatte eigentlich ein ziemlich gespaltenes Verhältnis zu dem energischen Kruschke, der auf der Museumsbahnstrecke so etwas wie der Cheflokführer geworden war. Manchmal vertrug Metzger diese Art nicht, mit der dieser Mann andere zu bevormunden versuchte. Oftmals reichten schon kleine Randbemerkungen, um den anderen spüren zu lassen, wer das Sagen hatte. Gewiss, Kruschke hatte Geld, sicher sehr viel Geld, und er war wichtig, wenn es darum ging, innerhalb des Vereins etwas finanzieren zu müssen. Insoweit, das war Metzger schmerzlich klar geworden, galten innerhalb eines Vereins dieselben Mechanismen, wie in allen anderen Lebensbereichen: Wer das Geld hat, hat die Macht.

Der junge Mann, Eisenbahner mit Leib und Seele, war

bereit, alle Augen zuzudrücken und vieles zu akzeptieren, wenn es um das gesteckte Ziel ging, die Strecke durch Geislingen aufzumöbeln. Und da war Kruschke ein wichtiger Mann. Gleich von vornherein hatte er mit riesigem Enthusiasmus die Geislinger Interessengemeinschaft unterstützt, auch wenn es anfangs noch ziemlich aussichtslos erschien. Inzwischen aber waren die Skeptiker leiser geworden – und jene, die nur ein müdes Lächeln für sie übrig gehabt hatten, mussten neidlos anerkennen, was sie zuwege brachten.

Trotzdem wäre es Metzger lieber gewesen, Kruschke hätte sich eine Spur weniger leidenschaftlich dafür eingesetzt. Denn dieser Mann, das war kein Geheimnis, hatte bei allem, was er tat, oftmals auch seinen eigenen Vorteil im Sinn. Doch so sehr der junge Eisenbahner auch darüber grübelte, ihm war beim besten Willen nicht eingefallen, worin Kruschkes Interesse an diesen paar Kilometern Schiene bestehen könnte.

Metzger war ja einerseits froh, einen so wortgewaltigen und autoritären Mitstreiter für das Projekt zu haben. Doch er wollte andererseits unbedingt vermeiden, dass es in Negativschlagzeilen geraten konnte. Das Vorhaben sollte einzig und allein zum Wohle der Öffentlichkeit realisiert werden – als Touristenattraktion und zur Erinnerung an die glorreichen Zeiten dieser Eisenbahnstadt Geislingen an der Steige.

Kruschke hatte es tatsächlich geschafft, im Ruhrgebiet einen gebrauchten Bagger ausfindig zu machen, der sowohl auf der Schiene, als auch auf der Straße fahren konnte. Für »ein paar wenige Euro fuffzig«, wie er es heute Vormittag am Telefon gesagt hatte, würde die Interessengemeinschaft schon morgen in den Besitz dieser Maschine kommen, deren Bedienung absolut kinderleicht sei. Er habe den Transport von Duisburg nach Geislingen bereits organisiert.

Der junge Mann vertiefte sich in ein Schreiben des Eisenbahnbundesamtes, dessen Vertreter nach der jüngsten Besichtigung des Streckenabschnitts das Fehlen diverser Hinweisschilder monierten. Bürokratismus in Vollendung, dachte Metzger, der insgeheim den Verdacht hegte, die übermächtige Behörde wolle das Engagement der Hobbyeisenbahner im Keim ersticken. Immer neue Forderungen tauchten auf. Ein Glück nur, dachte Metzger, dass die Strecke nach der Stilllegung nie entwidmet worden war. Dann wäre es praktisch aussichtslos gewesen, sie wieder zu aktivieren. So aber mussten nur die Sicherheitsbestimmungen eingehalten werden – wobei allerdings der Ausdruck »nur« leicht untertrieben war.

Der schlaksige Mann erschrak, als die Eingangstür ins Schloss fiel. Kruschke hatte sie lautlos geöffnet und war mit wenigen Schritten vor Metzger gestanden.

»Melde mich zur Stelle«, sagte der Lokführer zackig und grinste dabei übers ganze Gesicht. Er zog sich einen Stuhl her und ließ sich mit seiner ganzen Körperfülle auf ihn sinken.

Metzger schlug den Ordner mit dem Schriftverkehr des Eisenbahnbundesamtes zu und schob ihn zur anderen Seite des Tisches.

»Wir müssen ein paar ernste Worte miteinander reden«, begann der korpulente Mann und verschränkte die Arme vor dem Bauch. »Ich hab' gestern das ungute Gefühl gehabt, unsere anderen Freunde mögen es nicht so gerne, wenn ich mich voll in eurer Geislinger Sache hier engagiere.«

Metzger schwieg. Er überlegte, welche Ziele Kruschke mit diesem Gespräch nun verfolgte.

»Du weißt, Florian, ich bin ein genau so leidenschaftlicher Eisenbahner wie du. Und nichts würde uns beiden mehr Freude bereiten, als eines Tages unter Dampf durch diese Stadt zu fahren – und Tausende würden am Gleis entlang stehen.« Er blickte zur Decke, als spiele sich dieses Szenario dort bereits ab. »Jedes Mal würde dieses Spektakel Tausende in diese Stadt locken – und wir hätten es diesen ewigen Miesmuffeln gezeigt, wie man den Fremdenverkehr ankurbelt. Nicht mit Sesselfurzern, die nur verwalten und dusslige Broschüren machen, auf denen irgend so ein versteckter See abgebildet ist, den kein Mensch kennt, nein, Florian, was wir machen, ist handfeste Arbeit.«

Der junge Mann fühlte sich geschmeichelt.

»Was wir aber dringend brauchen«, fuhr Kruschke fort,

»das ist Güterverkehr. Ohne den werden wir unseren Traum nicht realisieren können.«

Das war nichts Neues für den jungen Hobbyeisenbahner.

»Alle bezweifeln, ob wir das schaffen«, erklärte der Ältere, »alle. Okay, wir glauben fest daran, du und ich. Aber jetzt möchte ich dir etwas verraten, was noch keiner weiß.«

Metzger begann, nervös mit einem Kugelschreiber zu spielen. Von draußen war das helle Rauschen eines vorbeifahrenden ICE zu hören, gefolgt vom Rattern eines Güterzugs, der in die andere Richtung fuhr.

Kruschke beugte seinen schwergewichtigen Oberkörper über den Tisch zu Metzger hinüber, um bei diesem Geräuschpegel nicht lauter sprechen zu müssen: »Ich bin selber stark an Güterverkehr interessiert. Es hat sich nämlich etwas ergeben ...« Er sah in die erstaunten Augen seines Gegenübers. »Drunten am Endpunkt dieser Strecke, am Tälesbahnhof, hätten wir genügend Platz, Waggons abzustellen und zu beladen.«

Der junge Mann verstand noch nicht so recht, worauf sein Vereinskollege hinaus wollte: »Der Platz ist ja weniger das Problem – als viel mehr die Frage, wer uns dafür bezahlt.«

Über Kruschkes Gesicht huschte ein überlegenes Lächeln. »Ich sag’ doch, ich bin daran interessiert. Ich, als Unternehmer, verstehst du?« Und um zu bekräftigen, was er sagte, fügte er hinzu: »Gibt es etwas Schöneres, als das Hobby zum Beruf zu machen – und umgekehrt?«

»Du willst ...?« Metzger schien zu kapieren.

Sein Gesprächspartner nickte eifrig und lachte. »Exakt«, bestätigte er das Unausgesprochene, »aber bitte«, er legte den Zeigefinger auf den Mund, »kein Wort zu den anderen. Sonst könnte es sein, dass sie uns den Erfolg neiden.« Er holte tief Luft. »Manche haben wohl Angst, ich könnte unser aller Hobby dazu nutzen, Geschäfte zu machen. Ein eigenartiges Verständnis für Vereinsarbeit, wo wir doch auf jeden Cent angewiesen sind.«

Metzger nickte. Er fühlte sich einerseits zwar geschmeichelt, in die Pläne dieses Mannes eingeweiht worden zu sein.

Andererseits aber konnte er die Folgen nicht abschätzen. Kruschke war ein Geschäftsmann, der es trefflich verstand, schon drei, vier Schritte im Voraus zu denken, während seine Partner noch über den Ersten nachdachten. Er dürfte ein guter Schachspieler sein, überlegte der junge Mann.

Dann wechselte Kruschke das Thema und stand auf: »Denk' dran, unser Bagger kommt«, sagte er, während Metzgers Blicke ihm folgten.

Der Ältere lächelte wieder. »Damit können wir endlich deutliche Zeichen setzen – auch nach außen. Die ganze Stadt wird staunen.« Er klopfte dem jungen Mann auf die Schulter: »Du kannst noch diese Woche mit dem Roden des Bahndamms beginnen. Was glaubst du, wie unsere Jungs da oben Augen machen ...?«

In dem schwäbischen Innenstadt-Gasthaus »zur Stadt« war der mittägliche Andrang bereits vorbei. Häberle hätte sich gerne ins Freie gesetzt. Doch die Gartenstühle, Tische und Holzgarnituren, die idyllisch direkt am Stadtbach standen, waren noch feucht. Zusammen mit Linkohr betrat er deshalb das Lokal, das für seinen Mittagstisch bekannt war. Linsen mit Spätzle schmeckten hier besonders gut. Die beiden Kriminalisten sahen sich vor der Theke um, begrüßten die Wirtin und winkten durch eine offen stehende Tür dem Wirt zu, der in der Küche persönlich Essen zubereitete. Am Stammtisch hatten sich's, wie jeden Mittag um diese Zeit, einige Rentner gemütlich gemacht, die über die jüngsten Skandalgeschichten der Bild-Zeitung diskutierten.

Dann fiel Häberles Blick auf den Mann, der allein am großen Ecktisch saß, in einer Zeitung blätterte und ein volles Glas Weizenbier vor sich stehen hatte.

»Ja, der Herr Sander«, begrüßte er ihn und schüttelte ihm die Hand. Auch Linkohr tat dies. Dann nahmen sie beide neben dem Journalisten Platz, der sogleich die Zeitung zusammenfaltete und beiseite legte. Er zeigte sich erfreut darüber, die Kriminalisten hier zu treffen. Somit brauche man ja gar keine Pressekonferenz mehr einzuberufen, meinte er ironisch.

Häberle und Linkohr bestellten je eine Cola und das Tagesessen.

»Haben Sie eine Ahnung!« entgegnete Häberle lächelnd, »wenn das der Bruhn mitkriegt!«

Sander hatte sich vorgenommen, den Kommissar nicht gleich mit Fragen zu überfallen, sondern ihm zunächst zu schildern, was er selbst heute schon erfahren hatte. Insbesondere diese Oma Mohring ging ihm nämlich nicht mehr aus dem Kopf. Als Sander erklärte, bei wem dieser seltsame Besucher aus Stuttgart gewesen war, stieg Häberles Interesse ungemein. Linkohr machte sich auf einem Bierdeckel Notizen, als die Wirtin die Getränke brachte.

»Kennen Sie diesen Westerhoff?« fragte Häberle und studierte die Uhr, die oberhalb der Theke hing. Ein seltsames Stück, dachte er. Sie lief nämlich rückwärts.

Sander schüttelte den Kopf. »Ich weiß nur, dass er in der WMF weit oben sitzt. Mehr nicht.«

»Er scheint wohl ziemlich viel Geld zu haben«, meinte Linkohr, »denn er hat sich eine Windkraftanlage geleistet.«

»Mit 800 000 Euro sind Sie dabei«, entgegnete Sander, »aber das soll sich fantastisch rechnen – sagen sie.«

Häberle nahm einen Schluck Cola. Ein Weizenbier wäre ihm lieber gewesen. Aber es machte sich schlecht, wenn er nachher womöglich nach Alkohol roch. Er dachte über die Summe nach, die Sander genannt hatte. »Einer von diesen Burschen also, die gern Monopoly im echten Leben spielen.«

»Ich weiß zwar nicht, was er genau macht – aber sicher so ein Betriebswirtschaftler«, meinte der Journalist.

»Einer von denen, die unsere Republik vollends tot rechnen«, brummelte Häberle, »die auf ihren Chefsesseln thronen, dicke Gehälter einstreichen – und zwar schamlos – und anderen, die sowieso schon wie die Blöden am Fließband schuften, das Urlaubsgeld und das Weihnachtsgeld kürzen und ihnen noch vormachen, für weniger Geld noch mehr arbeiten zu müssen.«

»Die Masche heutzutage«, bekräftigte Linkohr, »Angst machen, lautet die Devise. Da haut's dir's Blech weg.«

»Da sind Dämme gebrochen«, sinnierte Häberle und wiederholte: »Dämme sind gebrochen. Sie sehen ja, sogar uns hat man eine längere Wochenarbeitszeit verordnet. Mir soll ein Mensch mal klar machen, wie man auf diese Weise diese lahme Republik wieder in Gang bringen kann. Warum begreift denn keiner, dass das nur über die Motivation der Mitarbeiter geht?« Der Kommissar konnte sich in dieses Thema leidenschaftlich hineinsteigern. »Diese eiskalten Rechner sind das Ende dieser Republik, glaubt' mir das. Ihr werdet noch an mich denken. Wir brauchen motivierte Menschen, wie es unsere Väter oder Großväter waren, die nach dem Krieg damals zugepackt und aufgebaut haben, weil es sich gelohnt hat, weil sie gespürt haben, dass sich Arbeit auszahlt. Und jetzt?« Er hielt kurz inne und gab sich selbst die Antwort: »Jetzt wird jegliches Engagement zerstört, überall.« Sander nickte zustimmend. »Weil überall Hurgler und Gurken sitzen«, fuhr Häberle fort. Hurgler, ja, das war auch so ein schwäbisches Lieblingswort von ihm. Mit Hurgler waren Nichtskönner gemeint, Großschwätzer. Große Sprüche, nichts dahinter, wie er oft zu sagen pflegte. »Sie müssen nur mal darauf achten, wie kaltschnäuzig die daher schwätzen«, erklärte der Kommissar, »an ihrer Wortwahl sollt' ihr sie erkennen. Erst dieser Tage hat so ein Totrechner die Arbeitnehmer als ›Humankapital‹ bezeichnet.« Häberle wiederholte voller Abscheu: »Als ›Humankapital‹. Man muss sich das mal vorstellen: Menschen sind nichts weiter, als ein Kapitalfaktor, wie eine Immobilie oder eine Maschine. Das ist für mich menschenverachtend.« Er musste sich beherrschen, nicht zu laut zu werden. »Wir haben einen Paragraphen, der die Verunglimpfung Verstorbener regelt – aber warum kann man solchen Schwätzern nicht das Handwerk legen?« Häberles Redefluss wurde gestoppt, als die Wirtin Sander das Essen servierte.

»Sie meinen ...«, der Journalist schnitt die Saitenwürste auseinander, die inmitten der Linsen lagen, »Sie meinen, dieser Westerhoff könnte ein kaltschnäuziger Manager-Typ sein, der vielleicht nicht nur in seiner WMF ein harter Knochen ist?«

Häberle hob beschwichtigend die Hände. »So weit wollte ich gar nicht gehen. Nein. Aber man macht sich halt so seine Gedanken. Zusammen mit Flemming haben sich da oben in diesem Kaff zwei gefunden, die sich zumindest nicht ganz unähnlich waren. Dem Flemming sagt man doch auch allerlei Geschäftemachereien nach.«

Sander nickte wieder. »Sie wollen aber nicht sagen, dass da jemand über Leichen gehen würde ...?«

Häberle grinste. »Na ja – ganz so abwegig ist Ihre Frage nicht. Einer jedenfalls ist da oben über eine Leiche gegangen. So viel steht fest.«

Linkohr blickte auf und meinte: »Aber keine Sorge, Herr Sander, wir werden rausfinden, wer.«

Sander stutzte. So selbstbewusst hatte er Linkohr nie zuvor erlebt.

Das Essen in der ›Stadt‹ war wie immer gut gewesen – urschwäbisch halt und vor allem preisgünstig. Häberle und Sander schätzten das Lokal aber auch wegen dessen Lage in einem verträumten Winkel der Altstadt. Außerdem hatte Wirt Hubert Czichon stets Zeit für ein paar freundliche Worte. An diesem Montagnachmittag verabschiedete er die beiden Kriminalisten und den Journalisten mit Handschlag. Während Sander die Hintertür nahm, weil ihm dies den Weg zum Verlagshaus verkürzte, gingen Häberle und Linkohr vorne zum Stadtbach hinaus, auf dem sich zwei weiße Schwäne vorbei treibenließen.

»Wir werden dem Westerhoff ein paar unangenehme Fragen nicht ersparen können«, erklärte Häberle, als sie die Karlstraße überquerten, um entlang der stark befahrenen B 10 die paar hundert Meter bis zum Polizeigebäude zu gehen. Sattelzüge donnerten vorbei. Die Luft war deutlich wärmer geworden. Der Sommer kehrte zurück.

»Und was machen wir mit diesem Tourismusmenschen?« Linkohr ging in Gedanken die Namen aller Personen durch, die sie in den vergangenen Stunden erfahren hatten.

»Die Kollegen sollen mal versuchen, ihn ausfindig zu machen«.

Sie gingen durch die Wache, sodass Häberle den uniformierten Kollegen zuwinken konnte. Ihm war es wichtig, den Kontakt zu den Streifenbeamten zu halten. Schließlich waren diese es, die als Erste mit jeglicher Art von Straftaten konfrontiert wurden. Sie waren die Männer und Frauen an der Front. Das aber, so beklagte der Kommissar immer wieder, nahmen seine oftmals hochnäsigen Kollegen in anderen Dienststellen nicht zur Kenntnis. Auf der Treppe nach oben kam Revierchef Manfred Watzlaff entgegen, ein Praktiker wie Häberle. Die beiden konnten über den allgegenwärtigen Bürokratismus und über die Besserwisser der oberen Dienstränge stundenlang klagen, aber auch witzeln, und damit ihren Herzen Luft machen.

»Kommt ihr voran?« fragte Watzlaff, der seine Uniformjacke im Büro gelassen hatte.

»Mühsam«, antwortete Häberle, »aber ich bin zunehmend davon überzeugt, dass der Täter im engen Umkreis zu suchen ist.«

»Also kein Auftragskiller, wie man gerüchteweise hört?«

Der Kriminalist schüttelte den Kopf. »Glaub' ich nicht. Es gibt Verstrickungen da oben«, er meinte Waldhausen, »da blicken wir nur noch nicht so richtig durch. Aber wir kriegen's hin«, lächelte er und fragte nach: »Diesen Mercedes von Flemming haben die Streifenkollegen noch nicht aufgespürt?«

»Nichts gehört – ich hätt's aber erfahren, wenn's so wäre.«

Die Männer wünschten sich noch »frohes Schaffen«, worauf die Kriminalisten in das Obergeschoss stiegen und sich im Lehrsaal von den Kollegen der Sonderkommission über deren Ermittlungsarbeit informieren ließen.

Dann setzten sich Häberle und Linkohr an einen abseits

stehenden Tisch. Der junge Kriminalist wählte Westerhoffs Büronummer und geriet wieder an die Sekretärin. Er erklärte, wie dringend es sei, noch einmal mit ihrem Chef verbunden zu werden. Der aber war schon wieder in einer wichtigen Besprechung, doch Linkohr ließ nicht locker. Nur eine einzige Frage, die in einer halben Minute zu beantworten wäre, sagte er und wies dezent darauf hin, dass man Westerhoff auf diese Weise eine Vorladung erspare. Die Sekretärin schaltete das Gespräch schließlich in die Warteschleife mit Dudelmusik, bis sich die Männerstimme meldete: »Ja, bitte?«

Inzwischen hatte Häberle den Hörer genommen. Er meldete sich. »Tut mir Leid«, sagte er, »aber es ist für uns äußerst wichtig. Sie hatten am Samstagabend Besuch aus Stuttgart?« Die Frage klang eher wie eine Feststellung. Westerhoff schwieg, weshalb der Kommissar fortfuhr: »Dürfen wir erfahren, wer der Besucher war?«

Die Stimme im Telefon räusperte sich. »Darf ich fragen, in welchem Zusammenhang Ihr Interesse an ihm besteht?«

»Wir versuchen uns ein Bild zu verschaffen, ob sich am Samstagabend Fremde in der Nähe von Herrn Flemmings Haus aufgehalten haben – weiter nichts.«

»Und was hat das mit mir zu tun?« Westerhoffs Stimme verriet Unruhe.

»Nichts«, versicherte Häberle und grinste Linkohr zu, »wir müssen nur jede Spur verfolgen. Sonst nichts. Reine Routine.«

»Und wegen dieser Routine holen Sie mich aus einer geschäftlichen Besprechung!?« bäffte die Stimme.

»Das ist leider unser Job«, blieb Häberle ruhig und kam wieder aufs eigentliche Thema zu sprechen: »Es war ein Geländewagen mit Stuttgarter Kennzeichen, der vor Ihrem Grundstück stand.«

»Wer immer Ihnen das erzählt hat, er hat richtig gesehen, ja«, bestätigte Westerhoff unfreundlich, »ein Windkraft-Interessent, ein potenzieller Investor, der sich informieren wollte.«

»Wissen Sie, wie er heißt und wo er wohnt?«

»Ich weiß nicht, ob ich Ihnen das sagen muss ...«, Westerhoff zögerte, meinte dann aber: »Aber es gibt ja nichts zu verheimlichen. Glockinger heißt der Mann, hat ein Dachdecker-Geschäft in Stammheim. Sie werden ihn im Telefonbuch finden.«

Häberle klemmte den Hörer zwischen Kinn und Brust und notierte sich den Namen. »Gestatten Sie noch eine letzte Frage«, wagte Häberle einen weiteren Vorstoß, »hatte dieser Glockinger Interesse daran, dass sein Besuch geheim bleiben sollte.«

»Wie kommen Sie denn da drauf? Es war ein ganz normaler Besuch. Seit ich das Ding da oben laufen habe, kommen immer wieder Interessenten, um sich nach der Finanzierbarkeit und den Abschreibungsmöglichkeiten solcher Anlagen zu informieren. Da können Sie auch meine Frau dazu befragen.«

Häberle nickte, bedankte sich für die Auskunft und legte auf. Er bat seinen Kollegen, sich um die Telefonnummer Glockingers zu kümmern.

Der schnauzbärtige Schmidt, der sich mit anderen Kriminalisten unterhalten hatte, kam zu Häberle herüber. »Wir haben den Pohl«, sagte er, »er wird nachher dem Amtsrichter vorgeführt, dem Schwenger.«

Der Kommissar zeigte sich zufrieden. »Und, wie hat Pohl reagiert?«

»Ziemlich ungehalten. Er hat mit einem Anwalt telefoniert und droht uns mit Schadensersatzforderungen, weil ihm jetzt eine wichtige CD-Produktion durch die Lappen gehe und er außerdem die nächsten Wochen mehrere Auftritte zugesagt habe.«

»Dann soll er uns gefälligst schlüssig mitteilen, was er gestern früh im Roggental getan hat«, meinte Häberle.

»Jedenfalls muss es einen Komplizen geben«, stellte Schmidt fest und zwirbelte seinen Schnurrbart, »zumindest, wenn Pohl den Flemming am Mordloch erschlagen hat – irgendwie muss dann ja dieser Mercedes weggeschafft worden sein.« Genau diese Frage beschäftigte auch Häberle unablässig. Etwas war an der Geschichte nicht rund.

Linkohr näherte sich und trug einen Zettel bei sich, auf dem eine Stuttgarter Telefonnummer vermerkt war. »Den Dachdecker gibt's tatsächlich«, berichtete er und setzte sich zu den beiden Kollegen. »Rufen Sie ihn an«, bat Häberle. Augenblicke später war Frau Glockinger am Apparat. Linkohr meldete sich nur mit Namen und bat, Herrn Glockinger sprechen zu können. Auf die Frage, worum es denn gehe, erklärte Linkohr, er wolle ihn wegen einer Dachreparatur und eines Angebots etwas fragen. Die Frau schlug daraufhin vor, ihn doch auf dem Handy anzurufen. Sie nannte die Nummer, Linkohr schrieb mit und bedankte sich.

Dann gab er die Nummer ein und reichte den Hörer Häberle. Nach fünfmaligem Freizeichen meldete sich eine kräftige Männerstimme.

»Sind Sie Herr Glockinger?« fragte der Kommissar.

»Selbst am Apparat, ja«, hörte er den Angerufenen, der offenbar Stuttgarter Honoratiorenschwäbisch sprach. Im Hintergrund waren Hammerschläge zu hören, vermutlich von einer Baustelle.

»Mein Name ist Häberle, Kriminalpolizei Göppingen. Können Sie reden?« Häberle wollte seine Gesprächspartner nie in Verlegenheit bringen.

»Kriminalpolizei?« staunte Glockinger, ohne auf die Frage einzugehen.

»Ja, keine Sorge«, entgegnete der Kommissar, »reine Routine. Eventuell brauchen wir Sie als Zeugen – oder vielleicht ist auch alles nur ein Irrtum.« Häberle machte eine Pause und hörte jetzt eine Säge kreischen. »Sie waren am Samstagabend in Waldhausen, das ist doch richtig?«

Im Hörer war neben den Baugeräuschen schwerer Atem zu vernehmen. »Ich hätte schon zunächst gerne gewusst, worum es überhaupt geht.«

»Okay, in der Nähe von Waldhausen wurde in der Samstagnacht ein Mann umgebracht, der in jenem Wohngebiet gewohnt hat, in dem Sie zu Besuch waren.« Häberle redete schnell, um den Gesprächspartner nicht noch mehr zu beunruhigen. »Wir tun nun nichts weiter, als alle Fremden zu überprüfen, die sich in dieser Zeit dort aufgehalten haben. Nicht, weil wir sie verdächtigen, sondern weil wir einfach wissen wollen, wer in diesem Umfeld war – und ob es eventuell Zeugen gibt, die etwas Verdächtiges beobachtet haben.«

»Versteh' ich …«, sagte Glockinger, doch klang dies nicht gerade überzeugend, »ja, ich war bei den Westerhoffs, das stimmt.«

»Wegen Windkraft?« hakte Häberle nach.

»Ja, das hat Ihnen Herr Westerhoff sicher schon gesagt. Ich interessier' mich für eine solche Investition.«

»Richtig. Sie sind also auf die Alb raufgefahren – und anschließend wieder zurück nach Stammheim?« fragte Häberle vorsichtig.

Glockinger wurde misstrauisch: »Brauch' ich denn ein Alibi?«

»Um Gottes willen, Herr Glockinger«, der Kommissar zeigte sich geradezu empört, »diese Fragen stellen wir allen. Sie sind also abends wieder zurückgefahren?«

»Ja, selbstverständlich. Ich hab' mich sozusagen am Samstagabend kurz frei gemacht, um da raufzufahren. Als Selbstständiger bleibt werktags keine Zeit dafür.«

»Aber am Sonntag waren Sie wieder oben …?«

Glockinger blieb stumm. Nur Hammerschläge drangen durch die Leitung.

»Hab' ich Recht?« blieb Häberle hartnäckig, aber betont freundlich.

»Entschuldigen Sie«, zeigte sich Glockinger pikiert, »wie darf ich das verstehen? Sie interessieren sich für mein Privatleben?«

»Nur diese eine Frage noch«, beruhigte ihn der Kommissar, während Linkohr und Schmidt gespannt dem Gespräch folgten, »Sie waren am Sonntag nochmal dort?«

Die Hammerschläge entfernten sich, woraus Häberle folgerte, dass Glockinger weiter weg ging – möglicherweise, um vor fremden Ohren sicher zu sein. Es dauerte auch ein paar

Sekunden, bis er sich wieder meldete: »Mit der Familie war ich oben – mit meiner Frau und meinem Sohn. Wir kommen immer, wenn die Dampfbahn fährt.«

Häberle überlegte, wie er seine letzte Frage loswerden konnte, ohne Glockinger zu verärgern. »Da ist noch etwas«, begann er vorsichtig, »aber dafür gibt es sicher eine Erklärung.« Er überlegte. »Sie wollten Ihren Besuch vom Samstag geheim halten.«

Wieder entstand eine Pause, während der nur der schwere Atem des Unternehmers durch die Leitung drang.

»Geheim halten?« echote er schließlich. »Wie kommen Sie denn da drauf?«

»Es war Ihnen offenbar peinlich, dass Sie gesehen wurden.«

»Ach«, Glockinger schien zu begreifen, »Sie meinen die alte Dame im Zug, dieses geschwätzige Weib. Muss ich denn jedem Tratschweib an die Nase binden, dass ich tags zuvor schon in Waldhausen war? Hätte ich das tun sollen?« Er wurde lauter.

»Nein, natürlich nicht«, entgegnete Häberle, »war ja nur so eine Frage.« Er wollte das Gespräch beenden, doch Glockinger kam ihm zuvor: »Eine Bitte noch. Falls Sie noch weitere Fragen haben, rufen Sie mich bitte wieder auf Handy an. Wegen meiner Frau. Sie würde sich beunruhigen, wenn Anrufe von der Polizei kämen.«

Der Kommissar kniff die Augen zusammen und lehnte sich zurück. »Hätte sie denn Grund zur Unruhe?« fragte er keck.

»Natürlich nicht. Aber es gibt Dinge, die hält man von den Frauen am besten fern.«

25

Klaus Hellbeiner passte zu seiner Umgebung. Er muss dort hineingewachsen sein, dachte Häberle, als er zusammen mit Linkohr das Büro dieses Finanzbeamten betrat. Die Luft war trocken, es roch förmlich nach Akten und Staub. Sie fühlten sich, als seien sie ins Zentrum des Bürokratismus geraten, mitten hinein ins Allerheiligste, wo das Denken nur in Vordrucken stattfindet. Häberle spürte, wie sich ihm beim Anblick dieser schwarzgrünen Formulare die Nackenhaare sträubten. Wann immer er so etwas in den Händen hielt, was Gott sei Dank nur einmal im Jahr der Fall sein musste, verfluchte er jene Schwachköpfe, die solche Vordrucke erfunden hatten. Jedenfalls fand er nie die richtige Spalte für das, was er dem Finanzamt melden wollte.

Er war es von Berufs wegen gewohnt, die Chefetagen aller Firmen zu besuchen. Doch er vermied es so gut es ging, das Finanzamt zu betreten. Nicht, dass er etwas gegen den Staat oder das Beamtentum gehabt hätte, schließlich gehörte er selbst auch zu dieser Berufsgruppe. Nein, was ihn so maßlos aufregte, waren die Steuergesetze, die ihm so kompliziert erschienen, dass er bereits wieder Methode dahinter vermutete. Als Kriminalist hatte er gelernt, hinter allem einen Trick zu suchen – und im Falle der Steuergesetzgebung wurde er den Verdacht nicht los, dass sie gewollt kompliziert war, um den Normalbürger abzuschrecken und den ganz Großen noch genügend legale und halblegale Schlupflöcher zu lassen. Außerdem wurden auf diese Weise ganze Heerscharen von Steuerrechtlern und Steuerberatern ins Brot gesetzt, die fürstlich daran verdienten, Bürger zu beraten, die ihr ohnehin schon mehrfach versteuertes Geld vor dem weiteren Zugriff des Staates in Sicherheit bringen wollten. Manchmal fragte sich Häberle, wo der kriminelle Betrug anfing und die staatlich gewollte Trickserei aufhörte. Der Übergang war sicher fließend.

Hellbeiner saß zusammengesunken auf seinem abgewetzten Bürosessel, vor sich mehrere aufgeschlagene Aktenordner, seitlich des Bildschirms, auf dem offenbar eine spezielle Software für endlose Zahlenreihen sorgte. Zwischen dem vielen Papier behauptete sich eine leer getrunkene Kaffeetasse. Sämtliche Wände waren mit Aktenregalen verstellt. Trotz des Miefs, den Häberle zu riechen glaubte, wirkte der Raum erstaunlich hell, weil die Fensterfront das Tageslicht einfing. Falls Hellbeiner überhaupt mal den Blick von seinen Formularen hob, sah er die Giebel einiger Altstadt-Häuser und dahinter die Kante der Schwäbischen Alb aufragen, hier von der Burgruine Helfenstein und dem mittelalterlichen Ödenturm gekrönt.

Häberle hatte geklopft und war dann mit Linkohr eingetreten. Der Finanzbeamte hatte nur ganz kurz den Kopf gehoben und etwas gemurmelt, sich dann aber wieder in seine Papiere vertieft. Häberle grinste in sich hinein. Vielleicht hätten sie jetzt eine demütige Haltung einnehmen sollen, dachte er, während Linkohr die Tür leise schloss.

Endlich schob Hellbeiner, dessen letzte Haare einen Kranz um den Hinterkopf formten, seine Akten beiseite. »Ja, bitte?« fragte er mit gewissem Unwillen in der Stimme. Häberle stellte sich und Linkohr vor und entschuldigte sich für das unangekündigte Erscheinen. Hellbeiner schien jedoch mit einem solchen Besuch gerechnet zu haben. Er bot den beiden Kriminalisten Platz auf unbequemen Stühlen an und eilte erstaunlich schnell zu einer Nebentür, um sie zu schließen. Dann ließ er sich wieder schwer atmend in seinen Bürosessel sinken.

»Nur ein paar Fragen zur Situation in Waldhausen«, begann Häberle. »Sie als Ortschaftsrat sind sicher ein profunder Kenner des Geschehens.« Hellbeiner lächelte und schien geschmeichelt zu sein. »Der Ortsvorsteher ist bekanntermaßen in die Schusslinie geraten, deshalb interessiert uns die Meinung eines, na, sagen wir mal, neutralen Bürgers.«

Hellbeiner kratzte sich mit der Rückseite eines Kugelschreibers hinterm linken Ohr. »Ich werde versuchen, Ihnen zu helfen.«

»Uns würde interessieren, wie die Verhältnisse in dem kleinen Ort sind, die familiären, die gesellschaftlichen – und was man so munkelt«, wieder lächelte Häberle vertrauenserweckend. Linkohr zog seinen Notizblock aus der Tasche.

»Dass Wühler Gegenwind zu spüren bekommen hat, ist allein schon am Ergebnis der jüngsten Kommunalwahl zu erkennen«, begann der Finanzbeamte, »es hat ziemlichen Aufruhr gegeben wegen des Schweinestalls, aber das dürfte Ihnen bekannt sein. Wenn Sie mich jetzt fragen, was der Flemming für einer war, muss ich passen. Er hat sich an die Spitze der Schweinestall-Gegner gesetzt und ist in letzter Zeit ein bisschen, wie ich finde, übers Ziel hinausgeschossen.« Hellbeiner berichtete von der Ortschaftsratssitzung, in der Flemming mit emotionellen Zwischenrufen aufgefallen war. »Das Dilemma bei uns oben ist doch, dass immer mehr Auswärtige hier bauen und die einheimische Bevölkerung, die Bauern, zurückgedrängt werden.«

»Sie sind auch zugezogen?« wollte Häberle vorsichtig wissen.

Er schüttelte den Kopf. »Nein, meine Eltern hatten eine Landwirtschaft, aber ich hab' mich für etwas anderes interessiert.« Ein kurzes Lächeln huschte über sein Gesicht. Für verstaubte Akten, dachte Häberle bei sich. Für strohtrockene Materie, um dem ehrlich schaffenden Bürger die letzten Cents aus der Tasche zu ziehen, als Handlanger der staatlich sanktionierten Abzockerei, hätte der Kommissar jetzt laut hinausschreien können. Er musste sich auf das Thema konzentrieren: »Bleiben wir bei Flemming. Welchen Umgang pflegte er?« Das Telefon schlug an, doch Hellbeiner griff nicht danach.

»Ich kann Ihnen nur sagen, was ich vom Hörensagen weiß«, der Finanzbeamte senkte seine Stimme, als ob er in

Sorge sei, fremde Ohren könnten mithören. Er rückte näher an den Schreibtisch heran, auf dem er sich mit dem linken Ellbogen abstützte. »Aber das muss unter uns bleiben, vertraulich.« Und er ergänzte: »Unter uns Beamten.« Häberle nickte und schaute ihm fest in die Augen. Versprochen.

»Es heißt, die Geschäfte der Flemmings seien nicht sauber. Irgendetwas mit Türken, die angeblich einen Schwindel mit Teppichen betreiben. Mehr kann ich allerdings nicht sagen. Man hört es gerüchteweise, es wird am Stammtisch drüber geredet – aber keiner weiß etwas Genaues.«

»Frau Flemming ist Türkin«, zeigte sich Häberle informiert, während das Telefon wieder verstummte.

Hellbeiner nickte. »Ja, das ist ein offenes Geheimnis. Sie hat ihre Haare auffällig blond gefärbt, um ihre Herkunft zu verbergen – warum auch immer.«

»Es muss also Hintermänner geben?« hakte der Kommissar nach, während Linkohr mitschrieb.

»Es muss so sein«, meinte Hellbeiner, »wären die Geschäfte in der ›Roßhülbe‹ abgelaufen, hätte das innerhalb kürzester Zeit die gesamte Nachbarschaft bemerkt. Auf dem Dorf ist das so.«

»Hat man Hinweise, gibt es Anknüpfungspunkte?«

Der Finanzbeamte kniff die Lippen zusammen und überlegte. »Es heißt, es tauchten gelegentlich große Limousinen mit Heidenheimer Kennzeichen auf.«

»Details?«

Hellbeiner schüttelte den Kopf. »Keine Ahnung. Wirklich nicht. Aber vielleicht sollten Sie etwas anderes wissen.« Er hielt wieder inne und schaute die beiden Kriminalisten an. Häberle ermunterte ihn mit einem Nicken, es auszusprechen.

»Die Flemming ist vielleicht gar nicht so unglücklich über den Tod ihres Markus«, berichtete Hellbeiner.

Die beiden Kriminalisten blickten ihn überrascht an.

»Ach«, entfuhr es Häberle.

»Ja«, fuhr der Finanzbeamte fort, dessen Glatze noch mehr zu glänzen begann, »seit langem wird gemunkelt, dass es da so etwas wie ein Techtelmechtel gibt – soll zufällig mal ein Bauer beobachtet haben, drüben an den Windkrafträdern.« Er machte wieder eine Pause, als sei er sich noch immer nicht schlüssig, ob er es sagen sollte.

Dann aber, als Häberle erneut nickte, sprach er es aus: »Mit diesem WMF-Manager. Sie wurden gesehen – abends mal im Wagen von diesem Westerhoff.«

Die beiden Kriminalisten waren für einen Moment sprachlos. Damit hatten sie nicht gerechnet. Hellbeiner war angesichts dieser Reaktion leicht verunsichert.

»Das ist äußerst interessant«, versuchte ihn Häberle zu beruhigen und zu weiteren Schilderungen zu bewegen, »was wissen Sie über diesen Westerhoff?«

»Ein Zugezogener, der gleich auch noch eine Windkraftanlage gebaut hat. Verdient wohl in der WMF nicht schlecht.« Hellbeiner dachte nach. »Einer von denen, die sich immer mehr unter den Nagel reißen, während man dem Arbeiter vormacht, wie schlecht es dem Unternehmen geht. Man kennt das.« Häberle nickte eifrig. Eine solche Aussage war aus dem Munde eines biederen Finanzbeamten, der einen sicheren Job hatte, geradezu revolutionär. Der Kommissar hätte sich jetzt gerne ausgiebig mit dem Mann unterhalten. Langsam wurde er ihm sympathisch.

»Ich weiß von ihm nur«, machte Hellbeiner weiter, »dass er sich für die Dampfzüge stark macht – diese Museumsbahn. Was er sich davon verspricht, kann ich Ihnen nicht sagen – wahrscheinlich reines Hobby.«

Linkohr hakte nach: »Engagiert er sich im Verein? Oder wie ist dies zu verstehen?«

»Wohl eher ideell«, sagt man, »zusammen mit dem Kruschke.«

»Kruschke?« wiederholte Häberle.

»Ja, ein Unternehmer aus Gerstetten, genauer gesagt aus Heidenheim – steckt wohl seine ganze Freizeit und vielleicht auch viel Geld in sein Hobby. Er ist Lokführer – fährt meist die Dampflok von Amstetten nach Gerstetten rüber, sonntags, jetzt im Sommer.«

»Unternehmer, sagten Sie«, vergewisserte sich der Kommissar, »welcher Art?«

»Spedition, Transportunternehmen. Sie kennen es sicher – ›Eurotransco‹ heißt es, Sitz in Heidenheim.«

Häberle war mit dem Ergebnis des Gesprächs zufrieden. Er bedankte sich und stand auf, um dem Gesprächspartner die Hand zu schütteln. Linkohr erhob sich ebenfalls und steckte dabei seinen Notizblock ein.

»Noch eine letzte Frage«, sagte Häberle und schaute dem Finanzbeamten fest in die Augen. »Kennen Sie einen Herrn Freudenthaler?«

Hellbeiner ließ für einen kurzen Moment den festen Händedruck locker und erwiderte: »Nein, sagt mir nichts. Nein.«

Als die beiden Kriminalisten bereits die Tür geöffnet hatten, wollte der Finanzbeamte noch etwas loswerden: »Ein Tipp – übersehen Sie die Tempomessanlage nicht. Sie wissen es vielleicht – dieser ›Starenkasten‹, wie man landläufig sagt, spielt bei uns da oben auch noch immer eine Rolle.«

Die beiden Kriminalisten hatten bereits von Karl Wühler davon erfahren. »Jeder verdächtigt jeden«, erklärte Hellbeiner im Flüsterton, »denn die Kamera fehlt bis heute. Es hält sich hartnäckig das Gerücht, jemand habe sie ins Fundament seines Hauses einbetoniert.«

Häberle lächelte und zuckte mit den Schultern. Dann gingen die Kriminalisten durch den langen schmalen Gang zum Ausgang ins Treppenhaus. Das Gebäude, das einst die Verwaltung eines längst weggezogenen Industriebetriebs namens ›MAG‹ beherbergt hatte, versprühte tatsächlich den spröden Charme eines Beamtenbunkers. Nichts wie raus, dachte sich Häberle.

Den Dienstwagen hatten sie im Parkhaus ›in der MAG‹ abgestellt. Häberle fuhr ihn langsam über die Rampen hinab, während Linkohr gespannt war, ob sich die Ausfahrtsschranke öffnen würde. Bei allem, was er in der Zeitung gelesen hatte, war die Technik, die die Parkhausgesellschaft APCOA hier in der Provinz installiert hatte, nicht von bester Qualität. Immer wieder kam es vor, dass Autofahrer sogar in den Nachtstunden »eingesperrt« blieben und sie sich nur dadurch den Weg freimachen konnten, dass sie zur Werkzeugkiste griffen und behände die Schranke abmontierten. Diesmal aber funktionierte es.

Als der Wagen auf die B 10 rollte, schien die Sonne. Ihre Wärme hatte den Asphalt bereits wieder getrocknet. Häberle schaute auf die Uhr im Armaturenbrett. Es war halb fünf. »Das reicht noch, um den Mayer zu interviewen, bevor er in den Stall muss«, entschied er und bat seinen Kollegen, sich um die Adresse zu kümmern. Linkohr rief bei der Sonderkommission an, als sie gerade am Gebäude der Polizei vorbeifuhren. Er ließ sich von Schmidt Adresse und Telefonnummer dieses Ortschaftsrats geben und hatte ihn wenig später tatsächlich an der Strippe. Auch Mayer war von dem Anruf der Kripo nicht überrascht und zeigte sich zu einem Gespräch bereit.

Als Linkohr das Handy abgeschaltet hatte, meinte Häberle: »Da denkt man, man stößt da oben auf eine heile Welt – und dann tut sich einem Sodom und Gomorrha auf.«

Sie fuhren durch das sonnendurchflutete Eybacher Tal, vorbei an den Sportanlagen. Linkohr schaute seinen Chef von der Seite an. »Sie meinen die Flemming und den seriösen Herrn Westerhoff? Na ja ...«, der junge Kriminalist lächelte, »Sodom und Gomorrha ist vielleicht ein bisschen weit hergeholt. Eine heimliche Beziehung halt ...«

»Es ist wie überall – ob im Großstadt-Sumpf oder im letzten Provinznest: Sie treffen überall auf menschliche Schwächen«, dozierte Häberle aus seinem reichlichen Erfahrungsschatz, »hier draußen ist's nur prozentual weniger, aber sonst ist alles gleich.«

Linkohr stimmte zu. »Das Verbrechen schiebt sich mit zunehmender Tendenz in den ländlichen Bereich.« Diese Erkenntnisse hatte man ihm schon auf der Polizeischule vermittelt.

Häberle nickte, als sie durch Eybach fuhren und in ihm die

Erinnerung an jenen tragischen Fall wach wurde, als hier vom Himmelsfelsen ein Ulmer Diskotheken-Besitzer gestürzt war. »Sogar Terroristen ziehen sich in den Schutz des ländlichen Raumes zurück«, stellte er fest und dachte dabei an verdächtige Personen, die jüngst im angrenzenden Alb-Donau-Kreis aufgetreten waren.

Häberle bog hinter Eybach rechts ab, um die Waldhauser Steige anzusteuern. Der Mercedes erklomm auf der kurvigen Straße den Höhenunterschied von knapp 200 Metern zur Albhochfläche hinauf.

»Diese Dampfbahn da oben«, überlegte Linkohr unterwegs und schaute rechts durch den Laubwald auf das Dörfchen Eybach hinab, das die gesamte Talsohle ausfüllte, »vielleicht sollten wir auch diese Zusammenhänge näher beleuchten.«

»Tun wir, Kollege«, entgegnete der Chef, der mehrere Radfahrer überholen musste, die sich den Berg hinauf schindeten. Die Gegend war bei sportlichen Radlern beliebt, weil sie hier am Rande der Schwäbischen Alb eine Steigung nach der anderen in Angriff nehmen konnten.

»Und dieser Kruschke würde mich auch brennend interessieren«, meinte Linkohr und blätterte in seinen Aufzeichnungen. Häberle schlug vor, noch mal die Kollegen der Sonderkommission anzurufen und sich Adresse und Telefonnummer dieses Transportunternehmers geben zu lassen. Als sie auf der Hochebene die weißen Rotoren erblickten, die den Horizont um Waldhausen beherrschten, gab Schmidt per Handy die gewünschten Daten durch. Unterdessen rumpelte der Mercedes am Ortsrand über die Bahnschienen. Häberle steuerte zielgerichtet Mayers Bauernhof an, der leicht zu finden war. Es handelte sich um ein älteres Anwesen, bei dem Stallungen, Scheune und Wohnhaus aneinander gebaut waren. Der langgezogene Gebäudekomplex wurde von einer Dunglege beherrscht, hinter der sich ein Schäferhund träge erhob. Häberle registrierte zufrieden, dass er angeleint war.

Der Kriminalist parkte vor der Haustür, die einen ebenso verwitterten Eindruck machte, wie die Fensterläden, die irgendwie windschief wirkten. Das Haus hätte dringend eine Generalsanierung nötig gehabt. Doch wahrscheinlich hatte die Bauersfamilie den Anschluss an moderne EU-Zeiten verpasst und sich nicht dem gnadenlosen Vergrößerungswahn angeschlossen. Doch jetzt würden so große Projekte, wie die der Schweinestall-Connection, die Kleinen wohl weiter zurückdrängen.

Kaum waren die Kriminalisten ausgestiegen, stand ein kleiner, rundlicher, aber ganz offensichtlich kräftiger Mann unter der Eingangstür. Ein Albbauer wie aus dem Bilderbuch, dachte Häberle. Das musste Max Mayer sein.

Aus den Stallungen waren das Grunzen von Schweinen und das Muhen von Kühen zu hören. Als die Kriminalisten auf den Landwirt zugingen und sich vorstellten, begann der Schäferhund zu bellen. Die Hände des Bauern waren rau und kräftig.

»Kriminalpolizei auf meinem Hof«, meinte er, »das hat's noch nie gegeben. Kommen Sie rein.« Er ging voraus durch einen gefliesten Flur, dessen grünliche Wände kahl und uneben waren. Der blaue Arbeitsanzug des Mannes spannte und schien eine Nummer zu klein zu sein. In der Luft hing der beißende Geruch nach Mist und Stall.

Die drei Männer gelangten in ein rustikal eingerichtetes Wohnzimmer, dessen Möbel durchaus schon 50 Jahre alt sein dürften. Mit denen war Mayer offensichtlich aufgewachsen, schätzte Häberle und ließ sich in ein durchgesessenes Polster sinken. Auch Linkohr staunte, wie leicht das Sofa nachgab. Noch bevor die Kriminalisten eine Frage stellen konnten, tauchte die Bäuerin auf. Sie war schlank und hatte ihre braunen Haare hochgesteckt. Sie wirkte deutlich jünger, als ihr Mann, der sie den Besuchern vorstellte.

»Darf ich Ihnen was anbieten?« fragte sie höflich, um sogleich anzudeuten, was sie meinte: »Wir haben eigenen Most.«

Häberle nickte. »Den probier' ich.« Sein Kollege nickte ebenfalls.

Die Albbäuerin verschwand, während ihr Mann die Arme

verschränkte. »Sie wollen von mir etwas wissen ...?« Er war ein Mann der Tat und wollte sich nicht lange mit Nebensächlichkeiten aufhalten. Wer auf dieser kargen Hochfläche von der Scholle leben musste, hatte keine Zeit zum sinnlosen Schwätzen. Häberle gefiel diese Art – und die Atmosphäre. Die Wand über dem Sofa zierten gerahmte Fotografien, auf denen vermutlich Mayers Vorfahren abgebildet waren, in der Eckschräge war ein großes Kruzifix abgehängt, der Kopf des sterbenden Jesus mit einem kleinen Kranz von »Mäushärle« gekrönt. Häberle kannte diese bläulichen Blumen, die auf den Wachholderheiden wuchsen, nur unter diesem schwäbischen Namen. Sie sollten das Haus vor Blitzschlag bewahren, hatte er sich einmal sagen lassen.

»Sie werden verstehen, dass wir nach dem Mord an Herrn Flemming die Situation in Waldhausen hier beleuchten müssen«, begann Häberle und besah sich die zerkratzte hölzerne Platte des wuchtigen Couchtisches, »einiges haben wir bereits in Erfahrung gebracht. Sie aber sind, soweit ich das weiß, der Stellvertreter von Ortsvorsteher Wühler und ein echter Waldhauser.«

Mayer lächelte und seine dunklen Augen strahlten. »Wir Mayers sind ein Ur-Geschlecht hier«, erklärte er, »und leider werden wir Einheimischen von den Zugezogenen langsam überrollt.« Sein Gesicht wurde wieder ernst. »Wir sind ein Bauerndorf – doch die Städter, die hier bauen, wollen das nicht begreifen. Hier stinkt's halt in Gottes Namen. Das ist seit Jahrhunderten so.«

»Aber trotzdem kämpfen auch die Einheimischen gegen den Schweinestall von Herrn Wühler?« fragte Häberle. Linkohr begann wieder mitzuschreiben.

»Das ist etwas anderes. Und das Groteske daran. Die Zugezogenen befürchten den Gestank – und wir kleinen Bauern haben Angst, dass uns Wühlers Projekt jegliche Möglichkeit verbaut, uns selbst zu erweitern.«

Häberle hatte davon gehört, ließ sich aber von Mayer noch einmal erklären: »Es gibt Bestimmungen, die pro Hektar oder Quadratkilometer – ich weiß es nicht genau – nur eine bestimmte Menge Großvieh zulassen. Fragen Sie mich aber nicht, ob das auch wieder so ein bürokratischer Schwachsinn aus Brüssel ist, oder ob das unsere ahnungslosen Politiker in Berlin ersonnen haben, was ja völlig wurscht ist, wer den Unsinn verzapft – aber letztlich, wie gesagt, geht's uns um unsere Existenz.«

Häberle kam plötzlich eine Idee. »Und wie steht man zu den Windkraftanlagen, von denen Waldhausen langsam umzingelt wird?« Er hatte das Bild vor sich, das ihm vorhin bei der Fahrt auf den Ort zu, geboten wurde.

Mayer lächelte viel sagend. »Das ist auch eine Art von Geschäftemacherei. Die Grundstücksbesitzer haben für den Bau solcher Anlagen ein paar Quadratmeter langfristig verpachten können. Bringt nicht viel, aber ein paar hundert Euro halt doch«, erklärte er. »Oder sie haben sich an den Anlagen beteiligt. Soll über Abschreibungsmodelle eine interessante Rendite erbringen.«

»Westerhoff hat aber eine eigene«, brachte Häberle das Gespräch geschickt auf den gewünschten Punkt, als Frau Mayer mit einem Steinkrug Most auftauchte, dicke Gläser aus dem Schrank holte und das goldgelbe Getränk einschenkte.

»Westerhoff hat genügend Geld, sich so ein Ding allein leisten zu können«, erwiderte der Älbler und meinte süffisant: »Wer genug Geld hat, dem steht die Welt offen – wussten Sie das nicht?«

Der Kriminalist ging nicht darauf ein, sondern wollte tiefer einsteigen: »Auch für eine – Geliebte?«

Dieses Stichwort schien Frau Mayer zu irritieren. Sie schaute Häberle an und verschüttete dabei ein paar Tropfen Most.

Der Bauer grinste. »Sie sind gut informiert.« Die Frau warf ihrem Ehemann einen strafenden Blick zu. Doch der ließ sich nicht von weiteren Bemerkungen abbringen. »In letzter Zeit haben's die Spatzen von den Dächern gepfiffen. Und seit gestern noch mehr. Jetzt, wo Flemming tot ist, hat Westerhoff nur noch ein Problem ... seine eigene Frau. Aber

214

in diesen Kreisen sind ein paar tausend Euro für eine Scheidung doch kein Hindernis. Oder was meinen Sie?«

Der Kommissar zuckte mit den Schultern. Er wollte sich dazu nicht äußern. Während sich Frau Mayer auf die Couch setzte, wechselte Häberle ihr zuliebe das Thema: »Diese Dampfzüge da«, begann er vorsichtig, »welche Rolle spielen die hier oben?«

Der Älbler, dessen dünne Haare wirr vom Kopf hingen, kratzte sich am schlecht rasierten Kinn und hob dann das Glas. »Zuerst mal Prost – ein echter Waldhauser ›Semsenkrebsler‹.« Er lachte und meinte mit diesem urschwäbischen Ausdruck, dass der Most aus den Äpfeln und Birnen der Hochfläche wohl etwas rau sein würde. Häberle schmeckte er. Linkohr verzog leicht die Mundwinkel, sagte aber nichts.

Mayer knüpfte an die Frage an: »Wenn Sie die Dampfzüge ansprechen – der Westerhoff ist wohl Mitglied bei diesem Verein – der Flemming wohl auch. Jedenfalls hab' ich das gehört. Aber insgesamt sind die Eisenbahner hier sehr gut angesehen. Wir vom Ortschaftsrat unterstützen sie auch.« Er holte tief Luft. »Die Museumsbahn ist die einzige Attraktion, die wir haben. Wühler ist auch stark daran interessiert.« Mayer verschränkte jetzt die Arme im Nacken, um sein Kreuz zu strecken. »Vielleicht ist er das nicht ganz uneigennützig. Wenn die Dampfzüge fahren, kommen die Touristen – und er ist ja schließlich ins Gastgewerbe eingestiegen – mit seiner Besenwirtschaft.«

Häberle hob beschwichtigend die Arme. »Es steht nirgendwo, dass es verboten ist, eigennützig zu handeln. Im Gegenteil: In diesem Land wird doch die Eigeninitiative propagiert. Ich-AG und so.« Mehr wollte er dazu nicht sagen. Es wäre nur wieder Kritik an der Regierung gewesen, die mit diesen »Ich-AG's« viele Arbeitslose in eine aussichtslose Selbstständigkeit trieb – und damit neue Armut produzierte.

Häberle gab ein neues Stichwort: »Kruschke«, er machte eine kurze Pause, »ist Ihnen Kruschke ein Begriff?«

Frau Mayer trank nachdenklich einen Schluck Most, während ihr Mann die Antwort gab: »Ein fanatischer Eisenbahn-Freund. Er fährt die Lok – meistens jedenfalls. Er würde am liebsten jeden Tag fahren. Aber das muss nicht schlecht sein«, räumte er ein, »solche Männer brauchen wir hier oben.«

»Er ist Transportunternehmer?« hakte Häberle nach, als wisse er das nicht längst.

Mayer nickte. »Ja, deshalb hat er wohl die Zeit und auch das Geld, sich mit der Eisenbahn zu beschäftigen.« Der Albbauer lächelte. »Früher hat er wahrscheinlich mit einer Modelleisenbahn von Märklin gespielt – und jetzt hat er eine richtige.«

»Wie sind seine Verbindungen hierher einzustufen?«

Mayer zuckte mit den Schultern, öffnete einen Knopf an seiner viel zu engen blauen Arbeitsjacke und griff zum Glas. »Ich denke, es gibt Kontakte über die Eisenbahn – zu Westerhoff natürlich und sicher auch zu Flemming.« Nach kurzem Überlegen fügte der Bauer hinzu: »Vielleicht auch zu Seitz.«

»Seitz?« fragte Häberle, doch da fiel ihm bereits ein, dass damit der Wirt der ›Oberen Roggenmühle‹ gemeint war. Mayer bestätigte dies und erklärte: »Dort hab' ich die drei in letzter Zeit öfters gesehen.«

»Und in Wühlers ›Besen‹?« wollte der Kommissar sofort wissen.

»Das kann ich nicht sagen. Seit die Sache mit dem Schweinestall läuft, war ich nicht mehr dort.«

»Und Freudenthaler ...« Der Kommissar wollte ein weiteres Stichwort geben. »Kennen Sie diesen Namen?«

Mayer schüttelte langsam den Kopf. Seine Frau schaute ihn erstaunt an.

Der Schäferhund gebärdete sich wie wild, als die beiden Kriminalisten wegfuhren. »Sagen Sie ehrlich, hat Ihnen der Most geschmeckt?« fragte Linkohr und begann, ins Handy die Nummer Kruschkes einzugeben.

»Schwäbisches Nationalgetränk, Kollege«, gab Häberle zurück, »erstens schmeckt's mir wirklich und zweitens sollten Sie bei Ermittlungen niemals Ihren Gastgeber vor den Kopf stoßen. Immer schön mitmachen – das lockert die Atmosphäre auf.« Der Mercedes rollte aus Waldhausen hinaus, vorbei an Wühlers ›Besen‹.

Unter der Geschäftsnummer Kruschkes meldete sich die Sekretärin, die mit gekünsteltem Bedauern in der Stimme wissen ließ, dass ihr Chef leider bereits weg gegangen sei. Ob er zu Hause sei, wisse sie nicht.

Linkohr versuchte es auf der privaten Nummer. Augenblicke später dröhnte eine kräftige Männerstimme aus dem Lautsprecher. »Ja?«

»Bin ich mit Herrn Kruschke verbunden?« fragte Linkohr eine Spur zu sanft.

»Ja, sind Sie«, kam es zurück.

Sie erreichten gerade Gussenstadt. Der Schatten, den der Mercedes nach vorne warf, war bereits lang geworden. Linkohr erklärte, wer er sei und dass er zusammen mit seinem Kollegen Häberle kurz vorbeikommen wolle. Kruschke schien davon nicht sehr angetan zu sein. »Das muss jetzt sein, jetzt gleich?« Die Stimme verriet Unsicherheit.

»Wir sind ganz in Ihrer Nähe und dachten, wir könnten die paar Fragen kurz erledigen«, erklärte Linkohr.

»Ich hab’ aber wenig Zeit.« Er zögerte. »Um 20 Uhr hab’ ich bereits einen Termin in Ulm.«

Häberle nickte seinem Kollegen zu. »Das reicht«, erklärte der junge Kriminalist, »wir sind in spätestens zehn Minuten da.« Dann unterbrach er die Verbindung, um keinen Widerspruch mehr zuzulassen. Häberle fuhr durch die lange Ortsdurchfahrt von Gussenstadt. Nach wenigen Kilometern war das Alb-Städtchen Gerstetten erreicht, wo sie einen Fußgänger nach dem Weg zu jener Straße befragten, in der Kruschke wohnte. Die Antwort war ziemlich präzise, was Linkohr erstaunte, weil erfahrungsgemäß kaum jemand eine brauchbare Streckenbeschreibung abgeben konnte.

Sie fanden das Haus auf Anhieb. Es stand am Ende der Straße, wirkte wuchtig und protzig, schien aber älteren

Datums zu sein. In der Garagen-Zufahrt parkte ein silberfarbener S-Klasse-Daimler.

Häberle ging an dem Wagen vorbei zu der bogenförmigen weißen Alu-Haustür, die sich an der Giebelseite befand. Ein Namensschild war nicht angebracht – wie üblich bei Unternehmern, dachte er und klingelte. Gleich darauf stand ein Mann vor ihnen, einen halben Kopf größer als Häberle, braungebrannt, mit kurzärmligem hellblauem Hemd und einer Jeans.

Die Kriminalisten stellten sich vor und wurden mit knappen Worten durch eine geräumige Diele in den Wintergarten-Anbau geleitet, in den es einige Stufen abwärts ging. Dort empfing sie das Grün zahlreicher Pflanzen und hoch aufragender Bäumchen. Die Sonne hatte das Glashaus erwärmt, die Luft fühlte sich feucht an – wie in den Tropen. Das innere Grün schien sich draußen nahtlos fortzusetzen.

Die Kriminalisten nahmen auf den Rattanstühlen Platz, Kruschke ließ sich ihnen gegenüber nieder. Auf dem Tisch standen zwei gebrauchte Gläser, in die die Reste des Rotweins längst hineingetrocknet waren. Überbleibsel des gestrigen Abends, dachte Häberle.

»Sie haben ein paar Fragen«, begann Kruschke und gab sich locker, »schießen Sie los.«

»Wir können Ihnen das nicht ersparen«, erklärte Häberle und stützte sich mit den Unterarmen auf dem Tisch ab, »aber wir müssen das Umfeld des Herrn Flemming beleuchten. Sie haben ihn gut gekannt?«

Kruschke schluckte und meinte: »Gut gekannt ist vielleicht zu viel gesagt. Kommt drauf an, wie Sie das meinen?«

»So wie ich das sage«, entgegnete Häberle, während sein Kollege den Notizblock auf den Tisch legte und Stichworte notierte, »zum Beispiel bei der Eisenbahn.«

Der Unternehmer lächelte gekünstelt. »Ja, natürlich. Ich bin leidenschaftlicher Lokführer. Ich hab' den Lokführerschein gemacht und fahr' Dampfloks«, sagte er stolz, »das kann heutzutage nicht mehr jeder.«

Häberle nickte anerkennend. »Und Flemming war da auch dabei«, stellte er fest.

»Natürlich«, Kruschke ließ die Arme seitlich hinter sich über die Stuhllehne baumeln, ganz entspannt, »er hat mal ein bisschen gesponsert. Ohne Geld läuft nicht viel. Der Eisenbahnbetrieb kostet viel Geld – obwohl uns so ein Sonntag wie gestern fantastische Einnahmen beschert.«

»Dann ist Flemming auch immer mitgefahren?«

Kruschke schüttelte den Kopf. »Nein, nicht immer. Aber oft. Ja, das kann man so sagen.«

»Dass er gestern nicht dabei war, hat Sie nicht verwundert?« fragte Häberle schnell.

»Wieso sollte mich das?« staunte Kruschke ebenso schnell. »Im Übrigen krieg' ich vorne auf der Lok nicht mit, wer hinten in den Waggons sitzt.«

»Und der Herr Westerhoff?« Der Kommissar wartete gespannt auf eine Reaktion. Doch der Unternehmer blieb gelassen.

»Ist auch ein Sponsor«, erklärte er kurz und knapp. »Ein sehr guter sogar.« Kruschke stockte.

»Ein enger Freund zu Flemming?« wollte Häberle wissen.

Kruschke zuckte mit den Schultern. »Fragen Sie ihn doch selbst. Ich wohn' hier in Gerstetten – und die beiden haben im selben Wohngebiet gewohnt, in dieser ›Roßhülbe‹.«

Der Kommissar wollte noch einmal einen Versuch starten, um Kruschkes Reaktion zu testen: »Die Frau Flemming – ist die auch ein Eisenbahnfan?«

Der Unternehmer stutzte für den Bruchteil einer Sekunde. »Nein, wohl eher nicht«, stellte er schließlich fest, »sie hat das Geschäftliche erledigt.«

»Das Geschäftliche?« Häberle gab sich unwissend und beobachtete einen vorwitzigen Spatz, der sich draußen auf dem Boden dem Wintergarten näherte.

»Das wissen Sie doch!« empörte sich Kruschke, »Ex- und Import und so Sachen.«

»Einen Herrn Freudenthaler kennen Sie aber?«

»Ein Tourismus-Mensch, der gerade die Alb bereist, ja.«

»Haben Sie eine Ahnung, in wessen Auftrag der unterwegs ist?«

Kruschke schüttelte den Kopf. »Nein, nicht die Geringste. Er will wohl den Fremdenverkehr hier forcieren und uns mit der Bahn irgendwie vermarkten.« Er lächelte leicht gequält. »Wenn's uns nichts kostet, kann's uns nur recht sein.«

»Er hat mit Ihnen gesprochen?«

»Ja, gestern – in Schalkstetten, beim Halt. Aber nur belangloses Zeug. Er wollte sich wieder melden.«

»Wann?«

»Hat er nicht gesagt.«

»Das wär's dann wohl«, sagte Häberle betont freundlich, »schön, dass Sie Zeit für uns hatten.«

Kruschke wollte sich bereits erheben, da schob der Kommissar noch eine Frage nach: »Sie sind Transportunternehmer. Darf man fragen, womit Sie sich da befassen?«

Der Angesprochene zögerte, weil er das Interesse Häberles dazu nicht einordnen konnte. »Spedition«, erwiderte er deshalb knapp, »Logistik, Lagerhaltung – alles, was heutzutage dazu gehört. Komplett-Service. Wir fahren von Narvik bis Neapel, von Gibraltar bis zum Bosporus«, fügte er hinzu, als zitiere er den Werbe-Slogan seiner Firma.

Häberle griff das Gesagte auf: »Bis zum Bosporus? Auch für Flemming?«

Kruschke sah den Kommissar mit halb zugekniffenen Augen an. »Für alle, wenn's sein muss.« Und als ob er ein Späßchen machen wollte, meinte er: »Auch für Sie, wenn Sie wollen.«

Der Ermittler tat so, als habe er die ironische Bemerkung überhört. »Also auch schon für Flemming?«

»Warum nicht? Ja. Wir haben fast wöchentlich eine Fracht. Bis Ankara sogar. Da brauchen Sie auch eine Ladung für die Rückfahrt. Leer fahren, kann sich heute kein Spediteur mehr leisten.«

»Und was haben Sie für Flemming aus der Türkei mitgebracht?« Häberle blieb hartnäckig und bemerkte, wie sein Gesprächspartner stutzte.

»Ich weiß nicht, ob ich Ihnen das sagen darf.«

Häberle nahm ihm die Antwort ab: »Teppiche?«

Kruschke zögerte, dann nickte er wortlos.

26

Sarah Flemming war mit den Nerven am Ende. Die drei Kriminalisten, die am späten Nachmittag das Büro auf den Kopf gestellt hatten, waren zwei Stunden da gewesen und hatten auch den Computer durchforscht. Einer der Männer kannte sich verdammt gut aus, doch er fand offenbar nichts, was auf ihre Kontakte zu Westerhoff hindeuten konnte. Sie hatte ja rechtzeitig alle Mails gelöscht. Es gab keine Spuren mehr. Die Kriminalisten waren zwar stutzig geworden, weder im elektronischen Posteingang, noch im Ausgang etwas zu entdecken, doch sie hatte einigermaßen plausibel erklärt, dass sie stets zum Wochenende alles lösche, um den Überblick zu bewahren. Die Datenträger, die die Männer im Büro entdeckt hatten, waren alle harmlos gewesen. Jene, die verdächtiges Material enthalten hätten, hatte sie im Keller hinter den Winterreifen des Autos versteckt. Und da es keine Hausdurchsuchung war, die die Kriminalisten hatten vornehmen dürfen, war nichts zu befürchten gewesen. Es ging schließlich nur um die Frage, ob sich Hinweise fanden, die möglicherweise zum Mörder ihres Mannes führten.

Sarah ließ sich nackt auf ihr Bett fallen. Ihre langen blonden Haare hatten sich auf dem Kissen ausgebreitet. Es war 23 Uhr – ein verdammt langer und aufregender Tag ging zu Ende. Die Schwellungen im Gesicht waren inzwischen zurückgegangen, doch die Wut auf Ismet blieb. Am liebsten hätte sie den Kriminalisten alles erzählt. Doch die panische Angst vor den kleinen Gefängniszellen in »Gotteszell« hatte sie davon abgehalten. Nie, niemals würde sie sich einsperren lassen. Das musste die Hölle sein.

Sie schloss die Augen und spürte, wie ihre Gedanken

Karussell fuhren. Markus tot, ihre türkischen Landsleute in Aufruhr – und Heinrich so verdammt weit weg, unerreichbar. Dabei hätte sie zu Fuß zu ihm rübergehen können.

Sie löschte das Licht ihrer Nachttischlampe und kroch unter die Decke. Draußen fuhr irgendwo ein Auto, in der Wohnung knackte Holz, das sich jetzt abkühlte. Es war still, fast bedrohlich still. Sarah versuchte, an etwas Schönes zu denken, an den letzten Urlaub in Antalya, an die heimlichen Stunden mit Heinrich, drüben auf dem Feldweg hinter seiner Windkraftanlage, von wo sie die Sonne untergehen sahen.

Plötzlich war da etwas. Sie richtete sich auf und lauschte in die Nacht. Ein Geräusch hatte sie erschreckt. Es war nur leise gewesen, aber metallisch und ganz anders als das Knacken von Materialien, die sich unter dem Einfluss von Temperaturen dehnten oder zusammenzogen. Schon wieder. Ein kurzes Klicken – und dann, ganz eindeutig, das vorsichtige Öffnen einer Tür, die gleich wieder sanft geschlossen wurde.

Sarah hielt den Atem an. Sie spürte, wie die Angst all ihre Glieder lähmte. Ihr Herz begann zu rasen. Es bestand gar kein Zweifel: Da war jemand im Haus. Schleichende Schritte auf dem gefliesten Boden in der Diele, zu der die Schlafzimmertür einen Spalt weit offen stand. Die Frau starrte entsetzt in die Finsternis, bemerkte, wie ihr Gehirn im Dunkeln weiße Ornamente und Figuren erscheinen ließ, reine Einbildung, Panik, Entsetzen.

Ein Lichtschein flammte auf, der Strahl einer Taschenlampe – sodass sich die Tür aus der Nachtschwärze hervorhob. Jetzt war es Gewissheit. Gleich würde es geschehen, gleich würde sie hilflos und dazu hin noch nackt dieser Gestalt ausgeliefert sein. Sarah zog die Decke bis zum Hals hoch und kauerte sich auf ihr Bett. Sollte sie zur Tischlampe greifen und sich wehren? Sie verwarf den Gedanken wieder. Ein Kampf würde sinnlos sein. Sie begann zu zittern. Vielleicht sollte sie sich schlafend stellen. Wenn es gewöhnliche Einbrecher waren, konnten sie ihretwegen die ganze Wohnung ausräumen. Dann war es besser, sich ihnen nicht in den Weg zu stellen. Aber jetzt konnte sie sich nicht mehr bewegen und flach unter die Decke kriechen. Dazu war es zu spät. Der Lichtstrahl tanzte und näherte sich dem Türspalt. Sarah vernahm das Geräusch von Kleidungsstoffen, die aneinander rieben. Bewegungen also. Dann flüsternde Stimmen. Sarahs Augen blieben wie erstarrt auf die Tür gerichtet. Es waren also zwei – oder drei, oder vier. Sie würde keine Chance haben, nicht die geringste.

Die Tür wurde aufgestoßen, der Lichtstrahl traf sie und blendete sie. Da mussten drei Personen sein, schoss es ihr durch den Kopf. Drei also. Mindestens.

»Schaut euch das an, wen haben wir denn da?« hörte sie eine Männerstimme höhnen, während das Deckenlicht angeknipst wurde. Sie blieb wie versteinert auf dem Bett sitzen, die Decke fest an die Brust gepresst. Vor ihr standen drei Männer, die sie nie zuvor gesehen hatte. Ihre Gesichter waren kantig und zu einem überlegenen Grinsen verzogen.

»Das ist sicher die scharfe Sarah«, konstatierte ein Schnauzbärtiger und ging einen Schritt auf das Bett zu.

Die Frau nahm allen Mut zusammen. »Was wollen Sie von mir.« Die Stimme klang ängstlich, zitternd, schwach.

Der Mann, der alle überragte und wie ein Kleiderschrank zwischen den anderen stand, gab die Antwort, sachlich, kühl, überlegen: »Wir werden die kleine Sarah dort hin bringen, wo sie keinen Schaden anrichten kann.« Und er fügte grinsend hinzu: »Sondern wo sie nur große Freude verbreiten wird.«

»Ja, Freude«, wiederholte der Dritte, der sich im Hintergrund hielt, jedoch ein genauso fieses Lächeln zur Schau trug, wie die anderen.

Der Kleiderschrank, der offensichtlich der Anführer war, erteilte Anweisungen: »Du wirst jetzt mitkommen – und zwar ohne Widerstand. Hast du kapiert?«

Sarah schwieg. Doch um der Aufforderung Nachdruck zu verleihen, griff der Schnauzbärtige zur Decke und riss sie ihr mit einem kräftigen Ruck aus der Hand. Sie kauerte sich nackt auf das Bett, die Knie angezogen, die Arme um die Beine verschränkt, um ihre Blöße zu verbergen.

Die Männer lachten. »Chef«, meinte der Schnauzbärtige, »schau dir das an. Vielleicht sollten wir …«

»Quatsch nicht rum«, fuhr ihm der Anführer über den Mund, »doch nicht hier. Sie soll was anziehen – und zwar zack-zack.« Er deutete auf den großen Spiegelschrank. »Da drin wird's ja wohl ein paar Klamotten geben.«

Während der Schnauzbärtige sichtlich enttäuscht die Schranktüren öffnete, setzte sich der Anführer neben Sarah aufs Bett. Erst jetzt erkannte sie, dass die Männer durchsichtige Plastikhandschuhe trugen. »Kindchen«, begann der Anführer beruhigend, »dir geschieht nichts, wenn du tust, was wir dir sagen.«

Sie schwieg und blieb reglos sitzen. Ihre Haare hingen über Schulter, Rücken und Brust. »Du musst hier weg – das ist auch in deinem Interesse«, erklärte er, während sich seine beiden Komplizen über die Kleidungsstücke hermachten und sich darüber amüsierten, ob ein Minikleidchen oder eher Hotpants angebracht wären. Sie entschieden sich offenbar für kurze, ausgefranste Jeans, die sie auf die unbenutzte Seite des Ehebetts warfen. Der schweigsame Mann, der offenbar der deutschen Sprache nur wenig mächtig war, zog eine ärmellose Bluse, die auf einem Kleiderbügel hing, aus dem Schrank.

»Das Model kann antanzen«, höhnte der Schnauzbärtige, »Slips haben wir auch gefunden.«

Der Anführer drehte sich zu seinen Komplizen um: »Packt auch noch was anderes ein. Die Reise ist weit.«

Sie begannen, auch ein Kleid, mehrere lange Hosen und drei Pullover, Unterwäsche und Blusen aus dem Schrank zu nehmen und in zwei Sporttaschen zu stopfen, die sie draußen in der Diele gelassen hatten.

Der Anführer packte Sarah unsanft an den Handgelenken, bog die Arme auseinander und zerrte sie vom Bett. »Ich will keinen Ton hören«, drohte er, »meine Jungs verstehen da keinen Spaß.« Er lächelte sie an, doch sie schwieg und blickte ihm hasserfüllt in die dunklen, giftigen Augen.

»Anziehen«, fauchte der Schnauzbärtige und nahm die Gelegenheit wahr, die jetzt vor ihm stehende nackte Frau langsam von unten bis oben zu begutachten. »Chef«, begann er noch einmal, »ein paar Minuten müssen drin sein ...«

»Schnauze, sag' ich«, fuhr ihn der Anführer an, »später ... vielleicht.«

Sarah schluckte. Obwohl sie den Wortführer hätte umbringen können, war sie ihm andererseits dankbar, dass er sie vor diesem Lüstling beschützte. Sie streifte sich den weißen Slip über, dann die Bluse und zuletzt die ausgefransten Jeans, die äußerst kurz waren und die sie normalerweise nur an heißen Sommertagen zu Hause getragen hatte.

»Schuhe? Wo sind Schuhe?« fauchte der Schnauzbärtige.

Sarah ging wortlos in die Diele, gefolgt von zwei der Männer, und deutete auf ein Schränkchen. Der Wortkarge zog Schubladen auf und warf mehrere Paar Schuhe heraus. Einige davon wurden ebenfalls in Sporttaschen verstaut. Der Schnauzbärtige griff zu hochhakigen, schmalen Schuhen und stellte sie Sarah vor die langen Beine. »Los, rein«, zischte er. Sie zwängte ihre nackten Füße in die teuren Stöckelschuhe.

Die Männer umstanden ihr Opfer und zeigten sich zufrieden: »Affengeil«, meinte der Schnauzbärtige, »wird ein teures Pferdchen.«

Sarah kämpfte mit den Tränen.

»Aufräumen, los«, befahl der Anführer seinen beiden Komplizen. »Es muss so aussehen, als ob sie abgereist sei.«

Der Wortkarge schüttelte die Betten und machte sie zurecht, die Schranktüren wurden geschlossen. Unterdessen blieb der Wortführer bei der Frau, die am ganzen Körper zitterte. »Pass' auf«, herrschte er sie an, »wir bringen dich an einen sicheren Ort – und zwar mit deinem Wagen. Wo sind die Fahrzeugschlüssel?«

Sie schwieg und steckte die ausgestreckten Hände in die engen Hosentaschen.

»Hast du nicht verstanden?« fuhr er sie in verschärfter Tonlage an.

Doch Sarah schwieg weiter. Ohne Vorwarnung verpasste ihr der Mann eine kräftige Ohrfeige – so heftig, dass die junge Frau ins Taumeln geriet, gegen eine Tür krachte und zu schluchzen begann. Die beiden Komplizen kamen aus dem Schlafzimmer heraus. »Oh, muss das Kindchen noch erzogen werden ... ?« höhnte der Schnauzbärtige und wandte sich an seinen Chef: »Fesseln?«

Der Angesprochene schüttelte den Kopf. »Nur Knochen brechen, wenn sie nicht augenblicklich sagt, wo die Wagenschlüssel sind.«

Der Schnauzbärtige trat an sie heran. »Hast du nicht gehört, was der Chef befiehlt?«

Sie schluchzte und deutete auf einen weiteren Schrank. Sofort öffnete der Wortkarge eine Schublade und entdeckte den Schlüsselbund für den Dreier-BMW.

»Na also«, atmete der Chef auf und wandte sich an Sarah, deren linke Wange sich knallrot verfärbt hatte. »Wo geht's zur Garage?«

Ihr Widerstand schien gebrochen. Sie deutete auf eine Tür an der Querseite der Diele.

»Einladen«, herrschte der Anführer seine Komplizen an und zeigte auf die prall gefüllten Sporttaschen. Die Männer kamen der Aufforderung sofort nach.

Unterdessen nahm der Chef Sarah ins Visier: »Hör auf zu plärren.« Sie war wirklich hübsch, dachte er, ließ sich dies aber nicht anmerken. »Dir geschieht nichts, wenn du keine Zicken machst. Wir fahren jetzt nach Heidenheim. Sollte es unterwegs eine Polizeikontrolle geben, bist du unsere Freundin – hast du das kapiert?«

Sie nickte schluchzend. Er reichte ihr ein Papiertaschentuch, mit dem sie die Tränen wegwischte. »Du wirst hinten neben meinem Kollegen sitzen.« Der Mann verzog das Gesicht zu einem Lächeln und schaute auf ihre nackten Beine und sah, wie die Knie zitterten. »Falls du nicht spurst, wird er den Herrn Doktor spielen – und in diese schönen Schenkel eine Spritze reinjagen.«

Sie erschrak und schaute ihren Peiniger entsetzt an. Der aber versuchte zu beruhigen – mit Überheblichkeit in der Stimme: »Ich sagte, nur wenn du nicht spurst. Und du willst doch spuren, oder?«

Sie nickte und ließ sich widerstandslos in die Garage zerren und dort auf dem Rücksitz des BMW verfrachten. Am Steuer hatte bereits der Schnauzbärtige Platz genommen. Der Anführer knipste in der Wohnung die Lichter aus und setzte sich auf den Beifahrersitz. Rechts neben Sarah saß der Wortkarge, der sie von der Seite angrinste und eine jener Spritzen bereithielt, mit denen sich Zuckerkranke ihre Insulinration auch durch die Hose spritzen konnten. Der Mann umfasste die Einwegspritze mit der linken Hand und legte sie zum Entsetzen Sarahs auf ihren rechten Oberschenkel. Er genoss dies sichtlich und begann bereits mit leichten Bewegungen, sie damit zu streicheln. Käme es unterwegs zu einem unerwarteten Zwischenfall, würde er nur mit dem Daumen die Injektion niederdrücken müssen – und die Frau wäre innerhalb weniger Sekunden ohnmächtig.

Angesichts dieser hilflosen Situation erklärte Sarah bereitwillig, wo sich das Gerät zur ferngesteuerten Öffnung des Garagentores befand. Es schwenkte nach oben, der Schnauzbärtige startete den Motor – und der BMW rollte über die kurze Hofeinfahrt zur Straße hinaus. Das Tor schloss sich wieder, als der Wagen links abbog. Falls es Nachbarn gab, die dies beobachteten, würden sie glauben, Frau Flemming sei noch mal weggefahren.

27

Der Dienstag machte dem Hochsommermonat Juli wieder alle Ehre. Als Häberle talaufwärts in Richtung Geislingen fuhr, blendete die Sonne, die um 7.30 Uhr bereits hoch über der Albkante stand. Im Lehrsaal des Polizeireviers war sein Kollege Linkohr schon eifrig dabei, die Berichte der Kollegen zu lesen, von denen zu dieser frühen Stunde erst drei anwesend waren. Die anderen hatten bis spät in den Abend hinein die Ergebnisse des Gerichtsmediziners, der Spurensicherung und der EDV-Experten ausgewertet. In Flemmings Computer jedenfalls war nichts Auffälliges entdeckt worden, auch nicht auf den Datenträgern, die die Kollegen mitgenommen hatten. Die Flemmings arbeiteten offenbar eng mit türkischen Teppichhändlern in Heidenheim zusammen – aber das schien nichts Außergewöhnliches zu sein.

Weitaus interessanter erschien Linkohr, wie er sogleich seinem Chef berichtete, die Gesprächsaufstellung der Telekom. Von Flemmings Apparat aus wurden in jüngster Zeit viele Telefonate mit Kruschke und seiner Firma geführt, aber auch mit Westerhoff und einem Mann namens Metzger, der in Deggingen zu wohnen schien, knapp 20 Kilometer entfernt. Drei Anrufe gingen an die ›Obere Roggenmühle‹.

»Ein spannendes Personengeflecht«, stellte Häberle fest und nahm die Listen in die Hand. »Wir kennen sie fast alle – bis auf diesen Metzger«, er überlegte – »... und diese Jungs in Heidenheim. Was meinen denn die dortigen Kollegen?«

»Ich hab’ bereits beim Revier in Heidenheim angerufen«, ereiferte sich Linkohr. »Ihnen ist dieser türkische Teppichfritze nicht ganz geheuer. Macht öfters Totalausverkauf und eröffnet unter anderem Namen neu.« Dann aber musste der junge Kriminalist hinzufügen: »Allerdings liegt nichts gegen ihn vor. Nichts, was man hätte nachweisen können.«

»Alles andere hätt' mich gewundert«, murmelte Häberle, als Kollege Schmidt in den Lehrsaal kam und die beiden Ermittler mit Handschlag begrüßte. »Wie ich sehe, habt ihr die Listen schon gecheckt«, stellte er fest und setzte sich an den Tisch, auf dem mehrere aufgeschlagene Aktenordner lagen.

»Bruhn ist ein bisschen nervös«, berichtete er, »wegen der Türken. Er verlangt behutsames Vorgehen. Es soll unter allen Umständen der Eindruck vermieden werden, wir hätten was gegen Ausländer.«

Typisch Bruhn, dachte Häberle. Der Kripochef bei der Direktion in Göppingen scheute jegliches Aufsehen.

»Saudummes Geschwätz«, entfuhr es dem Kommissar, »ob Türken oder nicht – mir ist es völlig wurscht, wer hier Verbrechen begeht.« Es war nicht einfach, ihn aus der Ruhe zu bringen, aber wenn unterschwellig der Vorwurf im Raum stand, Ausländer würden härter angefasst, als Einheimische, konnte er aus der Haut fahren. Was konnte er dafür, dass Ausländer überproportional stark an Straftaten beteiligt waren? Sollte er diese Tatsache unter den Teppich kehren? »Egal, wer gegen Gesetze verstößt«, pflegte er dann zu sagen, »er wird verfolgt – ohne Ansehen seiner nationalen Zugehörigkeit. So weit ich weiß, ist es auf der ganzen Welt verboten, zu morden, zu vergewaltigen, zu erpressen, zu klauen und zu überfallen. Warum, bittschön, sollen wir dann nicht gegen jeden Straftäter hart vorgehen dürfen, egal, wo er herkommt?« Häberle bemerkte, dass er dies seinen Kollegen nicht zu sagen brauchte. Er ergänzte jedoch: »Falls Bruhn wieder etwas in dieser Richtung zu meckern hat, soll er es gefälligst mir persönlich sagen.«

Der Kommissar lehnte sich zurück und holte tief Luft.

»Ich bin sicher, etwas anderes stimmt Sie wieder versöhnlich«, begann Linkohr und schichtete einen Stapel Schmierzettel um. »Die Kollegen in Stuttgart haben ein halbes Wunder vollbracht.«

Häberle machte ein erstauntes Gesicht.

»Sie erinnern sich an diese Holzfaser an Flemmings Pullover? Sie haben nach langem Hin und Her rausgekriegt, um welche Holzart es sich handelt. Sie werden's nicht glauben – um keine heimische.«

»Sondern?«

»Um eine australische Silbereiche.« Linkohr kostete diese Erkenntnis aus, als stamme sie von ihm.

»Eine was ... ?« Häberle schien nicht zu verstehen.

»Eine ›Grevillea robusta‹ – so der botanische Name. Hat farnartig gefiederte oder gelappte Blätter, ist anspruchslos und verträgt nur keine Staunässe«, berichtete Linkohr stolz.

»Und wo ... wo gibt es so was in der näheren Umgebung?« Der Kommissar schaute seine beiden Kollegen irritiert an.

»In der Wilhelma«, erwiderte Schmidt und zwirbelte an seinem Bart. »Die Stuttgarter Kollegen haben dort einen Botaniker zu Rate gezogen. Sei ein besonders hartes Holz.«

»Und wenn Sie mir jetzt noch sagen, dass in der Wilhelma so eine Eiche fehlt, dann haut's mich vom Stuhl.«

»Damit kann ich Ihnen leider nicht dienen«, entgegnete Schmidt.

Das Rentnerehepaar saß im Dienstzimmer von Martin Rittmann, einem von zwei Beamten des Polizeipostens Amstetten.

»Die haben uns übel reingelegt«, wiederholte der ältere Herr immer wieder. Alles, was er und seine Frau zu beklagen hatten, war bereits in den Computer getippt worden. Der Uniformierte, der aufrecht und hünenhaft hinter seinem Schreibtisch thronte, hatte sich im Zweifinger-Suchsystem abgemüht und gegenüber den Besuchern immer wieder sein Mitgefühl zum Ausdruck gebracht. Ein üblicher Betrug, dachte Rittmann und wusste aus Erfahrung, dass die Suche nach den Schwindlern aussichtslos sein würde. Erstaunlich auch, wie leichtgläubig die Menschen waren. Kamen da zwei Türken daher und behaupteten, der teure Teppich im Wohnzimmer sei fehlerhaft und müsse umgetauscht werden. Was sie dann auslegen, ist ein industrielles Billigprodukt, das nicht mal zehn Prozent des ausgetauschten Teppichs wert war. Rittmann hatte von solchen Tricks schon einmal gelesen. Entweder steckten die Täter unter einer Decke mit dem Teppichgeschäft, in dem Türkeiurlauber ein wertvolles Stück gekauft und es sich an ihre Heimatadresse hatten schicken lassen. Oder es waren kriminelle Angestellte, die die Kundenadressen an ihre Komplizen in Deutschland weitergaben.

»Wir werden unser Möglichstes tun«, versprach der Postenbeamte von Amstetten und steckte die Visitenkarte, die die Betrüger den Geschädigten hinterlassen hatten, in ein Kuvert. Im Protokoll war alles festgehalten: Dem Ehepaar waren Zweifel an der Seriosität der Teppichvertreter gekommen, als diese sich verabschiedet hatten. Die beiden Rentner hatten sich deshalb an einen Bekannten gewandt, dem mit einem Blick auf den umgetauschten Teppich der Schwindel klar gewesen war.

»Bekommen wir Bescheid, wenn Sie die Kerle geschnappt haben?« fragte die Frau.

Der Beamte lächelte beruhigend. »Aber ganz bestimmt.«

»Und den Teppich bekommen wir auch wieder zurück, ja? Wir haben ja noch den Beleg und den Lieferschein«, erklärte der Mann und stand auf, um dem Beamten über den voll beladenen Schreibtisch hinweg die Hand zum Abschied zu reichen. Der uniformierte Hüne erhob sich und verabschiedete sich von dem Ehepaar, das sich mehrfach dankend aus dem Büro entfernte.

Der Polizist ließ sich wieder in seinen Schreibtischsessel sinken. Durchreisende Täter, überlegte er. Null Chance – ohne Autokennzeichen, ohne vernünftige Beschreibung. Er konnte das Protokoll ausdrucken und genauso gut gleich zu den ungeklärten Fällen legen. Doch die Vorschrift besagte, dass es an die Kriminalpolizei Ulm weitergeleitet werden musste – die vorgesetzte Dienststelle für Amstetten, das am äußersten nördlichen Rand des Alb-Donau-Kreises lag. Weil der Kreis Göppingen angrenzte, wurde bei derartigen Straftaten, die auf landesweite Täter schließen ließen, auch die Kriminalaußenstelle im nahen Geislingen informiert.

Der Postenbeamte wusste zwar, dass die Kollegen drunten im Tal mit ihrem Mordfall beschäftigt waren und bei Gott anderes zu tun haben würden, als fliegenden Teppichhändlern nachzuspüren, wollte aber trotzdem seiner Pflicht nachkommen. Er tippte die Durchwahlnummer des Geislinger Kripochefs Schmittke ein, der sich auch gleich meldete. Martin Rittmann wechselte einige freundliche Worte und schilderte dann den Sachverhalt, den er soeben protokolliert hatte.

Schmittke hörte interessiert zu und unterbrach schließlich den Kollegen von der Albhochfläche: »Das klingt aufregend. Bleiben Sie dran, ich stell' Sie zu Herrn Häberle durch.«

Rittmann stutzte. Zu Häberle, dem großen Kriminalisten. Mit dem hatte er schon jahrelang nichts mehr zu tun gehabt. Doch der Chefermittler erinnerte sich sofort an den Postenbeamten, für den er einige freundliche Worte parat hatte. Rittmann fühlte sich geschmeichelt. Von einem derart angenehmen Verhältnis zwischen Uniformierten und den Kollegen von der Kripo konnte er im Alb-Donau-Kreis nur träumen. Dann begann er, die Geschichte von dem betrogenen Ehepaar ein zweites Mal zu erzählen. Häberle hörte gespannt zu und informierte seinerseits den Kollegen, dass der Fall durchaus mit dem Mord in Verbindung zu bringen sein könnte. Er bat, das Protokoll und die Visitenkarte zugefaxt zu bekommen. Rittmann versprach dies.

Der Raum war dunkel und kühl. Durch zwei Glasbausteine, die unterhalb der Decke eingemauert waren, fiel diffuses Tageslicht. Die Betonwände kahl, auf dem Boden drei alte blaue Matratzen, in einer Ecke eine Baustellentoilette, das Innere eines Dixi-Clos. Sarah Flemming war mitten in der Nacht in das Untergeschoss des Firmengebäudes geschleppt worden, wo es mehrere kleine Räume gab. Jener, in den man sie eingesperrt hatte, lag ganz am Ende eines langen finstren Ganges, durch den man sie gezerrt und geschubst hatte.

Wie viel Zeit seither vergangen war, wusste sie nicht. Einmal erst hatte ihr der Wortkarge eine Currywurst mit Brötchen und drei Plastikflaschen Mineralwasser gebracht. Sie war allerdings gar nicht hungrig gewesen, hatte sich aber zum Essen gezwungen. Sie musste bei Kräften bleiben, auch wenn ihr Magen rebellierte. Sie fror und fühlte sich elend. Noch immer trug sie die ausgefransten kurzen Jeans und die halb-ärmlige Bluse. Nur die hochhakigen Schuhe hatte man ihr abgenommen und stattdessen Turnschuhe gegeben.

Sie hatte zu schlafen versucht, doch konnte sie kein Auge zutun. Ihre Gedanken fuhren Achterbahn. Sie hatte Angst, panische Angst. Hier drin war sie ihren Peinigern hilflos ausgeliefert. Der Raum befand sich im Untergeschoss und ragte offenbar nur knapp aus der Erdoberfläche heraus, sodass durch die Glasbausteine unter der Decke Licht eindringen konnte. Vielleicht aber kam die Helligkeit auch nur durch einen Lichtschacht.

Die Wände waren aus massivem Beton, in dem die Holzverschalung ihre Spuren hinterlassen hatte. Und die Tür bestand aus stabilem, dicken Metall und hatte auf der Innenseite nicht einmal eine Klinke, an der sie hätte rütteln können. Offenbar war der Raum als Gefängniszelle vorbereitet worden.

Die junge Frau setzte sich erschöpft auf die Matratzen, die nach Mottenkugeln rochen. Ihre blonden Haare hingen strähnig nach allen Seiten vom Kopf.

Als die Tür metallisch schepperte, zuckte sie zusammen. Außen wurden zwei Riegel zur Seite geschoben, ein Schlüssel ins Schloss geschoben und gedreht. Die Frau blieb wie erstarrt sitzen, die nackten Beine zur Seite gelegt, die Arme um den Oberkörper geschlungen. Grelles Licht von Leuchtstoffröhren fiel durch die Tür, als sie geöffnet wurde. Sarahs Augen konnten sich gar nicht so schnell an diese Helligkeit gewöhnen, sodass sie zunächst nur die Umrisse eines Mannes wahrnahm. Dann aber erkannte sie den Wortführer von der vergangenen Nacht.

»Na, wie geht's uns denn?« fragte er grinsend und kam einen Schritt auf sie zu.

»Was wollen Sie von mir?« Sarahs Versuch, energisch zu wirken, erstickte im Keim. Sie hatte viel zu viel Angst.

»Vorläufig bist du im Knast, wie du siehst«, erwiderte der Mann und lehnte sich an die kühle Betonwand. »Ob du das hier bist, oder in einem richtigen Gefängnis, spielt keine große Rolle. Früher oder später hätten dich die Bullen geholt. Sei uns dankbar, dass wir denen zuvorgekommen sind.« Er lachte. »Betracht' es als eine Art Schutzhaft.«

Sie fröstelte jetzt immer mehr und sah zu dem Mann hinauf, der triumphierend auf sie herab blickte.

»Ich will dir sagen, was mit dir geschieht«, sagte er langsam, »du wirst den Bullen nicht in die Hände fallen, so viel ist sicher. Dafür weißt du zu viel.« Er ging in die Hocke, um ihr besser ins Gesicht schauen zu können. »Allerdings wirst du ein paar Tage hier drin verbringen müssen. Das kann ich dir nicht ersparen.«

Ihr wurde schummrig. Die wollten sie tagelang in diesem Kellerloch gefangen halten? Sie war unfähig, etwas zu sagen.

»Du wirst es überleben«, erklärte er sachlich, »die Verpflegung ist zwar nicht gerade luxuriös und die Matratze auch nicht aus dem Hilton – aber für dich reicht's.«

Sie holte tief Luft. »Du Schwein«, entfuhr es ihr.

Er blieb gelassen. »Was hab' ich da vernommen?« höhnte er mit gespieltem Staunen. »Du willst mit dem Chef des Hauses nicht vernünftig reden? Seh' ich das richtig?«

»Lass' mich in Ruhe«, Sarahs Stimme erstickte in Tränen.

»Hab' ich etwas getan?« Der Mann stand auf und hielt die Arme seitlich in die Höhe gereckt, »hab' ich dich angerührt?« Er wandte sich der halb offen stehenden Metalltür zu. »Ich denke ...«, sagte er süffisant, »... ich denke, jemand sollte dir Gesellschaft leisten.« Er verließ den Raum wieder, ohne sie eines Blickes zu würdigen. Während er die Tür von außen zuzog, murmelte er, wie zu sich selbst, aber so, dass Sarah es hören konnte: »Dann werd' ich mal unserem kleinen Russen eine Freude bereiten und ihn runterschicken.«

Sarah schrie schluchzend auf, doch die Tür fiel bereits scheppernd ins Schloss. Sie hörte, wie die Riegel vorgeschoben wurden und sich der Schlüssel zweimal drehte.

»Da haut's dir's Blech weg«, kommentierte Linkohr den Hinweis aus Amstetten, »Stichwort, Teppich‹. Wenn das kein Zufall ist ...?«

Häberle nickte. »Unser guter Herr Kruschke wird uns doch sicher verraten können, mit wem die Flemmings Geschäftsverbindungen hatten, wenn er ihnen gelegentlich vom Bosporus Teppiche mitbringt ...«

»Nicht nötig«, meinte der schnauzbärtige Schmidt, »unsere EDV-Spezialisten haben bei Flemmings Geschäftsunterlagen eine Adresse gefunden.« Er blätterte in einem gelben Schnellhefter und nannte eine Adresse.

»Super«, lobte der Kommissar, »dann machen wir uns doch gleich auf den Weg.«

»Noch was«, stoppte Schmidt den Tatendrang seines Chefs, »dieser Schindling, dieser zweite Musiker – er ist offensichtlich ›clean‹.«

Häberle und Linkohr lauschten gespannt auf die weiteren Ausführungen ihres Kollegen. Inzwischen waren weitere Kriminalisten eingetroffen, die sich an ihren Computerplätzen wieder über die Spurenauswertungen hermachten.

»Dieser Musiker ist Samstagnacht gleich heimgefahren. Wir haben noch mal mit dem Wirt der Roggenmühle gesprochen und die Zeitabläufe gecheckt. Die Frau Schindling kann sich genau entsinnen, wann ihr Mann heimgekommen ist. Sie lag wach und hat einen Nachtfilm auf Sat 1 angeschaut.«

»Mit ihm selbst habt ihr aber nicht gesprochen?« vergewisserte sich Häberle.

»Doch, über Handy. Er ist Außendienstler«, erwiderte Schmidt, »er ist aus allen Wolken gefallen, als wir ihm gesagt haben, dass sein Kollege in U-Haft sitzt. Er selbst hat von einem Streit zwischen Pohl und Flemming nichts mitgekriegt.

Außerdem hält er es für völlig abwegig, dass Pohl etwas mit dem Mord zu tun hat.«

Häberle zuckte mit den Schultern. »Der Richter aber nicht – und wir auch nicht.«

»Vielleicht sollten wir ihm noch mal auf den Zahn fühlen«, schlug Linkohr vor.

Der Kommissar nickte langsam und wandte sich an Schmidt: »Melden Sie uns in Ulm an. In einer Dreiviertelstunde sind wir da.« Er stand auf, forderte seinen jungen Kollegen auf, ihm zu folgen. »Wir fahren dann über Heidenheim zurück. Bis dahin dürfte der Teppichladen ja offen sein.«

Bereits im Hinausgehen drehte sich Häberle noch einmal um und rief Schmidt zu: »Stellen Sie doch auch mal fest, ob gegen diese Spedition von diesem Kruschke was vorliegt. Vorstrafen von ihm und so weiter.« Der Kommissar war bereits wieder auf dem Flur, als er sich ein weiteres Mal umdrehte: »Und findet mal raus, wer da noch zu dieser Eisenbahninitiative in Geislingen gehört.«

28

Das Untersuchungsgefängnis in Ulm ist ein trostloser Back-
steinbau und steht direkt hinter einem architektonischen
Schmuckstück, dem Landgericht aus dem Ende des 19. Jahr-
hunderts. Häberle hatte den Mercedes in die nahe, aber sündhaft teure Tiefgarage »Salzstadel« gestellt. In zwei Minuten
erreichten sie den »Frauengraben«, jene Adresse also, die keiner, der jemals hier in U-Haft war, sein Leben lang vergessen
dürfte. Häberle klingelte an der Tür, die sich in der Mitte des
lang gestreckten Baus mit den vergitterten Milchglasfenstern
befand. Videokameras waren auf den Eingang gerichtet, eine
Männerstimme krächzte durch die Sprechanlage. Der Kommissar stellte sich und seinen Kollegen vor, worauf der elek-
trische Öffner summte. Sie kannten diese Prozedur, die jetzt
folgen würde. Zunächst standen sie in einem Vorraum, dessen
nächste Tür sich erst öffnen ließ, wenn die Erste ins Schloss
gefallen war. Hinter einer Panzerglasscheibe residierte der
Torwächter, der sich die Dienstausweise der beiden Kriminalisten zeigen ließ. Eigentlich eine reine Formsache, denn
Häberle war ihm längst persönlich bekannt.

Sie mussten noch ein paar Minuten warten, bis sich die
nächste Tür auftat und sie von einer wohlbeleibten uniformierten Frau in Empfang genommen wurden. Obwohl in der
U-Haft nur Männer untergebracht waren, gab es hier auch
weibliches Personal. Linkohr hatte bereits bei seinem letzten Besuch darüber gestaunt.

Die Vollzugsbeamtin hatte ein blasses Gesicht, war sicher
viel jünger, als sie wirkte, und vermied es, auch nur den Anflug
eines Lächelns zu zeigen. »Der U-Häftling Pohl wird vorgeführt«, sagte sie knapp und ging voraus in einen finstren Vor-

raum, in den von allen Seiten kahle Gänge mündeten. An den Decken folgten abgehängte Rohrleitungen den Fluren. Alles wirkte irgendwie provisorisch und veraltet, gebaut für einen strengen Drill vergangener Jahrzehnte. Doch auch jetzt, so überlegte Linkohr, während er seinen Blick in diese Atmosphäre der Trostlosigkeit und Hoffnungslosigkeit schweifen ließ, fand sich keine Spur von modernem Strafvollzug. Jedes Mal überkam ihn hier ein beklemmendes Gefühl. Wenn sich die Türen schlossen, war man den Mühlen der Justiz hilflos ausgeliefert.

Die beiden Kriminalisten schwiegen sich an, als die resolute Vollzugsbeamtin in einem der abzweigenden Gänge verschwand, dessen Breite sie mit ihrer Leibesfülle nahezu ganz ausfüllte. Hier konnte ihr niemand entkommen. Immer wieder rasselte irgendwo ein Schlüsselbund, fielen Eisengittertüren ins Schloss, hallten Schritte auf Steinböden.

Pohl tauchte in Begleitung der Vollzugsbeamtin und eines großen hageren Uniformierten auf. Der Musiker war blass. Aus seinem Gesicht war der optimistische Ausdruck verschwunden. Häberle nickte ihm aufmunternd zu. Doch der Mann sagte nichts, sondern folgte verbittert den beiden Aufsehern in einen kleinen fensterlosen Raum, in dem eine Leuchtstoffröhre grelles Licht verbreitete. Er setzte sich auf einen der fünf unbequemen alten Holzstühle, die um einen mitgenommenen und sehr zerkratzten Tisch gruppiert werden. Wie dem Sperrmüll entnommen, dachte Linkohr, als er mit seinem Kollegen Platz nahm. Die beiden Vollzugsbediensteten erklärten, dass sie vor der geschlossenen Tür warten würden.

Der Angeklagte blickte den Kommissar an. »Soll ich mich jetzt über Ihren Besuch freuen?« Seine Stimme hatte den sonoren Klang verloren.

»Tut mir Leid«, erwiderte Häberle und beugte sich mit dem Oberkörper über die Tischplatte, »aber die Indizien sprechen gegen Sie.«

»Das ist alles ein granatenmäßiger Irrtum«, brauste der Musiker plötzlich auf, »eine Riesenschweinerei, die da abläuft.« Er schüttelte ungläubig den Kopf. »Ich bin da in eine Sache reingeraten, glauben Sie mir das, wofür ich nichts kann. Eine Verkettung unglücklicher Umstände – das mit dem Handy und dem Parken am Mordloch.«

Häberle wollte sich in keine Diskussion einlassen. »Sie haben mit Flemming gestritten. Was wissen Sie von ihm? Gibt es etwas, was Sie uns bisher verschwiegen haben?«

»Was heißt ›verschwiegen‹? Dass er ein rechter Sauhund ist«, erwiderte Pohl angewidert, »ein Abzocker, aber das hab' ich Ihnen alles schon zehnmal gesagt. Genau wie dem Richter.«

»Und Sie haben mit Flemming gestritten und ihn totgeschlagen«, versuchte es Häberle auf die provokative Weise.

»Schwachsinn«, der Musiker schlug mit der flachen Hand auf den Tisch, »wo hätt' ich denn das tun sollen? In meinem Auto? Und womit?«

»Mit einer australischen Eiche«, entgegnete der Kommissar prompt.

Pohl stutzte. »Womit?«

»Mit einem Holzprügel aus australischer Eiche«, wiederholte Häberle ruhig.

Pohl fuhr sich durchs dünne Haar und versuchte, ironisch zu werden: »Und so was hab' ich gleich zur Hand, klar. Hat ja jeder dabei – eine Eiche aus Australien.«

»Eben nicht«, entgegnete der Kommissar, »kennen Sie denn jemand, der so ein Gewächs hat?«

»Ich bin kein Botaniker, tut mir Leid.« Pohl wurde zunehmend nervöser. »Was glauben Sie eigentlich, wie lange Sie mich hier noch festhalten können? Ist Ihnen bewusst, wie viele Engagements mir verloren gehen? Produktionen? Auftritte?«

Häberle hob beschwichtigend die Arme, während Linkohr darüber nachdachte, wie deprimierend es sein musste, unschuldig eingesperrt zu sein. Welch' Irrtum, dachte er, wenn in der Bevölkerung die Meinung vorherrschte, U-Haft sei was ganz Harmloses, weil man da alle Vergünstigungen zugestanden bekomme. Er kannte die Zellen hier in Ulm. Zwei Etagenbetten füllten meist den ganzen Raum aus. Lin-

kohr fragte sich oft, wie vier Männer wochen- oder monate-
lang so zusammenleben konnten. Dazu noch die Toilettenschüssel nur spärlich mit einem Vorhang gegen die Blicke
der anderen geschützt. So hatte er sich immer den Knast in
Istanbul vorgestellt. Aber nicht die U-Haft in Ulm. Nein,
Linkohr hatte mit überführten Straftätern kein Mitleid.
Doch hier konnten durchaus Unschuldige sitzen, die nach
Abschluss der Ermittlungen, was nicht selten ein halbes Jahr
in Anspruch nahm, wieder freigelassen werden mussten.

Ihn schauderte beim Gedanken an die Gemeinschaftsdu-
sche im Untergeschoss, wo zehn Mann gleichzeitig nebeneinander standen – inmitten einer Sanitärinstallation, die an
Vorkriegstechnik erinnerte.

»Sie haben also zu Ihrer bisherigen Aussage nichts hinzuzufügen«, drang Häberles Stimme wieder an Linkohrs
Ohr. Der junge Kriminalist hatte, in Gedanken versunken
die trostlos weißen Wände auf sich wirken lassen. In diesem
grellen Licht wirkte Pohls Gesicht leichenblass.

»Ich bin unschuldig«, beteuerte der Musiker, »holen Sie
mich hier raus. Und zwar sofort.«

»Noch eine Frage«, blieb Häberle sachlich, ohne aber
den verbindlichen Unterton zu verlieren, »welche Beziehung haben Sie zu der Museumsbahn?«

Pohl schien irritiert zu sein. »Was heißt Beziehung? Ich
versteh' die Frage nicht ganz.«

»Nun ja, das ›Kaos-Duo‹ hat am Sonntag in Gerstetten
gespielt ...«

»Das war ein normales Engagement«, erklärte der Musiker, »ganz normal.«

»Dürfen wir fragen, wer es bezahlt hat? Die Stadt oder
dieser Eisenbahn-Verein?«

»Weder noch«, erklärte Pohl, »ein Sponsor.«

»Wer?«

»Dieser Unternehmer – Kruschke heißt er und soll ein
Eisenbahn-Narr sein, aus Gerstetten.«

Die beiden Kriminalisten schauten sich an, was den Musiker erneut irritierte.

»Noch eine Frage«, wechselte Häberle das Thema, »haben Sie in letzter Zeit einen Teppich gekauft?«

Pohl war überrascht und fragte: »Was hat denn das damit zu tun?«

»Nur so, ganz am Rande vielleicht – haben Sie denn?« beharrte Häberle auf eine Antwort.

Der Musiker schüttelte verständnislos den Kopf. »Nicht in jüngster Zeit.«

»Wann dann?« schaltete sich Linkohr ein.

Pohl überlegte. »Vor zwei, drei Jahren mal. Bei einem Türkeiurlaub. Warum interessiert Sie das?«

Häberle ließ sich sein Erstaunen nicht anmerken: »Wo – in Istanbul?«

Der Musiker schüttelte wieder den Kopf. »Nein, in Antalya. Spielt das denn eine Rolle?« Er wurde sichtlich nervöser.

Der Kommissar lächelte und stand auf. »Wir werden sehen.«

»Ja – und jetzt?« Offenbar hatte Pohl auf ein Signal für eine baldige Entlassung gehofft.

Häberle klopfte ihm aufmunternd auf die Schulter. »Glauben Sie mir, wir bringen Licht in das Dunkel.«

Auch Pohl und Linkohr erhoben sich. »Wissen Sie was, Herr Häberle«, sagte der Musiker, »wenn ich hier rauskomme, gibt's ein Lied auf Sie.«

Der Kommissar, der sich bereits zur Tür gewandt hatte, drehte sich erstaunt um: »Wie kommen Sie denn da drauf?«

»Ich hab' den Text schon fertig«, erwiderte Pohl und schaute dem Kriminalisten fest in die Augen, »er heißt: ›Die Wahrheit kommt immer auf den Tisch‹. Daran sollten Sie denken.«

29

»Gut gemacht, Osotzky«, lobte Kruschke und schlug seinem bärenstarken Fernfahrer freundschaftlich auf die Schulter, »auf Sie ist Verlass.« Osotzky hatte den blauen Sattelzug aus der firmeneigenen Waschanlage herausgesteuert und rückwärts in eine Halle rangiert, in der fünf weitere Fahrzeuge parkten. Der Chef und sein Angestellter öffneten die Heckklappe des blitzblank geputzten Sattelzugs und inspizierten die darin montierten Fässer. »Alles okay«, stellte Kruschke fest, »sehr gut, spitze.«

Dann verließen sie die Halle, überquerten den Hof und gingen in das Verwaltungsgebäude, in dem sich das unaufgeräumte Chefbüro befand. Vorbei an der offen stehenden Tür zum Büro der überaus freizügig gekleideten Sekretärin, erreichten sie Kruschkes Reich.

»Das Geschäft brummt«, begann Kruschke, »und das lohnt sich auch für Sie.« Er lächelte und fragte: »Kaffee?«

Osotzky lehnte ab und verschränkte die Oberarme, die aus einem kurzärmligen blauen Hemd quollen.

»Die Sache mit Belgien läuft wie am Schnürchen«, erklärte der Chef, »Aufträge am laufenden Band.«

Osotzky kniff die Augen zusammen. »Aber das Wetter spielt nicht mit«, gab er zu bedenken.

Kruschke nickte und schob einige Schriftstücke zur Seite, um auf seinem Schreibtisch wieder ein paar Quadratzentimeter Mahagoniholz erkennen zu können. »Ist nicht tragisch«, erklärte er, »vorläufig geht's in die andere Richtung.« Er wartete die Reaktion seines Fernfahrers ab.

»Südosten?« fragte dieser knapp zurück.

Kruschke nickte. »Am Wochenende vermutlich. Baumaschinen, bei denen's nicht auf den Tag ankommt. Zurück dann vier verschiedene Frachten. So wie's jetzt aussieht jedenfalls. Pflanzen, irgendwelche Metallteile, jede Menge Hemden und zwei Dutzend Teppiche.«

Osotzky nickte und blickte in das entschlossene Gesicht seines Chefs. »Mit welchem Truck?« fragte der Fernfahrer vorsichtig.

»Mit dem Dreier«, erwiderte Kruschke. Osotzky verstand und lächelte: »Dann kann ich noch zwei Tage frei nehmen?«

Sein Chef nickte und war froh, dass dieser Mitarbeiter niemals Zicken machte. Sie waren inzwischen ein eingespieltes Team – er, der erfolgreiche Unternehmer und Osotzky, der Mann für alle Fälle.

»Am Sonntagabend könnte es losgehen«, erklärte Kruschke, um noch hinzuzufügen: »Diese Sache mit Flemming, dieser Mord, bedarf immer noch größter Vorsicht. Die Bullen schnüffeln im ganzen Umfeld rum.«

Osotzky nickte und schwieg. Sein Chef lehnte sich zurück und drückte unablässig auf den Mechanismus eines Kugelschreibers. »Können Sie sich vorstellen, wer den umgebracht hat?« fragte er und kniff die Augen zusammen.

Sein Gegenüber wusste nicht, was er sagen sollte. »Ich?« stammelte er, »ich? Keine Ahnung. Ich hab' den Flemming überhaupt nicht gekannt.«

»Ach ... «, staunte Kruschke.

Die Sonne stand an diesem Julimittag hoch am Horizont und durchflutete mit ihren warmen Strahlen auch das Roggental. Martin Seitz, der Wirt und Forellenzüchter in der ›Oberen Roggenmühle‹, genoss es, an solchen Tagen an seinen Fischteichen entlang zugehen und auf das sanfte Plätschern und Rauschen der kleinen Bäche zu lauschen, die in einem komplizierten System das Wasser von einem Becken zum anderen leiteten. Einige Wanderer standen jenseits des Zaunes und besahen sich die Zuchtanlage. Seitz winkte ihnen grüßend zu. In der Luft kreiste ein Fischreiher und Leo, der gutmütige Hund, hatte mal wieder mit seinen Pfoten selbstständig die Hintertür des Mühlengebäudes geöffnet, um bei seinem Herrchen sein zu können.

Ein silberfarbener Mercedes war von der vorbeiführenden Straße abgebogen und über die hölzerne Brücke gerollt, deren Bohlen jedes Mal ein donnerndes Geräusch verursachten. Seitz blickte auf und sah jenseits des Kinderspielplatzes den Wagen auf der großen Freifläche einparken. Leo, der sich ins Gras gelegt hatte, hob vorsorglich den Kopf, schien aber nichts Aufregendes festzustellen. Sein Herrchen wischte sich die Hände an der Arbeitskleidung ab und beobachtete den Mann, der aus dem Mercedes stieg und dem schmalen Steg zustrebte, der den Auslauf der Fischteiche überspannte. Der Fremde durchschritt das Veranstaltungszelt, dessen Stoffwände zur Seite geschoben waren, und ging zielstrebig auf das Mühlengebäude zu. Martin Seitz, an diesem Mittag allein, folgte den schmalen Wiesenstreifen zwischen den Teichen, um den Besucher am Haus zu treffen. Dieser hatte den Wirt inzwischen bemerkt und war stehen geblieben.

»Sie sind der Chef des Hauses?« fragte er.

»Richtig«, erwiderte Seitz freundlich, während sich in gebührendem Abstand nun auch Leo sehen ließ. Es schien so, als wüsste der Hund, dass allein sein Anblick ausreichend sein würde, jedem Fremdling Respekt einzuflößen. Da bedurfte es keines Bellens und keines Knurrens.

»Freudenthaler«, stellte sich der Gast vor und schüttelte dem Wirt die Hand, »Tourismusmanagement. Haben Sie einen Augenblick Zeit?«

Seitz blickte in ein faltenreiches Gesicht. Der Mann war korrekt gekleidet und hielt einen schwarzen Aktenkoffer in der Hand. Für einen Moment befürchtete der Wirt, er habe es wieder mit einem dieser windigen Anzeigenaquisiteure zu tun, die nichts weiter vorhatten, als sündhaft teure Inserate für läppische Broschüren zu ergattern.

Freudenthaler las diese Skepsis aus dem Gesicht des Wirts.

»Ich will nichts verkaufen – sondern nur über die Fremden-verkehrssituation mit Ihnen reden.«

Seitz musterte den Mann, der beinahe einen Kopf kleiner war als er. »Wenn's nicht allzu lange dauert«, sagte er und bat ihn in den stilvoll eingerichteten Mühlenraum, gleich links des Eingangs. Sie setzten sich an den ersten Tisch, während ihnen Leo unauffällig gefolgt war und diskret im Flur zurückblieb. Dort legte er sich mit seiner ganzen majestätischen Größe auf den gefliesten Boden. An ihm würde keiner vorbeikommen.

Freudenthaler ließ seinen Aktenkoffer aufschnappen und entnahm einige Schnellhefter. Außerdem legte er Seitz eine Visitenkarte auf den Tisch.

Er erklärte, dass er seit einigen Tagen im hiesigen Raum unterwegs sei, um einerseits Unternehmern neue EU-Märkte zu erschließen und andererseits Ideen für den Tourismus zu entwickeln. »Und Ihre Gaststätte hier«, resümierte er, »ist geradezu prädestiniert für den ›sanften Tourismus‹, für Erholung und Romantik.«

Seitz fühlte sich geschmeichelt. Sein Gast faltete einige Broschüren auf, die er für eine Region im Allgäu entworfen hatte. Es waren übersichtliche Pläne und Aufstellungen über alle Aktivitäten und Angebote, die es dort kreisübergreifend gab. »Das Wichtigste dabei ist: Es finanziert sich selbst«, triumphierte Freudenthaler, »bei allem, was wir angeleiert haben, ist unterm Strich nie eine rote Zahl rausgekommen.«

Seitz griff nach den Unterlagen und musste Freudenthaler zugestehen, dass sie professionell gemacht waren. Dies spornte den Manager zu weiteren Vorschlägen an. Er schwärmte von der unberührten Landschaft in diesem Tal, von den bewaldeten Hängen und den trotzdem dicht beieinander liegenden Besonderheiten. »Diese Museumsbahn da oben«, Freudenthaler machte eine entsprechende Kopfbewegung, »an der könnten auch Sie partizipieren. Denken Sie mal darüber nach! Wie wär's an solchen Tagen mit einer Pferdekutschenverbindung vom Bahnhof bis hier runter? Da gibt's doch sicher eine alte Steige, über die früher die Bauern mit ihren Fuhrwerken gefahren sind.«

Seitz verschränkte die Arme vor seinem Arbeitsoverall. »Haben Sie auch schon Kontakt zu anderen aufgenommen?«

Freudenthaler nickte eifrig. »Auch mit den Eisenbahnern – und anderen, ja. Wir sollten in Bälde eine ...« Er suchte nach einem passenden Begriff. »... eine Interessengemeinschaft gründen.«

Nachdem er keinen Widerspruch erntete, wechselte Freudenthaler das Thema. »Ihnen als Unternehmer hätt' ich noch ein anderes Angebot zu machen ...« Er kramte in seinem prallgefüllten Aktenkoffer und zog schließlich eine blaue Broschüre heraus, auf deren Titelblatt eine Forelle abgebildet war. Die Schrift jedoch konnte Seitz nicht lesen. Es schien eine slawische Sprache zu sein.

»Ich weiß, Sie züchten Forellen«, stellte Freudenthaler fest und schaute sein aufrechtes Gegenüber vorsichtig von unten herauf an. »Ein Heidengeschäft«, fuhr er fort, »arbeitsaufwendig, Zeit raubend – und damit kostenintensiv.«

Seitz überlegte, worauf der Manager hinaus wollte.

»Wenn ich Ihnen jetzt sage, dass es kaum irgendwo anders klareres Gebirgswasser gibt, als in der Hohen Tatra, ganz hinten in der Slowakei, dann wird Ihnen klar, worauf ich hinauswill.«

Seitz lächelte gezwungen. Er konnte es sich denken.

»Was spricht dagegen, sich die munt'ren Forellen von einer Gegend kommen zu lassen, wo die Arbeitslöhne nur einen Bruchteil dessen betragen, was Sie bei uns berechnen müssen?«

Seitz schluckte. Er brauchte nicht lange zu überlegen, sondern gab schlagfertig die Antwort: »Was dagegen spricht? Meine heimische Qualität, mein guter Ruf, meine Verantwortung gegenüber dem Kunden.«

Freudenthaler zeigte sich unbeeindruckt. »Wir müssen Abschied nehmen von überkommenen Traditionen, Herr

Seitz. Wer in diesen Zeiten globalen Handels nicht mithält, wird verlieren.«

»Entschuldigen Sie«, blieb auch der Wirt höflich, »aber ich sehe in Ihrer Argumentation einen Widerspruch. Einerseits propagieren Sie die Vermarktung unserer Landschaft und andererseits wollen Sie mich und wahrscheinlich auch andere Unternehmer dazu animieren, Geschäfte mit dem fernen Ausland zu machen.«

»Das ist Business, Herr Seitz, Geschäft.« Er machte eine Pause. »Aber es war ja nur ein gutgemeintes Angebot.« Er ließ die Seiten der Broschüre durch seine Finger gleiten.

Seitz wollte das Gespräch beenden: »Diese Denkweise entspricht den heutigen Betriebswirtschaftlern, den eiskalten Rechnern, wie ich es immer sage. Was zählt, ist nur der schnelle Euro. Ihm wird alles geopfert. Alles.« Die Stimme des Wirts wurde scharf. »Wir werfen alles über Bord, was bisher gut war – nur, weil man vorübergehend im Ausland billiger produzieren kann. Vorübergehend, sag' ich. Was glauben Sie, wie lange es noch dauert, bis die Menschen in der Hohen Tatra aufwachen? Und dann? Holen Sie dann Ihre Forellen noch weiter ostwärts, aus der Ukraine?«

Freudenthaler schwieg und packte seine Akten enttäuscht wieder ein.

»Auf diese Weise wird die heimische Produktion in allen Bereichen zerstört. Und zwar unwiederbringlich«, stellte Seitz fest, der schon in frühester Kindheit gelernt hatte, dass nur mit ehrlicher Qualität langfristig Erfolg zu erzielen ist. »Und wer ...« so fuhr er fort, »wer um Gottes willen soll denn irgendwann einmal all die Produkte kaufen, mit denen wir selbst unser Land von auswärts überschwemmen? Wer hat dann noch das Geld, wenn die Arbeitslosigkeit steigt und steigt?«

Der Manager ließ die Verriegelungen seines Aktenkoffers einrasten und stand auf.

»Noch eines möchte ich Ihnen mit auf den Weg geben«, sagte Seitz wieder gelassener, »ich kenne einige, die sich auf solche Geschäfte eingelassen haben, einige.« Er stand nun ebenfalls auf. »Und ich kann Ihnen sagen – da sind manche bitterbös' auf die Nase gefallen.«

Freudenthaler strebte wortlos den drei Stufen zu, die aus dem Mühlenraum in den Flur hinaufführten, wo sich Leo ausgebreitet hatte. Seitz gab seinem Gast noch einen Rat mit auf den Weg: »Und glauben Sie mir – auch Sie sollten sich in Acht nehmen.« Es klang fast wie eine Drohung.

30

Florian Metzger war begeistert. Auf diesen Tag hatte er seit einem halben Jahr gewartet. Soeben war dieser blaue Bagger von einem Tieflader gerollt, den sie zum Schnäppchenpreis irgendwo im Ruhrgebiet aufgetrieben hatten. Diese Maschine konnte mit ihren Gummireifen sowohl auf der Straße fahren, als auch mit den Eisenrädern auf Schienen. Ideal, um die Strecke quer durch die Stadt Geislingen wieder herzurichten, die Böschungen zu stabilisieren und den Bewuchs zu beseitigen.

Metzger, längst im Besitz des Lokführerscheins, konnte es jedenfalls kaum erwarten, mit diesem Gefährt zu arbeiten. Er ließ sich von einem der beiden Männer, die den Bagger von der Rampe des Tiefladers gefahren hatten, mit der Steuerung vertraut machen. Hier, am so genannten Tälesbahnhof, der längst ein Jugendhaus beherbergte, würde er die Maschine gleich auf die Schiene setzen. In den einschlägigen Bestimmungen kannte er sich aus. So durfte er die schienengleichen Bahnübergänge nur überqueren, wenn eine Person mit roter Signalfahne den Straßenverkehr sicherte.

Bis die Formalitäten abgewickelt waren, dauerte es zwei Stunden, dann war Metzger endlich Herr über ein Schienenfahrzeug. Während der Tieflader vom Gelände des ehemaligen Bahnhofs rollte, kletterte der junge Eisenbahnfan in die kleine Kabine des leicht ramponierten Baggers, betätigte den Anlasser und fuhr ruckelnd zum geschotterten Bahndamm. Eine dicke schwarze Rußwolke stieg in die Luft. Der Bagger schaukelte und holperte über ein ehemaliges Abstellgleis. Die Schienenzwischenräume waren im Bahnhofsbereich mit Metallplatten ausgelegt, um ein Überqueren zu erleichtern. Kurz vor dem Hauptgleis brachte Metzger das Gefährt abrupt zum Stehen, sodass der Ausleger mit der Schaufel bedrohlich zu pendeln begann. Der junge Mann hantierte an mehreren Griffen, die ziemlich schwer nur zu bewegen waren. Schließlich gelang es ihm, den gesamten Bagger nach links zu steuern – hinein in das Gleis. Jetzt galt es, ihn exakt auf die Schienen auszurichten, damit die Metallräder auf dem Gleis saßen. Als Metzger die richtige Position erreicht zu haben glaubte, kletterte er aus seiner Kabine und prüfte die Radstände. Die Luft um ihn herum roch fürchterlich nach rußigem Dieselqualm. Er war mit seinem Rangiermanöver zufrieden und hangelte sich über die verrosteten Tritte wieder in die Fahrerkabine zurück. Dann ließ er das Gefährt auf die Schienen sinken und fühlte sich wie ein Eisenbahnkönig, als er den blauen Bagger erstmals ein paar Meter auf dem Gleis vorwärts bewegte. Nur etwa 20 Meter. Er wollte ihn vorläufig hier abstellen, um ihn am Abend seinen Vereinsfreunden vorzuführen. Als der junge Eisenbahnfan gerade die klapprige Fahrerkabine verriegelte, sah er im Augenwinkel einen Mann über die Gleise kommen.

»Sie müssen der Herr Metzger sein«, stellte der korrekt gekleidete Herr fest, der nicht danach aussah, als passe er zu einer Baustelle.

Metzger sprang vom letzten Tritt des Baggers auf den Schotter herab. »Bin ich, ja«, antwortete er leicht verunsichert.

»Man hat mir gesagt, dass ich Sie hier treffen würde«, erklärte der Mann und stapfte mit seinen Halbschuhen durch den Schotter. »Darf ich mich kurz mit Ihnen unterhalten?« Metzger zögerte. Doch der Fremde wartete ohnehin keine Antwort ab: »Es geht um die Eisenbahn.« Er erreichte jetzt, leicht außer Atem, seinen verdutzten Gesprächspartner und hielt ihm die Hand zur Begrüßung entgegen. »Ich glaube ...«, so sagte der Mann dabei, ohne sich zunächst vorzustellen, »ich glaube, es wird Zeit, dass Sie etwas ganz Wichtiges wissen sollten.«

Journalist Georg Sander war einigermaßen ungeduldig. Er hatte seit gestern nichts mehr Neues zum Mordfall Flemming gehört – außer vielen Gerüchten. Auch sein Versuch, mit Häberle zu telefonieren, war erfolglos geblieben. Und Pressesprecher Uli Stock in Göppingen hatte lediglich viel sagend verlautbaren lassen, dass die Ermittlungen »in vollem Gange seien.« Klar, dachte Sander, es bestand wohl nicht die Notwendigkeit für einen Zeugenaufruf. Sonst hätte längst Kripochef Helmut Bruhn mit seiner unnachahmlichen Art darauf gedrängt, »die Pressefritzen« antanzen zu lassen. Stock klagte inzwischen darüber, dass er alle Hände voll zu tun habe, die Medienvertreter von auswärts zu informieren. Sat 1 hatte angekündigt, ein Aufnahmeteam zu schicken, nachdem sich offenbar herumgesprochen hatte, welche kommunalpolitische Brisanz dieser Mord in der äußersten Provinz haben könnte. In diesem Fall, da war sich Sander ganz sicher, würde Bruhn weder den Pressesprecher noch den Leiter der Sonderkommission vorschicken, sondern selbst vor die Kamera treten. Ein solches Verhalten war in allen Bereichen des Behördentums ebenso weit verbreitet, wie in der Politik. Kaum, dass irgendwo eine Videokamera auftauchte, drängten sich all jene in den Vordergrund, die sich normalerweise dazu berufen fühlen, anderen zu sagen, was sie zu tun haben.

Sander, der weder mit Filmkamera, noch mit Mikrofon locken konnte, wollte deshalb eine andere Informationsquelle anzapfen. Er wählte die Nummer des Waldhauser Ortsvorstehers, den er für einen äußerst bodenständigen und umgänglichen Landwirt hielt. An diesem Nachmittag aber gab sich Karl Wühler ungewöhnlich wortkarg.

»Ich möchte dazu eigentlich nichts sagen«, erklärte er knapp.

Sander lehnte sich in seinen bequemen Bürosessel zurück und schaute durch die große Fensterfront der Redaktion zum Turm des alten Rathauses hinaus. »Es gibt mittlerweile unzählige Gerüchte«, bohrte er weiter.

»Das kann man sich ja vorstellen«, entgegnete Wühler. Er schien tief Luft zu holen und zu seufzen. »Langsam geht das an die Substanz, glauben Sie mir.«

Sander versuchte, dem Ortsvorsteher ein paar Bemerkungen über Flemming oder dessen Frau zu entlocken. Doch Wühler antwortete immer mit den gleichen Worten: »Weiß ich nicht, kann ich nichts dazu sagen.«

Dann wagte Sander einen Frontalangriff: »Und Ihr Schweinestall?«

Wühler schwieg mehrere Sekunden lang. »Wenn dies in einen Zusammenhang mit dem Mord gebracht wird, ist dies ungeheuerlich.« Die Stimme im Telefon zischte gefährlich.

»Alle Welt weiß, dass Sie kaum noch Freunde haben, Herr Wühler«, entgegnete Sander provokativ.

»Ich kann nur eines sagen«, sagte Wühler scharf, konnte aber eine gewisse Unsicherheit nicht verbergen, »manche Herrschaften machen sich's zu leicht, viel zu leicht ... Und wenn Sie was schreiben, Herr Sander, dann schreiben Sie rein: Einen Wühler kann man nicht einschüchtern. Niemals. Er wird sich zu wehren wissen. Mit allen Mitteln.« Dann legte er auf.

Sander hielt den Hörer noch für einen Augenblick am Ohr und schrieb die letzten Sätze wörtlich auf. So hatte er den Landwirt noch nie erlebt.

Häberle und Linkohr hatten nach der Vernehmung Pohls noch den leitenden Oberstaatsanwalt Ziegler aufgesucht, dessen Behörde sich schräg gegenüber dem Landgericht befand. Der oberste Chef der Ermittlungsbehörde war inzwischen von der Sonderkommission über die neueste Entwicklung informiert worden – insbesondere, was die Zusammenhänge mit türkischen Teppichhändlern anbelangte. Es bestärkte ihn in der Einschätzung, dass die organisierte Kriminalität im Vormarsch war. Nachforschungen hatten ergeben, dass der türkische Großhändler in Heidenheim, mit denen die Flemmings offenbar ihre Geschäfte abwickelten, aktenkundig war – allerdings nur wegen diverser Verstöße gegen Zollbestimmungen und Steuergesetze. Das musste nicht unbedingt auf hochkriminelle Aktivitäten hinweisen.

Ziegler hatte allerdings angemerkt: »Wir können momentan nicht erkennen, ob diese Ex- und Importgeschichten tatsächlich zum Zwecke des wirklichen Handels stattfinden oder ob wir es mit anderen Aktivitäten zu tun haben.«

»Geldwäsche?« war Häberles Kommentar gewesen.

Jetzt, auf der Fahrt nach Heidenheim, diskutierten die beiden Kriminalisten über das Gespräch. Nachdem sie in einem schwäbischen Selbstbedienungslokal in der Innenstadt, das gut und günstig war, wie Häberle wusste, etwas gegessen hatten, steuerte er den Mercedes zur B 19. Sie fuhren gerade an den Aussiedlerhöfen von Unterhaslach vorbei, als Linkohr die Feststellungen des Staatsanwalts im Nachhinein kommentierte: »Da haut's dir's Blech weg.«

Der Kruschke, der mit seinem Speditionsunternehmen auch Teppiche aus der Türkei mitbrachte, war ebenfalls schon einige Male mit dem Gesetz im Konflikt gekommen. Neben einer Beleidigung und zweier Steuerhinterziehungen wies sein Vorstrafenregister eine vorsätzliche Körperverletzung auf, weil er vor zwei Jahren einen seiner Fahrer niedergeprügelt hatte, nachdem sich dieser angeblich geweigert hatte, einen Transport nach Rumänien zu übernehmen. Die wirklichen Hintergründe des Falles, so hieß es in der Akte, habe man nie klären können. Einmal hatte er als verantwortlicher Fahrzeughalter eine Strafe wegen eines Verstoßes gegen die Bestimmungen des Gefahrguttransports bezahlen müssen.

Nachdem Linkohr diese Erkenntnisse noch einmal rekapituliert hatte, griff sie Häberle auf: »Wer weiß, was der Knabe so alles in der Gegend rumkutschiert …?!«

»Und jetzt beschäftigt er sich auch noch mit der Eisenbahn«, stellte Linkohr fest, als sie die Autobahn A 8 überquerten.

Häberle grinste und blickte seinen Beifahrer an. »Na ja – mit, dr Schwäb'schen Eisebahn', trula-trula-trullala.« Sein Tonfall erinnerte an das gleichnamige Lied. »Damit wird er ja wohl nichts Unrechtes anstellen wollen.«

»Wer weiß …«, sinnierte sein Kollege, »manchen ist alles zuzutrauen. Alles.«

31

Sarah fror immer mehr. Sie hatte sich mit angezogenen Knien auf die drei aneinander geschobenen Matratzen gekauert und die Betonwand angestarrt, die im Zwielicht besonders trostlos und finster wirkte. Sie lag unbequem, weil es kein Kopfkissen gab. Ihr Rücken schmerzte, ihr Magen rebellierte. Sie hatte viel zu wenig gegessen und bisher nicht mal eine halbe Flasche Mineralwasser getrunken. Genau so hatte sie sich in den schlimmsten Albträumen das Gefängnis vorgestellt. Doch nun war alles noch dramatischer. Sie war nicht der staatlichen Justiz ausgeliefert, sondern dieser kaltschnäuzigen gnadenlosen Bande. Alles, was sie ihren Bemerkungen entnommen hatte, ließ eindeutig darauf schließen, dass sie verschleppt werden sollte. Seit Stunden hämmerte die Angst auf sie ein: Man würde sie in eines dieser Edel-Bordelle verfrachten, die es überall in Südost-Europa gab, organisiert mit mafiosen Strukturen. In Deutschland hatte sie ihre Schuldigkeit getan, hatte dieser verfluchten Bande den Aufbau eines Handelsnetzes ermöglicht, dessen einziger Geschäftszweck es war, weitere kriminelle Kontakte zu knüpfen und schmutziges Geld zu waschen. Seit der Eiserne Vorhang gefallen war, hatte sich das organisierte Verbrechen wie ein Spinnwebennetz ausgebreitet. Und da ging es nicht nur, wie Sarah rasch erfahren musste, um Geld und Prostitution, um Rauschgift und Schmuggel, sondern auch um religiösen Wahnsinn und Terror. Längst waren die ländlichen Bereiche davon nicht mehr verschont. Erst jüngst, das hatte sie den Medien entnommen, war bei Ulm wieder ein Terrorverdächtiger festgenommen worden.

Dass sie mitten hineingeraten war in diesen Strudel des Bösen, hatte sie sich selbst zuzuschreiben, dachte sie. Niemand hatte sie gezwungen, auch ihr Ehemann nicht, der ohnehin schon vor zwei Jahren andere Wege gegangen war.

Sie schluchzte in sich hinein, zitterte, fröstelte, fühlte Panik und Angst und bemitleidete sich. Sie war eine überaus hübsche Frau, das wusste sie, hätte Chancen zuhauf gehabt, wäre begehrenswert gewesen und hätte sich in allen Gesellschaftskreisen bewegen können – und nun lag sie eingekerkert in einem Verlies und würde zur hilflosen Nutte gemacht werden.

Sie erschrak, als die beiden Riegel scheppernd zur Seite gedrückt wurden und sich der Schlüssel im Schloss drehte.

Sarah ging in die Hocke, umfasste ihre angezogenen Knie und lehnte sich in die Ecke, so weit wie nur möglich von diesem Kotzbrocken entfernt, der mit breitem Grinsen unter der Tür stand. Es war der Wortkarge von der vergangenen Nacht. Er hielt einen Pappteller mit Currywurst und Pommes Frites in der Hand. »Essen«, zischte er. Offenbar beherrschte er die deutsche Sprache nur schlecht.

Sie blieb reglos sitzen.

Er näherte sich und hielt ihr die nur noch lauwarme Wurst, in der ein Plastikspießchen steckte, direkt unter die Nase.

»Friss Sie selbst«, zischte Sarah. Sie hatte den ganzen Mut zusammengenommen.

Das Gesicht des Mannes verzog sich zu einem fiesen Lachen. »Chef sagt, wenn nix essen, auch nix zum Anziehen.« Er deutete auf eine lange Hose und einen Pullover; beides hatte er über dem rechten Arm hängen.

Sarah, die noch immer ihre kurzen ausgefransten Jeans trug, wäre für eine wärmere Kleidung dankbar gewesen. Sie schwieg trotzdem. Am liebsten hätte sie dem Mann den Pappteller aus der Hand geschlagen, doch dann wäre womöglich das Ketchup auf der Matratze gelandet und sie hätte darauf schlafen müssen.

Noch immer hielt ihr der Mann mit dem fiesen Lachen die Wurst unter die Nase. Der Geruch verstärkte ihre Übelkeit. Außerdem roch der Mann aus dem Mund.

»Wenn nix Kleid wollen, kann auch warm machen anders.«
Er strich ihr mit einer Hand über den Oberschenkel des linken Beins. Sie zuckte angewidert zusammen.

»Hau ab«, entfuhr es Sarah schluchzend.

Der Mann verzog das Gesicht zu einer Fratze, schleuderte den Pappteller wutentbrannt im hohen Bogen zu der Toilette, wo Wurst und Ketchup auseinander spritzten. Während die dunkelrote Masse an der Kloschüssel hinabtropfte und an der Betonwand ihre Spuren hinterließ, kullerten die Wurststücke über den Boden. Augenblicke später warf der Mann zornig die beiden Kleidungsstücke hinterher. Hose und Pullover blieben auf der mit Ketchup verschmierten Toilettenschüssel liegen.

Sarah starrte ihr Gegenüber mit entsetzten Augen an. Sie drückte sich noch weiter in die Ecke. »Sauhund, hau ab«, brüllte sie, doch ihr Schrei verhallte. Sie versuchte, den Mann mit Füßen wegzustoßen, ihn zwischen den Beinen zu treffen, doch er war stark und muskulös und hielt ihre Fußgelenke einfach fest. Obwohl sie strampelte und zerrte, ihre ganze Kraft in Todesangst zusammennahm, konnte er ihr die Turnschuhe von den Füßen reißen. Dann kniete er sich mit seinem ganzen Körpergewicht auf ihre Waden, was ihr höllische Schmerzen bereitete. Sarah schrie um Hilfe, kreischte, versuchte mit den Händen zu schlagen, doch sie bekam zwei kräftige Ohrfeigen verpasst. Der Mann zerrte an ihren langen Haaren, riss ihr ein Büschel aus. Sie spuckte ihn an, wollte ihm mit letzter Kraft einen Faustschlag in den Magen versetzen – aber sie war am Ende. Als die fleischigen Hände des Mannes noch einmal auf jede Seite ihres Gesichts donnerten, war ihr Widerstand gebrochen. Er griff an ihren Gürtel, löste ihn und riss den Reißverschluss der Jeans mit einem einzigen Ruck krachend auseinander.

»Freudenthaler«, stellte sich der Mann vor. Florian Metzger stutzte. Diesen Namen hatte er schon einmal irgendwo gehört.

»Ich bin am Sonntag mitgefahren«, lächelte der Fremde, »war ja traumhaft.«

Aus Metzgers Gesicht entwich die Skepsis.

Freudenthaler erklärte, welcher Art sein Interesse sei und dass er auch beauftragt sei, das Marketing für diese Stummelstrecke durch die Stadt Geislingen vorzubereiten. »Mir ist bekannt, dass Sie dringend Güterverkehr benötigen«, erklärte er schließlich. »Ohne Fracht lässt sich das Vorhaben von Ihnen und Ihren Freunden auf die Dauer nicht finanzieren.« Er schaute interessiert den blauen Bagger an. »Ich schätze, das Ding hat auch schon ein kleines Vermögen gekostet.«

Metzger nickte. »Alles aus der eigenen Kasse bezahlt.«

»Und bis die Strecke wieder befahrbar ist, wird noch mancher Euro rollen müssen«, mutmaßte Freudenthaler und besah sich die verrostete Weiche, von der ein Abstellgleis abzweigte, zwischen dem Gras wucherte und meterhohes Gebüsch in die Höhe ragte.

»Wir sind sehr stark auf Sponsoren angewiesen«, erwiderte der junge Mann und steckte seine Hände in die Taschen seines blauen Overalls. Sein Gesprächspartner trat auf dem unebenen Schotter von einem Bein aufs andere.

»Ich wollte Sie einfach mal kennen lernen«, sagte Freudenthaler und musterte den Hobbyeisenbahner, »nachdem ich schon so viel von Ihnen gehört habe. Sie ...«, er überlegte, »... Sie scheinen mir sehr engagiert zu sein. Deshalb wird es Zeit, Sie in eine Sache einzuweihen, die Ihrem Vorhaben nur dienlich sein kann.«

Metzgers Gesichtsausdruck wurde wieder skeptischer.

»Der Herr Kruschke vertraut Ihnen sehr«, begann Freudenthaler, »nur Sie begegnen ihm mit gewisser Vorsicht, wie es scheint.«

»Wer sagt das?« hielt Metzger entgegen.

»Er selbst sagt das.«

Der junge Mann stutzte. Das hätte ihm Kruschke auch selber sagen können, dachte er, weshalb er staunend feststellte: »Sind Sie gekommen, um mir das zu sagen?«

Der Manager lächelte und musste blinzeln, weil ihm die Sonne direkt ins Gesicht schien. »Natürlich nicht. Herr Kruschke und ich, wir arbeiten sozusagen an einem Wirtschaftlichkeitskonzept – in Ihrer aller Interesse.« Freudenthaler suchte nach den passenden Formulierungen und begann zu schwitzen.

»Das klingt ja schon mal positiv«, meinte Metzger.

»Sie wissen, Herr Kruschke ist Speditionsunternehmer«, begann der faltenreiche Mann vorsichtig. »Er ist aber keinesfalls nur auf die Straße konzentriert, sondern würde auch die Schiene mit einbeziehen.«

Metzgers Gesicht hellte sich wieder auf.

»Er könnte sich hier an diesem Tälesbahnhof, wo der Platz ausreichend wäre«, er deutete auf das freie Areal, »da könnte er sich eine kleine Güterabfertigung vorstellen. Stückgut, das von Firmen angeliefert wird.«

Metzger lächelte und kratzte sich am Kinn. »Diese Überlegungen sind nicht ganz neu.«

»Neu ist«, entgegnete sein Gesprächspartner, »dass Herr Kruschke hier ein oder zwei Behälterwaggons abstellen würde, um in größerem Stil ins Recycling-Geschäft einsteigen zu können.«

Der junge Mann hatte so etwas tatsächlich noch nicht gehört. »Altöl und so Zeug?« fragte er deshalb spontan nach.

»Zum Beispiel, ja«, kam die Antwort, »aber alles sozusagen im geschlossenen System. Tankwagen kommen, schließen hier ihre Schläuche an, pumpen um – und fertig. Und einmal die Woche, vielleicht auch zweimal, wird dann der Waggon zum Hauptbahnhof raufrangiert und von einem dieser privaten Güterzüge mitgenommen. So einfach ist das. Und Kruschke bezahlt für die Streckennutzung. Er macht sein Hobby zum Geschäft.«

»Und darf ich fragen, wozu er Sie braucht?« Der junge Mann sah sein Gegenüber von unten bis oben an.

»Fürs Know-how«, entgegnete ihm Freudenthaler überlegen, »denn eines müssen Sie wissen: So eine Sammelstelle hier hätte ungeahnte betriebswirtschaftliche Vorteile.«

Freudenthaler lächelte und meinte, als er sich langsam über das Schotterbett davon machte: »Das braucht Sie allerdings nicht zu interessieren. Ich wollte Ihnen nur sagen, dass Sie Herrn Kruschke ruhig vertrauen können. Im Interesse dieser wunderschönen schwäbischen Eisenbahn.«

Das Ladengeschäft wirkte seriös und gediegen. Der Ex- und Import schien sich insbesondere auf Teppiche zu konzentrieren, stellte Häberle beim ersten Blick in die geräumigen Verkaufsräume fest, an die sich helle, gläserne Hallen anschlossen. In ihnen türmten sich stapelweise Teppiche, andere standen gerollt entlang der Wände. Dazwischen exotische Pflanzen und Bäumchen, die teilweise drei, vier Meter hochgeschossen waren und angenehme grüne Inseln bildeten.

Der Mann, der sich als Geschäftsführer Ismet Özgül vorgestellt hatte, bat die beiden Kriminalisten in ein seitlich gelegenes Büro und bot ihnen Plätze auf zwei Besucherstühlen an. Er selbst saß ihnen hinter seinem Schreibtisch gegenüber. Häberle war sofort klar gewesen: Bei dem Mann, der seinen Schnurrbart korrekt geschnitten hatte, musste es sich um jene Person handeln, die gegen Zollbestimmungen und gegen Steuergesetze verstoßen hatte und deshalb aktenkundig war. Häberle ließ seinen Blick über großformatige Fotos schweifen, die an den Wänden hingen. Moscheen waren abgebildet, irgendeine Hafeneinfahrt und eine typische Landschaft Kappadokiens. In der Luft hing der angenehme Duft von Räucherstäbchen.

»Wir bedauern sehr den plötzlichen Tod unseres geschätzten Kunden«, erklärte Özgül, nachdem ihn Häberle über den Grund des kriminalpolizeilichen Besuches aufgeklärt hatte. Der Geschäftsmann zeigte sich wenig beeindruckt davon – oder er konnte seine Anspannung geschickt verbergen. Er spielte mit einer Gebetskette.

»Ihr geschätzter Kunde«, griff der Kommissar die Bemerkung auf, »stand in engem Kontakt zu Ihnen?«

»Nicht sehr«, lächelte der Schnauzbärtige, »es hat nachgelassen. Er hat das Geschäft Sarah überlassen. Seiner Frau, müssen Sie wissen.«

»Und welcher Art von Geschäften hat er sich zuge-
wandt?« wollte Häberle wissen, während Linkohr die Auf-
kleber auf den Aktenordnern zu entziffern versuchte, die
hinter Özgül in einer Regalwand standen. Es war aber alles
in türkischer Sprache gehalten.

»Es waren keine Geschäfte, die in unser Konzept passen«, entgegnete der überaus korrekte Türke, der sein leich-
tes Sommerjackett geöffnet hatte. »Tee? Möchten Sie Tee?«
fragte er unversehens.

Die beiden Kriminalisten lehnten dankend ab. Häberle
war es jetzt eher nach einem Weizenbier zumute.

»Und was, wenn ich fragen darf, passt in Ihr ... Konzept?«
hakte der Chefermittler nach.

»Nun ja«, der Gesprächspartner lächelte sanft, »Ex- und
Import aus dem Orient, wenn ich das so formulieren darf.«

»Teppiche«, gab Linkohr das Stichwort.

Özgül wandte den Blick von Häberle und schaute seinen
jungen Kollegen an. »Natürlich Teppiche, selbstverständlich. Teppiche sind ein ganz typisches Exportprodukt meiner türkischen Heimat.«

Häberle griff in die Innentasche seiner leichten Jacke und
zog ein zusammengefaltetes Blatt Papier heraus. Auf ihm
befand sich die Vorderseite einer gefaxten Visitenkarte. Der
Amstetter Postenbeamte hatte sie ihm geschickt. Häberle
beugte sich zum Schreibtisch des Geschäftsführers, faltete das
Papier auseinander und legte es ihm in Ruhe vor. Özgül griff
ohne Erstaunen danach und schien zu lesen. Viel zu lange,
wie die beiden Kriminalisten insgeheim dachten.

»Ein Geschäft in Istanbul«, stellte der Geschäftsmann kühl
fest und reichte Häberle das Papier zurück. »Mehr kann ich
dazu nicht sagen.«

»Keine Kontakte dorthin?« fragte der Kriminalist, wohl
wissend, dass er in jedem Fall auf Granit stoßen würde.

»Tut mir Leid«, entgegnete Özgül bestimmt.

»Und was würden Sie sagen, wenn die Ermittlungen ergä-
ben, dass die Flemmings mit diesem Geschäft in Verbindung
waren?« Häberle versuchte, hoch zu pokern.

»Haben die Ermittlungen denn das ergeben?« Der Türke wirkte aalglatt. »Vielleicht sollten Sie mir fairerweise einmal sagen, in welchen Verdacht Sie mein Unternehmen hineinziehen wollen.«

Der Kriminalist behielt den Mann hinterm Schreibtisch fest im Auge. »In überhaupt keinen«, sagte er, »es sind nur Routineüberprüfungen am Rande des Mordfalls.«

»Haben Sie sonst noch Fragen?« Reichlich frech, dachte Häberle, frech und unverfroren. Er war fest entschlossen, sich nicht einschüchtern zu lassen, auch wenn möglicherweise wieder der Versuch unternommen wurde, ihm ausländerfeindliches Verhalten anzuhängen. Einige Male bereits hatte man ihn mit solchen Vorwürfen konfrontiert, meist sogleich per anwaltlichem Schreiben. In allen Fällen hatte er zwar problemlos nachweisen können, dass derlei Anschuldigungen völlig haltlos waren und offensichtlich nur den einen Grund hatten, ihn anzuschwärzen und einzuschüchtern. Doch der bürokratische Aufwand und der damit verbundene Papierkrieg, den er hasste wie die Pest, war jedes Mal enorm.

»Ich habe noch Fragen«, entgegnete er deshalb dem Ex- und Importeur genau so forsch, wie dieser zu provozieren versuchte. »Zum Beispiel, ob Sie persönliche Beziehungen nach Waldhausen haben – über die Kontakte zu den Flemmings hinaus.«

Özgül spielte weiterhin mit seiner Gebetskette. »Nein, keine«, sagte er knapp, »wenn das aber jetzt ein Verhör ist, wünsche ich, meinen Anwalt hinzuziehen zu dürfen.«

Häberle lächelte. »Das steht Ihnen selbstverständlich jederzeit frei. Dann müssen wir aber einen offiziellen Termin vereinbaren und ich Sie mit Ihrem Herrn Rechtsanwalt vorladen.«

Özgül überlegte kurz. »Dann bringen Sie es bitte hier zu Ende.«

»Ich bin ohnehin fast fertig«, erklärte der Kriminalist, »nur noch eine Frage: Sagen Ihnen die Namen Westerhoff und Glockinger etwas?«

Die Augen des Türken blitzten. Er sah langsam nacheinander den beiden Kriminalisten in die Gesichter und legte seine Gebetskette beiseite. »Nein, meine Herren, tut mir Leid. Tut mir wirklich sehr Leid.«

Häberle bedankte sich. Sie standen auf und gingen zur Tür. Im Hinausgehen wandte sich der Chefermittler noch einmal an Özgül, der ihnen höflicherweise gefolgt war: »Es wird sich nicht vermeiden lassen, dass wir noch einmal kommen.« Dann durchschritten sie die Verkaufsräume und sahen noch einmal das helle und begrünte Teppichlager. Plötzlich hielt Häberle inne, was seinen jungen Kollegen irritierte. Özgül, der bereits auf dem Weg zurück in sein Büro war, schien das Zögern der beiden Kriminalisten bemerkt zu haben. Er blieb ebenfalls stehen und drehte sich um: »Haben Sie noch ein Problem?« fragte er energisch.

»Noch eine allerletzte Frage«, sagte Häberle lächelnd, »Ihr Lagerraum hier ist ja das reinste Gewächshaus.«

»Ja, nicht wahr?« versuchte jetzt auch Özgül ein Lächeln, doch war ihm Skepsis und Misstrauen anzumerken. Er kam wieder ein paar Schritte auf die Kriminalisten zu.

»Diese Bäume da«, Häberle deutete auf die größten Gewächse, die zwischen den Teppichstapeln zu dem Dachglas aufragten, »sind das australische Eichen?«

Özgül heuchelte Erstaunen. »Australische Eichen? Was soll diese Frage?«

»Ach, nur so, interessiert mich persönlich«, lächelte Häberle, »sind es denn welche?«

»Keine Ahnung«, entgegnete der Geschäftsführer, »darum habe ich mich nie gekümmert. Wirklich nicht.« Sein Gesicht war ernst.

32

Der Mittwochmorgen war schwül. Es schien so, als sei ein Gewitter im Anzug. Linkohr tauchte später, als gewohnt in der Geislinger Kriminalaußenstelle auf. Das mit Juliane schien etwas Ernsteres zu werden, stellte Häberle insgeheim fest. Denn der junge Kollege begründete seine Verspätung damit, dass er seine Freundin, die Krankenschwester, noch zur Arbeit in die Helfenstein-Klinik gefahren habe.

Häberle blätterte die »Geislinger Zeitung« durch und war mit Sanders Artikel über den Fall Flemming zufrieden. Darin wurde zwar viel spekuliert und manches Gerücht andeutungsweise erwähnt, doch würde dies alles die Ermittlungen nicht gefährden. Grinsend nahm er den letzten Satz zur Kenntnis: »Kripochef Helmut Bruhn hüllt sich in Schweigen – und Pressesprecher Uli Stock lehnt jede Stellungnahme ab.« Typisch, dachte Häberle mit stiller Ironie, so gewinnt man die Sympathien der Öffentlichkeit und das Vertrauen der Bürger.

»Zwei Punkte gilt es jetzt abzuklären«, resümierte Häberle, der gestern Abend zur Freude seiner Frau auch einmal wieder früher heimgekommen war. »Wenn wir den Schreibkram hier erledigt haben«, er deutete mit dem Kopf auf die Computerbildschirme, »sollten wir auch einmal diese Eisenbahnfanatiker unter die Lupe nehmen. Und diesen ...«, Häberle überlegte, »... diesen seltsamen Tourismusmanager, dessen Namen ich vergessen hab'.«

»Freudenthaler«, kam es spontan von Linkohr.

»Wissen wir inzwischen, wo sich der Knabe aufhält?«

Linkohr hatte gestern Abend noch mit den übrigen Kollegen der Sonderkommission gesprochen. Diese hatten herausgefunden, dass Freudenthaler seit Sonntag im Gasthof »Ochsen« in Eybach wohnte. »Wir haben seine Handynummer«, stellte der junge Kriminalist fest. »Soll ich uns anmelden?«

Häberle nickte. »Aber erst, wenn's geht, um elf. Dieser verdammte Bürokratismus hier beschäftigt mich noch eine Zeit lang.« Er gab an einer Tastatur das Passwort ein, um auch mal wieder seine dienstlichen Mails abrufen zu können.

Linkohr vereinbarte mit Freudenthaler einen Termin um zwölf Uhr – zum Mittagessen im »Ochsen«. Häberle zeigte sich darüber erfreut, zumal er im Vorbeifahren schon mehrfach gelesen hatte, dass es in dem Lokal einen preisgünstigen Mittagstisch gab. Außerdem konnte man bei diesem schönen Wetter auf die Terrasse sitzen, direkt unter dem Himmelsfelsen.

»Was hat er gesagt?« wollte der Chefermittler wissen, während er seine E-Mails las.

»Freudenthaler hat mit unserem Anruf gerechnet, nachdem ihn die Kollegen ja schon gestern aufgespürt haben.«

Häberle nickte zufrieden. »Wissen wir auch etwas von diesen Eisenbahnmenschen?«

»Ja«, antwortete Linkohr, »die Kollegen haben einiges rausgekriegt. Die Museumszüge von Amstetten nach Gerstetten sind die eine Sache – aber da gibt es noch eine zweite ...«

Häberle sah auf. »Eine zweite?«

»Ja, diese Interessengemeinschaft Tälesbahn in Geislingen.«

Richtig, Häberle hatte schon davon in der Zeitung gelesen. Das war diese Gruppe von Hobbyeisenbahnern, die unbedingt das noch erhaltene Teilstück quer durch die Stadt Geislingen reaktivieren wollte.

»Wenn wir uns darüber kundig machen wollen, haben wir einen ganz Eifrigen als Ansprechpartner«, erklärte Linkohr, »er heißt Metzger, Florian.«

Häberle nickte interessiert. »Und bei den anderen, ja, das wissen wir schon – das ist dieser Kruschke.«

»Mich würde noch etwas ganz anderes interessieren«, sagte Linkohr nachdenklich, »was es nämlich mit diesen australischen Eichen auf sich hat. Sie doch auch, oder?«

Der Kommissar schaute zu seinem Kollegen auf: »Lassen Sie doch mal die Kollegen nachforschen – am besten bei einem hiesigen Gärtner.«

»Ich kenn' ein paar, die große Gewächshäuser haben – der Eckle, Vogt oder Ströhle. Welchen hätten Sie denn gern?«

»Egal«, erwiderte Häberle, »einen, der sich in der Botanik auskennt. Aber vielleicht können Sie bei allen Gärtnereien fragen lassen, ob sie unter der Kundschaft jemanden haben, der besonders prächtige Exemplare hat.«

»Ich verstehe«, erwiderte Linkohr, »eben solche, deren Äste oder Stämme so dick sind, dass man damit jemand totschlagen könnte.«

Häberle versetzte: »Aber sehr viel versprechen können wir uns davon nicht. Überlegen Sie mal, in wie viel Firmen heutzutage die gläsernen Foyers mit so was ausgestattet sind!« Und dann fügte er lächelnd hinzu: »Womöglich haben sie sogar im Geislinger Rathaus so ein Ding rumstehen.«

Heinrich Westerhoff lehnte sich in seinem schweren Schreibtischsessel zurück. Den ganzen Vormittag hatte er immer und immer wieder auf seinem Handy die Wahlwiederholung gedrückt – doch die Frauenstimme, die er jedes Mal zu hören bekam, war monoton und sagte stets dasselbe. Dies sei die Mailbox von Sarah Flemming und er könne nach dem Signalton eine Nachricht hinterlassen. Einmal hatte er das getan – doch nun drückte er sofort die Austaste, so bald sich die Stimme wieder meldete. Er konnte bereits keinen klaren Gedanken mehr fassen, denn auch seine Mails waren seit zwei Tagen unbeantwortet geblieben. Der korrekt gekleidete Manager starrte auf das kleine Handy, das auf der blitzblank geputzten Schreibtischplatte lag, und ließ seinen Blick langsam zu den Grünpflanzen schweifen, die dem Raum auf der gegenüberliegenden Seite eine freundliche Atmosphäre verliehen.

Westerhoff fühlte die innere Unruhe, die zunehmend stärker wurde. Ihn beschlich ein Gefühl der Hilflosigkeit, wie es ihm bisher fremd gewesen war. In seinem Job konnte er agieren und selbst die Akzente setzen, doch was jetzt um ihn herum ablief, war unberechenbar. Das hatte er nicht im Griff. Vorige Nacht war er stundenlang wach gelegen, hatte geschwitzt und in den kurzen Schlafphasen Albträume gehabt. Noch konnte er dies gegenüber seiner Frau verbergen, doch sie würde sein verändertes Verhalten schon bald bemerken, befürchtete er. Womöglich tauchten diese beiden Kriminalisten zu Hause auf, vielleicht hatten sie Spuren und Hinweise gefunden, die auf ihn schließen ließen.

Westerhoff stand auf, ging zur Fensterfront und starrte auf die unten vorbeiführende Bundesstraße 10 hinab. Sattelzüge stauten sich in Richtung Ulm. Doch was er sah, nahm er nur oberflächlich wahr. Wenn seine Frau auch nur den Hauch eines Verdachtes haben würde, war es aus. Ihre krankhafte Eifersucht ließ Schlimmstes befürchten. Auf jeden Fall aber würde es einen Skandal geben, und er womöglich ins gesellschaftliche Abseits geraten. Mit verheerenden Folgen.

Sein Handy meldete sich. Sarah, durchzuckte es ihn. Mit drei, vier Schritten war er am Schreibtisch, blickte aufs Display, doch es war eine Stuttgarter Nummer.

»Ja«, sagte er und blieb angespannt stehen.

»Glockinger hier«, meldete sich eine Männerstimme, »haben Sie kurz Zeit?«

Westerhoff wusste sofort, um wen es sich handelte. Er holte tief Luft. »Ja«, antwortete er knapp.

»Am Sonntag fahren die Züge wieder«, sagte der Dachdeckermeister aus Stuttgart-Stammheim, »und meine Frau will unbedingt wieder auf die Alb. Ich hab' nur ein Problem«, er machte eine Pause, als sei ihm dies alles sehr peinlich, »sie sollte nicht erfahren, dass wir uns vorigen Samstagabend getroffen haben.«

Westerhoff machte ein paar Schritte zur Fensterfront und schaute zu den bewaldeten Hängen der Alb hinauf. »Ich hab' damit kein Problem«, sagte er.

»Es ist nichts Schlimmes«, rang der Anrufer nach einer Erklärung, »aber nur, falls wir uns zufällig treffen, wäre es gut, wenn wir uns nicht kennen – verstehen Sie?«

Der Manager brummte ein kurzes »mhm«.

»Letzten Sonntag hat mich schon so eine alte Tante dumm angequatscht – im Zug«, machte Glockinger weiter. »Deshalb die Bitte, dass wir einfach so tun, als ob wir uns nie gesehen hätten.« Dem Anrufer schien das sehr wichtig zu sein. Erst jetzt begann Westerhoff darüber nachzudenken, was der Grund dafür sein konnte.

»Darf ich fragen, weshalb Ihnen so viel daran gelegen ist?« fragte er deshalb.

Glockingers schwerer Atem war zu hören. »Meine Frau ...«, stammelte er, »... sie hätte kein Verständnis für ein finanzielles Engagement in die Windkraft.« Er atmete tief. Dem Mann fiel es hörbar schwer, sich zu offenbaren. »Ich hab' aber, wenn ich das so sagen darf, ja ein paar Euro auf der hohen Kante, na ja, und die möchte ich, ich persönlich, verstehen Sie, in so eine Sache investieren.«

Über Westerhoffs Gesicht huschte ein verständnisvolles Lächeln. »Die Frauen, ja – wem erzählen Sie das?!«

»Sie verstehen mich?« kam es erleichtert zurück.

»Keine Sorge«, beruhigte ihn Westerhoff, »ich glaub', wir haben ein ähnliches Problem – mit unterschiedlichen Vorzeichen.«

Glockinger würde das zwar nicht verstehen, dachte der Manager, aber das war schließlich eine andere Sache. Er wollte das Gespräch so schnell wie möglich beenden, doch dann kam ihm dieser aufgeregte Mann mit seinem Honoratiorenschwäbisch zuvor: »Und dieser Mord bei Ihnen da oben – gibt es da etwas Neues?«

Westerhoff spürte, wie seine Kehle trocken wurde. »Nichts gehört, nein«, erwiderte er knapp.

Freudenthaler strahlte übers ganze Gesicht. Auf der Terrasse des Gasthofs »Ochsen« in Eybach saßen ihm die beiden Kriminalisten gegenüber. Ihre Jacketts hatten sie über die Lehnen der Gartenstühle gehängt, denn die Sonne brannte gnadenlos auf die Schatten spendenden Schirme. Das Tagesessen – es gab Wiener Schnitzel mit Kartoffelsalat – war ganz nach ihrem Geschmack gewesen, und nun prosteten sie sich zum wiederholten Male mit ihren Weizenbiergläsern zu, als hätten sie sich nicht dienstlich getroffen, sondern, um einen gemütlichen Sommernachmittag zu genießen.

Sie lobten bei der Bedienung das gute Essen und plauderten untereinander über die idyllische Lage dieses Örtchens. Nur die viel zu breite Ortsdurchfahrt, meinte Freudenthaler, wirke sich nachteilig aus. Häberle pflichtete ihm bei und wurde wie zur Bestätigung des Gesagten von zwei vorbeifahrenden Lastzügen beinahe übertönt. »Ist aber für den Fremdenverkehr nicht abträglich«, stellte Freudenthaler sofort fest, obwohl dies gar nicht seine Aufgabe gewesen wäre, »das Gästehaus haben die rüber in den historischen Ortskern gestellt.« Er deutete in die entgegengesetzte Richtung, wo sich unweit davon entfernt der Turm der katholischen Kirche erhob.

Während des Essens hatten sie nahezu alle Aspekte der Tourismusförderung beleuchtet und dabei auch das gräfliche Schloss derer von Ackerstein angesprochen, die Häberle bei einem seiner früheren Fälle kennen gelernt hatte. Der alte Graf Gotthilf von Ackerstein, erinnerte er sich, war damals in einen bösen Verdacht geraten.

Häberle hatte bereits vor dem Essen den Grund ihres Treffens genannt, wofür der Tourismusmanager sofort vollstes Verständnis entgegenbrachte. Er habe damit gerechnet, irgendwann zum Kreis der möglichen Verdächtigen gezählt zu werden.

Häberle knüpfte jetzt wieder an das vorausgegangene Gespräch an und meinte lächelnd: »Irgendwie sieht es so aus, als seien Sie schon überall dort gewesen, wo wir erst später auftauchen.«

»Dann verfolgen wir mit gleichen Mitteln unterschiedliche Ziele.«

Häberle begann, mit einem Bierdeckel zu spielen. »Ihr Ziel ist nur der Tourismus?« Er behielt sein Gegenüber fest im Auge.

»Nun«, begann Freudenthaler eher zurückhaltend, »nicht ganz. Ich bin freier Berater – auch in Sachen EU. Experte auf dem Gebiet von Förderrichtlinien und Wirtschaftsförderung, für die Stärkung strukturschwacher Gegenden ...« Er hielt kurz inne und schmunzelte. »Fürs Anzapfen von EU-Fördertöpfen, wenn ich das mal so salopp sagen darf. Und, glauben Sie mir, es gibt viele Finanztöpfe. Man muss nur wissen, wie man an sie herankommt. In diesem Brüsseler Bürokraten- und Beamtenapparat kennen sich nur wenige aus. Die Politiker am allerwenigsten.«

»Aber Sie«, stellte Häberle mit entwaffnender Provokation fest.

Freudenthaler nahm einen Schluck aus seinem Weizenbierglas und nickte. »Es gibt Zuschüsse oder steuerliche Vergünstigungen für fast alles. Machen Sie mich bitte nicht dafür verantwortlich, dass vieles davon unsinnig ist. Und kritisieren Sie auch nicht, dass es Leute, wie mich gibt, die diesen Förderrichtlinien-Schwachsinn schamlos ausnutzen. Viel vernünftiger wäre es, all diesen Paragraphendschungel rigoros zu durchforsten, der nur den einen Sinn hat, die Lobbyisten zu stärken und die wirklich freie Marktwirtschaft zu lähmen.«

Bemerkungen, wie diese, gefielen Häberle. Eines Tages, davon war er fest überzeugt, würden die allgegenwärtigen Bürokraten dieses Land zum Stillstand gebracht haben. Weit davon entfernt jedenfalls war man nicht mehr. Und trotzdem gab es noch immer Traumtänzer, die daran glaubten, es würde unter den gegebenen Umständen einen Aufschwung geben.

»Nur zu«, ermunterte er deshalb diesen Kenner aller Formulare und hirnrissigen Vorschriften, »bringen Sie ruhig Sand ins Getriebe. Schlagen Sie die Herren Bürokraten mit ihren eigenen Mitteln.«

Linkohr sah seinen Chef an und überlegte, ob er dies nun tatsächlich so meinte, oder ob es eine ironische Bemerkung war.

Freudenthaler jedenfalls fühlte sich geschmeichelt.

Der Kommissar wurde konkreter: »Und worüber beraten Sie hier, wenn's nicht um Tourismus geht? Schweineställe? Windkraftanlagen?« Häberle überlegte und fuhr mit seiner Aufzählung fort: »Bau von Radwegen? Von Fischteichen? Oder gar von – Gewächshäusern?«

Freudenthalers Gesicht wurde ernst. »Wie kommen Sie denn da drauf?«

Häberle brach den Bierdeckel auseinander. »Nur so – war nur so eine x-beliebige Aufzählung, ganz ohne Bedeutung. Aber eines würde mich noch interessieren: Gibt es einen Auftraggeber – oder sind Sie von ganz allein hierher gekommen?«

Der Angesprochene stutzte. »Sagen wir mal so: Ich hab' einen Hinweis gekriegt – und bin gekommen, um mir ein Bild von den örtlichen Gegebenheiten zu verschaffen.«

»Dürfen wir fragen, wer Sie ...« Häberle zögerte. »... wer dieser Hinweisgeber war?«

Freudenthaler lächelte wieder und senkte seine Stimme, obwohl drüben auf der Straße wieder ein Lkw vorbeifuhr. »Eigentlich nicht. Oder glauben Sie, dass von der Beantwortung dieser Frage Ihr Ermittlungserfolg abhängig ist?«

»Könnte das denn sein?« fragte Häberle zurück.

»Ganz bestimmt nicht«, entgegnete Freudenthaler, »wir sind hinter ganz unterschiedlichen Dingen her. Sie hinter Ihrem Mörder, ich hinter einem Geschäft.«

»Und Sie sind sich sicher, dass das eine nicht mit dem anderen zusammenhängt?« Häberle blieb ruhig und zerbrach die verbliebenen Stücke des Bierdeckels in weitere Einzelteile.

»Ganz sicher, Herr Häberle«, meinte Freudenthaler.

»Dann sag' ich Ihnen jetzt, wer Ihr Auftraggeber ist«, entgegnete der Kommissar und wartete eine Reaktion ab. Sein Gegenüber blieb ruhig.

»Ich verstehe nicht ganz«, sagte Freudenthaler.

»Oh, doch«, wurde Häberle ernst. »Ihr Auftraggeber ist der Herr Flemming. Oder sagen wir lieber: Er war es.«

Aus Freundenthalers Gesicht wich die letzte Farbe.

33

Der Kotzbrocken mit dem breiten Grinsen stand breitbeinig vor ihr. Sarah hatte in der vergangenen Nacht kein Auge zugetan. Es war schrecklich gewesen, schlimmer als sie es je in Horrorfilmen gesehen hatte. Dieser Kerl war brutal über sie hergefallen, ohne Rücksicht, ohne Gnade. Sie hatte sich beinahe die Lunge aus dem Leib gebrüllt, doch ihre Schreie waren in diesem Kellerverlies verhallt. Er hatte sie mehrfach ins Gesicht geschlagen. Ihre Lippen waren jetzt noch geschwollen, ihre Wangen schmerzten. Und jetzt stand er schon wieder vor ihr, die Tür hinter sich halb geöffnet. Das grelle Licht fiel in ihre Zelle. Sarah kauerte sich in die Ecke. Irgendwann in der Nacht hatte sie die mit Ketchup verschmierten Kleidungsstücke angezogen – die lange Hose und den Pullover. Doch sie fror noch immer.

Der Mann sagte nichts. Er schaute sie nur an. Sarah hatte panische Angst, er würde sie wieder vergewaltigen. Ihr Blick war hasserfüllt.

»Chef sagt«, begann ihr Peiniger, »musst essen, verstehst? Wenn nicht ...« Er verzog das Gesicht, »... wenn nicht, wirst du nur von Luft und Liebe leben.« Er brach in lautes Gelächter aus. Dann holte er aus der Innentasche seines leichten Jacketts zwei eingepackte Vesperbrote und reichte sie ihr. Sie blieb reglos in die Ecke gekauert sitzen, die Arme um die angewinkelten Knie verschränkt.

»Chef sagt«, machte der Mann weiter und warf ihr die Brote angewidert auf die Matratze, »wenn nix essen, dann andere Methode.« Er grinste wieder und fuhr mit der Kante der flachen Hand an seinem Hals entlang – die Geste des Halsabschneidens. »Niemand wird vermissen dich. Hast du das verstanden?«

Sarahs lange blonde Haare hingen strähnig nach allen Seiten vom Kopf. »Was habt ihr vor?« stammelte sie, am ganzen Körper zitternd.

»Es gibt eine Reise«, lächelte der Mann und fügte hinzu: »Wenn du brav bist. Wenn nicht …« Er ging in die Hocke, um auf gleicher Augenhöhe mit ihr zu sein. »… wenn nicht, dann wir machen ganz kurzen Prozess.«

Ihr Herz begann wie wild zu pochen. »Ich verrat' euch nicht.«

Er griff nach ihrem linken Fußgelenk, doch sie zog es noch ein Stück weiter zurück. »Natürlich würdest du verraten uns«, zischte der Mann, »Chef sagt, du musst verschwinden.« Er stand wieder auf und besah sich die Frau triumphierend von oben. »Und zwar für immer.«

Dann verließ er den kleinen Raum und warf die schwere Tür von außen scheppernd ins Schloss. Zwei Riegel wurden vorgelegt, ein Schlüssel zweimal gedreht.

»Dieser Bursche ist mir suspekt«, meinte Linkohr, als sie sich von Freudenthaler verabschiedet hatten und wieder in Richtung Geislingen fuhren.

»Jedenfalls ist er ziemlich verunsichert, weil wir ihm nicht gesagt haben, warum wir von seinen Kontakten zu Flemming wissen«, grinste Häberle bei der Fahrt durch das enge Eybacher Tal. Linkohr rief die Kollegen der Sonderkommission an. Sie sollten sich um das Vorleben dieses Freudenthalers kümmern.

Der schnauzbärtige Schmidt erklärte bei dieser Gelegenheit, er habe Beamte des Streifendienstes gebeten, entlang der Nebenbahnstrecke durch die Stadt nach diesem Hobbyeisenbahner Ausschau zu halten. Inzwischen hätten sie ihn wohl ausfindig gemacht, teilte er mit. Dieser Florian Metzger habe bereits mit dem neuen Bagger damit begonnen, die Böschungen abzuräumen.

Häberle zeigte sich zufrieden: »Na, dann lassen wir uns doch mal Details zur Schwäb'schen Eisenbahn erklären.«

Wenig später sahen sie ihn. Der blaue Bagger stand abseits

des Tälesbahn-Bahnhofs auf den Schienen, sein Ausleger schwenkte hin und her, die Schaufel pendelte.

Häberle parkte verbotenerweise vor dem Tor 4 der WMF. Es war verdammt heiß.

Die beiden Kriminalisten gingen zu den verwachsenen Schienen, die hier eine Straße überquerten. Metzger hatte offenbar noch Probleme mit der Bedienung des Baggers. Die Maschine ruckelte und der Ausleger schien nicht immer das zu tun, was der Mann im Führerhaus wollte. Der Bagger stand etwa 30 Meter von der Straße entfernt. Häberle und Linkohr näherten sich ihm auf den hölzernen Schwellen. Als Metzger die beiden Männer sah, brachte er den Ausleger in die Mittelposition und stellte den stinkenden Dieselmotor ab. Der junge Mann, der einen blauen Overall trug und mächtig schwitzte, kletterte aus der Kabine und hüpfte auf den Schotter. Nach wenigen Schritten hatte er die Besucher erreicht.

Häberle stellte sich und seinen Kollegen vor. Der Mann knüpfte seinen Overall auf und wischte sich den Schweiß von der Stirn. »Kripo?« fragte er ungläubig nach. Häberle schaute sich nach einem Schattenplatz um, doch das Gebüsch entlang des Bahndamms war nicht hoch genug. Er erklärte in knappen Worten den Grund ihres Kommens, um abschließend festzustellen: »Sie verkehren in einem Umfeld, wenn ich das mal so sagen darf, das in irgendeiner Weise etwas mit Flemmings Tod zu tun haben könnte.«

Linkohr lehnte sich mit dem Rücken gegen den Bagger und beobachtete den jungen Mann.

Metzger versuchte ein gekünsteltes Lächeln. »Wir sind am Sonntag mit dem Museumszug gefahren, stimmt.«

»Richtig«, erwiderte Häberle, »und Sie haben Kontakte zu einem gewissen Herrn Freudenthaler, oder?«

Metzger schaute die beiden Kriminalisten nacheinander an. »Stimmt mit dem Mann etwas nicht?« fragte er verunsichert.

Häberle zuckte mit den Schultern. Auch ihm stand der Schweiß auf der Stirn. »Das wissen wir noch nicht. Uns würde aber interessieren, welche Rolle die Eisenbahn in dieser Geschichte spielt.«

Metzger holte tief Luft. Er schlug den beiden Kriminalisten vor, in den Schatten des Baggers zu treten. »Wir spielen sicher überhaupt keine Rolle«, stellte er gekünstelt selbstbewusst fest, als sie um die Maschine herumgingen. »Wir fahren an den Sommerwochenenden nach Gerstetten rüber – und hier, ja ...« Er deutete auf den Schienenstrang, »... hier wollen wir auch wieder fahren.«

»Wer ist wir?« hakte Linkohr plötzlich nach.

»Wir? Eine kleine Gruppe sind wir. Idealisten.« Er lächelte. »Eisenbahnverrückte, die viel Geld in die Sache stecken. Privates Geld.«

»Und Kruschke?« wollte Häberle wissen. »Westerhoff, Flemming, Freudenthaler? Vielleicht auch Wühler?«

Metzger kratzte sich im schweißnassen Haar. »Kruschke ist einer unserer Dampflokführer.« Er hielt inne. »Und die anderen sind Freunde, die uns unterstützen. Ideell und auch ein bisschen finanziell.«

»Und welches Interesse haben die Herrschaften an der Reaktivierung dieser kleinen Strecke durch die Stadt?« Häberle wurde eine Spur energischer.

Linkohr verhalf ihm zu mehr Nachdruck: »Nur touristische?«

»Welche sonst?«

»Das fragen wir Sie«, stellte der Chefermittler fest.

Metzger schüttelte den Kopf. »Keine sonst«, sagte er. Sein ohnehin bleiches Gesicht war noch fahler geworden.

Häberle ging wortlos weg. Linkohr folgte ihm. Nach drei, vier Schritten drehte sich der Kommissar um und sah einen völlig verwirrten Metzger im Schatten des Baggers stehen.

»Ich bin mir ziemlich sicher«, rief der Kommissar zurück, »dass diese ganze Eisenbahngeschichte eine Rolle spielt. Ich geb' Ihnen einen Rat: Wenn Sie etwas wissen, dann sagen Sie es uns. Denn es könnte sein, dass mehr dahinter steckt, als Sie denken.«

Metzger blieb wie angewurzelt stehen.

»Noch eine Frage«, fuhr Häberle fort, »wird am kommenden Sonntag wieder gefahren?«

Der junge Mann nickte langsam.

Sie sahen sich ein paar Sekunden schweigend an, ehe der Kommissar die Stille brach: »Dann seien Sie vorsichtig, Herr Metzger. Ganz vorsichtig.« Häberle drehte sich wieder zu Linkohr, um mit ihm auf den Schwellen zur Straße zurückzugehen. Den jungen Kriminalisten irritierten diese Äußerungen ebenfalls. »Wie haben Sie das denn gemeint, Chef?« fragte er.

Häberle zuckte mit den Schultern. »Ich werd' einfach das ungute Gefühl nicht los, dass sich da oben etwas zusammenbraut.«

Westerhoff war mit den Nerven am Ende. Die Besprechungen mit dem Vorstand der Aktiengesellschaft hatten sich hingezogen. Und jedes Mal, wenn er auf die Toilette gegangen war, was auffallend oft geschah, hatte er Sarahs Nummer angerufen. Doch weder auf dem Handy, noch auf dem Festnetzanschluss hatte sie sich gemeldet. Bei der Heimfahrt war er langsam an ihrem Haus vorbeigefahren, ohne jedoch etwas Auffälliges zu bemerken. Ob ihr Wagen in der Garage stand, hatte er natürlich nicht feststellen können. Jetzt, bei Tageslicht, konnte er wohl kaum einfach an der Haustür klingeln oder durch das Fenster der Garage blicken. Er würde sich später, wenn's dunkel war, mit einem Vorwand davonstehlen und das Haus genauer in Augenschein nehmen.

Westerhoff hatte sich auf die Terrasse zurückgezogen, die von der tief am Westhorizont stehenden Sonne noch getroffen wurde. Seine Frau war auf der anderen Seite des schmucken Gebäudes mit einigen Blumenstauden beschäftigt, die sie zusammenband. Er blätterte in der Tageszeitung, ohne jedoch etwas zu lesen. Seine Gedanken kreisten um Sarah. Nie zuvor hatten sie im vergangenen halben Jahr so lange nichts voneinander gehört. Zwar waren sie sich einig gewesen, den Kontakt angesichts des Mordes zu reduzieren. Aber ein kurzes Telefonat hätte möglich sein müssen, grübelte er. Außerdem konnte sie doch nicht einfach verschwinden, schließlich stünde vermutlich Ende der Woche die Beerdigung an. Die Kripo würde dann sicher die Leiche freigeben.

Er überlegte, unter welchem Vorwand er nochmals weggehen konnte. Immerhin würde er bis zehn warten müssen, bis an diesem lauen Juliabend die Nacht hereingebrochen war.

Zum Abendessen gab es Speck mit Spiegeleiern und Bratkartoffeln. Seine Frau servierte es auf der Terrasse und beklagte sich, dass ihr Mann in letzter Zeit so wortkarg geworden war. »Stress«, pflegte er dann zu entgegnen. Er wolle daheim seine Ruhe haben, sagte er – sich ausspannen, nachdenken, schlafen.

Als sie nach dem Essen das Geschirr abgeräumt hatten, schenkte er sich ein Viertel Rotwein ein und ließ sich in einen gepolsterten Gartenstuhl nieder. Langsam verflüchtigte sich die Hitze des Tages. Über der Hochfläche der Alb machte sich eine leichte Abkühlung bemerkbar. Westerhoff atmete durch. Seine Frau hatte sich ins Wohnzimmer zurückgezogen und den Fernseher eingeschaltet.

Er genoss diese frische Luft, lehnte sich zurück und schaute zum Himmel, dessen rötliche Verfärbung im Westen nun immer dunkler wurde. Eine Wespe kreiste um seinen Kopf, aus dem Wohnzimmer drangen die Stimmen einer dieser unsäglichen Talkrunden, wie sie allabendlich auf irgendeinem Kanal ausgestrahlt wurden.

Die ersten hellen Sterne funkelten, vermutlich waren's Planeten, die in diesen Wochen in einer besonders günstigen Position zur Erde standen.

Als es nahezu ganz dunkel war und Westerhoff sein Weinglas bereits zum zweiten Mal leer getrunken hatte, erhob er sich. »Schatz«, rief er in Richtung des Wohnzimmers, in dem der Bildschirm die einzige Lichtquelle war, »ich mach' noch eine Runde an der frischen Luft.«

»Du gehst noch weg?« kam es erstaunt zurück.

»Nur für zehn Minuten. Ich brauch' ein bisschen Bewegung.« Er blieb mit dem Rücken zur Tür stehen.

»Soll ich mitkommen?« fragte seine Frau.

»Nicht nötig«, antwortete er schnell, »ich bin bald wieder da.«

Ohne eine Antwort abzuwarten, verließ er die Terrasse über den Gartenweg, ging zur Wohnstraße und schlenderte im Schein der Straßenlampen an den Neubauten der ›Roßhülbe‹ vorbei – hinüber zu Flemmings Haus. Er musste sich beherrschen, nicht zu schnell zu gehen. Vielleicht schaute ihm seine Frau nach. Zumindest aber gab es jede Menge neugierige Nachbarn, denen es auffallen würde, wenn er um diese Zeit raschen Schrittes durch das Wohngebiet gehen würde.

Die Straße beschrieb eine Kurve, sodass er gleich aus dem Blickfeld seiner Frau geriet. Noch zwei, drei Grundstückslängen weiter und er hatte das Haus erreicht. Die Rollläden waren geöffnet, hinter keinem der Fenster brannte Licht. Westerhoff näherte sich langsam, blickte sich eher beiläufig um, und ging auf die angebaute Garage zu. Mit einigen wenigen Schritten huschte er links an ihr vorbei, um zu einem Fenster zu gelangen, das ihm einen Blick in das Innere ermöglichen würde. Er beugte sich mit dem Kopf dicht an die Scheibe, schirmte die Augen mit den Händen gegen das Streulicht der Straßenlampen ab und schaute angestrengt hinein. Nach ein paar Sekunden hatten sich seine Pupillen an die Dunkelheit gewöhnt. Doch so sehr er sich auch bemühte, ein Auto war nicht zu erkennen. Schließlich war er davon überzeugt, dass die Garage leer sein musste. Sarahs Auto war nicht da.

Westerhoff blieb für einen Moment stehen und drehte sich zum Nachbarhaus um, das dicht an die Grundstücksgrenze herangebaut war. Weil auch in diesem Haus kein Licht brannte, entschied er sich, an der Garage entlang weiter zu gehen, um einen Blick auf die Rückseite des Gebäudes zu werfen. In dieser Sommernacht war es hell genug, sodass er mühelos dem schmalen Gartenweg folgen konnte, der hinter der Garage zur Terrasse hinüberführte, die von blühenden Stauden umgeben war. Jetzt aber schienen sie ihre prächtigen Farben verloren zu haben.

Westerhoff spürte, wie ein kühler Luftstrom durch das Wohngebiet zog, und hörte aus der Ferne einen Hund bellen. Er kam an einem Fenster des Erdgeschosses vorbei und näherte sich der Hausecke, um die herum sich der gefliese Vorplatz der Terrasse befand. Der angenehme Duft einer Blume stieg ihm in die Nase, als er die Rückseite des Gebäudes erreichte, wo Gartenmöbel und eine Hollywoodschaukel standen. Westerhoff überkam plötzlich ein ungutes Gefühl. Er, der seriöse Angestellte in leitender Position, schlich nachts durch fremde Gärten und starrte in Fenster, als ob er eine günstige Gelegenheit zum Einbrechen suchte. Und dies alles nur, weil ihm diese Frau nicht mehr aus dem Sinn ging, weil ihm diese heimliche Liebe zu ihr seit Monaten den Schlaf raubte. Manchmal konnte er überhaupt keinen klaren Gedanken mehr fassen.

Er näherte sich der verglasten Terrassenfront, in deren schwarzen Fenster sich der aufgehellte Westhimmel sanft spiegelte. Auch hier waren also die Rollläden nicht geschlossen. Westerhoff blieb für ein paar Sekunden stehen. Dann entschied er, entlang der anderen Seite des Gebäudes zum Vorgarten zurückzugehen. Auf diese Weise würde er feststellen können, ob zumindest rein äußerlich alles in Ordnung war. Während er sich zwischen Glasfront und Hollywoodschaukel vorbeizwängte und dabei die nachtschwarze Umgebung im Auge behielt, kamen ihm Zweifel am Sinn seines Umherschleichens. Wenn Sarahs Auto nicht in der Garage stand, war sie weggefahren – und dann konnte ihr im Haus auch nichts zugestoßen sein.

Er war gerade ein paar Schritte weitergegangen, vorbei an einem ebenerdigen Fenster, da zuckte er zusammen. Hatte er im Augenwinkel eine Bewegung bemerkt? Etwas hinter dieser schwarzen Fensterscheibe? Hatte sich der Vorhang bewegt, der sich schemenhaft abzeichnete?

Westerhoff zögerte für den Bruchteil einer Sekunde. Er spürte Gänsehaut. Mit einem Schlag war ihm klar: Irgendjemand beobachtete ihn.

34

Ein Sommermorgen wie aus dem Bilderbuch. Die Sonne stand bereits hoch über der Albkante, als der junge Eisenbahner mit der orangefarbenen Sicherheitsjacke in den blauen Bagger kletterte. Sie wollten das betagte röhrende Ungetüm ›Hartmut‹ taufen – in Anlehnung an den Vornamen des Bahnchefs Mehdorn. Florian Metzger hatte beim Treffen der Eisenbahnfreunde gestern Abend diesen Vorschlag unterbreitet und ihn damit begründet, dass der Bagger genau so wie Mehdorn alles Gewachsene zerstöre. Mit einem Unterschied aber, wie der junge Mann betonte: Während ihr Bagger dies tue, um Neues entstehen zu lassen, würden unter Mehdorn die vorhandenen Strukturen zerschlagen. Die Mitglieder der Interessengemeinschaft waren von der Deutschen Bahn AG maßlos enttäuscht. Wo immer es ging, hatte sie ihnen Knüppel zwischen die Beine geworfen. Und noch war es unklar, ob die Hobbyeisenbahner jemals tatsächlich die Verknüpfung ihrer Nebenstrecke mit der Hauptlinie zustande bringen würden – und es finanzieren konnten.

Metzger verdrängte derlei Gedanken, wenn er in der aufgeheizten Kabine aus Glas und Blech saß und mit den schwer gängigen Hebeln den Ausleger schwenken ließ und die Baggerschaufel betätigte. Es gelang ihm immer besser, die Sträucher und Stauden links und rechts des Gleises herauszureißen und an die Böschung zu legen. Auch hier, direkt am Firmengelände der WMF, hatte die Natur bereits damit begonnen, sich den Schienenstrang zurückzuerobern. Metzger arbeitete wie besessen. Mindestens 200 Meter wollte er heute schaffen. Und wenn es in der engen Kabine noch so heiß würde. Er klappte die Fenster hoch und freute sich über jeden Luftzug.

Doch nach zwei Stunden, es war kurz nach halb zehn, verspürte er unbändigen Durst. Schweiß rann ihm über die Schulter, seine Haare waren feucht. Außerdem musste er einen Bolzen befestigen, der sich an der Baggerschaufel zu lösen drohte. Ein paar Hammerschläge würden notwendig sein.

Metzger schwenkte den Aufbau des Baggers um die eigene Achse, sodass die Fahrerkabine dorthin zeigte, wo er zurückfahren wollte. Ruckelnd setzte sich das Schienengefährt in Bewegung, an der bereits kahlgeschlagenen Böschung entlang. Metzger wollte zum Tälesbahn-Bahnhof fahren, denn dort hatte er seine große Werkzeugkiste abgestellt. Dazu musste er eine Straße überqueren, wozu laut Vorschrift ein zweiter Mann notwendig gewesen wäre, der den Verkehr hätte stoppen müssen. Metzger, eigentlich gesetzestreu und mit den vielfältigen Bestimmungen der Eisenbahn bestens vertraut, hatte allerdings auch heute Morgen schon diese Vorschrift ignoriert. Zum einen gab es auf dieser Straße kaum Verkehr und zum anderen brauchte er sich ja nur langsam vorzutasten und jeder Autofahrer würde hier, in dieser 30-km/h-Zone, den blauen Bagger ohnehin sofort sehen.

Metzger näherte sich mit ›Hartmut‹ dem schienengleichen Übergang, schaute sich nach allen Seiten um, stoppte, als sich ein Kleinbus näherte. Die Baggerschaufel wippte und schaukelte, er hantierte an den Schalthebeln, ließ den Diesel wieder dröhnen und roch die Abgase. Metzger war mit der komplizierten Technik des Schienenbaggers vollauf beschäftigt, wollte ihn langsam in Bewegung setzen, doch dann machte das Gefährt plötzlich einen Satz, schien für einen Moment außer Kontrolle zu geraten – rumpelte auf die Straße, viel zu schnell, um noch abgebremst werden zu können. Metzger hatte vor Schreck ein falsches Pedal getreten. Während er dies erkannte, sich umblickte und zur Straßenmitte rollte, ergriff ihn ein panisches Gefühl. Alles schien gleichzeitig zu geschehen. Die Bewegung im linken Augenwinkel nahm er nur für den Bruchteil einer Sekunde wahr, ein größer werdender Schatten – und dann krachte es. Blech dröhnte, Glas zerbarst, der Bagger kippte nach rechts vorne. Metzger klammerte sich an die Schalthebel, schlug sich den Kopf an die Decke der Fahrerkabine, fiel zur rechten Tür, sah den Himmel über sich und irgendwo auch den Lastwagen, den er übersehen hatte.

Manfred Watzlaff, der Leiter des Geislinger Polizeireviers, war sichtlich außer Atem. Der uniformierte Hauptkommissar, der sich in seinem Zuständigkeitsbereich auskannte, wie kaum ein anderer, war die Treppen von der Wache heraufgeeilt, um der Sonderkommission eine Neuigkeit mitzuteilen. Häberle und Linkohr hatten sich gerade mit ihrem Kollegen Schmidt in eine Ecke zurückgezogen, um die bisherigen Erkenntnisse zu besprechen. Watzlaff kam auf sie zu, vorbei an mehreren Kripobeamten, die Akten studierten und mit ihren Computern beschäftigt waren.

»Kollegen«, sagte der Uniformierte bereits beim Näherkommen, sodass Häberle erstaunt aufblickte, »das könnte euch vielleicht interessieren. Ein anonymer Anruf.«

Die drei Angesprochenen, die um die Stirnseite einer langen weißen Tischreihe saßen und Notizblätter vor sich liegen hatten, zeigten sich überrascht.

»Schießen Sie los«, forderte Häberle den Kollegen auf.

»Vor fünf Minuten hat in der Wache ein Mann angerufen und lediglich gesagt, wir sollten uns um die Frau Flemming kümmern«, berichtete Watzlaff, nahm sich einen Stuhl und setzte sich. »Die Kollegen wollten ihn zu euch rauf verbinden, aber da hat er schon aufgelegt.«

Häberle sah den Revierchef mit zusammengekniffenen Augen an, wie er das im Zustand scharfen Nachdenkens oftmals tat. »Und? Mehr hat er nicht gesagt?«

Erst jetzt faltete Watzlaff ein Stück Papier auseinander, das er in der rechten Hand gehalten hatte. »Doch, wörtlich hat er gesagt ...« Er las ab, was er sich notiert hatte: »Ich glaube, Frau Flemming ist etwas zugestoßen. Sie ist spurlos verschwunden. Bitte kümmern Sie sich darum. – Dann hat er aufgelegt.«

»Können wir feststellen, woher der Anruf kam?«

»Es war ein Handy, soviel wissen wir schon. Allerdings hat's keine Nummer übertragen.«

»Ist kein Problem«, mischte sich Schmidt ein, der wieder an seinem Schnauzbart gezwirbelt hatte. »Ich mach' das.« Er stand auf und verließ den Raum.

Häberle blickte seinen Kollegen Linkohr an. »Dann sollten wir vielleicht mal auf die Alb rauf fahren.« Während er aufstand, meinte er: »Wenn das stimmt, was der Anrufer sagt, dann steckt die Flemming tiefer in der Sache, als wir vermutet haben.«

Als Häberle die kurvige Waldhauser Steige aufwärts fuhr, spielte das Handy die wohlbekannte Melodie. Linkohr drückte auf die grüne Taste und ließ es in der Halterung stecken.

»Ich hab' vorhin noch was vergessen«, erfüllte Schmidts Stimme den Innenraum des Fahrzeugs, »die Kollegen haben nach der australischen Eiche recherchiert. Die Gärtner meinen, sie sei in größeren Gewächshäusern, Wintergärten oder Firmengebäuden hin und wieder anzutreffen. Überall halt, wo das Klima passt und große helle Räume zur Verfügung stehen. Ein Gärtner glaubt sich zu entsinnen, dass es im Verwaltungsgebäude der WMF welche gebe.«

»In der WMF«, wiederholte Häberle nachdenklich. Schmidt schwieg für einen Moment, fügte dann aber hinzu: »Um damit jemanden totschlagen zu können, braucht man natürlich ein kräftiges Stück Stamm – oder einen dicken Ast. Das heißt, die klimatischen Bedingungen müssen ideal sein, damit sich der Baum so stark entwickeln kann. Außerdem dürfte so ein Teil dann durchaus zehn Jahre alt sein.«

»Das macht die Sache nicht gerade einfacher«, brummte Häberle, »womöglich wurde auch irgendwo so ein Ding gerade entsorgt, lag rum – und unser Täter hat sich's geschnappt.«

»An Privatkunden, die so was daheim haben, konnte sich übrigens keiner der Gärtner entsinnen«, ergänzte Schmidt und beendete das Gespräch.

»In der WMF«, wiederholte Linkohr, als sie bereits die sonnendurchflutete Hochfläche erreichten. »Hatte nicht unser Westerhoff so viel Grünzeug rumstehen?«

»Richtig, scharf beobachtet, Kollege«, bestätigte der Chefermittler, »vielleicht sollten wir die bissige Frau Sekretärin mal fragen, ob sie vor kurzem das Grünzeug ausgeforstet hat.«

Kurz vor dem schienengleichen Bahnübergang vor Waldhausen hatte Häberle auf einen mit Heu beladenen Traktoranhänger aufgeschlossen. Wahrscheinlich war's schon der zweite Schnitt, das Öhmd also, dachte der Kriminalist, als er die Seitenfenster öffnete, um den Duft des Heus in sich aufzunehmen. Allerdings hatten sich die Diesel-Abgase des Traktors darunter gemischt. »Riechen Sie das?« fragte er seinen Kollegen. »Typisch Landwirtschaft um diese Jahreszeit. Heu und Diesel.« Häberle schien es inhalieren zu wollen.

»Und bald auch Schweine«, grinste Linkohr, »wenn der Wühler nicht vorher klein beigibt. Ich könnte mir vorstellen, dass die ihn hier ziemlich mürbe machen.«

Häberle überholte und hatte nach einer Minute Flemmings Haus in der ›Roßhülbe‹ erreicht. Er stellte den Wagen vor dem Gebäude ab. Die beiden Kriminalisten klingelten mehrmals an der Tür. Häberle blickte sich um und bemerkte hinterm Vorhang des Nachbarhauses ein Frauengesicht. Linkohr war unterdessen zur angebauten Garage gegangen, um durch das seitliche Fenster hineinzublicken. »Kein Auto drin«, stellte er fest, als er wieder zurückkam.

»Fragen wir doch die Aufpasserin von nebenan«, entschied der Kommissar grinsend und ging, vorbei an blühenden Blumenstauden, zum Nachbarhaus. Schon nach dem ersten Klingeln öffnete sich die Tür und eine ältere Dame erschien, die offenbar nur darauf gewartet hatte, etwas gefragt zu werden.

Häberle stellte sich und seinen Kollegen vor und wollte von der Frau wissen, wann sie ihre Nachbarin zuletzt gesehen habe.

»Das ist schon ein paar Tage her«, begann die Rentnerin voll Elan, »ich hab' mich gewundert, was die so Wichtiges auswärts zu tun hat, jetzt, wo ihr Mann tot ist. Aber die Flemmings waren oft weg. Tagelang, manchmal ganze Wochen. Aber jetzt haben sie wohl jemand, der nach dem Rechten sieht.«

Häberle stutzte. »Wie kommen Sie denn da drauf?«

»Na ja«, sie trat einen Schritt aus dem Hausflur heraus, um das Nachbargebäude sehen zu können, »gestern Abend war jemand da. Zwei Männer waren's, die so gegen Mitternacht herausgekommen sind. Ich hab's natürlich nur zufällig gesehen«, lächelte sie vielsagend. »Sie haben die Tür verschlossen und sind die Straße runtergegangen.« Sie deutete mit dem Kopf aus dem Neubaugebiet hinaus. »Wissen Sie«, fuhr sie fort, ohne gefragt zu werden, »gewundert hat mich hinterher aber, dass da gar kein Licht im Haus gebrannt hat. Das hätte man sehen müssen, denn die Rollläden sind nicht geschlossen. Und dann war da noch was, nur weiß ich nicht, ob ich Ihnen das sagen darf ...«

Die Kriminalisten sahen sich staunend an.

»Sie dürfen uns alles sagen«, erklärte Häberle mit sonorer Stimme, ganz langsam, fast väterlich, »wir behandeln alles vertraulich.«

»Na ja, nicht, dass Sie jetzt meinen, ich sei neugierig und ein Tratschweib«, wieder lächelte sie verlegen, »aber man guckt sich halt um und achtet auf die Umgebung. Das empfehlen sie doch auch immer bei ›Aktenzeichen XY‹, stimmt's?« Ohne auf eine Antwort zu warten, erzählte sie weiter: »So gegen zehn, es war gerade richtig dunkel, ist da einer ums Haus geschlichen.«

»Ach?« entfuhr es dem Kommissar, »und Sie haben gesehen, wer es war?«

Sie nickte eifrig und trat näher an die beiden Männer heran. Dann flüsterte sie geheimnisvoll: »Der Westerhoff war's, der Westerhoff von da drüben.« Sie wies mit dem Kopf zur weiterführenden Wohnstraße.

35

»Da haut's dir's Blech weg«, kommentierte Linkohr, als sie im Laufe des Tages erfuhren, woher der anonyme Anruf am Vormittag gekommen war. Schmidt hatte es mit Hilfe der Telekom und dem Handyanbieter »Vodafone« herausgefunden.

»Die Sache nimmt Gestalt an«, meinte Häberle mit vornehmer Zurückhaltung. Sie hatten sich wieder im Lehrsaal des Polizeireviers versammelt. »Wenn da nicht wieder die Liebe zugeschlagen hat ...«, sinnierte er und lehnte sich zurück. Es wäre nicht das erste Mal in seiner Laufbahn, dass man zunächst schreckliche Verwicklungen vermutet hatte – und letztlich eine Liebesaffäre dahinter steckte. Nur allzu gut war ihm der Mordanschlag auf einen rechtsgerichteten Politiker in Erinnerung, als man landauf, landab ein politisches Motiv vermutet hatte. Dann aber war's die eigene Ehefrau gewesen, die ihn mit Hilfe einer Freundin aus dem Weg hatte räumen wollen. Geklappt hatte es nicht, doch der Mann saß seither im Rollstuhl. Häberle war sich damals schon ziemlich schnell sicher gewesen, dass man es mit einer Beziehungstat zu tun haben würde.

Und nun deutete wieder alles auf ein solches Motiv hin.

»Der feine Herr Westerhoff«, kommentierte er schließlich, »seriös bis zu den Haarspitzen – und dann schleicht er sich nachts um fremde Häuser. Da muss ihm schon einiges einfallen, um uns das plausibel zu machen.«

»Dass er ein Techtelmechtel mit der Flemming hatte, wissen wir ja schon vom Hellbeiner. Jetzt können wir ihn ja mal direkt fragen. Geh'n wir hin?« fragte Linkohr voll Tatendrang.

»Wenn uns die Sekretärin durchlässt«, grinste der Kommissar, »aber wir können ja diplomatisch anmerken, es sei dem Herrn Westerhoff vielleicht lieber, wenn wir ihn in seinem Büro aufsuchen, als heute Abend daheim – im Beisein seiner verehrten Gattin.«

»Ich meld' uns an«, versprach Linkohr, wohl wissend, dass es nicht einfach werden würde.

Während der junge Kriminalist den Lehrsaal verließ, besprach Häberle mit Schmidt das weitere Vorgehen. Die Spurensicherung, so entschied der Chefermittler, solle in das Flemming-Haus eindringen und sich dort umsehen.

Schmidt versprach, dies zu veranlassen und suchte auf dem Tisch nach einem Notizzettel. »Da ist noch etwas«, begann er, »die Kollegen vom Streifendienst haben heut' schon einen Bahnunfall aufgenommen.«

»Einen Bahnunfall?« wiederholte Häberle ungläubig.

»Ja, mit dieser Tälesbahn, mit dieser Interessengemeinschaft«, fuhr Schmidt fort und zwirbelte mit der linken Hand wieder seinen Schnurrbart, »ein Lastwagen hat den Schienenbagger gerammt – oder umgekehrt. Es hat Blechschaden gegeben, keine Verletzten.«

Der Kommissar stutzte. »Mit diesem blauen Bagger?« fragte er zweifelnd.

»Ob er blau ist, weiß ich nicht. Aber am Steuer saß dieser Metzger, dieser Hobbyeisenbahner. Er hat wohl gegen irgendwelche Bestimmungen verstoßen, weil er beim Überqueren der Straße keinen Einweiser aufgestellt hat. Aber das braucht uns nicht zu interessieren«, erklärte Schmidt, »von Interesse ist hingegen, wer den Lastwagen gesteuert hat.«

Häberle sah seinen Kollegen regungslos an. Er ahnte, dass er ihm eine Überraschung parat hielt.

Schmidt genoss die Spannung, sagte dann aber: »Am Steuer saß Kruschke – sein Eisenbahnfreund Kruschke.«

Die Sekretärin war säuerlich gewesen, denn der minutiöse Terminplan ihres Chefs kam nun erheblich durcheinander. Doch Westerhoff wollte es nicht anders. Eigentlich hatte sie den Kriminalisten am Telefon gar nicht durchstellen wollen. Aber nachdem es offenbar um eine höchst private Sache ging, blieb ihr nichts anderes übrig.

Danach war ihr Chef einigermaßen verändert gewesen. Er sagte die meisten Termine für den Rest des Nachmittags ab.

Und nun saß der schmächtige Mann mit dem feinen Nadelstreifenanzug den beiden Kriminalisten auf der Ledercouch gegenüber.

»Sie strapazieren meinen Terminplan«, versuchte er energisch zu wirken. Doch es klang gekünstelt, denn er schwitzte und spielte nervös mit einem teuren Kugelschreiber.

Häberle machte sich's gemütlich, lehnte sich ins Polster und behielt sein Gegenüber im Auge. »Es mag Ihnen unangenehm sein«, begann er und sah, wie Westerhoff seinen Kugelschreiber noch schneller drehte, »aber wir wissen, dass Sie gestern Abend um das Haus von Flemmings geschlichen sind.« Häberle machte eine kurze Pause. »Und wir wissen, dass Sie heute beim Polizeirevier angerufen haben und sich um Frau Flemming gesorgt haben.« Der Kommissar zögerte. »Das reimt sich uns nicht so richtig zusammen, Herr Westerhoff. Und wir hätten gerne gewusst, welche Absicht dahinter steckt.«

Der Angesprochene holte tief Luft und lächelte gequält. »Gar keine Absicht, meine Herren, gar keine. Nur die Sorge um Frau Flemming.« Er legte den Kugelschreiber auf den Tisch. Offenbar hatte er sich zu einer klaren Antwort durchgerungen. »Unter Männern gesprochen«, fuhr er fort, »mir ist die Frau Flemming nicht gerade egal. Wir kennen uns seit geraumer Zeit etwas näher.« Er blickte nacheinander seine beiden Besucher an: »Ja, jetzt hab' ich seit drei, vier Tagen nichts mehr von ihr gehört. Deshalb wollte ich gestern Abend nach dem Rechten sehen.«

»In der Dunkelheit«, stellte Häberle fest. »Sie schleichen wie ein Einbrecher ums Haus. Was haben Sie sich davon versprochen?«

»Ich wollte sehen, ob ihr Wagen in der Garage stand –

und ob es Spuren eines Einbruchs gibt.« Westerhoffs Stimme wurde wieder fester und selbstbewusster.

»Und zu welchem Ergebnis sind Sie gekommen?« hakte Häberle nach.

»Zu keinem. Allerdings ...«, er zögerte, »für einen Moment hab' ich beim Vorbeigehen an einem Fenster geglaubt, eine Bewegung am Vorhang bemerkt zu haben.«

»Nur geglaubt, oder sind Sie sich sicher?«

»Ich bin mir ziemlich sicher, denn ich hatte plötzlich Angst«, er lächelte wieder, »ich bin dann sofort wieder heim. Denn ich konnte auch nicht lange wegbleiben. Ich hatte meiner Frau nämlich gesagt, ich würde nur eine Runde durch die ›Roßhülbe‹ machen.«

»Frau Flemming ist Ihre Geliebte?« fragte Häberle direkt und ließ seinen Blick über die Ecke mit den prächtigen Grünpflanzen schweifen. Neben der Birkenfeige gab es da tatsächlich noch einige andere Bäumchen.

Westerhoff hob die Schultern. »Geliebte«, wiederholte er, »ich weiß nicht, ob man das so bezeichnen kann. Wir haben uns gemocht, wir haben uns Mails geschrieben – und uns auch mal getroffen.«

Häberle wagte einen Frontalangriff: »Zum Schäferstündchen bei der Windkraftanlage.«

Westerhoffs Gesichtsfarbe wurde fahl. »Das tut aber in diesem Fall nichts zur Sache«, stammelte er hilflos.

Die beiden Kriminalisten standen auf und Häberle versprach, als er Westerhoff die eiskalte Hand schüttelte: »Keine Sorge, wenn Sie mit der Sache nichts zu tun haben, erfährt Ihre Frau nichts davon.« Im Hinausgehen bekräftigte der Kommissar nochmal: »Wenn Sie nichts damit zu tun haben.« Dann fiel ihm noch etwas ein: »Diese wunderschönen Pflanzen, die Sie hier haben«, Häberle blieb stehen und deutete in die grüne Ecke: »Ist da auch eine australische Eiche drunter?«

»Keine Ahnung – wieso interessiert Sie denn das?«

»Nur so«, erwiderte der Kommissar, »wer pflegt die Pflanzen denn – Ihre Sekretärin?«

Über Westerhoffs Gesicht huschte ein Lächeln. »Nein, das ist Sache der Putzfrau.«

Linkohr machte ein paar Schritte zurück in den Raum und besah sich diese Grüninsel. »Hat man die Bäumchen in jüngster Zeit gestutzt?«

Westerhoff schüttelte verständnislos den Kopf. »Das dürfen Sie mich nicht fragen. Ich bin kein so großer Pflanzenfan.«

36

Georg Sander, der Journalist der ›Geislinger Zeitung‹ wollte sich an diesem Donnerstagnachmittag nicht mehr von Uli Stock, dem Polizeipressesprecher, abspeisen lassen. Seit zwei Tagen fand der Mord an Flemming im täglichen Polizeibericht überhaupt nicht mehr statt. Und bei Rückfragen ließ Stock nur wortkarg durchblicken, dass »die Ermittlungen weiter im Gange« seien. Sander hatte zwar den Ortsvorsteher Wühler interviewt und auch mal mit Häberle gesprochen, doch selbst der schien noch keine richtige heiße Spur zu haben. Sander war sich aber ziemlich sicher, dass der Fall eine kommunalpolitische Variante hatte – zumindest jedoch glaubte er, dass der geplante Schweinestall eine Rolle spielen würde. Wieso aber, so überlegte er immer wieder, sollte Wühler einen Gegner beseitigen? War ein Schweinestall es wert, einen Mord zu begehen? Andererseits war sich auch Sander bewusst, dass dort, wo viel Geld und Einfluss im Spiel sind, vor nichts zurückgeschreckt wurde. Vor gar nichts.

Der Journalist hatte bei seinen Recherchen erfahren, dass die geschäftlichen Beziehungen der Flemmings nicht immer hasenrein waren – und dass alle Personen aus dem Umfeld irgendwie auch begeisterte Eisenbahnfans waren.

An diesem Donnerstagnachmittag beschloss der Journalist, zum Wochenende hin einen zusammenfassenden Artikel zu schreiben. Zum einen lag der Mord dann eine Woche zurück – und zum anderen fuhr am Sonntag auch wieder der historische Dampfzug.

Sander hatte gestutzt, als er von dem Bahnunfall erfahren hatte. Ihm taten die Hobbyeisenbahner Leid, die mit so viel Engagement und noch mehr Geld die Strecke quer durch die Stadt wieder aktivieren wollten. Und nun war ihr langersehnter Bagger, kaum, dass sie ihn erhalten hatten, wohl nur noch Schrottwert. Wer ihn gerammt hatte, erfuhr der Journalist allerdings nicht. Im Polizeibericht hieß es nur, dass der Schienenbagger »entgegen der Vorschrift ungesichert« in die Straße eingefahren sei. Dort habe ein »die Fabrikstraße abwärts kommender Lkw-Lenker« den Bagger zu spät erkannt und sei gegen dessen linke Seite gestoßen.

Dass es am späten Nachmittag noch zu einem Zusammentreffen mit Häberle kam, hatte Sander einer Entscheidung des Leitenden Oberstaatsanwalts Dr. Wolfgang Ziegler zu verdanken. Zum Leidwesen von Kripochef Helmut Bruhn war eine Pressekonferenz anberaumt worden. Offenbar zeigten sich jetzt auch verstärkt auswärtige Medien an dem Mordfall in der Provinz interessiert.

Bruhn hatte zwar darauf bestanden, dass die Journalisten nach Göppingen geladen wurden, doch erschien dem Ulmer Staatsanwalt Geislingen für sinnvoller. In aller Eile hatte Pressesprecher Stock die Medien auf 18 Uhr geladen. Die meisten Journalisten murrten über diese äußerst ungünstige Zeit. Dann aber tauchte trotzdem ein Dutzend von ihnen im Lehrsaal des benachbarten Feuerwehrmagazins auf. Zwei private Fernsehstationen und einige jugendlich wirkende Radioreporter, mehrere Journalisten der schreibenden Zunft und ein Fotograf hatten sich eingefunden. Sander nahm in der ersten Reihe Platz, nachdem ihn Ziegler, Stock und Häberle freundlich begrüßt hatten. Der Handschlag mit Bruhn war hingegen eher frostig.

An der Stirnseite des Saals war für die Kriminalisten ein langer Tisch quer gestellt worden. In der Mitte nahm der Staatsanwalt Platz, rechts neben ihm Bruhn, links Häberle und Stock.

Dr. Ziegler, dessen volles, einst blondes Haar ziemlich weiß geworden war, erklärte knapp, worum es ging. »Nachdem in den Medien allerlei Gerüchte zu lesen waren, möchten wir Sie über den aktuellen Stand informieren. Anlass dafür, dass wir Sie so kurzfristig eingeladen haben, ist eine Suchmeldung.«

Stock sortierte unterdessen einige vorbereitete Pressemappen und begann, sie an die Journalisten auszuteilen. Es handelte sich um eine schriftliche Zusammenfassung dessen, was Ziegler jetzt vortrug.

»Wir möchten Sie um eine Öffentlichkeitsfahndung bitten«, fuhr Ziegler fort, »seit einigen Tagen ist die Frau des Mordopfers verschwunden. Es handelt sich um Sarah Flemming. Sie ist gebürtige Türkin, auch wenn ihre äußere Erscheinung dagegen spricht – und es ist zu befürchten, dass sie verschleppt wurde.« Ein Raunen ging durch die Zuhörerschar.

Ziegler gab für die auswärtigen Journalisten einen Rückblick auf das Geschehen in der Nacht zum vergangenen Sonntag, ohne jedoch Details zu den bisherigen Ermittlungen preiszugeben. Er vermied es auch, Zusammenhänge ins Gespräch zu bringen. »Wir ermitteln in alle Richtungen«, sagte er – und Sander grinste ob dieser Standardformulierung.

»Alle Berichte, die in den vergangenen Tagen erschienen sind und in denen kommunalpolitische Verwicklungen erwähnt wurden, sind reine Spekulation«, versuchte Ziegler gleich im Vorfeld eine etwaige Diskussion abzubiegen, »wir verfolgen zwar einige Spuren, aber keine davon erscheint im Moment vielversprechend zu sein.«

Ein forsch auftretender Radiomann, gerade wohl dem Gymnasium entronnen, stellte die erste Frage: »Der Mord geschah in der Nacht zu einem Sonntag, als die Museumsbahn gefahren ist. Sehen Sie einen Zusammenhang?«

Ziegler lächelte. »Nein. Es gibt auf der Alb da oben verständlicherweise viele Personen, die mit dieser Museumsbahn zu tun haben – aber Hinweise darauf, dass diese Eisenbahn in unserem Fall eine Rolle spielt, haben wir keine.«

Eine junge Frau, die neben ihrem Kameramann stand, der zwischen den Reihen ein Stativ aufgebaut hatte, war die Nächste: »Wir haben bei unserem Dreh' heute Mittag erfahren, dass Sie einen Musiker festgenommen haben, der am Mordabend in dieser Mühle aufgetreten ist. In welcher Beziehung steht er zu der Sache?«

Ziegler wandte sich an Häberle: »Dazu sollten Sie etwas sagen, soweit es die Ermittlungen nicht beeinträchtigt.«

Eigentlich hatte Bruhn darauf gewartet, vor der laufenden Kamera etwas erklären zu dürfen. Er strich sich mit der flachen Hand über die Glatze und kniff die Lippen zusammen.

Häberle verschränkte die Arme. »Der Festgenommene, zu dessen Identität wir momentan nichts sagen wollen, hat sich in verdächtiger Weise am Fundort der Leiche aufgehalten. Außerdem gab es einige Indizien, die ausreichend waren, dass der Amtsrichter Haftbefehl erlassen hat.«

»Um welche Art von Indizien handelte es sich?« fragte die Frau sofort nach.

Jetzt sah Bruhn die Chance zum Eingreifen für gegeben. »Sie werden Verständnis haben, dass wir dazu nichts sagen«, bellte er, »nehmen Sie das einfach so zur Kenntnis, wie wir das sagen. Es ist in dieser Sache schon genug Unsinn verzapft worden.«

Ziegler schaute ihn ernst von der Seite an und war sichtlich bemüht, keine unnötige Schärfe aufkommen zu lassen. »Wir werden Sie selbstverständlich informieren, sobald die Ermittlungslage dies zulässt.«

Ein Journalist aus der zweiten Reihe, vermutlich von einem Boulevardblatt, war offenbar gut informiert: »Dieser Musiker, er ist ja hierzulande ziemlich prominent, wie ich festgestellt habe, droht inzwischen mit Schadensersatz für Auftritte, die ihm bereits entgangen sind und die ihm am bevorstehenden Wochenende entgehen. Sein Anwalt hält die angeblichen Beweise, die seinem Mandanten zur Last gelegt werden, für ziemlich dürftig.«

Dann machte der Journalist deutlich, dass er mehr wusste,

als er in dieser Runde sagen wollte: »Und ich bin derselben Meinung.«

Ziegler erkannte die Brisanz: »Wenn sich der Anwalt direkt an Sie gewandt hat, dann ist das seine Angelegenheit. Er wird die rechtlichen Möglichkeiten kennen und sie auszuschöpfen wissen.«

Sander horchte auf. Es ärgerte ihn, dass ein Kollege von auswärts offenbar mehr wusste, als er vor Ort. Und irgendwie klang Zieglers Erwiderung nicht gerade überzeugend. Sander beschlich das seltsame Gefühl, die kurzfristig anberaumte Pressekonferenz könnte neben der Fahndung nach Frau Flemming noch einen anderen Grund haben: Die Medienvertreter zu besänftigen, weil im Hintergrund vielleicht schon etwas lief ...

Häberle zog sich ungewohnt schnell zurück. Er wollte sich auf keine langen Diskussionen mehr einlassen. Er wehrte alle Bitten von Journalisten nach einem Interview ab und verwies sie an Bruhn, der ohnehin scharf darauf sein würde, vor Kameras und Mikrofone treten zu dürfen, und eilte aus dem Feuerwehrhaus.

Drüben im Lehrsaal des angrenzenden Polizeireviers empfing ihn Linkohr mit den neuesten Erkenntnissen der Spurensicherung: »Sie waren in Flemmings Haus drin.«

Häberle setzte sich zu dem jungen Kollegen an einen der weißen, mit Akten beladenen Tische. »Und? Was haben sie festgestellt?«

»Keine Aufbruchspuren. Die Einbrecher müssen mit einem Originalschlüssel dagewesen sein«, erklärte Linkohr.

»Ist denn überhaupt sicher, dass jemand drin war?«

Linkohr nickte. »Es sieht sehr danach aus, sagen die Kollegen. Aber nichts durchsucht und auch nichts durchwühlt. Aber im Kleiderschrank hat's auffällige Lücken – als ob Damenkleider herausgenommen worden seien. Außerdem ist die Festplatte des Computers formatiert worden. Unsere Jungs haben jetzt die Kiste mitgenommen und wollen versuchen, ob sie noch irgendwo etwas Verwertbares finden.«

Linkohr überlegte, was er noch berichten wollte. »Ja – und Datenträger seien auch keine mehr vorhanden.«

Häberle kniff nachdenklich die Augen zusammen: »Da hat jemand gründlich aufgeräumt.«

37

Die Sommermorgen sind im Roggental besonders reizvoll. Sanft steigen feine Nebel auf, die sich in der Kühle der Nacht entlang der Bachläufe gebildet haben. Nur langsam schob sich die Sonne hinter den bewaldeten Hängen in das schmale Stück Himmel hinein, zu dem das enge Tal den Blick frei gab.

Martin Seitz war schon im Morgengrauen zu seinen Fischteichen gegangen, begleitet von Leo, dem riesigen Hund. Der Gastwirt und Forellenzüchter genoss diese Stimmung, die frische Luft und das Plätschern des Wassers. Von einer nahen Koppel drang das Wiehern von Pferden herüber.

Es war kurz nach neun, als an diesem Freitagmorgen ein Mercedes in den Parkplatz vor der Roggenmühle einbog. Leo hob die Schnauze, Seitz drehte sich um. Er kannte den Mann, der aus dem Wagen stieg sofort. Es war Wühler, der hoch gewachsene Ortsvorsteher von Waldhausen. Er wirkte blass und ernst, winkte Seitz zu und näherte sich mit langen Schritten.

»Martin, grüß' dich«, sagte er, »schöner Morgen heut'.«

Seitz wischte sich die Hände an seinem wasserundurchlässigen Overall ab und erwiderte den Gruß.

Wühler blickte sich vorsichtig um, als sei es ihm unangenehm, in dieser Umgebung gesehen zu werden. »Ich muss mit dir sprechen«, sagte er dann.

Seitz zögerte keinen Augenblick. »Sollen wir reingeh'n?«

»Bist du allein?« fragte Wühler zurück und schaute zum Haus hinauf, an dem viele Fenster geöffnet waren.

Seitz schüttelte den Kopf und entschied: »Komm', wir geh'n nach hinten.« Er deutete auf die weiter entfernt gelegenen Teiche und Wühler begann sofort sorgenvoll und mit leiser Stimme zu reden: »Mir gefällt das alles nicht.« Er suchte offenbar nach einer passenden Formulierung. »Ich hab' den Eindruck, dass die Sache mit Flemming uns alle betreffen könnte.«

Seitz blieb vor den nächsten beiden Teichen abrupt stehen und drehte sich erschrocken zu Wühler um. »Uns? Wieso uns?«

»Ist bei dir alles okay?« fragte Wühler zurück, »nichts Außergewöhnliches geschehen?«

Leo war den beiden Männern in respektablem Abstand gefolgt und blieb jetzt auch stehen.

Seitz schüttelte langsam den Kopf. »Wie kommst du denn da drauf?«

»Nur so«, Wühler machte Anstalten, weitergehen zu wollen. Seitz kam der Aufforderung nach und schlenderte vollends zu der oberen Grundstücksbegrenzung hinüber, wo sie sich gegen einen runden Querbalken lehnen konnten. Neben ihnen rauschte der herankommende Mordlochbach über einen schmalen Einlauf in den ersten Teich.

Seitz zeigte sich verwundert. »Ist was passiert?«

»Denk' mal darüber nach, Martin. Hast du's gelesen heut'? Die Sarah ist spurlos verschwunden. Mit diesen Flemmings ist etwas faul, oberfaul.«

»Und was soll das mit mir – und uns zu tun haben?« fragte Seitz.

»Du weißt genauso gut, wie ich, dass sich die Clique um Flemming in letzter Zeit oft bei dir getroffen hat.«

»Und was beunruhigt dich daran?«

»Dass all diese Personen wohl irgendwie in etwas verwickelt sind, einschließlich dieser Musiker, der bei dir am letzten Samstag gespielt hat – und man letztlich mich ins Zwielicht bringt.«

»Wie kommst du denn da drauf? Du meinst, weil Flemming ständig gegen deinen Schweinestall gewettert hat? Weil jeder denkt, du hättest ihn umgebracht?« Seitz verscheuchte eine Wespe. Es wurde bereits wieder heiß.

Wühler nickte und holte tief Luft. Er umklammerte mit beiden Händen die hölzerne Begrenzung und schwieg für einen Augenblick. »Ich denk' mir halt, dass du vielleicht auch Dinge gehört hast, die nicht für fremde Ohren bestimmt waren.«

»Wie meinst du denn das?«

»Na ja«, Wühler beobachtete die Pferde, die weit von ihnen entfernt in Richtung Mordloch von der Sonne beschienen wurden, »der Flemming war doch immer da, der Westerhoff und die Ortschaftsräte. Seit sie mich meiden, war deine Roggenmühle für sie aktuell.«

»Du denkst an Flemmings Geschäfte ...? Na ja, er war halt ein eiskalter Geschäftemacher, das weiß man doch.« Seitz bückte sich zu dem Wassereinlauf und zog ein Stück Holz heraus.

»So kann man das wohl sagen«, bestätigte Wühler, »ein Geschäftemacher. Allein was ich immer gehört' hab', solange sie alle noch in meinen ›Besen‹ gekommen sind, bis vor einem halben Jahr, ja, da hab' ich mir oft überlegt, wie lange so etwas gut gehen kann.«

»Und schon taucht ein Zweiter auf«, ergänzte Seitz, »dieser Freudenberger oder Freudenthaler oder so ähnlich. Der war sicher auch schon bei dir.«

Wühler drehte sich wieder zu Seitz um. »Bei dir auch?« fragte er zurück. »Glaubst du, der steckt mit Flemming unter einer Decke?«

Seitz zuckte mit den Schultern. »Er wollte mir eine Forellenzucht in der hintersten Slowakei schmackhaft machen.«

»Hm«, machte Wühler, »alles nur Geschäftemacherei. Wo du hinsiehst, nichts als Abzocker.«

»Und weshalb meinst du, wir seien in Gefahr?« wechselte Seitz das Thema.

Wühler, der seine emotionale Erregung nicht verbergen konnte, blickte das Tal hinauf: »Denk' doch mal an den Kruschke ...«

Seitz beobachtete einen ganzen Schwarm junger Forellen, die sich vor ihnen in dem Teich tummelten. »Ein Großschwätzer«, kommentierte er den Hinweis. »Angeber.«

»Und wenn er das doch tut, womit er immer geprahlt hat?«

»Du meinst diese Teppichgeschichten?« Der Forellenzüchter beobachtete seinen Hund Leo, der sich artig eine halbe Teichlänge entfernt auf dem schmalen Grasstreifen niedergelegt hatte.

»Der Flemming und er haben meiner Meinung nach ziemlich dubiose Geschäfte gemacht.« Wühler sprach mit gedämpfter Stimme weiter: »Du weißt genauso gut, wie ich, was da mit den Lkw läuft. Du musst nur mal mit diesem Osotzky ins Gespräch kommen, diesem Fernfahrer. Hast du den schon mal erlebt, wenn er in seinem Gartenhaus seine vier, fünf Halbe hatte?«

Seitz nickte, wollte sich dazu aber nicht äußern. Stattdessen wechselte er das Thema: »Aber auch bei Westerhoff bin ich mir nicht sicher«, sinnierte er. »Erinnerst du dich, wie er hier mal mit seinen angeblichen Anlagemodellen in die Windkraft angegeben hat? Er wirbt Investoren an, verspricht ihnen sagenhafte Renditen – und ob da jemals etwas dabei rausgekommen ist, weiß kein Mensch.«

»Weißt du«, begann Wühler vorsichtig, »ich hab' mir überlegt, ob es nicht sinnvoll wäre, die Polizei einzuschalten ...«

Seitz war überrascht. Auch er umklammerte jetzt den runden Balken des Begrenzungszauns. Er überlegte, um sich dann zu entscheiden: »Das sind alles nur Mutmaßungen, Karl.« Er blickte talabwärts. »Ich denke, wir als Geschäftsleute sollten uns neutral verhalten.« Die beiden Männer schwiegen sich an und hörten nur das gurgelnde Rauschen des Baches und das Zwitschern der Vögel. »Als Wirt kannst du nicht gleich alles, was du hörst, der Polizei melden«, fuhr Seitz fort und lächelte verkrampft, »... wir haben doch auch so etwas wie eine ... Schweigepflicht. Außerdem können wir nichts Konkretes sagen. Wenn du's genau nimmst, könnte jeder von uns in die Sache verwickelt sein. Der eine weniger, der andere mehr.«

»Ich nicht«, erwiderte Wühler energisch.

»Na ja, Karl, um ehrlich zu sein – du doch am allermeisten.«

Wühler sah Seitz, der sich neben ihm nun mit dem Rücken gegen den Holzzaun gelehnt hatte, fest in die Augen. »Red' jetzt du nicht auch noch so daher!«

»Beruhig' dich, Karl«, Seitz lächelte, »ich sag' nur, was viele Leute meinen. Flemming war ja nicht gerade dein Busenfreund. Kein anderer hat dich in den letzten Monaten derart attackiert, wie er.«

Wühler überlegte, was er erwidern sollte. »Mensch, Martin, ich werd' doch selbst bedroht.«

Der obere Roggenmüller drehte sich zu ihm her: »Wie? Du wirst bedroht?«

Wühler nickte müde. Ihm war heiß. Die Sonne knallte den beiden Männern ins Gesicht.

»Schon zum zweiten Mal«, erklärte der Waldhauser Ortsvorsteher, »sie stecken mir nachts Zettel mit Drohungen an den Stall. Einen hätt' ich schon erledigt, aber ich sei nun der Nächste.« Nachdem er es gesagt hatte, fühlte sich Wühler irgendwie erleichtert. Es war das erste Mal, dass er mit jemanden darüber sprach.

»Und warum zeigst du das nicht an?«

»Die Sache ist mir zu heiß, Martin«, flüsterte Wühler, »die Stimmung ist gegen mich, überall. Was da auf den Zetteln steht, zeigt doch eindeutig, dass die Schreiber meinen, ich hätt' den Flemming umgebracht. Die wollen mir die Geschichte anhängen ...« Sein Tonfall verriet Angst. »Glaub' bloß nicht, dass die Polizei dann ausgerechnet mir glauben wird. Außerdem hab' ich für die Nacht zum Sonntag kein richtiges Alibi.« Er zögerte. »Und weißt du, was mich am meisten stört? Dieser Kommissar lässt sich bei mir gar nicht mehr blicken. Jedes Mal, wenn's an der Haustür klingelt, zuck' ich zusammen.«

»Mensch, Karl«, versuchte ihn Seitz zu beruhigen, »ich glaub', du steigerst dich in etwas rein, was gar nicht so ist.«

»Nein, nein, wirklich nicht. Martin, die Sache ist verdammt ernst. Und ich glaub' wirklich: Die gehen über Leichen.«

Vier Tage Kerker. Sarah weinte, fror, zitterte. Sie fühlte sich schmutzig. Zwar hatte ihr der Kotzbrocken frische Kleidung gebracht, sogar ihre eigene, die er offenbar aus ihrer Wohnung geholt hatte, doch ihr Wohlbefinden konnte dies nicht steigern. Ein paar Mal hatte sie der Kerl in einen Waschraum geführt, wo sie die Zähne putzen konnte. Als sie sich dabei widerspenstig zeigte, hatte er ihr zwei schallende Ohrfeigen verpasst.

Inzwischen fiel es ihr bereits schwer, die Tage zu zählen. Wie oft war es schon dunkel geworden? Sie versuchte, immer wieder zu schlafen. Denn ihre Bitte nach Zeitungen oder einem Buch quittierte der Mann nur mit einem hohnvollen Lachen. Ihre Gedanken fuhren pausenlos Achterbahn. Die schlimmsten Albträume hatten sich erfüllt – als ob sie ihre jetzige Situation mit ihrer panischen Angst vor einer Gefängniszelle geradezu selbst herbeigeredet hätte.

Das Scheppern der metallenen Riegel und das anschließende Drehen eines Schlüssels schreckten sie. Sie kannte dieses Geräusch und kauerte sich, wie jedes Mal, in die Ecke. Seit sie der Kotzbrocken vergewaltigt hatte, war sie auf das Schlimmste gefasst.

Als die Tür aufschwenkte und das grelle Licht hereinfiel, sah sie jedoch bereits an der großen Silhouette der vor ihr stehenden Person, dass es ein anderer Mann war.

»Hallo, Kindchen«, sagte der Mann und sie wusste sofort, dass es der Anführer jener Bande war, die vor einigen Nächten in ihr Haus eingedrungen war. Er kam dicht an die Matratzen heran und schaute triumphierend auf die verängstigte Frau herab. »Sagst du nicht ›hallo‹ zu mir?« grinste er. Sie hatte Mühe, zwischen den blendenden Lampen und dem Zwielicht, das die Glasbausteine über ihr durchließen, das Gesicht zu erkennen.

»Okay«, sagte der Mann, »du brauchst mit mir auch nicht zu reden. Ich wollte nur mal vorbeischauen und mich nach deinem Wohlbefinden erkundigen. Aber Alexandro kümmert sich ja rührend um dich ...« Er grinste. »Keine Sorge, Kindchen, bald bist du dort, wo du hingehörst. Am Sonntagabend geht's los. Es wird ein bisschen unbequem sein, okay ... Wir können dir keinen Luxus bieten. Aber dafür wirst du später in einem First-Class-Hotel untergebracht.« Der Mann blickte in Sarahs angstvoll verzerrtes blasses Gesicht. »Dort wird's ziemlich kuschelig sein ...« Er lachte schallend. »Duftend und warm, bei dezenter Musik und rotem Licht.«

Sarah wollte etwas hinausschreien, doch sie schwieg und starrte zur betongrauen Decke.

Der Mann drehte sich um. Als er die Tür zuzog, sagte er, als wolle er Sarah aufmuntern, doch es klang gefährlich: »Die zweieinhalb Tage kriegst du hier drin auch noch rum.«

Mike Linkohr war wieder einmal höchst erstaunt und kommentierte es entsprechend. Damit hatten weder er noch Häberle gerechnet. Aber ihr Kollege Schmidt, den sie an diesem Freitagvormittag im Lehrsaal des Göppinger Polizeireviers trafen, ließ keinerlei Zweifel aufkommen: »Heute Morgen freigelassen.«

»Dem Anwalt kann man gratulieren – wen hat er denn?« knurrte Häberle missmutig.

»Den Schaufelberger«, erwiderte Schmidt, »von dieser großen Kanzlei in der Karlstraße.«

»Da haben wohl ein paar kalte Füße gekriegt«, meinte Linkohr, »wegen Schadensersatz und so.«

Die drei Kriminalisten hatten nicht damit gerechnet, dass es dem Musiker Pohl gelingen würde, gegen eine Kaution auf freien Fuß gesetzt zu werden. 100 000 Euro waren bezahlt worden.

Schmidt zwirbelte an seinem Schnurrbart: »Bruhn hat offenbar auch befürchtet, dass die Engagements, die Pohl verloren hätte, im Falle seiner Unschuld teuer geworden wären.«

Wenn Häberle den Namen seines obersten Chefs hörte, neigte er dazu, unwirsch zu werden. »Das hat der doch gar nicht zu entscheiden.«

Schmidt zuckte mit den Schultern. »Wahrscheinlich haben Dr. Ziegler und er miteinander konferiert – was weiß ich!«

Häberle kratzte sich an der rechten Schläfe. »Und für uns bedeutet das, dass wir jetzt möglichst schnell die ganze Geschichte aufklären müssen.«

Um die drei Kriminalisten herum waren laute Diskussionen im Gange. Die übrigen Mitglieder der Sonderkommission brachten ihre Empörung über die richterliche Entscheidung zum Ausdruck. Vor allem stellten sie sich die Frage, woher Pohl so schnell diese relativ hohe Kaution aufbringen konnte. Musiker, so die allgemein verbreitete Meinung, waren ja nicht gerade auf Rosen gebettet, zumal, wenn sie sich der schwäbischen Mundart annahmen.

»Na ja«, räumte Häberle im Gespräch mit Linkohr und Schmidt ein, »natürlich, klar, die Geschichte, die Pohl erzählt mit seinem abgestellten Kombi beim Mordloch und dem Handy, das er angeblich nur gefunden haben will, könnte sich sogar so abgespielt haben. Bisher hat's schließlich auch keinen Hinweis auf einen Komplizen gegeben – und den hätt' er gebraucht. Wegen des zweiten Autos.« Der Kommissar wandte sich direkt an Schmidt: »Zu Flemmings Auto haben wir noch immer keine Hinweise?«

Der Angesprochene schüttelte den Kopf. »Wie vom Erdboden verschluckt. Entweder längst in Polen – oder es schlummert in einer Feldscheune da oben auf der Alb.«

Häberle dachte nach. »Möglichkeiten gibt's derer viele.« Nach Sekunden weiteren Nachdenkens fügte er hinzu: »Und ich könnte mir sogar konkrete denken ...«

38

Es wurde zunehmend schwül. Kruschke schwitzte, als er an der offen stehenden Bürotür seiner kecken Sekretärin vorbei eilte. Sie lächelte ihn von der Seite an. Keine Frage, dachte er, das Wetter eignete sich für solch eine luftig lockere Kleidung. Jetzt aber hatte er keine Zeit, um mit dieser Frau ein paar Worte zu wechseln. Die Geschäfte liefen gut, er musste die logistischen Vorbereitungen für die kommende Woche treffen. Denn am Sonntag war er wieder als Lokführer bei der Dampfzugfahrt eingeteilt.

Nach und nach trafen an diesem Freitagnachmittag die Lastzüge ein, die das Wochenende über auf dem Betriebshof stehen würden. Viele allerdings waren irgendwo in Europa unterwegs und manche Fahrer mussten deshalb den Sonntag auf Rastplätzen verbringen. Das kostete ihn zwar zusätzliches Geld, aber lange Routen waren nicht anders zu bewältigen. Kruschke eilte durch die langen Flure, rannte auf den Steinstufen durchs Treppenhaus hinab und öffnete die Tür zu der riesigen Halle, in der sich vier abgestellte Sattelschlepper geradezu verloren. Er betrat das Büro, wo Osotzky an einem großen grauen Tisch saß und mehrere Landkarten vor sich liegen hatte. »Also«, begann Kruschke, »Sonntagabend – mit Wagen drei. Sie wissen, was das bedeutet. Wir haben bereits beladen.« Der Chef zog einen leichten Plastikstuhl heran und setzte sich Osotzky gegenüber. »Volle Fracht bis Istanbul. Dann etwa 60 Kilometer leer, das lässt sich nicht anders machen – aber in so einem Kaff, dessen Namen in den Unterlagen steht, kriegen wir wieder volle Ladung. Zurück zu dem Importheini in München.«

»Und Wagen fünf?«

Kruschke stützte sich mit den Unterarmen auf dem Tisch ab, um näher an seinen Fahrer heranzukommen. »Anschließend«, antwortete er mit gedämpfter Stimme, »die Großwetterlage dürfte bis dahin kippen. Jedenfalls lässt dies die Langfristprognose erwarten, sagen sie bei der Wetterstation Stötten.« Und er fügte hinzu: »Osotzky, das Geschäft läuft, wie geschmiert. Sie verdienen sich dieses Jahr noch dumm und dämlich.« Er unterdrückte ein Lachen.

Auch Osotzky zeigte sich zufrieden, als es an der Tür klopfte. Die beiden Männer schauten sich irritiert an.

»Ja«, rief Kruschke einigermaßen ärgerlich. Sein Gesichtsausdruck passte sich seiner veränderten Stimmungslage an. Vor ihm stand Häberle, dahinter dieser junge Kriminalist.

Der Speditionsunternehmer spürte, wie die Energie aus all seinen Gliedern wich. Trotzdem gelang ihm ein Lächeln. Er stand auf und begrüßte die beiden unerwarteten Besucher. Er bot ihnen einen Platz an und gab Osotzky zu verstehen, dass die Besprechung ohnehin beendet sei. Der Fahrer packte seine Papiere zusammen und verließ das Büro.

»Sie kommen unangemeldet ...«, stellte Kruschke fest, nachdem die Tür wieder geschlossen war.

»Tut uns Leid«, erwiderte Häberle, »aber es ist auch nur reine Routine. Einer Ihrer Fahrer da draußen hat gesagt, wo wir Sie finden. Deshalb haben wir uns nicht ordnungsgemäß angemeldet. Wir sind auch gleich wieder weg.«

Linkohr betrachtete die Poster, auf denen schwere Mercedes-Sattelzüge zu sehen waren.

»Sie hatten gestern einen Unfall«, kam der Kommissar gleich zur Sache.

Sein Gegenüber zuckte mit einer Wange. »Dumme Sache«, erwiderte er, »ganz blöd'. Kostet mich ein Schweinegeld. Florian hat gepennt und sich nicht an die Vorschriften gehalten, dieser Idiot. Uns wirft das um Monate zurück.«

»Sie haben den Bagger nicht gesehen?« Häberle ließ seinen Blick über die Ordner schweifen, die dicht in den Regalen standen. Aus den Beschriftungen war zu entnehmen, dass sie Tachografenblätter und Überstundenzettel enthielten.

Kruschke war von der Frage irritiert. »Glauben Sie, ich fahr' mit meinem eigenen Lastwagen absichtlich in einen Bagger, den ich zum großen Teil auch noch finanziert hab'?«

»Sie und dieser junge Metzger«, sprach Häberle mit ruhiger Stimme weiter, »Sie beide bemühen sich sehr um die Reaktivierung dieser kleinen Strecke durch die Stadt ...?«

Der Unternehmer nickte. »Richtig. Wir sehen darin eine Chance für den Fremdenverkehr.«

»Ganz uneigennützig?« fragte Häberle.

»Nicht ganz, um ehrlich zu sein. Als Speditionsunternehmer muss man auch mal bereit sein, neue Wege zu gehen. Unsere rotgrünen Chaoten in Berlin propagieren lauthals den Schienenverkehr – doch mehr als diese Schnellbahnen, ICE und so, haben die in all den Jahren nicht hingekriegt. Güter auf die Schiene – alles nur leeres Geschwätz. Die Kapazitäten sind nicht da, die Logistik fehlt, die Flexibilität. Schicken Sie mal Erdbeeren mit der Bahn von Südspanien nach Polen! Bis die ankommen, sind sie verrottet.«

»Und trotzdem interessiert Sie der Schienenverkehr?« warf Linkohr ein.

»Ganz genau. Es gibt nämlich Güter, die sich sehr wohl dafür eignen, auch heute – obwohl bei der Deutschen Bahn keiner eine Ahnung hat, was ›Just-in-time‹-Anlieferung wirklich bedeutet.«

»Zum Beispiel?« wollte Häberle wissen.

»Alles, was nicht verderblich ist und nicht stundengenau an einem Produktionsort sein muss. Oder denken Sie nur an das weite Feld des Recyclings.«

»Altöle?« hakte Häberle ruhig nach.

Kruschke schien für einen Moment irritiert zu sein. Dann fand er aber sofort seine Beherrschung wieder: »Ja ... auch dies. Gefahrgut wird viel sicherer über die Schiene transportiert, als über unsere hoffnungslos überlasteten Straßen. Denken Sie nur an Ihre B 10 durchs Filstal zwischen Göppingen und Ulm!«

Häberle lehnte sich vorsichtig zurück, obwohl die Lehne

des Plastikstuhls verdächtig nachgab und knackte. »Und Ihr Freund Metzger sieht das genau so?«

»Das weiß ich nicht«, erklärte Kruschke, »die jungen Leute haben manchmal abgehobene Ideen, das wissen Sie genauso gut, wie ich. Sie träumen von ihren Idealen – ohne zu bedenken, dass überall nur eines zählt. Und das ist Knete. Ohne Moos nichts los, Herr Kommissar. Aber die meisten in diesem Land wollen nicht kapieren , dass Geld erst verdient werden muss, bevor man's ausgibt.«

Häberle nickte. In diesem Fall musste er dem Mann Recht geben.

Linkohr unternahm einen neuerlichen Versuch, das Gespräch in die gewünschte Richtung zu bringen: »Metzger sieht das also anders?«

Kruschke lächelte überlegen. »Sagen wir mal so, es werden noch einige Gespräche notwendig sein, um ihn davon zu überzeugen, dass der gewerbliche Güterverkehr im Vordergrund stehen muss.«

»Und Sie auf ...« Häberle überlegte, »... und Sie auf Kosten des gemeinnützigen Vereins Ihren Betrieb umstrukturieren?«

Die Miene des Spediteurs wurde wieder finster. »Ich bitt' Sie, Herr Häberle, von ›umstrukturieren‹ kann nicht die geringste Rede sein. Es ist eher ein Experiment – ja, ein Experiment, mit dem gleichzeitig dem Verein finanziell unter die Arme gegriffen wird. So müssen Sie das sehen.«

»Noch eine andere Frage«, wechselte Häberle das Thema, »diese Export-Import-Firma in Heidenheim, mit der Flemming kooperiert hat, zählt auch zu Ihren Kunden. Das haben Sie uns schon gesagt.« Der Kommissar behielt sein blasses Gegenüber im Auge. Er ließ ihm gleich gar keine Gelegenheit zum Antworten, sondern fuhr fort: »Ismet Özgül. Sie kennen ihn also?«

Der Unternehmer schluckte und räusperte sich. »Flüchtig, ja, natürlich. Er ist ein Geschäftspartner wie hundert andere.«

»Was wissen Sie von den Kontakten zwischen Özgül und Flemming?«

Kruschke hob die Schultern. »So gut wie gar nichts. Wissen Sie, solange unsere Rechnungen bezahlt werden, und das ist bisher immer pünktlich geschehen, misch' ich mich in die Angelegenheiten der Auftraggeber nicht ein.«

»Und …«, Häberle sprach langsam, »… welche Beziehungen Frau Flemming als gebürtige Türkin zu ihren Landsleuten hat, wissen Sie natürlich auch nicht.«

»Nein«, erwiderte Kruschke fest, »da müssen Sie schon andere fragen.«

»Andere?« staunte Linkohr. Und Häberle hakte nach: »Wie sollen wir das verstehen?«

»Wie ich es sagte – andere, was weiß ich, wen. Jedenfalls nicht mich. Ich mach' meinen Job und mein Hobby – und alles andere ist mir egal. Von Weibergeschichten hab' ich sowieso die Nase voll. Das können Sie mir glauben, meine Herrn.«

Häberle hatte am Freitagabend seiner Frau schonend beigebracht, dass er am Wochenende arbeiten musste. In all den langen Ehejahren war sie es gewohnt, gelegentlich einen Sonntag allein zu verbringen. Auch Linkohrs neue Freundin Juliane, die inzwischen die meiste Zeit in seiner Wohnung verbrachte, zeigte Verständnis, schließlich war sie als Krankenschwester auch in Sonntagsdienste eingeteilt und wusste, was dies bedeutete.

Inzwischen allerdings hatte Häberle die Sonderkommission personell reduziert, weil nahezu alle sichergestellten Spuren bearbeitet, katalogisiert und ausgewertet waren. Der oberste Kripochef Helmut Bruhn hatte diesem Vorschlag ausnahmsweise zugestimmt, aber von dem Kommissar wissen wollen, bis wann er den Fall voraussichtlich gelöst haben werde.

»Ich bin mir ziemlich sicher, dass der Schlüssel zu allem in Waldhausen liegt«, erklärte er seinem Chef am Telefon und blickte dabei zum Fenster, durch dessen weiße Vorhänge an diesem Samstagvormittag schon wieder grell die Sonne schien. Linkohr blätterte an einem kleinen Nebentisch in einem Aktenordner.

»Und?« wollte Bruhn wissen, »auf wen tippen Sie?«

Häberle überlegte, wie er es formulieren sollte, ohne gleich einen cholerischen Ausbruch zu verursachen. »Schwer zu sagen – vor allem, weil es unterschiedliche Motive geben könnte.«

»Konkret!« bellte der Chef.

»Schweinestallgegner einerseits, dubiose Teppichhändler andererseits. Dann dieser Freudenthaler, der mit allem Möglichen abzocken will. Frauengeschichten – und allerlei merkwürdige Gerüchte, die in dem Ort umherschwirren. Bis hin zum Verschwinden einer Tempomessanlage vor ein paar Jahren – nachdem jeder jeden verdächtigt. Und nicht zu vergessen dieser Musiker, auch wenn er wieder aus dem Knast raus ist.«

»Ein Sumpf«, kommentierte Bruhn scharf, »legen Sie ihn trocken. Aber bald.« Ende des Gesprächs. Wie immer.

Häberle und Linkohr schauten sich grinsend an.

»Sie haben einen in Ihrer Aufzählung vergessen«, gab der junge Kriminalist zu bedenken.

Häberle stutzte, bekam aber gleich die Antwort: »Diesen Glockinger aus Stammheim.«

Der Kommissar musste sich eingestehen, diesen Dachdeckermeister ein wenig aus den Augen verloren zu haben.

Ismet Özgül schlug mit der flachen Hand auf seinen Schreibtisch. Er hatte einen türkischen Fluch ausgestoßen. Die beiden Männer, die vor ihm standen, Mehmet und Özmir, waren bleich geworden. Wenn ihr Chef zornig wurde, empfahl sich vorsichtige Zurückhaltung.

Özgül zischte weitere Worte auf Türkisch, die sich gefährlich anhörten, und unterstrich sie mit energischen Handbewegungen, die darauf schließen ließen, dass eine Sache als beendet gelten musste. Vorläufig jedenfalls.

Als ein dritter Mann das Büro betrat und die Tür hinter sich einrasten ließ, blickte Özgül zu ihm auf. Er war groß und überragte die anderen um mehr als einen Kopf.

»Diese Anfänger«, wandte sich Özgül in Deutsch an

den Hinzugekommenen, »haben uns beinahe alles kaputt gemacht. Drei Tage sind sie abgetaucht – und wir haben die Bullen auf dem Hals.«

Der Große schaute die beiden beschimpften Türken an, die wie begossene Pudel vor dem Schreibtisch ihres Chefs standen.

»Haben hier in allernächster Umgebung weitergemacht, obwohl ich's ihnen verboten hab'«, wetterte Özgül. »Ausgerechnet jetzt – jetzt, wo es von Bullen nur so wimmelt. Die haben bereits rausgefunden, dass wir mit ›Eurotransco‹ zusammenarbeiten.«

Der Große blickte missbilligend von Mehmet zu Özmir.

Mehmet versuchte, sich zu rechtfertigen: »Haben nur einmal noch gewollt, weil günstig.«

»Schwachsinn«, entfuhr es dem Großen, der die Tragweite des Geschehens schnell erfasst hatte. »In den Zeitungen wird schon gewarnt, sogar überörtlich. Ihr könnt euer Geschäft vergessen.« Er wandte sich an den Chef: »Jag' sie zum Teufel.«

Özgül lehnte sich zurück und schwieg. So einfach würde das nicht sein. Die beiden waren im Stande und ließen die ganze Organisation auffliegen. Sie einfach verschwinden zu lassen, ganz schnell und unauffällig, wäre kaum möglich. Als Mitwisser konnten sie ziemlich gefährlich werden.

Er wandte sich wieder auf Türkisch an sie und schlug einen versöhnlicheren Tonfall an.

»Was hast du ihnen gesagt?« wollte der Große wissen, der sich inzwischen an einige senkrecht stehende Teppichrollen gelehnt hatte.

»Dass ich sie im Innendienst weiter beschäftigen werde – selbstverständlich. Und wenn Gras über die Sache gewachsen ist, können wir unsere Methode anderswo fortsetzen. In Norddeutschland vielleicht.«

»Dir ist aber schon klar, was die angerichtet haben?« fragte der Große zweifelnd, »wenn die Bullen Lunte gerochen haben, kannst du damit rechnen, dass sie den Laden hier auf den Kopf stellen.« Er wurde zunehmend nervöser.

»Ist alles schon erledigt«, beruhigte Özgül, »alles. Die heißen Dinger sind weg. Keine Spur mehr da.«

Der Große schien plötzlich verärgert zu sein. »Und darf ich mal fragen, wieso ich das alles erst jetzt erfahre?« Er nahm den Mann hinterm Schreibtisch scharf ins Visier.

»Weil ich das alles im Griff habe«, konterte der Angesprochene, »alles. Du siehst doch ...« Er deutete in Richtung Ausstellungsraum. »... alles sauber. Ohne Aufsehen, ohne Aufregung.«

»Und die Filialen? Die anderen Geschäfte?« Der Große verschränkte die Arme betont lässig vor der Brust.

»Läuft weiter. Hat mit dieser Sache nichts zu tun. Beruhig' dich bitte.«

»Okay«, erwiderte der Deutsche, »mir gibt halt zu denken, dass sich mancherorts die Einheimischen fragen, wie sich das eine oder andere Geschäft trägt. Ich meine – finanziell.«

Özgül blieb gelassen. »Alles nachvollziehbar, alles zu belegen.«

Mehmet und Özmir standen noch immer unbeteiligt abseits und wagten nichts zu sagen.

»Na ja«, warf der Große ein, »es erscheint halt verdächtig, wenn so gut wie kein Kunde zu sehen ist.«

Der Mann hinterm Schreibtisch lächelte. »Es hat noch keinen einzigen Fall gegeben, bei dem sich die Behörden dafür interessiert hätten. Freie Marktwirtschaft!« Er strich sich über die Ärmel des schweißnassen Hemds. »Jeder hat halt seine Kalkulation ...«

Pohl hatte Albträume gehabt und geschwitzt. Die Tage in der U-Haft waren schrecklich gewesen. Zusammen mit drei anderen Männern in einer Zelle, die kaum größer war, als sein Tonstudio. Zwei Doppelstockbetten, eine Toilette, die nur mit einem Vorhang abgetrennt war, ein vergittertes Milchglasfenster. Einer der drei Mithäftlinge wartete auf seinen Mordprozess und hatte Tag und Nacht geschluchzt, weil ihn eine lebenslängliche Freiheitsstrafe erwartete; der andere war wegen eines größeren Anlagebetrugs festgenommen worden und der Dritte, ein Weißrusse, der kaum ein Wort Deutsch sprach, war angeklagt, in großem Stil mit Rauschgift gehandelt zu haben. Pohl hatte man eine der unteren Liegen zugewiesen. Ziemlich schnell war ihm klar geworden, dass in diesen Zellen ein rauer Ton herrschte. Er hatte sich deshalb an den Gesprächen, die meist im Kriminaljargon geführt wurden, nur selten beteiligt. Wenn überhaupt, dann lag allenfalls der Betrüger auf seiner Wellenlinie, der sich vornehm und höflich gab. Aber das hatten Betrüger wohl so an sich, dachte Pohl, der die ganzen Tage über davon überzeugt gewesen war, innerhalb kürzester Zeit wieder herauszukommen. Dass dies dann aber nur mit Hilfe einer Kaution gelang, stimmte ihn nachdenklich, denn damit wurde deutlich, dass der Verdacht gegen ihn bei weitem nicht ausgeräumt war. Aber wenigstens brauchte er nicht Wochen oder gar Monate in dieser Zelle zu verbringen – von den Honorarausfällen ganz abgesehen. Insgeheim hegte er einen Hass auf diesen Häberle und die Staatsanwaltschaft, die es sich offenbar ziemlich einfach machten. Pohl hatte zu spüren bekommen, wie schnell man in den Strudel der Ermittlungen geraten konnte – und wie schwierig es war, sich den Mühlen der Justiz, wenn sie begonnen hatten zu mahlen, wieder zu entziehen. Was ihm immer wieder durch den Kopf gegangen war, hat er schon am ersten Tag mit einem Bleistift auf ein Stück Papier geschrieben: »Die Wahrheit kommt immer auf den Tisch.« Er wollte ein Lied draus machen – um sich den Frust, seinen ganzen Ärger von der Seele singen zu können.

An diesem Samstagnachmittag hatte er sich deshalb in sein Studio zurückgezogen. Er brauchte Ruhe und musste diese schrecklichen Ereignisse erst einmal verdauen. Seine Ehefrau Conny und die beiden Kinder waren unendlich froh, dass er wieder zu Hause war – und sie zeigten Verständnis dafür, dass er mit sich und seiner Musik im Studio allein bleiben wollte.

Er hatte sich ans Keyboard gesetzt, das mit einem Computer verbunden war, der die gespielten Noten sofort auf einem Bildschirm sichtbar machte. »Die Wahrheit, die Wahrheit kommt immer auf den Tisch ...«, sang Pohl und fand problemlos die richtigen Tasten für die Melodie, die ihm im Kopf umherging. Die weiteren Textzeilen hatte er noch in der Zelle niedergeschrieben.

Er war gerade dabei, das fertige Lied zu spielen und zu singen, als es an der Tür klingelte. Pohl brach abrupt ab, ging durch den Vorplatz und öffnete.

Er erschrak und befürchtete, die gerade erst wiedererlangte Freiheit erneut zu verlieren. Vor ihm standen Häberle und Linkohr.

»Nicht erschrecken«, begann der Kommissar noch vor der Begrüßung, »wir wollen nur ein paar Fragen stellen.«

»Es wäre gelogen, wenn ich sagen würde, ich freu' mich über Ihren Besuch«, erwiderte Pohl schlagfertig und bot den beiden einen Platz an dem kleinen Tischchen im Vorplatz an. »Sie haben mich einige schreckliche Tage und Nächte gekostet.«

»Nicht wir, sondern der Richter«, stellte Häberle ruhig klar, als sie sich setzten. Der Musiker räumte einen Stapel CDs beiseite.

»Wenn sich endlich meine Unschuld nachweist, beantworte ich Ihnen alles«, erwiderte der Musiker, dessen Gesicht blass wirkte. Seine dünnen blonden Haare hingen strähnig vom Kopf.

»Wir haben gehört, dass Sie morgen in Gerstetten engagiert sind«, begann der Kommissar, »steht auch auf allen Plakaten drauf.«

Pohl nickte und verschränkte die Arme. »Es hätt' einen ziemlichen Skandal gegeben, wenn ich nicht hätt' auftreten können«, sagte er, »und mit Sicherheit eine größere Schadensersatzforderung.« Er blickte finster in die Gesichter der beiden Kriminalisten. »Aber die kommt trotzdem. Mein Anwalt ist dran.«

»Noch stehen Sie unter Mordverdacht«, gab Häberle vorsichtig zu bedenken, was Pohl sichtlich erzürnte.

»Das ist ungeheuerlich«, zischte er, »ich bin ein unbescholtener Bürger, schaff' wie blöd', racker mich ab – und dann wehr' ich mich gegen so einen Abzocker wie diesen Flemming, der nix als Geld und Weiber im Schädel hat, und schon wird mir ein Mord angedichtet, bloß weil ihn einer seiner nichtsnutzigen Komplizen gekillt hat.« Pohl sprang auf und wusste eigentlich nicht so recht, wo er hingehen sollte. »Anstatt dass diese verfilzte Alb-Connection da oben mal genauer unter die Lupe genommen wird, dichten Sie mir diese Geschichte an, bloß, weil ich zufällig an diesem Mordloch geparkt und dieses Handy gefunden hab'.« Er setzte sich wieder und fügte hinzu. »Ich frag' mich, wie ich es hätte schaffen sollen, mit zwei Autos zu verschwinden. Mit meinem und mit dem von Flemming.«

Häberle nickte gelassen. »Es muss einen zweiten Mann geben – klarer Fall.«

»Und der Erste bin ich – das glauben Sie doch noch immer, oder?« Pohl versuchte, sich zu beherrschen. Er wollte auch nicht allzu laut werden, um seine Frau und die Kinder in den obersten Stockwerken nicht zu beunruhigen.

Häberle hob beschwichtigend die Hände. »Lassen Sie uns doch in aller Ruhe drüber reden. Sie treten also mit Ihrem Partner morgen wieder in Gerstetten auf?«

Pohl nickte. »Am Bahnhof, ja – wenn die Dampfzüge kommen.«

»Und wer hat Sie engagiert?«

»Der Kruschke, dieser Sponsor der Eisenbahner«, erklärte Pohl. »Aber das tut ja wohl nichts zur Sache.«

Häberle zuckte mit den Achseln. »Wie gut kennen Sie diese Eisenbahnclique?«

»Nur oberflächlich«, erklärte der wieder sichtlich ruhiger gewordene Musiker. »Wir hatten schon einige Engagements dort.«

»Sagt Ihnen der Name Westerhoff etwas?«

»Oder Glockinger?« legte Linkohr nach.

Pohl überlegte. »Westerhoff glaub' schon. Der war mal bei Verhandlungen übers Honorar dabei.«

»Und der Seitz von der Roggenmühle, wo Sie heute vor einer Woche gespielt haben – gibt es da auch einen Bezug zu diesen Leuten von Waldhausen?«

Der Musiker zögerte. »Die kennen sich gut«, sagte er schließlich. »Wir haben ja schon öfters dort gespielt. Früher war auch der Wühler noch mit dabei. Aber seit diesem Schweinestallskandal hab' ich den dort nicht mehr geseh'n.«

»Eine andere Frage«, überlegte Häberle, »wenn Sie bei diesen Eisenbahnfreunden auftreten, bekommen Sie das Geld von Kruschke?«

»Vorigen Sonntag cash, ja. Das wissen Sie doch. Ist so üblich, dass Musiker bar bezahlt werden. Aber vor einigen Wochen, als wir schon mal da oben gespielt haben, hat's wohl mit dem Geld geklemmt. Da hat uns der Flemming Orientteppiche geschenkt.«

Die beiden Kriminalisten horchten erstaunt auf. »Teppiche?« wiederholte der Kommissar.

Pohl nickte. »Schönes Stück. Ich versteh' ja nicht viel davon. Ich hoff', er hat uns nicht aufs Kreuz gelegt. Jedenfalls haben Marcel und ich so ein Ding gekriegt. Sei garantiert handgeknüpft.«

»Dürfen wir es mal untersuchen lassen?«

»Klar, kein Problem. Es liegt oben in der Wohnung.«

Linkohr mischte sich ein. »Und bei dieser Gelegenheit haben sie Flemming kennen gelernt?«

Der Musiker nickte abermals und wischte sich mit dem linken Handrücken Schweiß von der Stirn. »Ja – und in der Folgezeit hat er versucht, mit uns Geschäfte zu machen. Auftritte vermitteln und so. Aber wie Sie wissen, ist nichts draus geworden. Große Klappe und nichts dahinter. Ein Schwätzer.«

»Und seine Frau?« fragte der Jungkriminalist.

»Hab' ich nur ein-, zweimal getroffen. Aber ich sag' Ihnen ...« Pohl beugte sich über den Tisch, als wolle er etwas Geheimes loswerden. »... wenn Sie den Schlüssel zu allem suchen, dann ist sie es. Davon bin ich überzeugt. Das ist mir in diesen Tagen im Knast klar geworden.«

»Was veranlasst Sie dazu?« wollte Häberle wissen.

»Haben Sie nicht mitgekriegt, was da oben gemunkelt wird?« fragte Pohl zurück und gab gleich selbst die Antwort: »Während ihr Alter an diesen seltsamen Ex- und Importgeschäften kein so großes Interesse mehr gehabt hat, hat sie die Sache mit ihren Landsleuten veredelt und in allen möglichen Städten Filialen für jeglichen Krimskrams eröffnet.« Pohl lehnte sich wieder zurück. »Das hat mir ein Mann vertraulich erzählt, der gesehen hat, wie wir diese Teppiche gekriegt haben. Ich hab', ganz ehrlich gesagt, keine Ahnung, wer es war, aber dieser Mann hat uns, Marcel und mich, davor gewarnt, uns auf diese Art von Bezahlung einzulassen.«

Häberle ahnte zwar, was gemeint war, wollte aber Klarheit: »Filialen für Krimskrams?«

Der Musiker schaute dem Kommissar fest in die Augen: »Geldwäsche, Herr Häberle. Sagen Sie jetzt bloß nicht, Ihnen sei so etwas noch nie aufgefallen!«

Der Chefermittler verzog das Gesicht zu einem leichten Lächeln. »Was mir auffällt und was man beweisen kann, sind leider zweierlei Paar Stiefel, Herr Pohl!«

Die beiden Kriminalisten fuhren nach Geislingen zurück – durch die herrliche Landschaft des Albvorlandes. Häberle hatte wieder die Route über den Gairenbuckel gewählt, bei der sie den bewaldeten Hängen ganz nah kamen, die in unendlichen Grünschattierungen schimmerten.

»Wir stellen den Laden in Heidenheim auf den Kopf«, sagte Häberle plötzlich, als sie wieder die B 466 in Richtung Geislingen erreichten.

Linkohr auf dem Beifahrersitz schaute seinen Chef erstaunt von der Seite an. »Jetzt?« Der Kommissar zögerte. »Spätestens morgen Vormittag. Wir brauchen auch ein paar Jungs vom Betrugsdezernat – auch den Schmittke«, fügte er hinzu. Schmittke, der Leiter der Geislinger Kriminalaußenstelle, war jahrelang mit dieser Materie befasst gewesen.

»Ich will wissen, welche dubiosen Geschäfte diese Teppichhändler machen – und wie das mit den Flemmings zusammenhängt.«

»Sie meinen, das reicht für einen Durchsuchungsbefehl aus?« Linkohrs Zweifel waren unüberhörbar.

»Wir brauchen eine hieb- und stichfeste Begründung«, antwortete sein Chef, der nur kurz kräftig Gas geben konnte. Vor ihnen tauchte nämlich ein landwirtschaftliches Fahrzeug auf. »Verdacht auf Zusammenhang mit dem Verschwinden der Frau Flemming«, erklärte er knapp, woran er dachte.

»Heute wird das nicht mehr klappen«, meinte Linkohr beim Blick auf die Armbanduhr. »Wir brauchen genügend Kollegen dazu.«

Häberle gelang es schließlich, den Traktor samt Anhänger zu überholen, sodass sie an diesem Samstagnachmittag relativ schnell das Polizeirevier in Geislingen erreichten.

Im Lehrsaal war nur der schnauzbärtige Kollege Schmidt anzutreffen, der als Einziger die Stellung hielt und über Akten brütete. Als er die beiden Kriminalisten kommen sah, drehte er sich zu ihnen um: »Ich glaub', wir sollten einen Angriff starten. Bei allem, was ich über die Vergangenheit dieser Teppichfritzen gelesen habe, schlage ich vor, wir besorgen uns einen Durchsuchungsbefehl.«

Häberle grinste. »Kollege, das ist Gedankenübertragung! Genau das werden wir tun.«

Schmidt lehnte sich zurück und war zufrieden. »Ich hab' schon mal nachgeschaut, wer bei der Staatsanwaltschaft Bereitschaftsdienst hat. Der Bändele ist's.«

»Und Richter?« wollte Linkohr wissen.

»Schwenger«, antwortete Schmidt, »der weiß, worum's geht.«

»Okay«, meinte Häberle und setzte sich an den Tisch, »veranlassen Sie das Nötige. Ich schlage vor, morgen Vormittag.« Er meinte den Termin für die Durchsuchung. »Trommeln Sie genügend Kollegen zusammen. Betrugsdezernat, Wirtschaftskriminalität, den Zoll natürlich und vielleicht vorsichtshalber ein paar Jungs vom SEK in Göppingen – man weiß ja nie!« Das Spezialeinsatzkommando (SEK) war ihm schon oft eine große Hilfe gewesen. Manchmal hatte allein die pure Anwesenheit dieser Experten dazu geführt, dass Straftäter kapitulierten. Das SEK genoss einen hervorragenden Ruf und war bei der »Gegenseite« entsprechend gefürchtet.

»Vielleicht«, so Häberle weiter, »... vielleicht finden Sie irgendwo bei der LPD oder beim LKA auch noch einen Kollegen, der sich mit Teppichen auskennt – wie viel Knoten pro Quadratzentimeter für Qualität sprechen. Oder was weiß ich!« Nach einer kurzen Pause fügte er hinzu: »Und so ein Botaniker wär' auch nicht schlecht.«

Schmidt zwirbelte irritiert an seinem Schnauzbart. »Botaniker?«

Häberle erwähnte die australische Eiche und dass es im Teppich-Ausstellungsraum viele exotische Gewächse gebe. »Ich will wissen, ob's dort so eine Eiche gibt und ob in letzter Zeit davon ein Stück Stamm herausgesägt wurde.«

Schmidt machte sich jetzt Notizen.

»Wichtig sind aber vor allem Hinweise auf Zusammenhänge mit den Flemmings – und ob sich irgendetwas findet, was auf das Verschwinden der Frau Flemming hindeutet. Oder deren Komplizenschaft«, erklärte Häberle weiter und stand auf. »Halten Sie mich auf dem Laufenden«, bat er dann und deutete auf seinen Kollegen Linkohr. »Wir beide werden bei der Durchsuchung nicht gebraucht. Heute Abend gönnen wir uns ein paar freie Stunden und morgen früh ein Sonntagsvergnügen.«

Schmidt schaute den Chef verständnislos an. Auch Linkohr wusste mit Häberles Äußerung nichts anzufangen.

39

Der Andrang war wieder riesengroß. Im Bereich des Bahnhofs von Amstetten gab es jetzt, kurz nach halb elf Uhr, so gut wie keinen freien Parkplatz mehr. Das herrliche Sommerwetter hatte erneut Tausende zur Museumsbahn gelockt. Unbezahlbare Werbung waren diesmal aber auch einige Artikel in überregionalen Zeitungen gewesen, die den Mordlochfall mit den Hobbyeisenbahnern in Verbindung gebracht hatten. Es schien so, als seien viele Besucher heute nur gekommen, um sich diese möglichen Schauplätze des schrecklichen Geschehens einmal mit eigenen Augen anschauen zu können. Ein bisschen Gruseln beim Sonntagsausflug war schließlich etwas ganz Neues.

Die Ulmer Eisenbahnfreunde hatten ihre 75 1118 bereits am frühen Morgen anheizen müssen. Eine ziemlich aufwendige Arbeit. Kruschke, ganz in Schwarz gekleidet, war mit seinem Kollegen in die Lok geklettert, um Dampfdruck und Temperatur zu prüfen. Das schwarze Ungetüm zischte und schnaubte, stieß weiße Qualmwolken in den blauen Himmel und war, wie üblich, von Videofilmern und Hobbyfotografen umgeben. In den Waggons herrschte bereits dichtes Gedränge – und Ärger, weil es wieder keine Platzkarten gegeben hatte. Florian Metzger, der junge Eisenbahner mit der schneidigen Uniform von Anno dazumal, lächelte den Passagieren zu. Sein Verhältnis zu Kruschke war seit einigen Tagen abgekühlt. Der Lokführer hatte den jungen Vereinskameraden wegen des Vorfalls am Bahnübergang zur Rede gestellt. Eigentlich hatten sie den Unfall unter sich ausmachen wollen, doch war die Polizei von irgendeinem Anlieger gerufen worden, nachdem der Übergang durch den lädierten Lastwagen längere Zeit nicht befahren werden konnte.

Auf dem benachbarten Durchgangsgleis rauschte ein ICE vorbei. Eine solche Gelegenheit ließen sich die Hobbyfilmer nicht entgehen – Nostalgie und modernste Technik in einer einzigen Szene vereint.

Kruschke blickte durch das rechte offene Fenster nach hinten. Noch hingen Menschentrauben vor den Einstiegen. Er wollte sich auf keine einzelnen Gesichter konzentrieren, doch dann fiel sein Blick zufällig auf die beiden Männer, die sich jetzt dem Bahnsteig näherten und sich einen Weg durch die wartende Menge bahnten. Tatsächlich, durchzuckte es den Lokführer. Die beiden Schnüffler. Dieser Häberle und sein Adjutant. Was zum Teufel, dachte er, hatte die bloß bewogen, mit nach Gerstetten zu fahren? Die Kriminalisten kamen schnurstracks auf die Lok zu – und hatten Kruschke bereits gesehen. Es machte keinen Sinn, dachte er, sich jetzt abzuwenden. Stattdessen öffnete er die Tür, kletterte auf den Eisensprossen hinab und sprang vollends auf den Bahnsteig.

»Herzlich willkommen im Dampfzug«, strahlte er den Kriminalisten entgegen und hielt ihnen seine rußgeschwärzte rechte Hand entgegen. »Haben Sie Ihren Fall gelöst?«

Häberle schüttelte den Kopf. »Leider nein. Aber mein Kollege und ich haben beschlossen, uns ein kleines Vergnügen zu gönnen. Und es deutet auch einiges darauf hin, dass die Dampfbahn eine Rolle spielen könnte.«

Kruschke winkte ab. »Vertane Zeit. Ich bin mir ganz sicher, dass Sie auf dem Holzweg sind. Aber wenn Sie's als Vergnügen sehen, dann bringt Sie das vielleicht auf neue Gedanken. Und Ideen.«

»Wir werden unseren Spaß haben«, meinte Häberle und drehte sich weg, um dem zweiten Waggon zuzustreben, vor dem der Andrang nicht ganz so groß war. Linkohr folgte ihm – und Kruschke blickte ihnen nachdenklich hinterher.

Der zweite Mann auf der Lok betätigte die dampfgetriebene Pfeife, worauf das Monster eine dünne Qualmsäule nach oben schießen ließ.

Häberle und Linkohr kletterten in einen der Wagen und mussten sofort erkennen, dass sie keine Chance auf einen Sitzplatz haben würden. Die beiden Kriminalisten bahnten sich wieder einen Weg zurück zur Tür, von wo ihnen weitere Menschen entgegen kamen.

»Eine ziemlich enge Angelegenheit«, kommentierte Häberle und deutete seinem Kollegen an, ein paar Waggons weiter nach hinten zu gehen. Unterwegs trafen Häberles Blicke ein bekanntes Gesicht. »Kennen Sie den?« stieß er seinen Kollegen an und deutete auf einen Mann, dessen faltenreiches Gesicht sogar aus der Distanz und im grellen Licht der Sonne auffiel.

»Da haut's dir's Blech weg«, kommentierte der junge Kriminalist wie gewohnt, »der Freudenthaler. Unser Tourismus-Freund.«

Häberle drehte sich weg und deutete seinem Kollegen an, es ihm nachzutun. In der Menschenmenge, die noch immer Einlass in den Zug begehrte, war es einfach, schnell mal unterzutauchen. Häberle blickte sich kurz um und sah, wie Freudenthaler in einen der letzten Waggons stieg. Die Kriminalisten entschieden sich schließlich für einen in der Mitte. Dort herrschte inzwischen drangvolle Enge – noch weitaus schlimmer, als im Ersten. »Wir können wenigstens nicht umfallen«, meinte Linkohr.

Wieder stieß die Lok einen schrillen Pfiff aus, das Signal zur baldigen Abfahrt. Es war kurz nach elf, als endlich alle Passagiere an Bord waren. Häberle sah durch eine Scheibe, wie Florian Metzger die Wagenfront abschritt und schließlich die grüne Seite seiner Schaffnertafel Richtung Lok hielt. Dann nahm er die Pfeife in den Mund und blies kräftig hinein. Dem Kommissar kam unwillkürlich das Lied von der ›Schwäb'schen Eisenbahn‹ in den Sinn. »Schduagert, Ulm ond Biberach, Meckenbeuren, Durlesbach ...« Wer wusste schon, dachte er, dass die Bahn in ihrem Stilllegungswahn den Ort mit dem schönen Namen ›Durlesbach‹ längst vom Schienennetz abgehängt hatte?

Ein Ruckeln ging durch die Waggons. Die stehenden Passagiere griffen instinktiv nach etwas Fassbarem, Kinder schrieen, irgendetwas quietschte. Wenig später querte der Zug auf dem schienengleichen Bahnübergang die B 10. Dort blinkten die roten Lichter, als die Dampfbahn, dicht an den Häusern, den Ort verließ.

Rauchschwaden zogen vorbei, gemischt mit Rußpartikeln, die sich in den Haaren jener Passagiere verfingen, die sich weit aus den Fenstern lehnten, um vorne die Lok sehen zu können. Sie würden sich später wundern, wie schmutzig auch ihre Kleider dabei wurden. Dampfzug-Fahrgäste erlebten regelmäßig diese böse Überraschung. Insbesondere, wenn's bergauf ging und kräftig geheizt werden musste, pustete das Ungetüm kräftig Rußpartikel in die Luft.

Der Zug hatte gleich nach Amstetten eine gewaltige Steigung zu überwinden. Hundert Höhenmeter bis Stubersheim. Es war zweifellos idyllisch, dachte Häberle. Angesichts der mäßigen Geschwindigkeit kam ihm der Ausspruch in den Sinn, wonach »Blumen pflücken während der Fahrt« verboten sei. Er versuchte, sich von den Passagieren in diesem Waggon ein Bild zu verschaffen, bewegte den Kopf hin und her, um zwischen den Stehenden hindurch auch auf die Sitzplätze blicken zu können. Ganz vorne rechts, da war er sich ziemlich sicher, hatte er Ortsvorsteher Karl Wühler entdeckt. Er saß mit dem Rücken zu ihm und unterhielt sich angeregt mit zwei Männern. Einen davon kannte Häberle. Er drehte sich zu Linkohr und erklärte im Flüsterton: »Vorne sitzt Wühler. Der neben ihm – schau'n Sie mal vorsichtig hin –, wer da hockt.«

Linkohr versuchte, in die angedeutete Richtung zu schauen, hatte damit aber Mühe, weil der Waggon kräftig zu schaukeln begann. Dann jedoch konnte der Jung-Kriminalist einen Blick auf die Person werfen. »Das ist ... unser Playboy aus der WMF«, flüsterte er schnell, »der Westerhoff. Die beiden sind ja ein Herz und eine Seele«, stellte er ein bisschen zu laut fest, sodass sich neben Linkohr ein Ehepaar irritiert umdrehte.

»Aber der andere ...« sinnierte Häberle, »... der ist noch nirgendwo aufgetaucht. Oder täusch' ich mich da?« Der Fremde saß mit dem Rücken zur Fahrtrichtung, sodass ihm Häberle ins Gesicht blicken konnte. Der Kerl war bärenstark und hatte eine glänzende Glatze. Nein, den hatte er noch nie gesehen, da war sich der Kriminalist ziemlich sicher.

Der Kotzbrocken grinste. »Reise geht bald los«, sagte er mit seinem gebrochenen Deutsch, als er die schwere Tür geöffnet hatte und sich vor Sarah aufbaute. Die Frau lag zusammengekauert auf ihren Matratzen. Ihr ging es schlecht. Im Raum roch es nach der chemischen Toilette und nach verbrauchter Luft. Die Stunden und Tage waren dahingekrochen. Ohne Ablenkung, ohne etwas zum Lesen, ohne Radio, ohne mit jemandem reden zu können, hatte sie die schrecklichste Zeit ihres Lebens verbracht – und was noch auf sie zukommen würde, raubte ihr den Schlaf. Eines jedoch war ihr immer klarer geworden: Die Männer würden sie nicht mehr freilassen. Sie war eine große Gefahr – für die Organisation und für die Geschäfte. Wenn sie Glück hatte, großes Glück, dann kam sie irgendwo im fernen Anatolien oder in einem anderen südosteuropäischen Land mit dem Leben davon. Die panische Angst, einfach getötet zu werden, hatte sich mittlerweile gelegt. Dazu wäre keine »Reise« notwendig gewesen, wie sie bereits mehrfach angekündigt worden war. Man wollte sie außer Landes bringen, das stand fest.

»Waschen«, zischte der Mann. »Bevor es geht los, musst waschen dich. Sagt Chef.« Mit lautem Lachen fügte er hinzu: »Reise ist lang.«

Sarah wusste nicht, was dies alles bedeutete. Sie war unfähig, sich zu bewegen. Der Mann kam auf sie zu, packte sie unsanft am linken Arm und zerrte sie hoch. »Rüber in Waschraum – los geht's.«

Sarah versuchte, den Griff, der ihr wie ein Schraubstock

vorkam, abzuwehren. Doch ihr Peiniger hatte bärenstarke Kräfte und verpasste ihr eine Ohrfeige. Die Frau taumelte, schrie, schluchzte, stieß dem Mann einen Ellbogen gegen die Brust, ohne allerdings eine Reaktion auszulösen. Ihr linkes Ohr dröhnte, ihr Kopf tat weh. Sie gab den Widerstand auf.

Der Mann zerrte sie aus ihrem Kellerverlies auf den neonhellen Gang und dort bis zu dem Waschraum, in dem sie schon einige Male Zähne putzen und das Gesicht waschen durfte. Jetzt lagen dort auf einem Holzschemel frische Kleider – Unterwäsche, Jeans und eine Bluse. Sie erkannte sofort, dass es ihre Sachen waren. Auf dem Waschbecken waren Seife, Duschgel und Shampoo aufgereiht und zwei bunte Handtücher bereitgelegt. »Wie in Hotel«, höhnte der Mann und ließ Sarah vor dem Waschbecken los. »Gründlich waschen – geht jetzt paar Tage nicht.«

Sie schaute sich verängstigt um.

»Los«, befahl er mit seinem breiten Grinsen. »Ausziehen.«

Waren bereits unterwegs entlang der Strecke viele Videofilmer aufgetaucht, so schienen sie sich am Bahnhof von Stubersheim gegenseitig die besten Perspektiven streitig zu machen. Der Zug rollte langsam aus und blieb mit einem kräftigen Ruck stehen. Türen zur Plattform wurden geöffnet, Passagiere sprangen hinaus, Kinder tobten herum. Florian Metzger eilte an den Waggons entlang, versuchte sich einen Überblick zu verschaffen, wer ein- und wer ausstieg. Einige Familien, deren Väter Rucksäcke trugen, nahmen den Bahnhof offenbar als Ausgangspunkt für eine Wanderung. Sie würden am Nachmittag an einem der anderen Haltepunkte wieder in den Zug einsteigen. Häberle war auf die Plattform hinausgegangen. Er genoss die sommerliche Luft und eine kühle Brise, die hier auf der Albhochfläche über die Landschaft strich, und schaute den Passagieren nach, die in Richtung Bahnhofsgebäude davon strebten. Tatsächlich, Häberle kniff die Augen zusammen, auch dieser Freudenthaler hatte den Zug verlassen. Der Mann war heute ganz anders gekleidet, als neulich. Kein korrekt sitzender Anzug, sondern eine saloppe Hose und ein kariertes, kurzärmliges Hemd.

Linkohr hatte sich auch auf die Plattform gequetscht, wo jetzt vier weitere Personen standen.

»Hätt' ich dem Kerl nie zugetraut, dass der als Wandersmann über die Alb marschiert«, bemerkte Häberle. »Mich würde brennend interessieren, was der wirklich im Schilde führt.«

»Möglichkeiten für den Tourismus ausloten«, meinte sein junger Kollege trocken, als sich die Menschenmenge wieder zurück in den Wagen schob. Es würde gleich weitergehen. Die beiden Kriminalisten blieben auf der Plattform stehen. Metzgers Pfiff lag schrill in der Luft, die Dampflok stieß fauchend eine Qualmwolke in den Himmel.

Die Kupplungen der Wagen schepperten, es ruckelte und schaukelte – dann setzte sich der Zug wieder in Bewegung.

Von der gegenüberliegenden Wagenseite aus, versuchte sich Metzger einen Weg durch die stehenden Passagiere zu bahnen. Er kontrollierte die Fahrkarten, was bei vielen der älteren Herrschaften zu gewissen Unmutsäußerungen führte. Doch der uniformierte Hobbyeisenbahner blieb freundlich und korrekt und bedankte sich für den Fahrschein, den er nach alter Sitte lochte.

Während der Zug auf Schalkstetten zustrebte, vorbei an den weiten Getreidefeldern, erreichte der Schaffner auch die beiden Kriminalisten. »Welch große Ehre«, zeigte er sich erfreut und griff nach den Fahrscheinen, die Häberle in der drangvollen Enge nur mühsam aus seinem leichten Sommerjackett gefingert hatte. Der Kommissar beugte sich ans linke Ohr Metzgers: »Sind interessante Passagiere an Bord?«

Der junge Schaffner stutzte für einen Moment. »Viele Stammgäste«, erwiderte er so leise wie möglich.

Häberle hielt ihn vom Weitergehen ab. »Beim Wühler vorne sitzen zwei Männer. Der eine ist Westerhoff, dieser WMF-Manager – den müssten Sie kennen, aber der andere, dieser hünenhafte Kerl mit dem Glatzkopf – ist er Ihnen bekannt?«

Metzger versuchte, einen unauffälligen Blick durch die Menge zu erspähen, um sich zu vergewissern. »Er war schon öfters da, ist ja nicht zu übersehen«, sagte er schließlich grinsend und bemerkte, wie die Umstehenden sich für das Gespräch zu interessieren begannen.

»Name?« wollte Häberle wissen.

Metzger zuckte mit den Schultern und begann wieder, Fahrkarten zu kontrollieren.

»Sollen wir wetten?« wandte sich Häberle an seinen Kollegen. Der war für einen Augenblick irritiert. Unterdessen verließ der Zug das Waldstück.

»Das ist Westerhoffs geheimer Freund«, flüsterte der Kommissar seinem Kollegen grinsend ins Ohr.

Der kapierte sofort, was Häberle damit sagen wollte.

Das große Silo-Gebäude am Schalkstetter Bahnhof tauchte vor den rechten Fenstern auf. Der Zug blieb ziemlich abrupt stehen, sodass die Passagiere, die keinen Sitzplatz hatten, reflexartig nach einer Möglichkeit zum Festhalten griffen.

Sofort aber kam Bewegung in die zwei Dutzend Menschen, die auf dem schmalen Bahnsteig gewartet hatten. Sie vermischten sich mit jenen, die den Zug verließen und die von hier aus eine Wanderung unternehmen wollten – über das weite Feldwege-Netz quer hinüber nach Gussenstadt beispielsweise. Allerdings war es trotz der sanften Brisen, die über die Hochfläche strichen, bereits drückend heiß. Der Glatzköpfige, der sich mit Westerhoff und Wühler so angeregt unterhalten hatte, setzte eine weiße Schildmütze auf und war offenbar wild entschlossen, sich den Wanderern anzuschließen. Er stand auf und schlüpfte in die Gurte eines kleinen Rucksackes, der auf seinem voluminösen Oberkörper irgendwie verloren wirkte. Dann winkte er einer Frau und einem Jugendlichen zu, die beide auf der linken Wagenseite, jedoch zwei Sitze hinter ihm saßen, und versuchte, seinen bärenstarken Körper an den stehenden Passagieren vorbei auf die Plattform hinaus zu bewegen. Als er den Bahnsteig erreicht hatte, drehte er sich nochmal zum Fenster um, von dem aus ihm Wühler und Westerhoff zunickten.

»Glockinger mit Familie«, murmelte Häberle und ließ sich weiter in den Wagen hineinschieben.

»Frau und Sohn mögen's wohl eher gemütlich«, kommentierte Linkohr.

»Wenn der von hier nach Gerstetten wandert, ist er gut zu Fuß«, meinte der Kommissar. Er bückte sich, um den davongehenden Mann durch die rechten Fenster verfolgen zu können.

»Als Dachdecker will man halt auch mal festen Boden unter den Füßen«, erwiderte Linkohr mit gedämpfter Stimme.

Draußen zerriss ein schriller Pfiff die hochsommerliche Dorfidylle. Metzger war in seinem Element. Und vorne auf der Lok würde jetzt Kruschke die Hebel umlegen. Es ging weiter – mit einem kräftigen Ruck.

Häberle gab seinem Kollegen ein Zeichen, mit dem er andeutete, dass er sich zu Wühler und Westerhoff vorkämpfen wollte. Er zwängte sich an den stehenden Passagieren vorbei, bis er die beiden Männer erreicht hatte, die mit dem Rücken zu ihm saßen. Den Platz von Glockinger hatte inzwischen eine ältere Dame eingenommen. »Tag, die Herren«, machte Häberle auf sich aufmerksam, während er sich hinter deren Sitz festhielt.

Wühler, der den Fensterplatz innehatte, drehte sich erschrocken um. Westerhoffs Gesicht war versteinert.

»Tut mir Leid, wenn ich Sie störe«, lächelte Häberle und suchte nach einer besseren Möglichkeit, sich festzuhalten. Der Zug ruckelte wieder. Es roch nach Ruß und Feuer.

»Sie stören nicht«, erwiderte Wühler.

»Nur eine kurze Frage«, entgegnete der Kommissar und schaute Westerhoff an, der verärgert schwieg. »Gehe ich recht in der Annahme, dass der Herr, der Ihnen bis hierher Gesellschaft geleistet hat, ein erfolgreicher Dachdeckermeister aus Stammheim ist?« Er sprach leise, damit es die Umstehenden möglichst nicht hören konnten – vor allem nicht die Frau, die links zwei Sitze weiter mit ihrem Sohn saß.

Wühler erwiderte nichts. Westerhoff starrte regungslos aus dem Fenster, vor dem einige größere landwirtschaftliche Anwesen am Schalkstetter Ortsrand vorbeizogen.

»Herr Westerhoff, Sie müssten ihn doch kennen …« Häberle sah auf den Angesprochenen hinab, doch der tat, als ginge ihn dies gar nichts an.

»Es ist also Herr Glockinger«, beharrte der Chefermittler. »Ist doch nichts Verwerfliches, mit einem Geschäftsmann aus Stuttgart befreundet zu sein, oder sehen Sie das anders?«

Westerhoff bemerkte mit unfreundlichem Unterton: »Sie sollten endlich aufhören, mir nachzuspionieren.« Er ließ seinen Blick nicht von den Häusern weichen, die vor dem Fenster nacheinander auftauchten. »Ich könnte mir vorstellen, dass falsche Rückschlüsse für die Karriere nicht zuträglich sind.«

Diese Masche kannte Häberle zur Genüge. Typ Angeber. Hatte wohl Beziehungen in politische Kreise. Einschüchterungsversuche dieser Art waren ihm während seiner langen Berufslaufbahn oft genug vorgekommen. Niemals hatte er sich davon beeindrucken lassen, obwohl er natürlich nicht sagen konnte, was sein stures Verhalten im Hintergrund ausgelöst hatte. Jetzt aber, nicht mal zehn Jahre vor der Pensionierung, konnten sie ihn alle … Das wusste auch Bruhn.

Deshalb lächelte er nur überlegen. »Wenn Sie nichts zu befürchten haben, braucht Sie das doch nicht zu stören.«

Wühler schaute den Kommissar verwundert an. Westerhoff schwieg.

»Sollte es jedoch anders sein«, machte Häberle langsam weiter, »dann werden Sie mich beide nicht daran hindern können, den Fall konsequent zu Ende zu bringen.«

Westerhoff schaute weiterhin bockig aus dem Fenster, vor dem jetzt eine Windkraftanlage auftauchte.

Der Kommissar blickte Wühler tief in die Augen. »Das dürfen Sie mir beide glauben«, sagte er, während er sich einen Weg zurück zu Linkohr bahnte.

40

Schmidt hatte gestern ganze Arbeit geleistet – den Staatsanwalt überzeugt und beim Geislinger Amtsrichter Schwenger einen Durchsuchungsbefehl erwirkt. Vorsorglich hatte Schmidt auch den Göppinger Kripochef Bruhn verständigt, der sich wiederum mit den Heidenheimer Kollegen in Verbindung setzte. Seine Laune war jedoch schlagartig unter den Nullpunkt gesunken, nachdem er erfahren hatte, dass Häberle an der Durchsuchungsaktion nicht teilnehmen würde. Doch der Missmut hielt sich nicht lange, zumal Bruhn offenbar rasch die Möglichkeit erkannte, bei diesem gewiss öffentlichkeitswirksamen Spektakel aus der sicheren Entfernung eines Mannschaftstransportwagens mitmischen zu können. Für Schmidt klang Bruhns Ankündigung, er werde höchstpersönlich nach Heidenheim kommen, dann auch eher nach einer Drohung, als nach einer kollegial gemeinten Mithilfe.

Jetzt waren sie alle vorgefahren: Mehrere Streifenwagen, zwei Kleinbusse der Bereitschaftspolizei sowie drei zivile weiße Fahrzeuge, darunter Beamte des Zolls.

Die Heidenheimer Kollegen hatten am frühen Morgen den Eigentümer des Teppichgeschäfts in seinem schmucken Haus am Stadtrand vom Frühstückstisch weggeklingelt und ihm eröffnet, dass sein Betrieb durchsucht werde. Ismet Özgül war jedoch nur einen kurzen Augenblick irritiert gewesen, fand dann sofort wieder zur seriösen Beherrschtheit eines globalen Geschäftsmannes zurück. Es könne sich doch wohl nur um einen Irrtum handeln, erklärte er höflich, bat dann aber um Verständnis, dass er seinen Herrn Rechtsanwalt hinzuziehen wolle. Dieser war glücklicherweise sofort zu erreichen gewesen und versprach, in einer halben Stunde am Geschäft zu sein.

Bruhn stellte sich den beiden Herren als Einsatzleiter vor. Der Rechtsanwalt, ein junger Mann mit sehr viel Gel in den Haaren, vom Typ her »jung, dynamisch, erfolglos«, wie ihn der Kripochef rasch einschätzte, ließ sich die richterlichen Papiere zeigen, wechselte ein paar Worte mit seinem Mandanten und empfahl ihm, die Polizisten einzulassen. Özgül blickte sich misstrauisch nach den vielen Einsatzfahrzeugen um, die entlang der Gebäudefront parkten. Schon hatten sich in dieser Nebenstraße die ersten Schaulustigen eingefunden, die von jungen Beamten auf Distanz gehalten wurden. Der Türke schob das Rollgitter nach oben und schloss die gläserne Eingangstür auf.

Sogleich näherten sich mehrere Uniformierte, darunter ein halbes Dutzend Angehörige des SEK. Der schnauzbärtige Schmidt von der Geislinger Sonderkommission ging zusammen mit Özgül und dessen Rechtsanwalt an der Spitze der Gruppe voraus in das großzügig gestaltete Geschäft. Neonlichter flammten auf. Umgeben von viel Grün und mit Halogenleuchten angestrahlt, wirkten die Teppiche, die gestapelt, aufgerollt oder an den Wänden hängen, allesamt ziemlich wertvoll.

»Meine Kollegen werden jetzt an die Arbeit gehen«, erklärte Schmidt ruhig, während sich Bruhn einen Weg nach vorne bahnte und zum Ausdruck brachte, wer das Sagen hatte. »Sie zeigen uns jetzt die Räumlichkeiten«, ordnete er im Befehlston an und blickte den Teppichhändler scharf an. »Jedes Zimmer, jedes Büro, Keller, Garage, Lagerräume, obere Etagen«, bellte Bruhn. »Dabei rühren sie nichts an. Haben Sie das verstanden?«

Der Rechtsanwalt schaute den Kripochef verwundert an. »Wir kommen Ihrer Aufforderung gerne nach – ohne dass es dazu dieser Schärfe bedarf.« Der junge Jurist lächelte dabei.

Bruhn drehte sich ruckartig zu ihm um: »Das müssen Sie schon mir überlassen. Los.« Er forderte den Teppichhändler zu einem Rundgang auf, während sich die meisten Beamten bereits über den Verkaufsraum hermachten und auch schon in das wintergartenähnliche Lager gegangen waren, in dem die hoch gewachsenen exotischen Grünpflanzen für eine angenehme Atmosphäre sorgten. Die SEKler hatten sich unauffällig verteilt, um notfalls sofort eingreifen zu können.

»Eine Frage«, wagte der Händler sich vorsichtig an Bruhn zu wenden, »Sie werden aber doch keine Akten mitnehmen?«

»Wir werden exakt das tun, was wir für notwendig halten«, keifte der Kripochef zurück und würdigte Schmidt keines Blickes, der inzwischen neben ihnen herging. Der Rechtsanwalt mischte sich ein: »Herr Özgül hat Sorge, dass sein Geschäftsablauf morgen darunter leiden könnte.«

»Ach – was«, wehrte Bruhn energisch ab und brachte damit zum Ausdruck, dass er nicht bereit sein würde, darüber zu diskutieren. Der junge Jurist sah seinen Mandanten an und gab ihm mit kurzem Kopfnicken zu verstehen, die Maßnahmen der Polizei zu akzeptieren.

»Ich will jeden Raum sehen, jeden …«, wetterte Bruhn und blickte sich um. Er sah einige Türen, die in Büros und zu kleineren Abstellräumen führten. Überall hatten sich bereits Beamte über Aktenordner hergemacht; andere durchsuchten den hellen Ausstellungsraum, in dem zwei polizeiliche Teppichexperten des Landeskriminalamts die teuersten Stücke genauer unter die Lupe nahmen.

»Wo ist das Treppenhaus?« herrschte Bruhn den Ladenbesitzer an. Dieser sah immer häufiger seinen Anwalt hilfesuchend an.

»Zeigen Sie's ihm«, blieb der Jurist ruhig. Sie durchschritten den lang gezogenen Ausstellungsraum und erreichten die Rückwand, vorbei an unzähligen gestapelten Teppichen und vielen Grüninseln mit großen Bäumchen, die meterhoch zu dem abgeschrägten Glasdach ragten, das von einer weißen Alukonstruktion getragen wurde.

Özgül öffnete eine feuersichere Stahltür, die gar nicht so recht zu diesem Ambiente passen wollte. Dahinter tat sich

ein kahles Treppenhaus auf, in dem Özgül die Leuchtstoffröhren aufblitzen ließ. Die Wände weiß getüncht, die Stufen aus reinem Beton. Eine andere Welt, dachte Schmidt,
als ihn diese unpersönliche Kühle umgab. Hinter ihnen
fiel die Stahltür ins Schloss und verursachte ein hallendes
Geräusch.

»Runter«, entschied Bruhn. Seine Stimme echote von den
Wänden.

»Da ist nichts«, wandte Özgül ein. »Nur Müll.«

»Das werden wir sehen«, sagte Bruhn und begann, nach
unten zu eilen.

»Chef«, meinte Schmidt vorsichtig, »sollten wir nicht ...?«

Bruhn blieb auf der fünften Stufe stehen, die nachfolgenden Männer hielten ebenfalls inne.

»Sie haben Recht«, Bruhn schien verstanden zu haben.
Schmidt ging zur Tür zurück und rief nach einigen Kollegen
des SEK. Fünf junge Männer, die ihre Einsatzuniformen trugen, waren sofort zur Stelle und kamen zu Bruhn herab. »Wir
wollen uns da unten umsehen«, erklärte er. Özgül blickte
erneut seinen Anwalt an. Der aber sah sich außerstande, die
Aktion abzubrechen.

»Ich verstehe nicht so recht ...«, warf der Geschäftsmann
ein.

Bruhn entgegnete sofort scharf: »Das brauchen Sie auch
nicht. Los!«

Angeführt von den SEK-Beamten, erreichten die Männer das Untergeschoss, wo ebenfalls eine Stahltür das Treppenhaus abgrenzte. Einer der SEKler wollte sie öffnen, doch
sie war abgeschlossen. Bruhn wandte sich an Özgül. »Auf-
schließen.«

»Keinen Schlüssel«, kam es leicht verunsichert zurück.

Bruhn war kurz verwundert. »Sie wollen uns allen Ernstes weismachen, Sie hätten keinen Schlüssel?«

Der Anwalt griff ein. »So hat es Herr Özgül soeben
gesagt.«

»Bin ja nicht taub.« Bruhns Stimme ließ das Treppenhaus beinahe erbeben. Die Beamten wagten es nicht, auch

nur ein Wort zu sagen. »Wo ist der Schlüssel?« wollte der Kripochef wissen.

Özgül zuckte mit den Schultern. »Ist Sache meiner Angestellten hier unten. Weiß nicht, wo die jetzt sind.«

Bruhn schoss die Zornesröte ins Gesicht, was im grellen Neonlicht besonders deutlich zu erkennen war. »Für wie dumm halten Sie mich eigentlich?« brüllte er. »Sie sind der Chef. Ihnen gehört der Laden hier!« Die Stimme dröhnte im Widerhall.

»Herr Özgül hat doch soeben gesagt ...«, wandte der Jurist ein.

»Quatsch«, unterbrach ihn Bruhn barsch, »Herr Özgül wird doch Zutritt zu all seinen Räumen hier haben. Soll ich Ihnen sagen, was das Theater soll?« Der Kripochef stand dicht vor den Anwalt. »Zeit gewinnen wollen Sie beide. Weil hier ...« Er deutete auf die stabile Stahltür, »... wahrscheinlich was drin ist, das wir nicht sehen sollen.«

»Das ist ungeheuerlich«, wehrte sich der Jurist.

»Gibt's da einen zweiten Eingang?« fuhr Bruhn Özgül an. Der holte tief Luft und fühlte sich sichtlich unwohl. Keiner sagte etwas.

»Sind Sie taub?« brüllte Bruhn. »Ob's da einen zweiten Ein- oder Ausgang gibt?«

Özgül nickte. »Von hinten.«

»Und da haben Sie natürlich auch keinen Schlüssel?« höhnte Bruhn. Özgül schüttelte den Kopf.

Der Kripochef wurde noch energischer. »Wir brechen auf.«

Der Anwalt erschrak. »Sollten wir nicht versuchen, einen Schlüssel aufzutreiben?«

»Quatsch«, schrie Bruhn. Auf seiner Glatze bildeten sich Schweißperlen. »Ich will jetzt und sofort sehen, was da drin ist.« Dann fiel ihm etwas ein, weshalb er sich an Schmidt wandte, der sich vorsichtshalber zurückgehalten hatte: »Haus umstellen lassen. Die Kollegen sollen diesen Hinterausgang ausfindig machen. Muss ja ein Kellereingang oder so was sein.«

41

Der Dampfzug näherte sich Waldhausen. Ganz weit links zog das einsame Gehöft ›Christophshof‹ vorbei, rechts tauchte schließlich am Ortsrand das Neubaugebiet »Roßhülbe« auf. Schräg vorne drehten sich mehrere Windkraftträder, deren weiße Rotoren in der Sonne blitzten.

Vor dem Bahnübergang stauten sich Fahrzeuge. Die Lok stieß wieder ihren hellen Pfiff aus, während das Tempo gedrosselt wurde. Bei den Passagieren machte sich eine gewisse Unruhe bemerkbar. Einige von ihnen wollten offenbar aussteigen. Vor den Fenstern kam das kleine »Bahnhöfle« in Sicht. Die Waldhausener Vereine hatten das sommerliche Wetter erneut zum Anlass genommen, die Gäste zu bewirten. Wer hier bleiben wollte, konnte in ein paar Stunden, bei der zweiten Fahrt, wieder einsteigen und vollends an den Endpunkt gelangen.

Kaum hatte der Zug gestoppt, löste sich die drangvolle Enge und Häberle holte tief Luft. Er gab Linkohr ein Zeichen und stieg aus.

Draußen, wo schätzungsweise 150 Menschen kreuz und quer durcheinander liefen, Kinder umherrannten und die Luft nach verbrannter Kohle roch, blieben die Kriminalisten zunächst abseits stehen. Auch Wühler und Westerhoff kletterten von der Plattform des historischen Waggons. Häberle und Linkohr schlenderten eher gelangweilt an dem Zug entlang, der aus sechs Wagen bestand. Für 250 Fahrgäste, so schätzte Häberle, gab es Sitzplätze. Doch drin waren vermutlich fast doppelt so viele.

Der Kommissar drehte sich einige Male unauffällig um und beobachtete, wie Westerhoff eilig das Bahnhofsgelände verließ und der Durchgangsstraße zustrebte. Wühler hingegen war zunächst in der Menschenmenge untergetaucht, unterhielt sich jetzt aber vor dem kleinen Bahnhofsgebäude heftig gestikulierend mit Oberbürgermeister Hartmut Schönmann.

»Sagen wir mal ›Grüß Gott‹«, entschied Häberle und ging, gefolgt von Linkohr, auf die beiden Männer zu.

Schönmann lächelte, als er die Kriminalisten auf sich zukommen sah. »Auch heute im Dienst?« fragte er nach der Begrüßung.

Häberle nickte. »Ich will doch mal sehen, was an so einem Sonntag auf der Alb abgeht.«

Wühler fühlte sich geschmeichelt. »Sie sehen ja – hier trifft sich die halbe Welt.« Sein Lächeln wirkte gequält, sein Gesicht war fahl und müde.

»Das kann man so sagen«, erwiderte der Kommissar, »lauter alte Bekannte ...«

Der Oberbürgermeister schaute die beiden Kriminalisten an und wurde ernst. »Und Sie glauben, hier Ihren Täter zu finden?«

»Wenn Sie mich so fragen – ja.«

Die kurze Stille wurde nur von klickenden Geräuschen der zischenden Dampflok unterbrochen. Mit ihrem hellen Pfiff tat sie kund, dass es gleich weitergehen würde. Sogleich begannen die Menschen auf dem Bahnsteig, in die Waggons zu klettern.

»Nur eine informatorische Frage«, sagte Häberle, während Linkohr bereits zum Zug zurückging, »wie kommt's, dass Herr Westerhoff von Amstetten hierher gefahren ist?«

Wühler gab sich gleichgültig. »Er ist ein großer Freund des Dampfzugvereins. Seine Frau hat uns dorthin gefahren, weil er noch was mit diesem Lokführer zu besprechen hatte?«

»Mit Kruschke?« staunte der Kommissar.

Wühler nickte. »Die beiden haben wohl mächtig Zoff.«

»Ach?« Häberle zeigte sich interessiert. »Und weshalb?«

Wühler zuckte mit den Schultern. »Keine Ahnung. Ich hab's nur aus der Entfernung so gedeutet, wie sie geschrieen und gestikuliert haben. Danach war Westerhoff ziemlich aufgebracht.«

»Gesagt hat er Ihnen aber dazu nichts?«

»Nein. Ich hab' auch nicht danach gefragt.«

»Und Westerhoff ist jetzt heimgegangen?« fragte Häberle nach.

»Ja, ich denke schon«, antwortete Wühler.

Die Lok pfiff erneut. Offenbar hatte Kruschke gesehen, dass noch nicht alle Passagiere wieder eingestiegen waren. Gerade, als Häberle weggehen wollte, machte Wühler eine eher beiläufige Bemerkung: »Westerhoff wird wohl noch einen Umweg machen – zu seiner Windkraftanlage. Dort schaut er sonntags um diese Zeit immer vorbei, hat er mir gesagt.«

Häberle hörte Linkohrs aufgeregte Stimme: »Chef, es geht weiter.«

»Und dieser andere?« fragte Häberle noch schnell.

Wühler zuckte mit den Schultern. »Der ist von Schalkstetten aus zu Fuß weitergegangen. Seine Frau und sein Sohn wollen den Tag in Gerstetten verbringen ... Musik hören ... und das Riffmuseum besuchen.« Häberle hatte sich bereits langsam entfernt und nickte zum Abschied. Dann spurtete er los, weil die Lok bereits heftig Qualm spuckte.

Die Spezialisten des SEK hatten so ziemlich alle technischen Geräte dabei, um überall eindringen zu können. Sie konnten an glatten Wänden hochsteigen oder in tiefste Löcher kriechen. Eine Stahltür zu öffnen, war da vergleichsweise ein Kinderspiel. Mit elektrisch betriebenen Spreizgeräten ließ sich so ein Hindernis leicht beseitigen, vor allem, wenn es keine Rolle spielte, ob dabei Lärm verursacht wurde.

Es dauerte kaum zehn Minuten, bis der Schließzylinder aus dem Rahmen sprang und Metall krachte.

Özgül und sein Anwalt hatten die Szenerie von der Treppe aus verfolgt. Beide schwiegen. Als der Weg frei war, wandte sich Bruhn triumphierend an den Geschäftsmann: »Wollen Sie uns freiwillig zeigen, was Sie hier unten verstecken?« Der Angesprochene schwieg.

Die SEK-Beamten, die bereits einen Schritt durch die verbogene Tür gegangen waren, drückten auf einen Lichtschalter. Vor ihnen zuckte eine lange Reihe von Leuchtstoffröhren auf, die einen breiten Gang erhellten, von dem auf beiden Seiten Türen abzweigten. Die Wände bestanden aus rohem Sichtbeton. Am gegenüberliegenden Ende des etwa 50 Meter langen Ganges schien eine Art Rolltor zu sein.

»Das gehört alles zu Ihrem Geschäft?« staunte Bruhn und drehte sich zu Özgül um, der mit versteinerter Mine nickte.

»Und was ist da drüber?« fragte der Kripochef weiter, »wir sind hier doch bereits hinter dem Ausstellungsraum!«

Özgül schwieg.

»Ich hab' Sie was gefragt!« herrschte er ihn an.

Der Anwalt griff ein: »Herr Özgül hat auch das Nebengebäude gepachtet – als Lagerhalle für Ex- und Importartikel.«

Die SEKler hatten inzwischen damit begonnen, die Türen nacheinander zu öffnen und in den Räumen Licht anzuknipsen. Viele waren leer, in einigen befanden sich haufenweise alte Kartons; in einem anderen stießen die Beamten auf Metallregale, in denen verstaubte Aktenordner standen. Bruhn folgte mit Özgül, dem Anwalt und Schmidt den vorauseilenden SEKlern. Sie hatten gerade die Hälfte des Ganges hinter sich, da staunte einer der Beamten, als er rechts in einen weiteren Raum blickte: »Endlich mal eine Abwechslung«, meinte er, »ein Waschraum.« Die Männer näherten sich. Bruhn sah ein Waschbecken, auf dem bunte Handtücher und Plastikflaschen mit Shampoo und Duschgel lagen.

»Das Handtuch ist noch nass«, stellte einer der SEK-Beamten fest.

Bruhn wandte sich sofort an Özgül: »Was hat das zu bedeuten?«

Der Geschäftsmann zuckte verlegen mit den Achseln. »Ich weiß es nicht«, sagte er überheblich, »hab' doch gesagt, dass den Schlüssel hierher meine Angestellten haben.«

Bruhn wurde deutlich: »Wenn Sie uns weiterhin zum Narren halten, sitzen Sie heute Abend im Knast.«

Der Anwalt ging dazwischen: »Ich muss doch um etwas mehr Sachlichkeit bitten.«

»Ich war selten so sachlich, wie jetzt«, bellte Bruhn und seine Stimme brach sich tausendfach an den kahlen Wänden.

Der Zug fauchte jetzt in einem Rechtsbogen an Waldhausen entlang – über eine weite Hochfläche hinweg. Durch die linken Fenster erkannte Häberle mehrere Windkrafträder, die ihre Flügelspitzen gemächlich nacheinander in den Himmel reckten und dabei in dieser Landschaft wie Fremdkörper wirkten.

Die beiden Kriminalisten hatten wieder keinen Sitzplatz gefunden, dafür aber war es in dem ratternden Wagen jetzt etwas luftiger und ruhiger geworden.

Linkohr lehnte sich gegen die Abteiltür, die zur Plattform führte. »Wenn der Schlüssel zu unserem Fall tatsächlich hier oben liegt, sind einige Herrschaften jetzt sicher ziemlich nervös«, meinte er.

Sein Chef lächelte. »Den Eindruck hab' ich auch. Und glauben Sie mir, Kollege, einer dieser Herrschaften hat den Flemming auf dem Gewissen – wahrscheinlich zusammen mit diesem Musiker.«

Linkohr blickte rechts zu einer Autokolonne hinaus, die auf der parallel führenden Straße neben dem Zug herfuhr. Aus den Seitenfenstern waren Videokameras in Anschlag gebracht. »Das sieht aus, als wollten sie uns abschießen«, meinte er und deutete zu den Fahrzeugen hinüber, um dann das Thema wieder aufzugreifen: »Und wenn es die Frau Flemming war, die ihren Gemahl umgebracht hat?«

Der Kommissar schüttelte den Kopf. »Ich glaub' kaum, dass sie ihn ins Mordloch hätte zerren können.«

»Was glauben Sie dann, Chef?« Linkohr ahnte, dass sich Häberle bereits etwas zusammengereimt hatte. Er kannte den schlauen und stillen Kombinierer jetzt schon lange genug, um auf alles gefasst zu sein. »Auf wen tippen Sie?«

Der Kommissar grinste. »Abwarten.« Der Zug fauchte und ratterte auf Gussenstadt zu. Am Ortseingang überquerte er die Straße und erreichte die ersten Häuser.

Linkohr überlegte. »Für mich spielt zunehmend dieser Westerhoff eine äußerst dubiose Rolle. Er hat den Flemming umgebracht und den Weg für die Liebschaft endgültig frei gemacht«, meinte er. »Ganz klar, dieser Musiker hatte auch Interesse, diesen Kerl loszuwerden – denn möglicherweise steckt hinter dem angeblichen Streit übers Honorar etwas ganz anderes. Ich stell' mir sowieso die Frage, woher dieser Pohl die hunderttausend nimmt für die Kaution.«

Draußen auf dem Bahnsteig stand nur ein halbes Dutzend Personen. Das letzte Teilstück bis Gerstetten war wohl zu kurz, um für Touristen attraktiv zu sein. Häberle erspähte jedoch wieder ein bekanntes Gesicht.

Sein Kollege fuhr mit seinen Überlegungen fort: »Und nun hat die Flemming die Fliege gemacht. Oder die Jungs, die nachts in ihr Haus gekommen sind, haben sie – wie auch immer – gekidnappt. Eines steht aber fest: Die Einbrecher hatten einen Schlüssel, an den sie irgendwie gekommen sein müssen.«

Häberle nickte. »Bei ihrem toten Gatten haben wir keinen Schlüsselbund gefunden – also lässt das Ganze auch noch einen anderen Schluss zu.« Er machte eine Pause. »Der Täter ist gekommen, hat sie gekidnappt – zumindest aber das Haus durchsucht und gründlich Spuren beseitigt.«

»Gekidnappt mit ihrem Auto?« fragte Linkohr zweifelnd.

Der Kommissar sagte nichts, denn inzwischen hatte der Zug angehalten. Mit dem Mann, der an die Wand des Bahnhofs lehnte und offenbar interessiert die Dampflok betrachtete, hatte Häberle hier nicht gerechnet. Zumindest nicht sonntags zur Mittagszeit.

Häberle stieß seinen gerade ziemlich redseligen Kollegen Linkohr an und deutete auf den Bahnsteig hinaus, wo Rauchschwaden vorbeizogen.

»Was macht denn der da?«

»Fragen wir ihn«, entschied der Kommissar und öffnete die Tür zur Plattform, wo er mit zwei, drei Sätzen auf den Bahnsteig kletterte, gefolgt von einem höchst erstaunten Linkohr. Lang würde der Zug hier nicht halten, vermutete er. Doch solange der Schaffner noch mit einer jungen Passagierin flirtete und Kruschke durch das rechte Fenster seiner Lok nach hinten blickte, war nichts zu befürchten.

Der Mann, der noch immer am Bahnhofsgebäude lehnte und jetzt sogar dem Lokführer kurz zu winkte, bemerkte die beiden Kriminalisten erst, als sie vor ihm standen.

»Hallo Herr Seitz, einen wunderschönen guten Tag«, lächelte Häberle, »interessant, wen man hier oben alles trifft.«

Der Forellenzüchter von der ›Oberen Roggenmühle‹ schien für einen Moment überrascht zu sein. Dann kam er vollends auf Häberle und Linkohr zu. »Einfach toll so eine Dampflok«, erwiderte er, »eine faszinierende Technik – ein krasser Gegensatz zu unserer elektronischen Zeit.«

Der Kommissar pflichtete ihm bei, wollte aber sofort zur Sache kommen, weil der Schaffner seinen Flirt beendet hatte. »Was treibt Sie um diese Zeit hierher? Heute ist doch sicher in Ihrem Lokal die Hölle los – bei diesem Wetter!«

Seitz lächelte verlegen. »Eine halbe Stunde kann ich mich schon mal davon stehlen«, erklärte er kleinlaut, »hab' das Ding hier ...« Er deutete auf die Lok, »... dieses Jahr noch nicht gesehen. Jetzt, wo alle Welt drüber schwätzt, wollte ich mir's wenigstens mal kurz anschauen.«

Der Schaffner hob sein Schild und pfiff. Während die beiden Kriminalisten mit einem Kopfnicken das Gespräch beendeten, ergänzte Seitz noch: »Seit so viele Zeitungen drüber berichten, werd' ich pausenlos drauf angesprochen.«

Linkohr spurtete zum Waggon zurück und erklomm die Plattform. Häberle sprang auf den bereits fahrenden Zug auf. Für ihn als Sportler kein Problem.

Die beiden blieben auf der Plattform stehen und winkten Seitz zu, der sich wieder vom Bahnsteig zu entfernen begann.

»Wieso ausgerechnet in Gussenstadt?« fragte Linkohr.

»Ja, wieso Gussenstadt?« sinnierte Häberle, »na ja – zumindest einer der kürzesten Wege von seiner Mühle drunten im Tal aus. Er fährt die Steinenkircher Steige hoch – und kann von dort ziemlich direkt Gussenstadt erreichen.« Häberle war mit seiner Erklärung zufrieden. »Das erscheint logisch, ja.« Insgeheim staunte er mal wieder, wie wenig die jungen Kollegen ihre Umgebung kannten. Keinen Bezug zu Land und Leuten, dachte er. Nur Schreibtischtäter. Wenngleich er sich über Linkohr nicht beklagen konnte. Der junge Mann war lernfähig und wusste, dass polizeiliche Arbeit nicht am Computer und in der aufblähenden Verwaltung stattfand, nicht in den Chefetagen der Direktion, wo sie sowieso alles besser wussten – sondern draußen an der Front. Doch mit dieser Erkenntnis, das befürchtete Häberle, würde es Linkohr vermutlich nie zu etwas bringen. Um sich hochzudienen, musste man ein Schwätzer sein. Wer ein halbes Berufsleben lang bei der Polizei die Drecksarbeit erledigte, nachts, im Streifendienst, bei Wind und Wetter, der hatte nur selten die Chance, goldene oder zumindest viele silberne Sternchen auf die Schulterklappen zu kriegen.

Der Zug hatte bereits die Holzschnitzel-Anlage passiert und dampfte jetzt seinem Endpunkt entgegen. Die beiden Kriminalisten waren inzwischen wieder in das Innere des Waggons gegangen, weil es ihnen trotz des Sonnenscheins und der relativ geringen Geschwindigkeit draußen auf der Plattform zu windig erschien.

»Da drüben treffen wir unseren Freund«, Häberle deutete nach vorne in Richtung Gerstetten, »unseren Musiker.«

»Ist mir eigentlich ein Rätsel, wie man unter Mordverdacht Stimmungsmusik machen kann«, meinte Linkohr.

Der Kommissar zuckte mit den Schultern. »Vielleicht haben wir uns ja wirklich getäuscht...«

»Langsam halt' ich in der Sache auch alles für möglich«, gestand der junge Kriminalist seufzend.

»Schau'n Sie sich das an«, hallte plötzlich eine Stimme durch den Gang. Ein paar Meter weiter, auf der linken Seite, hatte einer der SEK-Beamten eine mit zwei Riegeln gesicherte Tür geöffnet.

Bruhn eilte herbei, während Özgül zurückblieb.

»Eine Zelle«, stellte der Beamte des Spezialeinsatzkommandos fest. In dem Raum, in dem es offenbar kein elektrisches Licht gab, lagen drei blaue Matratzen in einer Ecke ungeordnet nebeneinander. »Hier ...«, sagte der Mann und deutete auf die Toilette.

Bruhn hatte mit wenigen Blicken die Lage erkannt. »Herr Özgül«, rief er, »was hat das hier zu bedeuten?«

Der Geschäftsmann kam zögernd näher und schaute in die Zelle. Er zuckte wieder mit den Schultern. »Da müssen Sie meine Angestellten fragen.«

Bruhn geriet außer sich vor Zorn. »Dann sag' ich es Ihnen: Hier drin haben Sie die Frau Flemming festgehalten. Und hören Sie endlich auf, den Unschuldigen und Ahnungslosen zu spielen. Für unsere Spurensicherung ist es ein Einfaches, nachzuweisen, wer auf diesen Matratzen gepennt hat – und was darauf womöglich sonst noch geschehen ist.«

Der Jurist versuchte, die Lage zu entkrampfen. »Herr Özgül sagt, dass er mit dem, was hier unten geschehen ist, nichts zu tun hat.«

»Dann sagen Sie Ihrem Mandanten«, höhnte Bruhn zurück, »dass wir ihn nachher mitnehmen werden, dann kann er dies alles in Ruhe und ausführlich zu Protokoll geben.«

Der Anwalt zögerte einen Moment: »Sie wollen ihn festnehmen?« Zwei SEK-Beamte waren bereits dicht an Özgül herangetreten.

Bruhn zischte: »Und sagen Sie ihm auch, dass es mächtig Eindruck auf den Richter machen würde, wenn er uns sofort sagt, wohin sie Frau Flemming verschleppt haben.« Bruhn brüllte, dass die Wände zu wackeln drohten: »Wo ist die Frau?«

Schmidt hatte Sorge, dass sein Chef handgreiflich werden könnte.

42

Auf dem schmucken Bahnhofsgelände in Gerstetten herrschte Volksfeststimmung. Die Biertischgarnituren waren nahezu alle besetzt, vor den Imbissbuden gab's Gedränge. Der Mittagszug war schnaubend eingetroffen und aus den Waggons quollen die Menschenmassen. Das ›Kaos-Duo‹, inmitten der fröhlichen Gesellschaft musizierend, hatte »Auf dr Schwäb'schen Eisenbahn« gespielt und sang jetzt so etwas wie eine Hymne an die Alb: »I bin a Älbler ond brauch' mei Alb« – Ich bin ein Älbler und brauch' meine Alb.

Häberle und Linkohr mischten sich unter die Menge. »Wir gönnen uns ein Weizen«, stellte der Chefermittler fest. Sein junger Kollege nickte eifrig. Sie stellten sich vor dem Stand der Geislinger Kaiserbrauerei an, deren Slogan »a g'scheit's Bier« überall auf Transparenten prangte.

Das Gedränge, stellte Häberle fest, war nahezu unerträglich, weil die Bierkäufer von allen Seiten den Verkaufsstand umlagerten und möglichst jeder der Erste sein wollte. Einer, der sich mit vollem Krug einen Weg durch die ungeordnete Menge bahnte, schüttete Häberle einen Schwall Bier übers sommerliche Jackett. Unterdessen drang ein Lied an sein Ohr, dessen Text ihm irgendwie bekannt vorkam: »Die Wahrheit, die Wahrheit kommt immer auf den Tisch.« Es war Pohls Stimme. Dieser Kerl erdreistete sich, ausgerechnet jetzt ein Lied zu singen, das er in der U-Haft getextet hatte, dachte Häberle. Wenn diesem Musiker nur nicht noch das Lachen verging. Schließlich war er nur gegen eine Kaution freigelassen worden. Die nächsten Stunden, spätestens Tage, würde sich entscheiden, ob er ein Mörder war. Zumindest aber ein Mitwisser.

Häberle hatte sein Handy, das im Hemdentäschchen steckte, fast nicht gehört. Jetzt aber griff er danach und meldete sich. Weil um ihn herum laut gelacht und gesprochen wurde, musste er sich auf den Anrufer konzentrieren. »Ach ...«, entfuhr es ihm. Er wollte vor den fremden Ohren so wenig wie möglich sagen. »Festnehmen, klar«, erwiderte er eine Spur zu laut, denn sogleich wandten sich zwei Nebenstehende zu ihm um. Dann beendete er das Gespräch und informierte Linkohr: »Razzia erfolgreich. Özgül festgenommen. Er hat offenbar die Flemming gekidnappt – sagt aber nicht, wohin sie gebracht wurde.«

Der junge Kriminalist zeigte sich verblüfft: »Da haut's dir's Blech weg.« Noch immer sang Pohl, was er offenbar in die Welt hinaus schreien wollte: »Die Wahrheit, die Wahrheit kommt immer auf den Tisch.«

Osotzky hatte die Frachtpapiere durchgeblättert. Er war an diesem Mittag allein in der großen Lkw-Halle. Seine Kollegen würden, wie immer sonntags, erst am Abend kommen, um sich auf ihre Fahrten vorzubereiten. Den handlichen Koffer mit den nötigsten Utensilien für die nächsten Tage hatte Osotzky in die Schlafkoje gelegt.

Der Sattelzug war bereits beladen. Lauter schwere Maschinenteile, die man im Aufleger verzurrt und verankert hatte. Der Fernfahrer kletterte durch das geöffnete Heck ins Innere, in dem nur ein paar schwache Lampen brannten. Er musste sich mehrfach bücken, um zwischen den Teilen seiner Fracht den gesamten Laderaum zu durchschreiten – bis ganz nach vorne, wo sich links, dicht hinter einer hoch aufragenden grün gestrichenen Maschine bei genauem Hinsehen eine schmale Tür abzeichnete. Sie war jedoch kaum zu erkennen, weil die Faserung dieser Frontwand ziemlich unruhig verlief.

Osotzky wusste, wie die Luke zu öffnen war, kletterte hinein und knipste ein Licht an. Der Aufleger war hier auf die ganze Breite unauffällig abgetrennt worden, sodass sich ein eineinhalb Meter breiter Raum ergab. Dieser Umbau fiel bei einer Gesamtlänge des Fahrzeugs von 18 Metern nicht auf, schon gar nicht, wenn es beladen war. In der Mitte des Raumes, in dem schallisolierende Materialen jeden Laut verschluckten, stand entgegen der Fahrtrichtung ein gepolsterter Stuhl mit Armlehne. Er war fest an Boden und Wand verschraubt. An den beiden vorderen Stuhlbeinen sowie auf den Armlehnen befanden sich Lederriemen mit Schnallen. Osotzky prüfte, ob sie fest genug angebracht waren und ob die Metallstifte in die vorgesehenen Löcher passten.

Dann zwängte er sich an dem Stuhl vorbei, um die kleine Camping-Chemietoilette zu inspizieren, die an der Wand angebracht war.

Osotzky war zufrieden, setzte sich testend auf den Stuhl und stellte sich mit gewissem Schaudern vor, hier einige Tage verharren zu müssen. Dann verdrängte er diesen Gedanken und kletterte hinaus, um mehrere Kartons voll Verpflegung zu holen. Ihm durfte kein logistischer Fehler unterlaufen. Gleich würden sie nämlich kommen.

Die beiden Kriminalisten hatten gerade noch einen Platz an einem der Biertische gefunden. Linkohr war es sogar gelungen, für sich und den Chef eine Bratwurst mit Senf zu ergattern. Unterdessen hatte sich der Bürgermeister ans Mikrofon gestellt und die Gäste begrüßt. Sein Dank galt wieder allen Organisatoren, die es ermöglicht hätten, solche Dampfzugfeste zu feiern.

»Meinen besonderen Dank möchte ich unserem Sponsor Anton Kruschke aussprechen«, erklärte der Bürgermeister unter dem sofort aufbrandenden Beifall der Zuhörer. »Ehrenamtliches Engagement braucht auch Geld«, stellte er fest, »nur dort, wo sich beides ergänzt, das Ehrenamt und das Sponsoring, ist es heutzutage noch möglich, gemeinsam Feste zu feiern.« Wieder zustimmender Beifall. Der Bürgermeister hatte während seiner Lobesrede Ausschau nach Kruschke gehalten, ihn aber offenbar nicht entdecken können.

Häberle nahm einen kräftigen Schluck Weizenbier und schlug eine Wespe in die Flucht.

»Dann ist Özgül unser Täter?« wandte sich Linkohr mit gedämpfter Stimme an den Chefermittler, während das ›Kaos-Duo‹ ein weiteres schwäbisches Lied zu spielen begann. »I sag' ja nix, i moin ja bloß«, hieß es.

Häberle zuckte zweifelnd mit den breiten Schultern. »So richtigen Sinn macht das nicht«, dozierte er und biss in die Wurst. Senf tropfte auf sein Jackett. »Okay, er hat sich vielleicht mit seinen Geschäftspartnern, diesen Flemmings, in die Haare gekriegt, kann ja sein. Aber wieso bringt er ihn um, zerrt ihn ins Mordloch – und lässt die Frau nun auf andere Weise verschleppen?«

»Aber immerhin laufen die Fäden bei Özgül zusammen«, entgegnete Linkohr.

»Eine Schlüsselfigur dürfte er sein«, meinte Häberle, »aber da steckt noch mehr dahinter, glauben Sie mir.«

Linkohr stutzte und nahm auch einen Schluck Bier. »Sonst wären wir heute hier nicht Bahn gefahren, stimmt's?«

Häberle grinste. »Es gibt noch viele Herrschaften, die uns eine Erklärung schuldig sind.«

Es war eine mächtige Schinderei – schon gar an so einem heißen Tag. Das Innere des stählernen Turmes konnte sich in der Sonne ganz schön aufheizen. Aber Heinrich Westerhoff hatte es sich zur Gewohnheit gemacht, immer sonntags vor dem Mittagessen seine Windkraftanlage zu überprüfen. Das wäre natürlich nicht notwendig gewesen, doch weil sie praktisch vor der Haustür stand, am Rande eines Feldwegs, der abseits von Waldhausen über die Hochfläche führte, wollte er regelmäßig nach dem Rechten sehen. Immerhin hatte er viel Geld in den weißen Rotor gesteckt, der sich an diesem Tag nur langsam drehte. Manchmal wunderte sich Westerhoff, welch leichte Brise bereits ausreichte, die Anlage in Bewegung zu setzen. Aber da oben, rund 80 Meter überm Erdboden, herrschten häufig ganz andere Windverhältnisse als unten.

Westerhoff hatte die Metalltür nur einrasten lassen und die Innenbeleuchtung angeschaltet. Sofort wurde das Schneeweiß der runden Wände in ein grelles Licht gehüllt. Das sanfte Brummen des Generators hallte durch den Stahlmast, als der Mann auf den Gitterrost-Stufen nach oben stieg, von einer Zwischenplattform zur anderen. Die Investition hatte sich gelohnt, dachte er, denn die Überweisungen, die er vom örtlichen Stromversorger, dem Albwerk bekam, konnten sich sehen lassen.

Westerhoff atmete schwer, als er in dem enger werdenden Rund die letzte Plattform erreichte, auf der sich die Technik befand. Er schwitzte. Der Generator schnurrte monoton vor sich hin, einige Digitalanzeigen signalisierten, dass alles bestens funktionierte. Von draußen drang das Schwirren der Rotorblätter herein.

Doch dann stutzte Westerhoff. Für einen Moment hatte er geglaubt, das klickende Geräusch der metallenen Eingangstür habe zu ihm herauf gehallt. Er lehnte sich ans Geländer, doch durch das Gewirr von Stufen und Plattformen konnte er nicht bis ganz nach unten schauen. Vermutlich hatte er sich auch nur getäuscht. Wenn die Sonne so gnadenlos, wie jetzt auf diese Stahlkonstruktion brannte, dehnte sich das Material aus und verursachte knackende Geräusche.

Westerhoff wandte sich einem Bildschirm zu, den er zum Leben erweckte. Er drückte einige Tasten, gab ein Codewort ein und wartete, bis sich das gewünschte Programm geöffnet hatte. Westerhoff führte den Curser an die gewünschten Stellen, tippte auf weitere Tastenkombinationen und bekam eine Kurvengrafik dargestellt, aus der er die Stromproduktion der vergangenen sechs Tage herauslesen konnte. Demzufolge hatte der Wind in den Morgen- und Abendstunden am besten geblasen, während tagsüber meist Flaute herrschte.

Doch – da war es schon wieder. Ein seltsames Geräusch, das hinter seinem Rücken von der Treppe herauf hallte. Das war ungewöhnlich.

Westerhoff spürte plötzlich Gänsehaut. Er hielt für den Bruchteil einer Sekunde inne und drehte sich langsam um. Denn jetzt war er sich ganz sicher. Da kam jemand die Metallstufen herauf.

Er machte auf der Plattform zwei Schritte zur Treppe, um nach unten zu blicken. Westerhoff erschrak und war für einen kurzen Moment nicht in der Lage, etwas zu sagen. Der Mann, der auf ihn zukam, ganz schnell und schwer atmend, hatte ein wild entschlossenes Gesicht – und hielt ein langes, feststehendes Messer in der Hand.

Westerhoff starrte ihn fassungslos an. »Bist du wahnsinnig?« entfuhr es ihm, doch seine Stimme versagte, er zitterte und wollte schreien, aber alles in ihm verkrampfte sich. Es war die Todesangst, die ihn lähmte. Dann ging alles sehr schnell – und Blut tropfte durch den Gitterrost der Plattform nach unten ...

43

Der Aufenthalt in Gerstetten hatte eineinhalb Stunden gedauert. Die meisten Passagiere fuhren wieder mit zurück, andere wollten offenbar bleiben und warten, bis der Zug ein zweites Mal kam. Metzger, der junge Schaffner, gab über das Mikrofon der Musiker bekannt, dass man in zwei Minuten abfahren werde.

In die Menschenmenge kam Bewegung, weil sofort der Kampf um einen Sitzplatz entbrannte. Häberle und Linkohr hielten sich zurück. Inzwischen war es so warm, dass sie auch auf einer dieser Plattformen draußen stehen konnten.

Kruschke hatte mittlerweile über ein Nebengleis die Lok auf die andere Seite des Zugs rangiert. Von seinem Führerstand aus, der jetzt in Fahrtrichtung zeigte, beobachtete er das Geschehen auf dem Bahnsteig. Als ihm Metzger die grüne Seite seiner Tafel entgegenstreckte und wieder einen schrillen Pfiff ertönen ließ, begann das schwarze Ungetüm Dampf in die Luft zu stoßen. Die Wagenkupplungen wurden straff und die Museumsbahn setzte sich langsam in Bewegung. Die Musiker spielten »Muss i denn zum Städtele hinaus.« Und die Zurückgebliebenen sangen und klatschten begeistert mit.

Die beiden Kriminalisten hielten sich am Geländer der Plattform fest und ließen sich den sommerlichen Fahrtwind um die Ohren blasen.

»Was schlagen Sie vor, Chef?« fragte Linkohr.

Häberle griff wortlos zu seinem Handy und wählte Schmidts Nummer. Von ihm ließ er sich den neuesten Stand berichten. Sie hatten Özgül vorläufig festgenommen und zur Dienststelle nach Geislingen gebracht. Außerdem waren unzählige Aktenordner beschlagnahmt worden, für deren Inhalt sich die Kollegen vom Zoll brennend interessierten. Hinweise auf den Aufenthaltsort von Sarah Flemming jedoch gab es keine, erklärte Schmidt. Vieles deute jedoch nach Meinung der Spurensicherung darauf hin, dass die Frau noch kurz zuvor in der Kellerzelle untergebracht gewesen sei.

»Was sagt der Botaniker?« fragte Häberle schließlich.

Schmidt verstand sofort. »Sie haben Recht, Chef. Es sind mehrere australische Eichen drunter. Sehr dicke sogar. Einige wurden erst vor kurzem gepflegt und gestutzt.«

Häberle bedankte sich und steckte das Handy wieder ein. Dicke Rußschwaden zogen an den Waggons vorbei, während der Zug Gussenstadt erreichte. Als der Kommissar seinen Kollegen vom Inhalt des Gesprächs informierte, zeigte dieser sich wieder mal erstaunt: »Da haut's dir's Blech weg.«

Nach dem kurzen Halt in Gussenstadt schnaufte die Dampfbahn über die weite Hochfläche und näherte sich im weiten Linksbogen dem Bahnhof von Waldhausen. Dort deutete der junge Kriminalist plötzlich zu der Landstraße hinüber, die sich rechts drüben aus Richtung Geislingen heraufzog. Auch Häberle sah es: Mehrere Polizeifahrzeuge mit Blaulicht, voraus zwei Krankenwagen. Sie rasten auf Waldhausen zu. Die Martinshörner wurden vom Fauchen der Dampflok übertönt.

Für einen Moment verfolgten die Kriminalisten schweigend und nachdenklich die Fahrzeuge. Häberle drückte die Kurzwahltaste seines Handys, auf der er das Geislinger Polizeirevier gespeichert hatte. Der Kollege von der Wache meldete sich sofort und teilte kurz und knapp mit: »Angeblich ein Tötungsdelikt. In einer dieser Windkraftanlagen soll jemand erstochen worden sein.«

Dem Kommissar blieben die Worte im Hals stecken und steckte tief betroffen und blass geworden sein Handy ein. Er erklärte, was er erfahren hatte und entschied rasch: »Wir steigen jetzt aus.« Erneut griff er zum Handy und rief Schmidt an, der inzwischen ebenfalls informiert worden war und sich bereits auf den Weg gemacht hatte. »Nehmen Sie uns am Bahnhof Waldhausen mit«, bat Häberle.

Die Windkraftanlage, eine von mehreren, die außerhalb Waldhausens ihre Rotoren in den blauen Himmel reckten, war über einen unbefestigten Feldweg zu erreichen. Schmidt hatte keine Mühe, den Tatort zu finden, weil die zuckenden Blaulichter weithin sichtbar waren. Mittlerweile eilten bereits ganze Wandergruppen herbei, sodass damit begonnen wurde, rot-weiße Absperrbänder zu ziehen. Der Rotor drehte sich langsam, als sei nichts geschehen.

Die stählerne Tür der schneeweißen Anlage war geöffnet, davor parkten der BMW des Notarztes und der Rettungswagen. In einem Polizeikleinbus kümmerten sich zwei Beamte um eine schluchzende Frau. Als Häberle, Linkohr und Schmidt die uniformierten Kollegen des Streifendienstes freundschaftlich begrüßten, trat gerade der Arzt aus dem Turm heraus. Er kam auf die Kriminalisten zu und hatte ein ernstes Gesicht. »Tot, erstochen, verblutet.«

»Wer ist es denn?« fragte Häberle, während das Krächzen aus Funksprechgeräten die Umgebung erfüllte und das sanfte Schwirren des Rotors in der Luft lag.

Der Arzt zuckte mit den Schultern und deutete zu dem Kleinbus. »Ein Mann. Ihre Kollegen kümmern sich um seine Frau. Sie hat einen Schock. Wir werden sie mit in die Klinik nehmen.«

Linkohr war bereits zu dem Kleinbus hinüber geeilt und ließ sich von einem der Uniformierten berichten, um wen es sich bei dem Toten handelte.

»Chef«, kam er zu den anderen zurück, »es ist Westerhoff.«

Für einen Augenblick herrschte betretenes Schweigen.

»Westerhoff? Den haben wir doch heut' schon gesehen.«

Linkohr nickte. »Erst vor zwei, drei Stunden – der ist in Waldhausen ausgestiegen.«

»Genau«, erinnerte sich der Kommissar, »der Wühler hat noch gesagt, Westerhoff gehe wohl zu seiner Windkraftanlage, wie er das sonntags um diese Zeit immer tue.«

Der Kommissar betrat vorsichtig den stählernen Turm und sah auf dem Boden, dass Blut durch die Gitterrost-Konstruktion des Treppenaufgangs herabgetropft war.

»Die Kollegen der Spurensicherung aus Göppingen sind schon unterwegs«, erklärte Schmidt. Die Kriminalisten blieben am Eingang stehen. Häberle entdeckte im Bereich der ersten Treppenstufe einige schwarze Flecken.

Er trat wieder ins grelle Sonnenlicht und wandte sich an seine beiden Kollegen: »Wissen wir, wer ihn gefunden hat?«

»Offenbar seine Frau«, erwiderte Linkohr, »die Kollegen sagen, sie sei hierher gefahren, nachdem er nicht pünktlich zum Mittagessen gekommen ist. Sie hat gewusst, dass er immer sonntags um diese Zeit auf den Turm steigt.«

»Dann können wir die Tatzeit ziemlich genau einkreisen«, konstatierte Häberle und entschied, sofort per Lautsprecherdurchsage rund um Waldhausen nach Zeugen zu suchen. Möglicherweise hatten die vielen Wanderer, die an diesem Mittag in Wald und Flur unterwegs waren, etwas Verdächtiges gesehen. Schmidt versprach, dies zu veranlassen, als Häberles Handy ertönte. Es war Bruhn, der ohne Namensnennung und Begrüßung zu toben begann. »Kann es sein, dass unter Ihren Augen ein neues Tötungsdelikt begangen wurde? Ich mach' hier die Drecksarbeit, schlag' mich mit diesem Teppichhändler rum, diesem Drecksack, und Sie amüsieren sich auf der Alb und sind nicht in der Lage, ein neues Verbrechen zu verhindern?«

Häberle hielt das Gerät ein paar Zentimeter vom Ohr weg, sodass sogar sein Kollege mithören konnte. »Ich erwarte eine Stellungnahme. Und zwar schriftlich.«

Der Kommissar blieb gelassen und grinste. »In doppelter oder dreifacher Ausfertigung?« fragte er höflich nach.

Bruhn beendete das Gespräch. Der Chefermittler steckte das Handy wieder ein.

»Er hat ja nicht ganz Unrecht«, meinte er und sah zu dem langsam drehenden Rotor hinauf, »alle waren da, die uns suspekt erscheinen. Alle. Und was wir jetzt sicher wissen, ist nur eines: Westerhoff ist nicht unser gesuchter Täter – sondern Opfer.«

Linkohr hegte Zweifel. »Vielleicht ist er beides.«

Der Kommissar grinste wieder. »Auch diese Frau ...« Er deutete mit dem Kopf in Richtung VW-Bus, »... auch die hätte allen Grund gehabt, ihren Mann zu beseitigen. Stimmt's?«

Häberle hatte am Nachmittag alle Kollegen der Sonderkommission aus dem Wochenende zurückgeholt. Im Lehrsaal des Geislinger Polizeireviers war Hektik ausgebrochen. Erleichterung herrschte nur, dass Bruhn endlich gegangen war. Er hatte die Vernehmung Özgüls höchstpersönlich vorgenommen und den türkischen Geschäftsmann und dessen Anwalt ganz schön ins Schwitzen gebracht. Jetzt saß Özgül zwei Stockwerke tiefer in einer Zelle des Polizeireviers.

Nun, am späten Abend, als es draußen bereits dunkel war und eine angenehm frische Brise durch die weit geöffneten Fenster in den stickigen Raum drang, lagen auch die ersten Ergebnisse vom Waldhauser Tatort vor.

Häberle zeigte sich jedoch enttäuscht darüber, dass die Lautsprecherdurchsagen keinerlei Hinweise erbracht hatten. Einigen Wanderern waren zwar Autos auf gesperrten Feldwegen aufgefallen, doch gingen die Angaben über Fahrzeugtyp und Kennzeichen weit auseinander.

»Nur eines lässt uns aufhorchen«, erklärte Häberle, der sich vor die grüne Schiefertafel gestellt hatte. Seine Kollegen saßen vor ihm an den langen weißen Tischreihen und hörten ihm aufmerksam zu. »Die Kollegen der Spurensicherung haben Rußpartikel gefunden – und zwar im Eingangsbereich des Turmes. Das kann natürlich zweierlei bedeuten. Zum einen ist Westerhoff heute Vormittag selbst mit dem Dampfzug gefahren – das können Kollege Linkohr und ich bestätigen. Und wir haben auch erlebt, wie rußig die Luft dabei ist.«

Häberle machte eine kurze Pause, um einen Schluck Mineralwasser zu nehmen. »Das könnte aber auch von unserem Täter stammen – und dann würde es bedeuten, dass er mit diesem Vormittagszug in irgendeiner Weise in Verbindung gekommen ist.«

Ein Raunen ging durch die Zuhörerschar. Linkohr hatte ganz vorne neben Schmidt Platz genommen.

Häberle räusperte sich. »Wir werden deshalb all unsere Verdächtigen überprüfen.« Er deutete auf die Tafel, an die er die Namen geschrieben hatte.

»Freudenthaler«, las er vor, »der ist in Stubersheim ausgestiegen – als Wandersmann. Was immer er dann getan hat. Wir müssen rausfinden, wo er sich aufgehalten hat. Vor allem aber, wo er jetzt ist.«

Einige der Beamten machten sich Notizen.

»Dann war da dieser Glockinger«, Häberle deutete auf den zweiten Namen, »dieser Dachdecker aus Stammheim. Er ist in Schalkstetten ausgestiegen, obwohl Ehefrau und Sohn im Zug geblieben sind. Ich frag' mich, warum er als großer Dampflokfan zu Fuß weiter geht.«

Linkohr nickte zustimmend.

»Dieser Glockinger«, fuhr der Kommissar fort, »hat bekanntlich vorigen Samstagabend den Westerhoff besucht – angeblich, um sich über die Renditen bei einer Windkraftanlage zu erkundigen. Heimlich. Was wir auch wissen …«, Häberle grinste, »… dieser Westerhoff hatte ein ziemlich inniges Verhältnis zu Frau Flemming. Ich könnte mir vorstellen, dass dies ein Ansatzpunkt sein kann. Über die Heidenheimer Teppich-Connection. Allerdings …« Der Kommissar überlegte und dozierte weiter, »… Özgül ist aus dem Schneider. Den hat zum Zeitpunkt des Mordes Bruhn durch die Mangel gedreht.«

Ein Beamter aus der hinteren Reihe meldete sich zu Wort: »Wir klären Özgüls Umfeld ab. Er behauptet hartnäckig, er wisse nicht, was seine Angestellten im Keller seiner Firma getrieben haben. Die Herrschaften sind inzwischen namentlich bekannt – aber leider ausgeflogen.«

Häberle nickte nachdenklich. »Okay. Dann dürfen wir

den Wühler nicht übersehen, den Ortsvorsteher da oben, der bei Gott nicht nur Freunde hat. Stichwort Schweinestall. Was Westerhoff mit seinen Windrädern macht, versucht Wühler mit dem Schweinestall-Großprojekt. Er will Knete machen.«

Linkohr schlug vor: »Vielleicht sollten wir diese ungeklärte Sache mit der verschwundenen Tempomessanlage mitberücksichtigen. Zwar eine alte Kamelle, aber für die Leute da oben noch immer ein heißes Thema.«

Der Kommissar nickte und kam auf einen weiteren Verdächtigen zu sprechen. »Seitz«, sagte er und deutete auf den zweitletzten Namen auf der Tafel. »Der steht in Gussenstadt rum, obwohl er daheim in seiner Roggenmühle an so einem Tag eigentlich alle Hände voll zu tun haben müsste. Sei nur mal schnell raufgefahren, um sich die Dampflok anzusehen, hat er gesagt. Sein Alibi wird sich rasch prüfen lassen. Er müsste jedenfalls spätestens fünfzehn Minuten nach Abfahrt des Zuges wieder daheim gewesen sein.«

Wieder machten sich die Zuhörer eifrig Notizen.

»Und dann ist da noch Pohl, der Musiker«, erklärte Häberle, »Sie kennen ihn alle. Hunderttausend Euro hat er locker gemacht, um gegen Kaution freizukommen. Wenn wir die Situation objektiv betrachten, hat sich außer den Indizien, die wir von vornherein hatten, nichts mehr gegen ihn gefunden.«

Wieder erhob sich ein Gemurmel, worin der Unmut über die Freilassung Pohls zum Ausdruck kam.

Häberle sah auf seine Armbanduhr. Es war kurz nach zehn.

»Wir sollten versuchen, heut' Nacht noch so viel wie möglich abzuklären«, sagte er, »wie es aussieht, haben wir es mit einem äußerst skrupellosen, möglicherweise internationalen Täterkreis zu tun, der nicht vor weiteren Straftaten zurückschreckt.«

Linkohr hob den Arm, um noch etwas hinzuzufügen: »Sie haben eine Person vergessen – den Kruschke.«

»Richtig«, sagte Häberle und schrieb dessen Namen als

Letzten auf die Tafel, »Kruschke, der Lokführer. Speditions-unternehmer, Sponsor.«

»Der hat aber heut' doch den Zug gefahren – seh' ich das richtig?«, wandte Schmidt ein.

Häberle nickte. »Aber er hatte in Gerstetten eineinhalb Stunden Aufenthalt.«

Und Linkohr brachte einen weiteren Namen ins Spiel: »Nicht zu vergessen der Metzger, dieser Schaffner von der Museumsbahn.«

Der Kommissar notierte auch noch diesen Namen. »Richtig«, erwiderte er dabei, »immerhin steht noch dieser seltsame Unfall im Raum – dieser Zusammenstoß mit dem Schienen-bagger und Kruschkes Lastwagen. Wir sollten alle Details dieses Unfalls nochmal genau untersuchen.«

Ein Beamter aus der zweiten Reihe hatte eine weitere Frage: »Diese australische Eiche, die immer durch die Akten spukt – bei dem Teppichhändler haben wir welche gefunden. Ist das für Sie kein schwerwiegendes Indiz?«

Häberle sah angestrengt in die Runde. »Haben Sie sich schon mal in Firmen, Behörden, Gaststätten und Winter-gärten umgeschaut? Exotische, tropische und subtropische Pflanzen zuhauf. Jede Menge. Das fällt einem erst auf, wenn man bewusst danach schaut. Sogar in Westerhoffs Büro in der WMF stehen welche rum. Das bringt uns erst etwas, wenn wir konkret sagen können, wo in jüngster Zeit ein dickes Stück Ast oder Stamm beseitigt wurde.«

»Das trifft auf den Ausstellungsraum beim Teppichhänd-ler zu«, kam eine Stimme aus der Mitte des Raumes.

»Weiß ich«, entgegnete Häberle, »aber wir brauchen mehr. Zum Beispiel, wo Flemmings Mercedes versteckt ist.«

»Wenn er nicht schon in Polen ist«, höhnte ein anderer Beamter.

Der Kommissar antwortete nicht, sondern wurde ernst: »Wir müssen unser Augenmerk auf das Verschwinden von Sarah Flemming legen.«

Schmidt schaltete sich ein: »Die internationale Fahndung läuft. Die EU-Außengrenzen sind verständigt.«

Dann bedankte sich Häberle bei den Kollegen für die engagierte Mitarbeit und fügte hinzu: »Wir müssen mit allen Mitteln verhindern, dass es weitere Opfer gibt.«

44

In der sternenklaren Nacht zu diesem Montag hatte es abgekühlt. Als der Morgen graute lagen dünne Nebelschleier auf den Wiesen des Roggentals. Die feuchte Luft hatte Tau entstehen lassen. Von den bewaldeten Hängen erfüllte das Zwitschern der erwachenden Vögel die Luft. Nur ein kurzes Stück von der ›Oberen Roggenmühle‹ entfernt ästen einige Rehe. Von der Steinenkircher Steige herab drangen Motorengeräusche.

Martin Seitz war trotz des starken sonntäglichen Andrangs in seinem Lokal sehr früh aufgestanden. Während er in seine Gummistiefel stieg, die er für die Arbeit an den Fischteichen stets anzog, musste er an diesen Kripobeamten denken, der noch kurz nach Mitternacht aufgetaucht war, um ihn über den Grund seines kurzen Aufenthalts am Gussenstadter Bahnhof zu befragen. Einerseits war ihm klar, dass nach diesem neuerlichen Mord, zumal an einem bekannten Manager, nun weitere Ermittlungen in Gang kamen. Dass aber auch er selbst ins Visier der Fahnder geraten würde, erschien ihm jedoch irgendwie bedrohlich. Er hatte deshalb überlegt, ob er etwas von den Gesprächen ausplaudern sollte, deren Ohrenzeuge er in den vergangenen Monaten geworden war. Dass es in manchen Kreisen in Waldhausen droben gärte. Dass es da Frauengeschichten gab und dubiose Geschäfte. Dass man sich offenbar einer seriös erscheinenden Adresse in der Provinz bediente, um unbehelligt dunkle Machenschaften einfädeln zu können.

Nein, hatte Seitz schließlich gedacht, das würde er erst im äußersten Notfall tun, wenn man ihm selbst einen Strick drehen wollte.

Der Forellenzüchter trat aus der Hintertür seines historischen Gebäudes ins Freie hinaus, atmete tief durch, genoss die Frische und blickte über seine Teiche hinweg talaufwärts zu den Nebeln, die als zarte Gebilde an den Hängen entlangschwebten. Der Himmel war bereits hell, die bewaldeten Hänge ringsum jedoch wirkten um diese frühe Zeit farblos, fast bedrohlich. Ringsum rauschten und plätscherten die Bäche.

Die Tür fiel ins Schloss, als Seitz zwei Eimer mit Fischfutter füllte. Auf den schmalen Grünstreifen, mit denen die Teiche abgegrenzt waren, ging er durch die Zuchtanlage bis zur hintersten Holzzaunbegrenzung, die sich links zur Hangseite hinüber erstreckte und dort in einen Heckenstreifen mündete. Der Mann folgte der mit zwei runden, naturbelassenen Querbalken versehenen Abgrenzung und begann, mit der rechten Hand Fischfutter aus dem Eimer zu holen und es in weiten Bögen auf die Wasseroberfläche zu werfen. Er ging am oberen Ende des Teiches entlang, erreichte die Hecken, die sich an der Böschung zum Forstweg hinaufzogen, und stapfte durch das hohe, taunasse Gras auf der anderen Seite der Wasserfläche wieder zurück. Sein Arbeitskittel streifte an den jungen Trieben der Sträucher entlang, die hier besonders dicht waren. Da glaubte er für einen kurzen Moment, ein seltsames Geräusch zu hören. Er drehte sich um, doch es hatte sich wohl nur um ein Tier gehandelt. In diesen Sommermonaten wimmelte es hier von Wild. Und droben am Himmel zog bereits ein Fischreiher seine Kreise. Des Fischzüchters schlimmster Feind.

Seitz ging ein paar Schritte weiter, warf wie ein Sämann das Futter über die Wasseroberfläche und erfreute sich am Anblick seiner Mühle, die jetzt so wunderbar verträumt und still in diesem Tal lag. Doch plötzlich war da wieder ein Geräusch, direkt hinter ihm, im Gebüsch. Laub raschelte, Äste knackten. Schwerer Atem war zu hören. Seitz drehte sich um – und ließ in diesem Augenblick allergrößten Entsetzens den Eimer fallen, der sofort in den Teich kullerte. Der Fischzüchter war wie gelähmt.

Er hatte auf der Tauernautobahn den Katschbergtunnel gerade hinter sich gelassen, als er mit sich beschloss, das nächste Rasthaus vor der Ausfahrt Gmünd-Maltatal anzusteuern. Es war mal wieder Zeit, im Laderaum nach dem Rechten zu sehen. Osotzky fuhr den blauen Sattelzug auf den für LKW ausgewiesenen Parkplatz und stellte ihn zwischen mehreren Lastzügen ab. Er drehte das Radio leiser, schaltete den Dieselmotor aus und verließ seine Fahrerkabine. Die frische Luft tat ihm gut. Es war kurz vor vier und er fuhr dem Morgengrauen entgegen. Auf der Straße nach Süden – so oder ähnlich hatte es mal in einem Schlagertext geheißen, der ihm jetzt in den Sinn kam. Osotzky ging prüfend durch die schmale Gasse, die zwischen seinem Sattelzug und dem daneben geparkten niederländischen Lastwagen entstanden war. Der Fernfahrer öffnete eine der beiden Hecktüren, blickte sich nach allen Seiten um, kletterte hinauf und ließ die Tür hinter sich einrasten. Dann knipste er die Innenbeleuchtung an und zwängte sich durch seine Frachtteile nach vorne. Mit wenigen Handgriffen ließ sich die Luke an der Frontwand öffnen. In dem schallisolierten Versteck brannte eine schwache Lampe. Als Osotzky sich hineinbeugte, blickte er in die hasserfüllten Augen Sarahs. Weil ihr Mund mit starkem Klebeband fest verklebt war, stieß sie durch die Nase unartikulierte Laute aus.

»Mädchen«, beruhigte sie Osotzky und blickte auf sie herab, »keine Sorge, ich tu' dir nichts. Ich bin keiner von denen – ich bin nur dein Chauffeur.« Er lächelte. Doch irgendwie tat ihm diese Frau Leid, wie sie auf den fest verankerten Stuhl gefesselt war – mit den Fuß- und Handgelenken. Ihre langen blonden Haare hingen über die Schultern ihrer Bluse.

»Zeit für Pipi machen«, sagte Osotzky und löste die ledernen Gurtfesseln. Sarah schüttelte ihre Arme aus und streckte die langen Beine, die in engen Jeans steckten.

»Wenn du aber schreist, muss Freddy böse werden«, drohte der Mann, als er ihr das Klebeband unsanft vom Mund riss. »Es gibt was zu trinken und zu essen«, lächelte er.

»Du bist ein Schwein«, giftete sie, »lass' mich frei.« Sie

begann zu schluchzen und griff nach seinen Händen. »Bitte, bitte ...«

Doch Osotzky wehrte ab und stellte sich vorsichtshalber vor die Luke. »Ich bin nur der Chauffeur, hab' ich gesagt. Und ich hab' den Auftrag, dich dorthin zu bringen, wo es meine Auftraggeber wünschen. Sonst nichts.« Er nahm eine drohende Haltung ein.

Sie stand auf und blickte ihm scharf in die Augen. »Und wohin ist das? Wo sind wir jetzt überhaupt?«

»Sorry, Mädchen, das geht dich nichts an.« Er packte sie unsanft am linken Handgelenk und zerrte sie zur Toilette. »Jetzt wird Pipi gemacht. Ich will nicht, dass es hier eine Sauerei gibt – hast du das kapiert?«

»Lass' mich los!« schrie sie und wollte sich von seinem bärenstarken Klammergriff befreien. Doch seine Hand hielt ihren Arm wie in einem Schraubstock gefangen.

»Du tust, was ich sage«, zischte er, »mach' mir bloß keine Zicken. Ich hab' schon ganz andere Aufträge erledigt, merk' dir das. Ein für allemal.«

Sie ließ sich jetzt widerstandslos zu der Chemietoilette hinüberzerren, überlegte kurz und lächelte ihn plötzlich mit einer angehobenen Augenbraue an: »Und du bist dir ganz sicher, dass dich nichts davon abbringen könnte ...? Gar nichts?« Ihre Stimme klang unerwartet sexy. Ihr Umschwenken hatte das Ziel offenbar nicht verfehlt. Osotzky hielt für einen kurzen Moment inne. Er schluckte und sah in das Gesicht dieser zweifellos hübschen Frau.

Seitz hatte keine Chance. Der Faustschlag traf ihn blitzartig auf die Nase. Der Forellenzüchter taumelte, stürzte auf den schmalen Grasstreifen zwischen Teich und Gebüsch. Sein Kopf dröhnte, Blitze schienen zu zucken. Blut rann ihm aus der Nase in den Mund. Er versuchte, sich zu orientieren, doch jetzt, auf dem Rücken liegend, sah er nur die Silhouette eines Mannes, die sich gegen den hellen Himmel schemenhaft, aber drohend abhob. Er wollte aufstehen, flüchten, schreien, doch sein Gehirn schien gar nicht in der Lage zu sein, alles gleichzeitig zu koordinieren. Diese Gestalt, die urplötzlich aus dem Gebüsch gestürmt war, hatte er erkannt, da war er sich ganz sicher – auch wenn er nur den Bruchteil einer Sekunde das Gesicht gesehen hatte. Der Mann stand triumphierend neben ihm, unendlich groß, wie Seitz es empfand. Irgendetwas hielt diese Gestalt in der Hand – einen dünnen langen Gegenstand. Ein Messer, durchzuckte es Seitz, ein langes Messer. Oder eine Stahlrute. Ein Mordinstrument jedenfalls.

»Du hältst jetzt deine Schnauze«, zischte die Männerstimme und brachte damit allen Hass dieser Welt zum Ausdruck, »und zwar für immer.«

Seitz war nicht imstande, etwas zu sagen. Sein dröhnendes Gehirn suchte nach einer Rettung, doch die einzige Chance, die es noch gab, das wurde ihm plötzlich klar, war der Teich. Im selben Moment hallte ein seltsam metallenes Geräusch von dem Mühlengebäude herüber. Ein kurzes Klicken nur, aber laut genug, um in der Stille des Morgens wahrgenommen zu werden.

Seitz stutzte – und der Mann, der langsam näher gekommen war und den rechten Unterarm mit dem langen Gegenstand in der Hand zum Ausholen gehoben hatte, zögerte.

Eine Tür fiel scheppernd ins Schloss. Die Hintertür der Mühle.

Seitz, der am Boden lag – mit Blickrichtung talaufwärts – konnte nicht erkennen, was geschehen war. Doch er ahnte es. Gleich würde alles vorbei sein.

Der Mann, dessen dunkle Silhouette mitten in der Bewegung wie erstarrt schien, machte langsam einen Schritt rückwärts, dann einen zweiten, wesentlich schneller. Er begann zu rennen, geradezu panisch, warf den Gegenstand, den er noch in der Hand gehalten hatte, in den Teich – und versuchte, sich ins dichte Gebüsch zu retten. Im selben Augenblick hörte Seitz das schnell näherkommende Trampeln von Hundepfoten, dann den Atem des großen Tieres. Leo. Leo hatte wieder mal die Tür geöffnet. Hatte gespürt, dass sich sein Herrchen in Todesnot befand. Mit einem einzigen weiten Satz riss der Hund die Gestalt zu Boden, die gerade im

Gebüsch verschwinden wollte. Der Mann schrie auf, wehrte sich, versuchte, den das Tier mit den Beinen abzuwehren. Doch Leo, der nicht ein einziges Mal gebellt hatte, ließ sich nicht beeindrucken, zerrte an der Hose des Angreifers, hechtete an ihm hoch, drängte ihn beiseite, als er erneut flüchten wollte, und brachte ihn ins Taumeln. Der Mann stürzte mit einem verzweifelten Schrei in den Fischteich und begann, wie wild um sich zu schlagen und unkontrollierte Schwimmbewegungen zu machen. Leo blieb am Ufer stehen und beobachtete die Szenerie.

»Brav, Leo«, lobte Seitz und rappelte sich hoch.

Der Angreifer hatte inzwischen Boden unter den Füßen gefunden und stand bis zum Hals im Wasser. Er versuchte, die andere Seite des Teiches zu erreichen, was Leo sofort erkannte und mit wenigen Sätzen das Gewässer umrundete. Der Mann würde keine Chance mehr haben, aus dem Teich zu flüchten.

»Da haut's dir's Blech weg«, kommentierte Linkohr die Nachricht Häberles, der zu dieser frühen Morgenstunde seinen jungen Kollegen informiert hatte. Gerade erst vor drei Stunden hatten sie sich verabschiedet, um wenigstens noch ein bisschen schlafen zu können, da war Häberle über den Vorfall in der Roggenmühle verständigt worden.

Die zurückgebliebenen Kollegen der Sonderkommission hatten inzwischen den Mann aus dem Forellenteich geholt, ihm die vorläufige Festnahme erklärt und ihm trockene Kleidung besorgt. Seine Haare waren noch feucht, als er im Gebäude der Polizei in ein kleines Besprechungszimmer abseits des Lehrsaals geführt wurde, wo ihn zwei Beamte bis zum Eintreffen Häberles bewachten.

»Dass wir uns so schnell wieder sehen, hätt' ich nicht gedacht, Herr Kruschke«, begrüßte der Kommissar den zusammengesunkenen Mann, der mit gefalteten Händen an dem weißen Tisch saß. Kruschke sagte nichts.

Häberle und Linkohr nahmen ihm gegenüber Platz, während die beiden Bewacher den Raum verließen.

»Zu bestreiten gibt's jetzt wohl nichts mehr«, ging Häberle in die Offensive. »Sie haben Flemming umgebracht – und gestern auch Westerhoff. Jetzt hätte noch Seitz beseitigt werden sollen, weil er von den dubiosen Geschäften, die Sie und die Flemmings gemacht haben, vermutlich auch einiges mitgekriegt hat. Weil ihr alle in bierseliger Laune zu viel geplaudert habt.«

Kruschke atmete schwer und starrte auf die weiße Tischfläche.

»Die Flemmings haben mit dieser Türkenclique in Heidenheim gutgläubige Teppichkäufer abgezockt – und Sie haben die Transporte übernommen«, erklärte Häberle. »Irgendwann aber hat es Differenzen gegeben. Ganz schwer wiegende. Vorletzten Samstag hat Flemming klare Verhältnisse schaffen wollen – und zwar nach dem Konzert in der ›Oberen Roggenmühle‹. Er hat Sie aufgesucht, es kam zum Streit – und Sie haben ihn totgeschlagen. Mit dem Stamm oder Ast einer australischen Eiche, wie wir sie in Ihrem herrlichen Wintergarten finden werden.«

Kruschke blieb still. Er saß bewegungslos vor den beiden Kriminalisten.

»Und worüber hat man sich wohl gestritten?« dozierte Häberle weiter, »ich kann mir das durchaus vorstellen. Flemming hat natürlich von all Ihren schrägen Touren gewusst. Nicht nur, was Teppiche anbelangt, sondern vermutlich noch von viel mehr Transporten, die nicht hasenrein sind. Sie nämlich, Herr Kruschke sind nicht wirklich der große Dampfeisenbahnfan.« Der Angesprochene blickte kurz auf. »Na ja«, räumte der Kommissar ein, »ein bisschen vielleicht schon. Aber in Wirklichkeit wollten Sie die Bahn für etwas ganz anderes nutzen – vor allem jenes neu aktivierte Teilstück durch Geislingen.« Häberle lehnte sich zurück, während er und Linkohr den Mann nicht aus den Augen ließen. »Sie wollten Tankwaggons abstellen – und groß ins Geschäft mit Schadstoffen einsteigen. Den genialen Schachzug, den Sie damit verfolgen wollten, kennen wir.«

Kruschke schaute die beiden Kriminalisten an. »Ich verlange einen Anwalt«, sagte er knapp.

»Das ist Ihr gutes Recht«, entgegnete Häberle und deutete zum Telefon. Kruschke regte sich nicht, weshalb der Chefermittler fortfuhr: »Mit diesen Plänen sind Sie bei Ihren Eisenbahnfreunden auf Granit gestoßen, obwohl diese natürlich gerne an dem Güterverkehr mitverdient hätten, um ihr kostspieliges Hobby finanzieren zu können. Aber irgendwie war das denen zu schmutzig – im wahrsten Sinne des Wortes. Flemming hat Ihnen das deutlich machen wollen – und vermutlich auch Westerhoff.«

Häberle räusperte sich. »Denn schmutzig wär's geworden, das Geschäft. Um Schadstoffe kostengünstig entsorgen zu können, kommt's nämlich auf die Mischung an, auf die Konzentration. Ein Spielchen, Herr Kruschke, das ich während meiner Zeit beim Landeskriminalamt kennen gelernt habe. Man befülle einen Waggon mit einer bestimmten Menge hochgiftiger Substanzen, deren Entsorgung allein ein Schweinegeld kosten würde, und mische normales reines Heizöl hinzu – und zwar so viel, bis die Konzentration des Ganzen unter den Grenzwerten liegt. Und schon lässt sich das alles zu einem minimalen Preis entsorgen.« Häberles Gesichtsausdruck wurde nachdenklich. »Sie natürlich hätten von der Kundschaft den am Markt üblichen Preis abgezockt.«

Der Kommissar wartete förmlich darauf, dass Kruschke explodieren würde. Doch jetzt schien er völlig apathisch den Ausführungen zu folgen.

»Vielleicht hat Ihnen Flemming gedroht, diese Pläne und all das, wovon er schon Wind gekriegt hat, auffliegen zu lassen. Der Streit ist in der Nacht zum vorigen Sonntag in Ihrem schönen Wintergarten eskaliert – und Sie haben mit dieser australischen Eiche zugeschlagen, ihn in seinem Wagen, dem Mercedes, zum Mordloch gefahren und dort im ersten Syphon versenkt. Pech nur, dass schon wenig später die Leiche gefunden wurde.«

Linkohr staunte über die Kombinationsgabe seines Chefs, der während der vergangenen Tage kein einziges Mal über diesen möglichen Ablauf gesprochen hatte. Aber diese Vorgehensweise kannte der junge Kriminalist inzwischen. Häberle war wirklich kein Schwätzer, sondern ein Beobachter – und er ließ die Meinungen der Kollegen in seine Überlegungen einfließen.

»Dass Sie mit der Beseitigung Flemmings auch anderen einen ... na, sagen wir mal ... Gefallen getan haben, war Ihnen sehr schnell klar. Sie wussten, dass die Flemmings sich auseinander gelebt hatten. Sie wussten, dass Ihre Auftraggeber, diese Türken in Heidenheim, davon nicht gerade angetan waren. Schon gar nicht, nachdem sich Sarah, obwohl sie türkischer Abstammung ist, zu einem Wackelkandidaten entwickelt hatte, zu einem Risiko für die ganze Türken-Connection. Und was haben Sie getan, verehrter Herr Kruschke?« Häberle achtete auf die Reaktion seines Gegenübers, doch der starrte nur auf seine gefalteten Hände, die zu zittern begannen.

»Sie sind mit dem Mercedes Ihres Opfers nach Heidenheim gefahren und haben die Hausschlüssel, die Sie Flemming abgenommen haben, den Türken zugespielt. Wahrscheinlich in den Briefkasten geworfen, vermutlich mit dem Hinweis, dass sie auf einfache Weise nun die Frau aus dem Verkehr ziehen könnten. Natürlich hatten Sie dabei einen Hintergedanken: Wenn nämlich die Türken mit dem Schlüssel geschnappt werden, wären diese auch mit dem Verschwinden des Herrn Flemming in Verbindung gebracht worden. Denn Sie hatten ja geglaubt, man würde seine Leiche im Mordloch nicht so schnell finden.«

Kruschke schüttelte langsam den Kopf und holte tief Luft. Er schwieg weiter.

»Und jetzt noch was«, Häberles Stimme nahm einen gefährlichen Unterton an. »Wo ist Sarah Flemming? Ich sage Ihnen eines: Wenn der Frau etwas zustößt, werden Sie nicht mehr glücklich, das verspreche ich Ihnen. Ich persönlich ...« Er wurde lauter, »... ich persönlich werde dafür Sorge tragen, dass Sie nie mehr aus dem Gefängnis rauskommen. Das Schwurgericht dürfte nicht sehr darüber erbaut sein, wenn ich ihm schildere, dass Sie hartnäckig geschwiegen haben, obwohl Sie die Frau hätten vor Schlimmerem bewahren können.«

Kruschkes Knöchel der gefalteten Hände wurden weiß. Er presste sie zusammen.

»Sie haben keine Chance mehr. Wir werden Flemmings Mercedes in Ihren Hallen irgendwo finden, davon bin ich überzeugt. Dort habe Sie ihn abgestellt und sind mit einem Ihrer Firmenfahrzeuge heim nach Gerstetten gefahren« Dann, völlig unerwartet schwoll die Stimme des Kommissars an: »Wo, verdammt noch mal, ist Sarah Flemming? Soll ich's Ihnen sagen? Sie wurde bei den Teppichhändlern festgehalten und gestern früh zu einem Ihrer Lastwagen gebracht – und ist jetzt auf dem Weg in die Türkei.«

Der Angeklagte ließ nacheinander seine Fingerknöchel knacken.

»Okay, wir werden den Lastzug finden. Noch dürfte er die EU nicht verlassen haben.« Häberle gab Linkohr ein Zeichen, der sofort wusste, was zu tun war. Er hätte zwar gerne noch den Ausführungen seines Chefs zugehört, doch nun galt es, international in Richtung Südosteuropa nach einem Lastwagen von Kruschkes Spedition fahnden zu lassen.

»Dass Sie den Westerhoff umgebracht haben, ist nur die logische Folge von allem«, machte Häberle ruhig weiter. »Sie hatten gestern genügend Zeit, sich während des Aufenthalts in Gerstetten davonzustehlen. Es war ja geradezu peinlich, dass Sie nicht da waren, als der Bürgermeister wieder mal Ihr selbstloses Sponsoring gewürdigt hat. Welch tiefer Fall für den angesehenen Herrn Unternehmer, wenn er ab sofort im Gefängnis sitzt!«

Der Spediteur sagte noch immer nichts. Offenbar war er viel zu schwach, um sich zu wehren.

»Bei Ihnen sind sämtliche Sicherungen durchgebrannt«, erklärte Häberle weiter, »natürlich hat Westerhoff alles gewusst – als Geliebter von Sarah. Wahrscheinlich hat sie ihm vieles anvertraut, was sowohl Ihnen, als auch der Teppich-Connection hätte gefährlich werden können. Und dann noch Seitz!« Häberle schüttelte langsam den Kopf. »Ein weiterer Mitwisser, der Ihnen suspekt geworden ist. Dass ein Gastwirt manches mitkriegt, weiß doch jedes Kind. Doch der Seitz, das ist Ihnen wohl erst im Laufe der vergangenen Woche klar geworden, ist ein grundehrlicher Mensch. Es wurde also höchste Zeit, ihn zu beseitigen, bevor er uns das eine oder andere, was uns hätte stutzig machen können, erzählt hätte.« Häberle machte eine Pause. »Mir stellt sich natürlich die Frage, wer der Nächste gewesen wäre. Der Sumpf, in den Sie gesunken sind, Herr Kruschke, wäre immer bodenloser geworden.«

Häberle versuchte es noch einmal auf die raue Art. Seine Stimme erfüllte schlagartig den kleinen Raum: »Wo, verdammt nochmal, ist Sarah Flemming?«

Amtsrichter Reinhard Schwenger hatte Haftbefehl erlassen, der unter anderem auf den Verdacht des zweifachen Mordes lautete. Kruschke freilich, der in Begleitung seines Rechtsanwalts vorgeführt wurde, hatte zu den Vorwürfen geschwiegen. Nur auf die Frage Schwengers, was mit Frau Flemming geschehen sei, gab er auf Anraten des Anwalts eine knappe Antwort. Sie werde in einem seiner Sattelzüge in die Türkei gebracht. Er nannte das Kennzeichen, den Namen des Fahrers und dessen Handynummer.

Häberle rief an. Bereits nach dem vierten Freizeichen meldete sich Osotzky.

»Hier spricht die Kriminalpolizei, Herr Osotzky«, erklärte der Kommissar energisch, »wir haben soeben Ihren Chef festgenommen. Ihr Auftrag ist also sinnlos geworden. Wir müssen unbedingt wissen, wo Sie sich im Moment befinden.«

Die Antwort kam mit Verzögerung. »Wie darf ich das verstehen?«

»Genau so, wie ich es sage. Die Fahndung nach Ihnen und ihrem Lkw läuft auf internationaler Ebene. Sie laufen Gefahr, demnächst gestoppt und festgenommen zu werden. An Bord ist Sarah Flemming.«

Wieder gab es eine lange Pause. »Sarah Flemming geht es gut«, kam die Antwort, »sie sitzt neben mir.«

Häberle kniff die Augen zusammen und starrte auf das Telefon. »Sie sitzt neben Ihnen?«

»Auf einem Parkplatz hinterm Katschbergtunnel«, kam es zurück, »... wir haben bereits beschlossen, die Tour abzubrechen.« Die Stimme klang überhaupt nicht erschrocken. Häberle schaute seinen jungen Kollegen überrascht an.

»Sie haben – was?«

»Wir kommen zurück.«

Häberle ließ sich die Frau geben. Er wollte sicher gehen, dass er keinem Trick unterlag. Doch Sarah Flemming bestätigte, was Osotzky gesagt hatte. Der kam der Aufforderung nach, seinen Standort zu benennen, worauf Linkohr sofort den Raum verließ, um die österreichischen Kollegen zu verständigen. Sie durften jetzt kein Risiko mehr eingehen.

Kurze Zeit später hatten sie Gewissheit. Die österreichischen Kollegen meldeten, dass der Sattelzug beschlagnahmt und die beiden Personen auf einem Parkplatz aufgegriffen worden seien. Gegen beide beantragte Häberle Haftbefehl. Osotzky würde sicher zugute gehalten werden, dass er noch von alleine von der Tat zurückgetreten war – auch wenn ihn Sarah mit ihren weiblichen Reizen dazu verführt hatte. Welchen Vorwurf man ihr machen konnte, würden die Ermittlungen des Betrugsdezernats ergeben. Sie war mit Sicherheit tief in dubiose Geschäfte verwickelt, dachte Häberle.

Doch erst am späteren Nachmittag, als Forellenzüchter Martin Seitz zur Dienststelle kam, wurde deutlich, dass Osotzky vermutlich viel tiefer in Kruschkes Machenschaften verstrickt war, als zunächst anzunehmen war.

Seitz, dessen Nase geschwollen war, bedankte sich zunächst bei den Polizeibeamten für das rasche Eintreffen an den Forellenteichen.

»Ich bin gekommen, um Sie noch über etwas zu informieren, das mir fast das Leben gekostet hätte«, sagte er, nachdem ihm Häberle im Besprechungszimmer einen Platz angeboten hatte.

Der Kommissar fragte interessiert: »Durch Kruschke?«

»Ja«, nickte Seitz, der wieder sein T-Shirt mit dem aufgedruckten Fisch trug, von dem nur noch Kopf und Gräten übrig waren, »von Kruschkes kriminellen Machenschaften. Ich weiß ja nicht, inwieweit Sie informiert sind. Er hat auch Chemikalien entsorgt ...«

»Er wollte es, denk' ich, mit den Eisenbahnwaggons über die ehemalige Tälesbahnstrecke«, erwiderte der Kommissar.

Seitz schüttelte den Kopf. »Er hat's bereits getan. Auf kriminellste Art ...« Der Forellenzüchter verschränkte die kräftigen Arme, »... kennen Sie Clophen?«

Häberle überlegte. »Ich glaub' mich zu entsinnen. Ein verdammt giftiges Zeug aus Isolatoren oder so. Lässt sich ziemlich schwer entsorgen, weil das sehr viel Geld kostet und keiner es will.«

Seitz nickte. »Kruschke hat es aber getan, hat sich die Entsorgung teuer bezahlen lassen.«

Häberle stutzte. »Und durch wen hat er es entsorgen lassen?«

»Durch gar niemanden. Er hat es auf der Autobahn verteilt.«

Der Kommissar glaubte, nicht richtig zu hören. »Auf der Autobahn verteilt?« fragte er ungläubig.

»Ja ... bei kräftigem Regen. Immer, wenn lange Niederschläge angekündigt waren, hat er seinen Fahrer losgeschickt – und der hat es mit einem präparierten Sattelzug über hunderte Kilometer weit gleichmäßig auf der regennassen Autobahn verteilt.«

Häberle holte Luft. So etwas hatte er noch nie gehört. »Und da sind Sie sich sicher?«

»Zumindest hab' ich das aus einem Gespräch rausgehört – zwischen ihm und seinem Fahrer, diesem Osotzky.«

»In Ihrem Lokal?«

Seitz schüttelte den Kopf. »Nein – ich bitt' Sie, Herr Kommissar. Gäste mit solch' dunklen Machenschaften verkehren bei mir nicht. Es war mal vor einigen Monaten im Vereinsheim der Gartenfreunde. Ein Bekannter hat seinen Geburtstag gefeiert – und Osotzky war dort, weil er Mitglied bei den Gartenfreunden ist. Kruschke saß bei ihm und zu später Stunde haben sie über diesen Clophen-Auftrag getuschelt, aber so laut, dass ich's mitgekriegt habe. Ich hab' lange Zeit gedacht, es sei die übliche Angeberei. So was kann man sich doch eigentlich nicht vorstellen. Aber jetzt erscheint mir das in einem ganz anderen Licht.«

Häberle bedankte sich für diesen unerwarteten Hinweis. »Von wegen Schweinestall also«, er lächelte, »... der arme Wühler ist völlig zu Unrecht in die Schusslinie geraten. Er hat sich zum ungünstigsten Zeitpunkt Feinde gemacht.« Nach einer kurzen Pause sinnierte der Kommissar weiter: »Und auch der Musiker war zum falschen Zeitpunkt am falschen Ort.« Die drei Männer schauten sich nachdenklich an. Häberle fuhr fort: »Auch ich staun' immer wieder auf's Neue, worauf man bei genauem Hinsehen stößt. Und wahrscheinlich haben wir wieder mal nur die Spitze des Eisbergs gesehen.«

Linkohr nickte und wurde nachdenklich. »Wer weiß schon, welche Rolle dieser Herr Freudenthaler im Hintergrund spielt ...?«

Der Kommissar zuckte mit den Schultern. »Ein dubioser Geschäftemacher, wetten ...? Alles irgendwie am Rande der Legalität – und aalglatt.«

Die Kriminalisten beschlich ein Gefühl der Hilflosigkeit und des Zorns. Seitz spürte dies und versuchte sie wieder aufzumuntern: »Was halten Sie davon, wenn wir uns in gemütlicher Runde mal darüber unterhalten? Ich würde mich freuen, Sie zu einem Forellenessen einladen zu dürfen. Sie und Ihre Partnerinnen.«

Der Kommissar erhob sich und lächelte. »Einladung angenommen. Unter einer Bedingung ...«

Sein Gesprächspartner war einen Moment irritiert. »Und die wäre ...?«

Häberle lächelte. »Dass auch Leo was kriegt. Ihm haben wir beide viel zu verdanken.«

Er machte eine Pause. »Vielleicht können Sie das ›Kaos-Duo‹ noch mal engagieren. Dieser Pohl, den wir eine Zeit lang verdächtigt haben, hat nämlich in der U-Haft ein neues Lied komponiert, das er uns allen widmen wird: ›Die Wahrheit, die Wahrheit kommt immer auf den Tisch.‹«

ENDE

Die CD zum Krimi

Mit dem Titel zum Kriminalroman "Mordloch"
"D´Wohrat kommt auf d´r Tisch"

Erschienen beim
Musekater Musikverlag
Stellebergstr. 4
D - 73092 Heiningen
Tel. 07161. 94 17 90

Ab Herbst 2005 im Handel erhältlich.

weitere Infos unter
www.kaos-duo.de

Manfred Bomm
Notbremse

· ·

421 Seiten, 11 x 18 cm, Paperback.
ISBN 978-3-89977-755-0. € 9,90.

Mord im ICE auf der Bahnlinie
Ulm-Stuttgart. Abrupt kommt der
Zug an der Geislinger Steige zum
Stehen. Ein Mann flieht panikartig
und verschwindet im Steilhang der
Schwäbischen Alb.

Kommissar August Häberle
tappt lange im Dunkeln: Er weiß
weder, wer der Erschossene ist, noch
ob der Flüchtende ihn ermordet hat.
Sein einziger Anhaltspunkt ist das
Notizbuch des Toten. Doch führen
die darin enthaltenen Adressen von
Ärzten und Apothekern wirklich
zum Täter? Häberle läuft die Zeit
weg, denn bereits in der folgenden
Nacht findet er eine weitere Leiche.

Manfred Bomm
Schattennetz

· ·

466 Seiten, 11 x 18 cm, Paperback.
ISBN 978-3-89977-731-4. € 9,90.

16 Jahre nach der politischen
Wende werden in der schwäbischen
Kleinstadt Geislingen zwei Männer
von ihrer DDR-Vergangenheit
eingeholt. Nach langer »Waffenruhe«
scheinen plötzlich alte Rivalitäten
wieder auszubrechen. Kurz vor
dem jährlichen Stadtfest wird einer
der Kontrahenten tot im Turm der
Stadtkirche aufgefunden.

Kommissar August Häberle
erkennt schnell, dass er es mit einem
raffiniert eingefädelten Verbrechen
zu tun hat. Und der Mörder scheint
sein grausiges Werk noch nicht
vollendet zu haben, denn weitere
Menschen müssen im Kirchturm
ihr Leben lassen.

Wir machen's spannend

Manfred Bomm
Beweislast

....

468 Seiten, 11 x 18 cm, Paperback.
ISBN 978-3-89977-705-5. € 9,90.

Kommissar Häberles neuer Fall
scheint klar: Der in einem
abgeschiedenen Tal am Rande der
Schwäbischen Alb tot aufgefundene
Berater der Agentur für Arbeit
wurde von einem seiner »Kunden«
ermordet. Eine ganze Reihe von
Indizien, aber auch DNA-Spuren
am Tatort, weisen zweifelsfrei auf
Gerhard Ketschmar hin. Der 55-
jährige Bauingenieur ist nach über
einem Jahr erfolgloser Stellensuche
psychisch und physisch am Ende
und voller Hass, weil man ihn auf
das Abstellgleis Hartz IV zu schieben
drohte. Doch während sein Prozess
vor der Schwurgerichtskammer des
Ulmer Landgerichts vorbereitet
wird, kommen August Häberle
erhebliche Zweifel. Wird
möglicherweise ein Unschuldiger
zu einer lebenslänglichen Haftstrafe
verurteilt?

Manfred Bomm
Schusslinie

....

326 Seiten, 11 x 18 cm, Paperback.
ISBN 978-3-89977-664-5. € 9,90.

Deutschland muss 2006 im eigenen
Land Fußballweltmeister werden!
Dass man dies nicht dem Zufall
überlassen darf, darüber sind sich
einige Wirtschaftsbosse und Politiker in Berlin längst einig und im
Hintergrund werden Fäden ge-
sponnen, die bis in die schwäbische
Provinz reichen. So findet sich auch
Kriminalkommissar August Häberle bei seinen Ermittlungen um einen
mysteriösen Mordfall in einem Ge-
flecht aus Erpressung und Intrigen
wieder …

Manfred Bomm
Trugschluss
....

419 Seiten, 11 x 18 cm, Paperback.
ISBN 978-3-89977-632-4. € 9,90.

Eine verkohlte Leiche kann weder
identifiziert werden, noch gibt es
Anhaltspunkte, wer sie neben einer
militärischen Funkanlage auf der
Hochfläche der Schwäbischen Alb
abgelegt hat. Für Kommissar August
Häberle beginnt ein mysteriöser
Fall, der bis in die höchsten Ebenen
der Politik hinein reicht. Während
er befürchtet, das Verbrechen unge-
löst zu den Akten legen zu müssen,
spielen sich in Florida und Lugano
seltsame Dinge ab. Als dann auch
noch in die Wohnung einer Frau eingestiegen wird, die seit Jahren über
das Brummton-Phänomen klagt,
bekommt der Fall eine neue Wende. Alle Spuren führen nach Ulm,
deren Stadtväter sich auf den 125.
Geburtstag des dort geborenen Al-
bert Einstein vorbereiten ...

Manfred Bomm
Irrflug
....

422 Seiten. 11 x 18 cm. Paperback.
ISBN 3-89977-621-8. € 9,90.

Ein Sommermorgen auf dem Sport-
flugplatz Hahnweide bei Kirch-
heim/Teck. Als die Sekretärin der
Motorflugschule zu ihrem Büro
fährt, packt sie das Entsetzen: Vor
einer Flugzeughalle liegt eine tote
Frau, eine zweisitzige Cessna ist
im Laufe der Nacht spurlos verschwunden. Die Ermittlungen der
Kriminalpolizei führen in die Umgebung des nahen Göppingen, wo
einige der Hobby-Piloten wohnen.
Dort übernimmt der in kniffligen
Fällen erfahrene Kriminalist August Häberle den Fall – ein Praktiker, kein Schwätzer, einer, der
Land und Leute und deren Menta-
lität kennt. Stück für Stück puzzelt
er aus einer Vielzahl von Merkwür-
digkeiten die wahren Hintergründe
des Falles zusammen. Die Spur führt
nach Ulm ...

KRIMI IM GMEINER-VERLAG

Wir machen's spannend

Alle Gmeiner-Autoren und ihre Krimis auf einen Blick

Anthologien: Mords-Sachsen 2 (2008) • Tod am Bodensee • Mords-Sachsen (2007) • Grenzfälle (2005) • Spekulatius (2003) **Artmeier, Hildegund:** Feuerross (2006) • Katzenhöhle (2005) • Schlangentanz • Drachenfrau (2004) **Bauer, Hermann:** Fernwehträume (2008) **Baum, Beate:** Häuserkampf (2008) **Beck, Sinje:** Totenklang (2008) • Duftspur (2006) • Einzelkämpfer (2005) **Blatter, Ulrike:** Vogelfrau (2008) **Bode-Hoffmann, Grit/Hoffmann, Matthias:** Infantizid (2007) **Bomm, Manfred:** Notbremse (2008) • Schattennetz • Beweislast (2007) • Schusslinie (2006) • Mordloch • Trugschluss (2005) • Irrflug • Himmelsfelsen (2004) **Bonn, Susanne:** Der Jahrmarkt zu Jakobi (2008) **Bosch van den, Jann:** Wintertod (2005) **Buttler, Monika:** Dunkelzeit (2006) • Abendfrieden (2005) • Herzraub (2004) **Clausen, Anke:** Ostseegrab (2007) **Danz, Ella:** Nebelschleier (2008) • Steilufer (2007) • Osterfeuer (2006) **Detering, Monika:** Puppenmann • Herzfrauen (2007) **Dünschede, Sandra:** Solomord (2008) • Nordmord (2007) • Deichgrab (2006) **Emme, Pierre:** Florentinerpakt • Ballsaison (2008) • Tortenkomplott • Killerspiele (2007) • Würstelmassaker • Heurigenpassion (2006) • Schnitzelfarce • Pastetenlust (2005) **Enderle, Manfred:** Nachtwanderer (2006) **Erfmeyer, Klaus:** Geldmarie (2008) • Todeserklärung (2007) • Karrieresprung (2006) **Erwin, Birgit/Buchhorn, Ulrich:** Die Herren von Buchhorn (2008) **Franzinger, Bernd:** Kindspech (2008) • Jammerhalde (2007) • Bombenstimmung (2006) • Wolfsfalle • Dinotod (2005) • Ohnmacht • Goldrausch (2004) • Pilzsaison (2003) **Gardein, Uwe:** Die letzte Hexe – Maria Anna Schwegelin (2008) **Gardener, Eva B.:** Lebenshunger (2005) **Gibert, Matthias P.:** Kammerflimmern (2008) • Nervenflattern (2007) **Graf, Edi:** Leopardenjagd (2008) • Elefantengold (2006) • Löwenriss • Nashornfieber (2005) **Gude, Christian:** Binärcode (2008) • Mosquito (2007) **Haug, Gunter:** Gössenjagd (2004) • Hüttenzauber (2003) • Tauberschwarz • Riffhaie • Tiefenrausch (2002) • Höllenfahrt (2001) • Sturmwarnung (2000) **Heim, Uta-Maria:** Das Rattenprinzip (2008) • Totschweigen (2007) • Dreckskind (2006) **Hunold-Reime, Sigrid:** Frühstückspension (2008) **Imbsweiler, Marcus:** Schlussakt (2008) • Bergfriedhof (2007) **Karnani, Fritjof:** Notlandung (2008) • Turnaround (2007) • Takeover (2006) **Keiser, Gabriele:** Gartenschläfer (2008) • Apollofalter (2006) **Keiser, Gabriele/Polifka, Wolfgang:** Puppenjäger (2006) **Klausner, Uwe:** Die

Alle Gmeiner-Autoren und ihre Krimis auf einen Blick

Kiliansverschwörung (2008) • Die Pforten der Hölle (2007)
Klewe, Sabine: Blutsonne (2008) • Wintermärchen (2007)
• Kinderspiel (2005) • Schattenriss (2004) **Klingler, Eva:**
Königsdrama (2006) **Klösel, Matthias:** Tourneekoller (2008)
Klugmann, Norbert: Die Nacht des Narren (2008) • Die Tochter
des Salzhändlers (2007) • Kabinettstück (2006) • Schlüsselgewalt
(2004) • Rebenblut (2003) **Kohl, Erwin:** Willenlos (2008) •
Flatline (2007) • Grabtanz • Zugzwang (2006) **Köhler, Manfred:**
Tiefpunkt • Schreckensgletscher (2007) **Koppitz, Rainer C.:**
Machtrausch (2005) **Kramer, Veronika:** Todesgeheimnis (2006)
• Rachesommer (2005) **Kronenberg, Susanne:** Weinrache
(2007) • Kultopfer (2006) • Flammenpferd • Pferdemörder (2005)
Kurella, Frank: Das Pergament des Todes (2007) **Lascaux, Paul:**
Wursthimmel • Salztränen (2008) **Lebek, Hans:** Karteileichen
(2006) • Todesschläger (2005) **Lemkuhl, Kurt:** Raffgier (2008) **Leix,
Bernd:** Waldstadt (2007) • Hackschnitzel (2006) • Zuckerblut •
Bucheckern (2005) **Mader, Raimund A.:** Glasberg (2008) **Mainka,
Martina:** Satanszeichen (2005) **Misko, Mona:** Winzertochter •
Kindsblut (2005) **Ott, Paul:** Bodensee-Blues (2007) **Puhlfürst,
Claudia:** Rachegöttin (2007) • Dunkelhaft (2006) • Eiseskälte
• Leichenstarre (2005) **Pundt, Hardy:** Deichbruch (2008) **Senf,
Jochen:** Knochenspiel (2008) • Nichtwisser (2007) **Seyerle,
Guido:** Schweinekrieg (2007) **Schmitz, Ingrid:** Mordsdeal
(2007) • Sündenfälle (2006) **Schmöe, Friederike:** Spinnefeind •
Pfeilgift (2008) • Januskopf • Schockstarre (2007) • Käfersterben
• Fratzenmond (2006) • Kirchweihmord • Maskenspiel (2005)
Schröder, Angelika: Mordsgier (2006) • Mordswut (2005) •
Mordsliebe (2004) **Schuker, Klaus:** Brudernacht (2007) • Wasserpilz
(2006) **Schneider, Harald:** Ernteopfer (2008) **Schulze, Gina:**
Sintflut (2007) **Schwab, Elke:** Angstfalle (2006) • Großeinsatz
(2005) **Schwarz, Maren:** Zwiespalt (2007) • Maienfrost •
Dämonenspiel (2005) • Grabeskälte (2004) **Steinhauer, Franziska:**
Menschenfänger (2008) • Narrenspiel (2007) • Seelenqual • Racheakt
(2006) **Thömmes, Günther:** Der Bierzauberer (2008) **Thadewaldt,
Astrid/Bauer, Carsten:** Blutblume (2007) • Kreuzkönig (2006)
Valdorf, Leo: Großstadtsumpf (2006) **Vertacnik, Hans-Peter:**
Ultimo (2008) • Abfangjäger (2007) **Wark, Peter:** Epizentrum
(2006) • Ballonglühen (2003) • Albtraum (2001) **Wilkenloh,
Wimmer:** Feuermal (2006) • Hätschelkind (2005) **Wyss, Verena:**

KRIMI IM
GMEINER-VERLAG

Wir machen's spannend